本书获中国社会科学院老年科研基金资助

喜马拉雅民族考察记

李坚尚 ◎ 著

中国社会科学出版社

图书在版编目（CIP）数据

喜马拉雅民族考察记/李坚尚著 .—北京：中国社会科学出版社，2016.4

（中国社会科学院老学者文库）

ISBN 978 - 7 - 5161 - 7680 - 1

Ⅰ.①喜… Ⅱ.①李… Ⅲ.①少数民族—民族调查—西藏 Ⅳ.①K280.75

中国版本图书馆 CIP 数据核字（2016）第 037623 号

出 版 人	赵剑英
责任编辑	张　林
责任校对	石春梅
责任印制	戴　宽

出　　版	中国社会科学出版社
社　　址	北京鼓楼西大街甲 158 号
邮　　编	100720
网　　址	http://www.csspw.cn
发 行 部	010 - 84083685
门 市 部	010 - 84029450
经　　销	新华书店及其他书店
印刷装订	三河市君旺印务有限公司
版　　次	2016 年 4 月第 1 版
印　　次	2016 年 4 月第 1 次印刷
开　　本	710×1000　1/16
印　　张	28.5
插　　页	2
字　　数	378 千字
定　　价	102.00 元

凡购买中国社会科学出版社图书，如有质量问题请与本社营销中心联系调换
电话：010 - 84083683
版权所有　侵权必究

目　　录

一　从京城到圣城 …………………………………………（1）
　1. 枪炮轰出来的学科 ……………………………………（1）
　2. 学会喝酥油茶 …………………………………………（3）
　3. 高层人士的座谈会 ……………………………………（6）
　4. 访逃来的印度兵 ………………………………………（8）

二　奔向喜马拉雅的路上 …………………………………（12）
　1. 欲速不达的丰田车 ……………………………………（12）
　2. 不愿照相的朝佛者 ……………………………………（18）
　3. 扛炮座入藏的老十八军战士 …………………………（21）
　4. 路过则拉岗宗遗址 ……………………………………（25）

三　在密林深处的山村里 …………………………………（28）
　1. 他们管理过被印军占领的地方 ………………………（28）
　2. 部队帮了我们的忙 ……………………………………（31）
　3. 珞巴人也过藏历年 ……………………………………（33）
　4. 与熊搏斗的猎手 ………………………………………（35）
　5. 弓箭趣闻 ………………………………………………（38）
　6. 亚英的心事 ……………………………………………（42）

四 考察生活的甜、酸、苦、辣 …………………………… (46)
1. 大房子的忧愁 ………………………………………… (46)
2. 照相的苦恼 …………………………………………… (49)
3. 不幸的小熊猫 ………………………………………… (51)
4. 访问巫师 ……………………………………………… (54)
5. 他从高骨头变为奴隶 ………………………………… (57)
6. 献杜鹃花的新华社记者 ……………………………… (59)
7. 万幸的老姚 …………………………………………… (62)

五 山地人二三事 ……………………………………………… (66)
1. 她服毒了 ……………………………………………… (66)
2. 惨遭杀戮的巫师 ……………………………………… (69)
3. 祭祀麻风鬼 …………………………………………… (72)
4. 背野牛肉去 …………………………………………… (77)

六 到牧场去 …………………………………………………… (81)
1. 奇妙的高山牧场 ……………………………………… (81)
2. 在帐篷里做客 ………………………………………… (84)
3. 牧人的艰辛 …………………………………………… (87)

七 告别边境前沿的村子 ……………………………………… (90)
1. 他开创了珞巴人犁耕的历史 ………………………… (90)
2. 告别穷林单嘎 ………………………………………… (92)
3. 夜网雅鲁藏布江 ……………………………………… (94)
4. 巫师与痢疾 …………………………………………… (97)

八 访问传说神奇的依当村 …………………………………… (100)
1. 去依当 ………………………………………………… (100)

2. 生吃獐子肉 …………………………………… (102)
　　3. 访大巫师亚热 ………………………………… (106)
　　4. 奇妙的哭丧歌 ………………………………… (111)
　　5. 她跳神了 ……………………………………… (113)

九　到圣地去 ……………………………………………… (119)
　　1. 去派村的路上 ………………………………… (119)
　　2. 神奇的墨脱 …………………………………… (121)
　　3. 繁忙的派村 …………………………………… (125)
　　4. 翻越多雄拉山口 ……………………………… (127)
　　5. 穿过蚂蟥区 …………………………………… (131)
　　6. 过老虎嘴 ……………………………………… (135)

十　深情的门巴人 ………………………………………… (141)
　　1. 充满温情的地东村 …………………………… (141)
　　2. 他偷回了稻种 ………………………………… (145)
　　3. 帕树：拿屠刀的僧人 ………………………… (148)
　　4. 天上雷公　地下舅公 ………………………… (151)
　　5. 东三巴的诉说 ………………………………… (154)
　　6. "鬼人"的遭遇 ………………………………… (157)

十一　在背崩村探秘 ……………………………………… (161)
　　1. 他们是被毒死的吗？ ………………………… (161)
　　2. 他为妻子找第二个丈夫 ……………………… (165)
　　3. 看"巴窝"作法 ………………………………… (167)
　　4. 一年一次的交换 ……………………………… (171)

十二　行色匆匆的探访 ………………………………（175）
　1. 沙钦·罗伊先生,您真的到过格林吗？………（175）
　2. 走马观花得儿工 ……………………………（178）
　3. 辛勤的江心村妇女 …………………………（181）

十三　在墨脱县城的日子 ……………………………（186）
　1. 收集到"神斧" ………………………………（186）
　2. 他不仅仅是为了爱情 ………………………（189）
　3. 再次听到野人的故事 ………………………（191）
　4. 历史的碰撞和凝聚 …………………………（194）
　5. 常识救了他们的命 …………………………（198）
　6. 国土就这样被占领了 ………………………（201）

十四　难忘的行程 ……………………………………（204）
　1. 西木河垂钓 …………………………………（204）
　2. 没有草场的牧场 ……………………………（207）
　3. 挂在陡坡上的村子 …………………………（210）
　4. 遇到泥石流 …………………………………（212）
　5. 受人施舍的日子 ……………………………（216）
　6. 汽车在冰川夹缝中爬行 ……………………（220）

十五　思古幽情 ………………………………………（224）
　1. 多棱镜里的土王 ……………………………（224）
　2. 文成公主梳妆台 ……………………………（227）
　3. 摹拓工布碑 …………………………………（232）

十六　噶当珍闻 ………………………………………（237）
　1. 可敬的达大 …………………………………（237）

2. 自筹嫁妆 …………………………………………（242）
　　3. 盛大的"索布巴" ………………………………（247）
　　4. 祖国大门的守望者 ……………………………（249）

十七　才召见闻 ……………………………………（255）
　　1. 山地里的智者 …………………………………（255）
　　2. 强者东娘 ………………………………………（259）
　　3. 我无缘品尝熊心 ………………………………（264）
　　4. 她四岁当了新娘 ………………………………（266）
　　5. 有趣的命名 ……………………………………（268）
　　6. 周年祭奠 ………………………………………（270）

十八　南伊河的涛声 ………………………………（275）
　　1. 他被处以杀猪出谷 ……………………………（275）
　　2. 情意浓浓的贸易 ………………………………（278）
　　3. 立石结盟 ………………………………………（281）
　　4. 牛与金子的协定 ………………………………（283）

十九　令人深思的虎祭 ……………………………（286）
　　1. 传说中的老虎 …………………………………（286）
　　2. 虎祭的日日夜夜（上）…………………………（288）
　　3. 虎祭的日日夜夜（下）…………………………（292）
　　4. 是活灵活现的图腾崇拜吗？……………………（296）

二十　从米林到错那 ………………………………（298）
　　1. 惜别米林 ………………………………………（298）
　　2. 手电筒作车灯 …………………………………（300）
　　3. 母亲的情怀 ……………………………………（302）

4. 冰雪怀里的春城 …………………………………… (305)

二十一　在麻玛乡过新年 ………………………………… (310)
1. 酒与歌 …………………………………………… (310)
2. 听来的年俗 ……………………………………… (315)
3. 不知何处是他乡 ………………………………… (318)
4. 动物王国的天堂 ………………………………… (321)

二十二　别是一番滋味 ……………………………………… (325)
1. 娘江曲是大哥 …………………………………… (325)
2. 兄弟何时能团聚 ………………………………… (327)
3. 神话里的历史真实 ……………………………… (331)
4. 用棍子赶来的小媳妇 …………………………… (334)
5. 访做木碗的老人 ………………………………… (337)

二十三　仓央嘉措的传闻 …………………………………… (342)
1. 遥望活佛的故乡 ………………………………… (342)
2. 圣者的奇迹 ……………………………………… (344)
3. 活佛也浪漫 ……………………………………… (346)

二十四　距印军哨所最近的村子 …………………………… (351)
1. 没有了却的心愿 ………………………………… (351)
2. 边境的军与民 …………………………………… (354)
3. 望远镜里的印军哨所 …………………………… (356)
4. 我的尴尬 ………………………………………… (359)
5. 仿佛回到童年时 ………………………………… (361)
6. 喜马拉雅山中的黄道婆 ………………………… (363)

二十五　神灵与凡人 …………………………………………（367）
　　1. 白马兄弟除魔记 ………………………………………（367）
　　2. 神灵一二三 ……………………………………………（369）
　　3. 凡间的不平事 …………………………………………（372）
　　4. 创奇迹的喇嘛 …………………………………………（374）
　　5. 凡间也有伏妖法 ………………………………………（376）
　　6. 真正的"小"学 …………………………………………（378）

二十六　被奴役的部落 ………………………………………（381）
　　1. 他们的祖先来自天上 …………………………………（381）
　　2. 颇具特色的奴隶制 ……………………………………（384）
　　3. 他帮助主子抢妻 ………………………………………（388）
　　4. 奔向光明 ………………………………………………（390）

二十七　磨炼耐性的时日 ……………………………………（394）
　　1. 战士送我们白拂尘 ……………………………………（394）
　　2. 啼笑皆非的供销 ………………………………………（396）
　　3. 广东客：新西藏人 ……………………………………（398）
　　4. 柳暗花明 ………………………………………………（400）
　　5. "小布达拉"废墟 ………………………………………（403）

二十八　长者达伐 ……………………………………………（406）
　　1. 仁慈的老人 ……………………………………………（406）
　　2. 转神山的向导 …………………………………………（409）
　　3. 立石结盟的亲历者 ……………………………………（412）
　　4. 讲究个人尊严的人 ……………………………………（414）

二十九　不寻常的亚松 ……………………………………（418）

   1. 逃婚者 ………………………………………………（418）

   2. 婚价的诠释人 ………………………………………（421）

   3. 农耕民俗的讲述者 …………………………………（424）

   4. 草根歌者 ……………………………………………（426）

   5. 会讲民间故事的人 …………………………………（430）

三十　尾声 …………………………………………………（434）

   1. 差点被遗忘的大家庭 ………………………………（434）

   2. 到边防诊所 …………………………………………（438）

   3. 来时难走亦难 ………………………………………（440）

后记 …………………………………………………………（445）

一

从京城到圣城

1. 枪炮轰出来的学科

20世纪50年代，我国民族学工作者，为了民族地区的社会改革，不辞辛苦，深入民族地区进行了艰苦的社会调查，搜集了数以千万字的第一手资料，奠定了我国民族学研究的坚实基础。进入60年代，正当学者陶醉于整理、出版这些用血汗甚至生命换来的宝贵资料时，中印边界的枪声和炮火却惊醒了这些善良学者的美梦。当人们急切地向一些民族学者问及中印边界这些没有进行社会改革，甚至还被印军非法占领地区的社情、民情、族情时，他们竟茫然不知，难以作出系统的、科学的回答。一些富有责任心的学者顿然感到，在民族学研究的领域内，存在着一项急需填补的空白：对喜马拉雅山东段的山地各族，必须着手研究，刻不容缓。为此，作为我国民族研究的最高学术机构的中国科学院民族研究所的有关人士，便请著名的民族学家费孝通、潘光旦、吴文藻、吴泽霖等出山，着手对中印边界的山地民族如珞巴族、门巴族、僜人、夏尔巴人等进行研究，并从国外出版的大量学术专著和期刊中，收集了丰富的资料，同时还计划派年轻的学者到我国这块遥远的西南边境作实地考察，系统地搜集第一手资料，开创这一急切需要的学术研究领域。

20世纪60年代初，笔者在中央民族学院历史系学习，对中印边界的山地民族研究的急迫性有所认识。当时我对系里的教授如潘光旦、吴文藻和费孝通等最近的学术研究亦有所闻。这些学者、名流的曲折经历和显赫声誉，早已使我们仰慕，可他们"右派"的政治帽子像一堵无形的墙，严严实实地阻断他们走上神圣的讲坛。每当我们在教室前面看到他们一行三人，准时来到通向二号楼的林荫道上时，我们仅知道他们接受政府有关部门的委托，潜心研究喜马拉雅山地各民族，心里便对他们产生几分神秘感。

1962年暑期结束，系里公布毕业论文导师名单，在其中赫然有费孝通教授。让费先生做毕业论文导师，这是1957年"反右"以来的第一次。我和于维诚同学便毫不犹豫地请他做我们的导师。自此以后，我对中印边界的民族历史、文化和宗教的研究兴趣与日俱增。1963年，我在费先生的举荐下，到中国科学院民族研究所工作，很想沿着毕业论文开辟的方向，对喜马拉雅山地各族的社会文化作深入的研究。但在当时政治形势的干扰下，尽管对喜马拉雅山地诸民族实行全面考察，已列入所里的议事日程，但历经十余年仍无从实现。

只要对西藏边境历史有所了解的人都知道，早在1825年，也就是说还在鸦片战争爆发前15年，一个名叫R.威尔科克斯的探险家、英军上尉就踏上了我们这片神圣的国土。自此以后的一百多年内，英国、印度的探险家和法国的传教士不断前来考察，不仅对军事行动所需的地理资料广为搜罗，而且对于这一广大地域的众多山地部落的社会、政治、经济、文化和宗教的考察报告大量发表，并长期左右喜马拉雅山地部落研究的学术论坛。英、印的殖民主义势力还乘虚而入，把中国珞巴族、门巴族、僜人居住地域的90%以上的土地，也先后占去。作为全国民族研究的最高学术机构，怎能容忍在这一学术领域内长期处于落后状态？

1976年，机会终于盼到了。笔者和刘芳贤、姚兆麟两位同仁，受单位的派遣，到米林、墨脱等地的珞巴族、门巴族地区进行了首次考察。幸运的是我们这次先行性的行动，收获可喜。我们的调查报告初稿铅印后，在学术界传阅，受到了同行的好评。一些有名望的老一辈民族学家如胡庆钧教授等称：正是珞巴族的家长奴隶制，同云南的佤、凉山的彝族，在社会形态上构成了人类社会发展史上早期奴隶制的发展链条，这在学术研究上很有价值。一些颇有影响的民俗学家从不同渠道了解到我们的调查资料时，异常兴奋地说，珞巴族的神话故事，又一次打破了国外学者声言中国没有系统神话的谬论；更有一些长期研究喜马拉雅山地民族的学者无限感慨地说，我们终于看到国人的研究报告了……。所有这些反响，强烈地打动了所、室领导的心弦，秋浦、侯方若等领导和李有义、胡庆钧等研究员，决定再次派我们前往考察，并为我们配备优良的装备。行政办公室主任郭布库亲自出马，到国家体委登山队为我们购置鸭绒睡袋、登山服，舍弃了过去到高寒地区考察要穿的羊皮袄。更令我们兴奋的是，除过去考察人员常带摹拓用的宣纸、墨汁、刷子、尺子等外，还破例地给每人配备了一架照片机、半导体收音机、小型录音机。为了保证照片的质量，又特为我们购置了一套简易的黑白照片的冲洗设备。坦白地说，像这样的先进装备，足以使其他同仁羡慕不已。我们这些在十数年中停止研究工作的人，在重操旧业的尝试中竟受到如此重视，真是大喜过望。我们决定抓紧时机，在藏历年前赶到目的地，开展为期一年以上的民族学考察。

2. 学会喝酥油茶

1980年1月21日，我们乘9次特快到成都。从成都坐飞机到拉萨，票价161元。25日早上4点，天还漆黑，西藏驻成都办事处的小蒋开面包车把我们送到双流机场。6点40分，乘坐的苏制伊尔18起飞，9点整在贡嘎机场降落。

拉萨布达拉宫的顶层（1992年李栋摄于拉萨）

有人告诉我们说，冬天到拉萨，最忌讳的是感冒，若患此病，不容易痊愈，其有效的防御办法是大量服用维生素C。因此我们在下飞机前，每人都服用了15片，为平常用量的5倍。也许这一招特别灵，到拉萨后的第二天，除刘芳贤出现头痛、呼吸困难、胸闷等较强烈的高原反应外，我和老姚都能外出走动，拜访友人。但不敢到布达拉宫、大昭寺等名胜古迹游览。当然我们还牢记着，拉萨的氧气仅为北京的70%，提防着缺少30%"汽油"的这架肉体发动机打不着火，有意减少跑动、减少说话，以降低身体对氧气的消耗。为此老姚建议先拜访住在区政府大院的布穷。我知道，布穷是拉萨人，早在1958年就曾同老姚参加过那曲地区的社会调查，他们是交往多年的老朋友了，如今在自治区政府编译室任高级翻译。

从我们下榻的地方到布穷家，仅有19分钟行程。他的家像普通藏族干部家庭那样，摆有藏式桌子、卡垫，墙上挂有毛泽东和

大昭寺的金顶（1992年李燕雄摄于拉萨）

华国锋的伟人照，更有不可缺少的酥油筒和装酥油茶的热水壶。我们一到布穷家，就受到热情的接待，给我们打酥油茶。布穷的夫人说："酥油茶能帮助您适应高原的气候，多多喝！"记得1976年时，我在林芝喝酥油茶不习惯，即使下了决心也喝不下两口。每每出现这种情况，人们会打趣地说，喝不下酥油茶、吃不了糌粑，算到过西藏吗？大有把这一吃一喝当作进西藏的门票似的，人们非习惯不可！想到我这是第二次进藏了，无论如何也得习惯了。布穷夫人的话，正迎合我急于适应高原生活的愿望，便自觉地喝了起来。不知是这次酥油茶打得好，还是自己想主动适应藏族同胞的生活习惯，不仅能喝个痛快，而且也品尝出酥油茶浓郁的芳香。布穷夫妇看了，发出会心的微笑。在西藏工作，会饮酥油茶可说是事业成功的先决条件。我从他们的微笑中仿佛感觉到，自己嘴边酥油茶分量的多少，是他们预测我考察工作能否成功的尺码。

3. 高层人士的座谈会

当我们作民族学的文化变迁考察时,追溯民族的历史发展脉络是重要的研究方法之一。但对珞巴族的历史,无论是汉文还是外文的资料,记载甚少。我们在北京时查阅清代盛绳祖的《卫藏图识》,只知道18世纪时珞巴族过着"不耕不织,穴处巢居,冬衣兽皮,夏衣木叶"的游猎生活。意大利有位传教士德斯得利在清康熙年间曾到西藏游历,写了一本颇有影响的著作《西藏纪事》,其中讲到珞巴人同藏人有较多的联系,他们用蜂蜜、蜂蜡、小豆蔻和染料与藏人换食盐和衣饰。但仅寥寥数语,有关珞巴族古代史的状况,我们仍感到茫然。后来请求藏族史专家黄颢研究员查阅藏文资料,知道早在吐蕃王朝时期,珞巴族居住的珞渝地域归吐蕃王朝统治。到了11、12世纪,珞巴族住地扎日一带,被

大昭寺门前的朝佛者(1980年李坚尚摄于拉萨)

藏传佛教噶举派的著名藏巴嘉热益西多吉视为山乐金刚圣地，成为藏族佛教徒所膜拜的神山。到17世纪，格鲁派掌管西藏政教权力后，扎日又成了每12年一次、带有神秘色彩的猴年转神山大规模宗教活动的地方，藏语称为"扎日戎哥"。自此藏珞两族开始了密切的交往。该活动自始至终由西藏地方政府派重要官员主持，一直延续到1956年。黄颢同志提供的历史线索，给我们以重要启示，我们应访问民主改革前西藏地方政府的有关官员，以便揭开藏珞文化史上的这一神秘面纱。

2月4日，我们经过多方努力，召开了一次规格很高的座谈会，地点在文史资料编辑委员会的一座旧式藏族小楼里。参加的人主要有拉鲁、嘎雪巴、土登丹达这些原噶厦政府的重要官员。尤其拉鲁更是一位传奇人物。他出身于西藏贵族世家，在历史上，他的家族曾出过八世达赖和十二世达赖两个活佛，他的父亲龙夏，曾组织过"求幸福者同盟"，试图在西藏进行改革，后因政治斗争被挖去双眼。拉鲁在年轻的时候，就成为西藏地方政府的噶伦，进入决策阶层的行列。1955年以团长的身份带领随员到内地参观。1959年曾被临时推举为叛军总司令，但没有指挥过战斗就被俘了。后因劳改期间表现积极，1965年被释放，随后种过田，赶过马车。1983年以后又担任过全国政协常委、自治区政协副主席等职。

在座谈会上，拉鲁发言最积极。他讲到，他过去的嘎查庄园曾管理过珞巴族地区的梅楚卡，他谈得最多的是关于转扎日神山的事。按照藏族人的说法，转扎日神山，可求得长寿、平安。因而每逢猴年6月，整个卫藏地区的藏族，甚至还有不丹人、锡金人也参加，这实际上是一次大规模的国际性宗教聚会。转神山时，要经过珞巴人居住的地区，因此需要藏政府出面，山南十三个宗集资购买大批牛、刀、斧、手镯、绿松石、珊瑚之类，作为买路钱，馈赠给珞巴族地方头人。在米及顿，还要在藏政府官员主持下，与珞巴族头人举行宣誓仪式，保证不伤害转神山的群众。可以想象，望不到尽头的佛教虔诚者队伍，带着神秘的护身符，手拿经筒或念珠，口中念念有词，那该是多么神秘而又庄严肃穆的气氛啊！人们相信，在爬越险峰时，这些虔诚者的队伍中，若有人过去犯有杀人、抢劫罪，必定被滚下的山石砸死。因而走在前面的人，总是向后面的人不断叮嘱："犯有罪行的人，赶快认罪吧，不然山石滚下，自己保不了，还伤害大家！"在这样浓烈的宗教气氛下，有罪的人都流下激动的泪，痛陈自己的罪孽！从这个角度来看，转扎日神山从某种意义来说，是一次道德的净化洗礼。

在这次座谈会上，与会者还说道，凡转山的人，都要带回一些藏有灵气的物品，其中竹子是人人必带的。他们相信，神山的竹节里藏有佛的吉言，回家之后做手杖用，可保旅途平安；采集山上一根藤子做成手镯送给亲友，就会给他带来福气。如果有人运气甚好，发现灵芝，那真是极大的造化，他随后必定祈请活佛祷告，制成药丸，谁吃了，死后尸体会虹化，仅留下舍利子，这简直是修行到家，立地成佛了。因此转神山时能发现灵芝，当然是人人祈盼的。在这次调查会上，拉鲁还悄悄地说道，他相信死后自己的尸体会虹化，生成舍利子，这大概是因为他吃过转扎日神山时收集的灵芝调制成的药丸吧。

转神山无疑会给虔诚的佛教徒以极大的精神安慰。而对广大的珞巴族群众而言，由此得到为数可观的铁质刀斧，这对他们从事刀耕火种的农业来说，比起藏族信徒的竹手杖、藤手镯和灵芝来，其实用性是不言自明的。

4. 访逃来的印度兵

珞巴族居住的地方都是国防最前哨，有些村落向前走不远就是印军哨所。这种外部环境，使我们意识到，没有边防部队的支持，是难以开展工作的。由此，我和刘芳贤同志到西藏军区政治部联系，争取让他们给我们开有关介绍信，以便得到基层部队的支持。

还算顺利，没用多久，介绍信已到手。当我们路经军区联络处时，见到以前相识的朋友王贵，他说他认识一个从印占区过来的珞巴族人，名叫尼木·嘎布都，32岁，曾当过印军的班长，因患麻风病受歧视，1967年逃来我方，随后进曲水麻风病医院医治，并在那里结识了一位波密来的病友，病愈后结婚，今在拉萨。他建议我们去走访。

王贵处长的建议，引起我们浓厚的兴趣。我们早就知道，印度独立后，在对待我国领土问题上，依然继承了英国过去的政策，继续占领我国大片领土。珞巴族的绝大部分人口，都处在他们的统治之下，我们是无法前去调查的。可不调查这部分珞巴族的情况，心里存在着几分遗憾。现在意外地遇到这样的机会，真所谓踏破铁鞋无觅处，得来全不费工夫，实在是令人兴奋的。为使我们顺利找到尼木·嘎布都，王贵处长还派参谋顿珠多吉协助我们。

我们在蔡公塘找到尼木·嘎布都，他个子不高，肤色正常，眉毛完整，如果不知底细，很难看出他患过可怕的麻风病。当顿珠多吉向他介绍我们的来意后，他就把自己知道的、有关家乡社会和文化的情况向我们一一道来，并讲了一些有趣的传说故事，使我们对珞巴族的情况有了进一步的了解。

尼木·嘎布都是珞巴族迦龙部落人，家住库京。有关迦龙部落的情况，印度人类学家斯里瓦斯达瓦（L. N. Srivastava）于1963年写了一本名为《迦龙》的书。那是一个较大的部落。尼木·嘎布都讲道，在他们家乡，关于祖先的来源，有这么一个传说：很久以前，迦龙人的祖先住在喜马拉雅山以北的藏区，同藏族是兄弟，有一天，父亲给每个儿子发种子时说道，你们都长大了，应该离开家乡自谋出路，把种子播下，看看长出第一个叶片指向哪个方向，你们就朝哪个方向迁移。迦龙人祖先种的是竹子，长出的第一片叶片指向南方。他依照父亲的吩咐,准备迁移。出发前,父亲给他一块牛皮说:"上面有字,到了新地方该怎么做都写好了,你一看就知道。"迦龙人的祖先向南走了很长时间,还没有找到定居的地点,已把带来的粮食吃光了。没有办法,只好吃父亲给的那块牛皮。可这样一来,父亲在上面写的字也就一起被吃掉了,所以现在迦龙人没有文字。

尼木·嘎布都讲的这个传说,使我想到印度人类学家的一个观点是不正确的。沙钦·罗伊在所著《民荣——巴达姆诸文化》一书中称:在喜马拉雅山东部,形成了东西走向的两个文化带,一条是藏族的文化带,一条是以民荣、巴达姆等山区部落组成的文化带。后者与印度境内的纳加部落的文化有密切的关系,与藏族文化差异甚大,因而认为他们是从南边向北迁移的。尼木·嘎

民荣部落的男子(1958年维·埃尔温摄于珞渝)

布都讲到的传说，表明了在珞巴族的迦龙部落里，有从北向南迁徙的历史，并和藏族有着密切的关系。十分明显，印度学者的分析是与事实不符的。在民族学研究中，对于一些没有文字记载的民族，口头传说就是研究其历史的重要依据。

在此后的数天访问中，尼木·嘎布都跟我们谈了他们家乡的许多社会情况。他说道，他父亲有两个妻子，后来叔父家穷，讨不起老婆，父亲就把第二个妻子让给叔父。这种习俗，与藏族的兄弟共娶一个妻子有相同的地方，说明在性爱上，男性亦存在宽容的精神。探索这种宽容精神所赖以依存的社会、文化背景，是有一定理论意义的。在以往的许多著作中，总是谈及雄性的忌妒。在近代欧洲文化中，亦赞扬武士为争夺情人而进行的格斗。有一些国家甚至流行这样的格言：战争和爱情是不择手段的。当我们了解到珞巴族迦龙部落的婚姻状况时，上述的性爱观就不一定站得住脚了。

尼木·嘎布都谈到自己的经历时，他感触至深的是我国政府给他治好了麻风病。他认为，印度政府是有能力给他治的，但他们不管，并加以歧视。而在他们自己的部落里，对这种疾病无能为力，谁患了这一传染性强的顽症，通常的办法是关在深山野林的房子里饿死，随后放火焚烧。当我们问及他想不想回家乡时，他爽朗地说，这里已有妻儿，不愿走了。但我觉得，个中缘由他不愿说出口：也许万一再受感染，无论是受歧视或饿死被烧，也会使他不寒而栗吧。

二

奔向喜马拉雅的路上

1. 欲速不达的丰田车

在拉萨，我们几乎把了解珞巴族社会情况的人都访问过了。其中一位拉萨市政协委员米林达却，50多岁，原是个封建领主，在20世纪50年代以前，管理珞巴族博噶尔部落。由于长期与珞巴人交往，学会讲珞巴话，近年来在拉萨与外界接触较多，汉语也略懂一些。我们觉得，凭他的经历，可以沟通我们同珞巴族群众之间的关系，有利于消除彼此之间因文化差异导致的隔阂。这对我们的社会调查是极为有利的，因此决定请他协助我们工作，他也能趁机回乡一次，乐于同往。当我们把这一愿望向拉萨市统战部负责人提出后，他们大笔一挥就同意了。

我们下一个调查点是米林县，到那里之后再选三五个村庄做深入调查。从拉萨到米林约400公里，坐长途车需3天，不仅要翻山越岭，而且路况不佳，好不容易盼到一段平路，又都是搓板路。鉴于这种路程的艰辛，我们考虑到这次考察经费充足，决心花400元，向自治区接待处租一辆较好的丰田越野车，计划一天赶到米林，既可免除坐长途车的艰辛，又可节省两天时间，不啻是明智之举。

拉萨河畔的柳林与水渠（1980年李坚尚摄于拉萨）

2月10日一早，汽车准时来到招待所。老姚身高体壮，又比我们大七八岁，让他坐在前面，刘芳贤、达却和笔者坐在后排。司机姓林，30多岁，五短身材，来自四川，一看便是精明的人。他原是长途汽车司机，技术娴熟，小心谨慎，对米林的路况了如指掌，近年才改为开小车。遇到这样的司机，我们深感幸运，心里增添了几分安全感。在西藏行车，事故较多，只要你稍加注意，看看滚落在山沟里的汽车残骸就明白了。我们的汽车在晨曦中沿拉萨河岸逆流而上，时而穿过幽暗的山谷，时而爬上令人目眩的雪坡，当汽车紧贴河边走时，岸边的野草和灌木枝条结着无数晶莹剔透的冰凌，在阳光照耀下，与不时拍岸的浪花相映衬，好像在岸边披上一层点缀着七色宝珠的轻纱，迷人极了。正当我们为美丽景色陶醉的时候，一侧的车座突然下陷似的，车走不动了。我们正在疑惑，林司机说："出事了！"

刚过墨竹工卡不远就出事，真有点意外。我们急忙打开车门，钻出车外，见到左前轮全瘪了。林司机冷冷地说："轮胎被钉子扎

美丽的拉萨河（1980年李坚尚摄于拉萨）

破了!"幸好有预备的轮胎,我们七手八脚帮助司机把轮胎换上,不过10分钟,车又风驰电掣地赶路,把那些笨重的载重车远远抛在后头,我们感受到多次进藏从未有过的快捷舒适。

我们深有体会,过去在西藏行车,最怕的是抛锚。在那前不着村、后不着店的茫茫旷野,只好等待偶尔开过的汽车才有可能带来修好的希望。有时一等就是半天,甚至把车扔下不管,另求车主捎带到下一个修路道班暂住,借以喝碗酥油茶或吃点糌粑,暖和一下瑟瑟发抖的身子。想不到这次抛锚能这样迅速解决,心里着实佩服司机熟练的技术。

车顺利向前,格桑、巴洛、日多等站一掠而过。但随着山势的陡增,高山反应如头痛、恶心等症状逐步加重。加之车外雪光耀眼,我们只好闭目养神,不再谈话说笑,唯有达却随车带来的两只小羊羔"咩、咩"的偶尔叫声,打破车内的沉闷。达却是当地人,适应高原环境,他看到我们脸色蜡黄、异常难受的样子,便安慰说:"快过米拉山口了,进入工布地区,地势低,就好了。"

我们听他这么一说，知道已接近5000米海拔的高地，尽管困难即将过去，但头痛却越感剧烈了。为了减轻痛楚，我们紧靠车座背，默默地端坐着，甚至连呼吸也放得轻缓，把自己的身心置于无思、无我的境地，像佛家的参禅入定似的，借以减少体能的消耗。就在我们尽力调整身体呼吸，盼求平安度过沿途最高的山口时，在一段被风刮得积雪不留的斜坡上，车轮又被扎破了。林司机匆忙把车停向路旁，叫我们搬来石头，把后轮卡住，以防车向下滑行，发生意外。

备用轮胎刚装上不到两个钟头，卸下的车轮又没有补，我们搬了几块石头就累得气喘吁吁，不想动弹，任由刺骨寒风直扑过来，彼此愣愣地站着。正看司机有何办法解决目前的困难时，达却的那对小羊羔却趁人不备，钻出布袋，跳下汽车，向山下跑去。我们尽管行路就感到气喘头痛，腿脚发软，也不得不快步奔跑，抓回这对小宝贝。待我们把小羊羔重新装入布袋时，都已喘着粗气，瘫软地坐在路边冰冷的乱石堆上，唯司机和达却一切如常。

林司机不愧是个有经验的人，在达却摇动千斤顶协助他卸下瘪气的轮胎后，他靠在附近巨石后面的避风处，自个儿用打火机点着一块早已备好的热补橡胶，把内胎补好，并细心地找出扎在外胎的钉子，带着几分调侃地说："西藏不出产钉子，可遍地都是钉子！"

西藏的冬天本来就寒冷，在这4000多米海拔的多风山地上，至少也有零下20多度，可说奇寒无比。由于我们穿着鸭绒登山服，那是登山运动员爬雪山的专用品，御寒性强，身子不觉寒冷，可脚上穿的是一般的皮棉鞋，坐下片刻脚掌像踩着冰块似的冻得难受。为免冻伤，我们不得不喘着粗气缓缓地来回走着，焦急地盼着车子修好。我目睹眼前的困境，真正体会到在拉萨时，曾多次听到的"旅客的生命掌握在司机手里"这句话的深刻含义。过去只领会到撞车、翻车的危险，现在又感受到寒冷和高山反应的威胁。老姚已是年近半百的人，加上身体较胖，高山反应尤甚。尽管这样，我们3人一待轮胎修好，也争先恐后地投入打气的行列，以便让司机稍事休息，待后能集中精力开车。

在这种高寒地带，打气也不是一件容易的事情。也许我们这部车子，过去只奔走于贡嘎机场和拉萨之间，路况尚好，自备气筒很少使用，久弃生涩很不顺手，打起气来，觉得特别沉重，每打一下，都要使出浑身的气力，我们连续打二三十下就气喘不止，手脚发软，可进入车胎里的气却甚少。我们轮流打着，直打到了1100多下，好不容易达到3.2个正常使用压力，但林司机略为思索一下，又把我们打足的气吱吱放出，一直降到2.8个压力为止。我们默默地看到费了半天才打足的气，就这样被轻易地放走了，真有点可惜。但林司机说，只有这样，才能减少再次被扎破的危险，可轮胎偏软，车速受到影响，旅程耗时定将更多，想到这里，大家脸上顿增愁容。但在此时此地，能把汽车开动就阿弥陀佛了。半天的行程使我们认识到，一天赶到米林的想法是不现实的。

下午5点经过海拔5000米的米拉山口，比原定计划晚6个小时。西藏实行的是北京时间，实际是当地时间4点左右，正值风和日丽，山口的玛尼堆上插着的五色幡旗轻轻飘着，像在欢迎我们平安到来。一条数十米长的积雪甬道两旁，堆着两米多高的雪墙，墙上一道道凹陷的痕迹，表明这是用推土机开出的道路。穿过这一甬道，地势就急转直下，正式进入工布地区了。

工布的景色与拉萨地区迥异，车一过山口我们就感到，车窗扑来的风，带有几分清新潮润的气息，沁人肺腑。遥看脚下低矮错落的群山，散落着丛丛灌木和树林，越是远处，越发浓密。虽然一些山头也偶有积雪，但那雪的晶莹更衬托出林木青黛色的娇美，与山后沉重的积雪、光秃的山石、干冷的天气形成鲜明的对照。过了米拉山口片刻，便可见到低矮的杜鹃丛；车向下行驶，很快就会见到稀疏的柏树；车行不远，便进入丛生的青枫小树林，

山口上的玛尼堆（1992年李栋摄于那曲）

汽车越向海拔低的地方开去，所见的青杠树越发高大浓密，我们赶到工布江达时，青杠树已差不多布满众多山头，给大地披上一层富有生命力的深绿色。

随着海拔的降低和空气的潮润和清新，我们的高山反应很快消失，彼此的谈兴也渐浓起来，漫山遍野的青杠木，自然成为我们谈话的主题。达却是工布地区人，话就更多。他讲到青杠树木质坚硬，可做木犁，翻耕多石的山地，铁犁易断，不及木犁。加之木犁只要有把刀，人人都可制造，不必依靠工厂。这就是为什么直到目前，工布地区还有不少人使用木犁的原因。达却的议论，涉及当前文化人类学研究的一个理论问题，即文化相对的合理性。这种理论认为，不同的文化是在不同的社会环境、自然环境和人群的不同禀赋下产生的，都有其合理性，实难以优劣衡量。就一般人的看法而言，铁犁比木犁优越，但达却说，在工布地区，铁犁却取代不了木犁，这又是事实，1976年我们到米林调查时，就意识到这一点。这种理论是耐人寻味的。

达却还讲道，青枫树籽营养丰富，经加工除去青涩味后，可以食用；过去珞巴人在粮食短缺时，常采集起来，去壳磨成面，做成烤饼，不失为果腹之物。现在人不吃了，却肥了黑熊。每年秋季，黑熊饱食终日，积存足够的养分，安度漫长的冬眠期。青枫林里又常常长有灵芝，那是能治多种疾病的宝贵药材。这里有个县名叫"林芝"，译得那么贴切、那么美，就是依据这里既有森林又有灵芝的自然特点，从"尼池"这一藏语村落名称转化而来的。我们就这样自由地聊着，天色由昏转黑，到130道班时已是晚上9点多。我们在那昏暗的电灯光下，吃了八角钱一份的牛肉炖萝卜和两角五分一斤的米饭，和衣而睡。住宿费不贵，每人一元，但通铺中的被子却不敢恭维，幸好灯光昏暗，黑白难辨，可它散发出来的那种气味，并不因黑夜降临而有所减弱，相反因获得人的体温而有所加强。但它终敌不过一天辛劳带来的疲乏，我们很快进入梦乡。

2. 不愿照相的朝佛者

第二天一早，我们匆忙起床，协助司机把昨日替下的破轮胎补好，到启程时，已是9点了。不出司机所料，车行半小时，车轮再次被钉子扎破。正在我们停下换轮胎时，一群手里捻着佛珠或摇着转经筒的朝佛者迎着我们走来，男的头上扎着大穗红的或黑的丝线，腰佩短刀，十分威武；女的头戴一串串的绿松石，颇具风韵，是典型的康巴打扮。我们断定，他们是去拉萨的，此前我们也见到10多群，只是没有停下车来同他们聊聊。我们趁修车之际同他们搭讪时，得知他们都懂些汉语，来自康区德格，出来已三四个月了。朝佛是积德的善举，过去都是走路，有些虔诚者还沿途跪拜，双手合十，高高举过头顶，从头顶下移到额头，再停至胸前，作揖三次，然后全身匍匐于地，双手平伸在前，用手在地上画一记号，起立后，前行到画记号处站立，再重复以上动作。他们就这样磕着等身头，从家乡一直磕到拉萨，往往要耗时数年，才能到达目的地。有的信徒甚至经受不了这样沿途的辛劳，长辞于途。现在这些朝圣者的观念已有所改变，开始搭便车朝圣了。他们在林芝转完本日神山后，正向拉萨行进。1976年我们来考察时，也能见到少数朝佛者，像这样成群结队的，在这次途中经常见到，这是近年才重新出现的现象。当我们提出给他们拍张照片时，他们没有同意，我们只好作罢。

拉萨的朝佛者（1992年萨那摄于拉萨）

由于轮胎一再扎破，反正已经晚了，司机也不着急赶路，到百巴站时，已是中午12点。百巴是个10多户人家的山村，坐落在森林密布的山谷内，公路从村旁通过。在公路旁，有几座用木板搭成的平房，其中有餐厅、住房，在几棵大树的浓荫下，有个可容10多辆汽车的停车场，从这些设施断定，这是专门接待来往旅客的场所。达却说，这里的饭菜可口，是过往车队乐意食宿的地方。不出所料，林司机把汽车驶入停车场，在一棵大树下停住，我们下车，径直朝餐厅走去。

餐厅的案板上摆放着鲜肉、鸡蛋、豆腐、葱蒜、白菜和萝卜等，显出店主人有大饱旅客口福的热情。但对许多来自拉萨的客人来说，这里更令他们羡慕的是火灶旁边堆放的大块木柴和锅里随便取用的热水。这对缺乏燃料的拉萨人来说，是难以想象的。在拉萨，木柴昂贵，一般人多烧草皮、牛粪，即便这些燃烧值不高的东西，有时也几乎与粮食等价，用热水洗脚、洗澡，无疑是奢侈的行为。可这里漫山遍野的林木，对拉萨市民来说，简直是遍地黄金啊！

我们洗完脸后，一边点菜，一边同店主人聊起来。男店主是四川人，当年支援西藏建设时来到这里，女店主是藏族，他们结婚多年，生有儿女。10多岁的孩子，既会说藏语，又会讲四川话。店主人也同许多藏汉通婚的父母一样，当问及他们子女的族别时，往往不说藏族或汉族，而是深情地说"团结族"，以示民族团结之意。店主人利用宅边的园地，种植了当地或从内地引来的菜蔬，以丰富过往客人的食谱。

我们吃过午餐后，便到邻近溪旁的几幢农舍参观。但见房子周围，都栽有数目不等的桃树、核桃，树干粗大，结果甚多。据老乡说，过去由于交通不便，桃子成熟时，多用来喂猪。现在交通方便，可搭乘汽车运到拉萨出售，卖个好价钱。我曾听说过，工布的猪以肉质细嫩、味道鲜美享誉全藏。听了老乡这一席话后，不禁想到，桃子或许对猪的肉质改善有些作用吧。

百巴村最引人注目的是水力的利用。清澈见底的溪流引入水渠，通过简单的机械，人们用它磨糌粑、发电照明、锯木解板子。电锯不时发出的吱吱叫声，在整个山谷回荡，显示出山村的活力。这里解出的松、杉树木板，纹理清晰，节眼甚少，深受用户的欢迎。实际上，整个工布地区出产的松、杉，以其笔直、伟岸著称，早已成为阳刚之气的象征。西藏的诗歌对此有过寓意颇深的描写："工布所产木材，一削就能方正；如果再削还歪，定是杂木本性。"

百巴浓密的森林，清澈的流水，丰富的物产和淳朴的民风，给我留下深刻的印象。虽然青丝抵不过岁月的磨炼，如今已变成灰白，但当年的记忆却没有丝毫减弱。

3. 扛炮座入藏的老十八军战士

离开百巴，汽车沿着尼洋河岸向下行驶，约一个小时，到达更张，这是西藏有名的林场，也是火柴、造纸的工业基地。不知是迎合西藏人的需要还是木柴廉价，西藏出产的火柴杆，既粗且长，一根可抵内地的两根或三根。从更张走3个多小时，到达八一镇。林司机告诉我们，这里原是一片河滩，自野战军52师师部设在这里后，此地日渐繁荣起来，进而发展成一个颇具规模的城镇，故由此命名。后来我们了解到，这里距边境线甚近，印度非法占领的都登、阿朗、马尼岗、梅楚卡、塔克新、尼米金等地都驻有重兵，有些地方还设有机场。在此驻扎部队，具有重要的军事意义。在1962年的自卫反击战中，52师还立了战功。但进入70年代，这里边境一带一直很平静。

在八一镇，值得人们夸耀的是林芝毛纺厂，那是西藏为数不多的盈利企业之一，1966年由上海市协助兴建，来了一大批技术熟练的漂亮姑娘，曾引起轰动，至今有些人还称之为当代的"文成公主"。也许正是这些人带出了一批巧手的藏族姑娘，才使这里的牦牛绒呢子享有盛名。我曾听过这样的故事：某年冬天，一位副总理到北京机场迎接外宾，突然天降大雪，使大家浑身披白。当回到机场休息室时，许多人的大衣因保暖性能差，体温已把落在上面的雪融化，不易抖落，唯独这位副总理的大衣轻轻一抖，片雪不留，干爽如初，众人见了羡慕不已。他们七嘴八舌地问，

在林海中漫游的尼洋河（1990年叶净摄于林芝）

这件上好大衣用什么料子做的？这位副总理笑着回答，西藏出产的牦牛绒呢子。这一消息传开后，林芝毛纺厂出的呢子声誉日隆。

这类故事的真实性难以稽考，但下面的情况却是真实的：牦牛习惯生活在三四千米的高山上，毛长且厚，不畏严寒。狗、羊卧过的雪地，多有所融化，唯牦牛卧过的积雪能保持原样，这是牧民的常识。后来我了解到，牦牛绒呢子即使在林芝，也难以购到，像这样畅销的产品，其质量上乘是可想而知的。

从八一镇再往东南方行驶10多分钟，便到达林芝。林芝过去亦译作尼池，意思是"娘氏家族的宝座"。娘氏是古吐蕃王国望族，由此可知，林芝是西藏有名的古遗址。现在是林芝县治所在地，西藏军区林芝军分区的行政机构也设在这里。前面已经提及，珞巴族都居住在边境地带，要到这些地方作社会考察，如果没有取得军分区的支持，是无法进行的，即使进入这些地方，没有边防证，也寸步难行。1976年，我们已结识了军分区边防办公室主任贾龙湘。这次前来，汽车径直开到他的院子里，其时是下午6

点左右。

边防军区这类字眼，总给人威严的感觉，可我们结识的这位贾主任，却充满人情味。他见我们到来，便吩咐年轻的参谋替我们搬行李，领去洗热水澡。他亲自到小灶餐厅安排炊事人员为我们做可口的饭菜。记得就一般情况而言，当地的部队多数吃内地运去的腊肉、罐头和脱水菜之类。可我们在贾主任的关照下，大不一样，详细情况记不清了，总之吃得很丰盛，是一顿难得的美餐，其中鲜肉炒芹菜和一碗海参汤格外鲜美，至今还记得。

晚饭后，我们把1976年调查的有关珞巴、门巴和僜人的民族学调查报告共5本送给他，请他提意见。他脑子里装有不少门巴、珞巴族的情况，但没有系统写出，见到我们整理出来，铅印成册，十分高兴，一边细看，一边点头说："是这样，是这样！你们帮了我们的大忙。"

贾龙湘是墨脱、米林的珞巴族、门巴族群众十分敬重的人物，只要一提到贾主任，人人都知晓。1950年，他作为张国华将军率领的十八军战士，为了巩固国防，解放西藏，从四川雅安起，扛着沉重的炮座步行进拉萨，随后又步行到林芝、波密和墨脱。从此他和珞巴族、门巴族、藏族人结下不解之缘，直到1982年退休回山东老家为止。30多年的边防生涯，使米林、墨脱的山山水水印在他的心头，生活在这些地方的各族人民的语言、风俗，成了他的囊中之物，只要我们问及，他就能有根有据地答复。如珞巴人极重承诺，答应的事一定要办到，若办不了，就不要允诺；向他们了解情况，不能重复提问，不然他们会认为你对他先前的答复不信任，他们便不再回答。若进珞巴族、门巴族居住的墨脱，要翻越气候多变的多雄拉山口，只有中午一点之前，才可通过，否则突然袭来的风暴会带来生命危险；此外，怎样预防毒蛇、毒蚊、蚂蟥的叮咬，同珞巴、门巴人交往的礼节等，都给予介绍，使我们得益甚多。现在想起来，心里仍对他抱有感激之情。

贾主任还有一些令人钦佩的地方。他只上过两三年学，却自己学会了藏文，连珞巴、门巴话也能应用自如。不仅如此，在他的提携下，培养出珞巴族、门巴族的第一批知识分子，成了边疆建设的骨干。那还是20世纪的60年代末和70年代初，他主持边办工作，选拔了一批珞巴族、门巴族的青少年，先后办了3期青年训练班，开始学习文化，随后又保送到中央民族学院或西藏民族学院学习。由于其时正是"文化大革命"改名的热潮，至今有些人还保留了具有时代特征的名字，如卫红、卫边、荣敬东、高前、卫国、心向党等。我们这次路过，也是想请求贾主任借调他手下的工作人员荣敬东的。荣敬东是米林县珞巴人，1975年中央民族学院毕业，后分配在边防办公室工作，珞、汉、藏3种语言都好，翻译运用自如，给我们留下深刻的印象。当我们提出借调他时，贾主任说，由于他的妻子在米林县医院当医生，为了照顾他们的家庭，已调走两年了。我们听了，有点失望，尽管我们首站的工作地点是米林，但那里的负责人，不一定像贾主任那样办事痛快，有求必应。也许贾主任已觉察到我们的疑虑，便说，那里的书记是"宾努亲王"，只要给他去封信，借调不成问题。他所说的宾努亲王是米林县委书记，本姓冀，外形酷似当年西哈努克流亡政府的宰相宾努，且同样患有神经性疾病：头部前倾，不断轻度摇晃。尽管他身居县委书记之职，但为人随和，在非正式场合，人们都亲切地称他为"宾努亲王"。在朋友面前，他也乐意享受这一称号，当个"宰相"。

吃完晚饭后，贾主任知道我们对另一个喜马拉雅群山中的族体夏尔巴人甚感兴趣，便把我们带到附近的军分区副司令员杨岗的家里。杨副司令员是巴塘人，藏族，也出身于当年的十八军战士，在日喀则军分区工作时，长期生活在夏尔巴人中间。他十分健谈，也很风趣，讲了很多有趣的事，但大都忘记了。唯夏尔巴妇女在给亡夫送殡时的三停三哭，至今还记得：抬尸体出门口时要停放一次，哭歌内容为指责丈夫无情无义，撒手不管儿女，离她而去；送殡路程过半时，又停一次，哭歌内容为你要走，我也没有办法留下你，你走就走吧！临到墓地时再停一次，哭歌为你要走就放心走，我要×年为儿子娶妻，×年为女儿找夫婿。初次见面，他就是这样风趣地谈论着。当然，他那爽朗的笑声和浓香的牛骨髓酥油茶，同样也使我们难以忘怀。只可惜后来没有时间到夏尔巴人那里考察。

4. 路过则拉岗宗遗址

从林芝到米林不足百公里行程，不必风风火火赶路。离开林芝时已11点多，贾主任弓着身子送行。我们知道，他当年扛炮座腰部受过伤，到林芝后，无论是山间野岭，还是沼地森林他都睡过，自此得了风湿病，经常痛得直不起腰来，尽管这样，他还是一再嘱咐我们：珞巴族住区距麦克马洪线很近，有15条山沟直通印占区，即使近年边境平静，也要提防，显示出他那长者的风范。我们离开林芝后，车过八一大桥，路经西藏农牧学院，再前行一个多小时，便到达尼洋河和雅鲁藏布江的交汇处。在这里的西北角山坡处，一片断垣残壁，虽是结实的宝瓶佛塔，它那象征水、火、空、风的塔顶和塔身也已倒塌，仅留下象征"大地"的基座。达却指着这片废墟说，这里原来不是则拉岗宗（县）的宗政府所在地，后来星相家认为，此地是大象的鼻子，累有地震发生，危害无穷。为此向主事的宗本（县长）建议，若在此处建白塔，并把县政府迁到这里，定可压邪，不再有地震灾害。白塔建成后的数百年间，还算平安。但1950年发生大地震，把喜马拉雅数百里地域来个地动山摇，镇邪的白塔也无可奈何地倒了大半截。经这次地震后，这个号称象鼻子的地方，再也没有人居住了。

西藏农牧学院（1980年李坚尚摄于林芝）

则拉岗宗遗址（李坚尚摄）

从则拉岗宗遗址向西南行驶半个小时左右，便到达嘎玛农场，这里是西藏著名的苹果产地。当地的苹果以个大、色艳、甜脆和品种齐全闻名。嘎玛农场原是荆棘丛生的沙砾地，1963年，西藏军区农垦战士从内地引进苹果、梨共14个品种的树苗2000多棵，经10多年的发展、壮大，苹果树已达3万多株，面积1200亩，产量已达3百万斤，成为西藏的大型果园了。当年的农垦战士今已各回老家创业，这里成了培养藏族园艺工人的场所。如今，嘎玛农场的苹果种子，已撒满了雅鲁藏布江数十里地的河谷。金秋季节，珞巴族的一些庭院也飘来了芬芳的果香。

从嘎玛农场沿雅鲁藏布江北岸西行，尽管两岸奇峰对峙，但江面平静，河水碧清，路面也异常平坦，与前两天行程的颠簸奔突形成鲜明的对照。时值过午，穿行于疏密相间的松杉林间，即使照进车里的阳光，也被映衬成淡绿色，显得格外宁静、和煦。偶尔江风骤至，半山腰的巨大树木枝干裹着的冰凌，随着枝叶的摇曳发出清脆的嘎嘎声，似是阵阵的爆竹声响，又像悠悠的古磬奏鸣。正当我们为这江岸景色所陶醉的时候，不觉已抵达岗嘎大桥。守桥的战士认真地检查我们的边防证后，让我们徐徐驶过宏伟的跨江拱桥，正式进入外人不易进入的边境。

下午3点，我们经3天行程、4次补汽车轮胎、超过5000下气筒打气，终于到达目的地米林县城，比原定计划推迟2天，比坐长途汽车还辛苦，这真是一次不同寻常的经历。如果不是林司机的坚毅和应变能力，我们也许还会耽误更长的时间。说实在的，我们对于林司机不仅没有怨言，心里还充满感激。西藏行车，大车有大车的难处，小车有小车的难处，实在是太不容易了。

三

在密林深处的山村里

1. 他们管理过被印军占领的地方

米林县约有7000平方公里，面积不小，人口不多，仅有9000多人；所谓县城，除了小学、医院、邮局、百货商店、县各级行政机关外，还有10多户农民，无法与内地的县治相比。到米林后，当我们把贾主任的信转给县委冀书记时，不出贾主任所料，他不仅同意派荣敬东协助我们工作，而且还答应派吉普车把我们送到第一个调查点南伊河谷穷林单嘎生产队。我们知道，穷林单嘎是个最前沿的边境村子，出于安全的考虑，一般是不允许住在那里做较长时间的社会调查的，尤其是从北京来的人，更不易获得批准。因为万一出现安全事故，影响更大。冀书记竟这么爽快答应我们到这个村子做调查，怎不让我们格外高兴呢？

调查地点确定了，可翻译仅一个，显然是不够的。我们想到1976年曾帮助我们翻译的县里干部亚乃，她是珞巴族统战干部达金的女儿，咸阳西藏民族学院毕业，30岁，是穷林单嘎人。若把她借来，不仅能帮助我们翻译，还可疏通我们与调查对象的关系，有利于工作的开展。但当我们打听她的近况时，人们告诉说，去年8月，她的弟弟高峰患脑出血住八一医院，作为姐姐，她十分关心，特意请假一个月前去看护。弟弟的病情减缓了，但她因劳累过度，心脏病突然发作，抢救无效，数小时后去世了。我们听了，不禁唏嘘，

美丽的南伊河（1980年李坚尚摄于米林）

怪不得医生说，心血管疾病是威胁西藏人生命的元凶。

翻译一时没有解决，不便马上到调查点。我们听说爱国退休人士意西占堆从乡间来县统战部开会，便趁此机会拜访这位1976年认识的老人。他曾向我们讲述目睹印度占领者巧取豪夺我国领土的经过，解开梅楚卡地区被占之谜。

梅楚卡地区又称巴加西仁，长期由西藏地方政府管辖。19世纪60年代，大贵族拉鲁家出了十二世达赖喇嘛，西藏地方政府就把则拉岗宗的嘎查庄园（在今米林县里龙区）封赐给拉鲁家族，并颁发封文。按照规定，该庄园还负责收取梅楚卡地区的差税。随后尽管嘎查庄园的属主有所更替，但该庄园管理梅楚卡地区的权限一直沿袭下来，直到1951年印军非法占领梅楚卡地区，强行阻止我方人员到那里行使行政权力为止。

1976年，意西占堆像其他统战对象一样，在米林农场接受思想改造，有时候还难免挨些批判。当我们风尘仆仆赶到农场，向他了解当年印军非法占领梅楚卡地区的经过情况时，他像找到知音似的，把目击的情况详细地向我们述说。也许是我们那次长达两天的访谈，增加了彼此的信任和了解吧？当我在县统战部办公室见到他时，尽管已事隔4年，他已年近七十岁，但一眼就把我认出来了。在我们重叙阔别之情，行将告别的时候，他特意问我，现在会揉糌粑了吧？如若不会，他会送我一个揉糌粑的羊皮小袋。坦白地说，1976年时，我第一次进藏，既喝不了酥油茶，也不会揉糌粑。在农场吃午餐时，我只能兑上酥油茶后用勺子调成糊糊吃，这怎能吃饱呢？记得那时，意西占堆老人还为此着急，教我如何揉糌粑呢！当年访问意西占堆的记录，对我们了解印军非法占领我国领土的经过是很有价值的，故在此摘录于下：

1951年4月，嘎查庄园的第巴边巴派我两兄弟和另外6个人到巴加西仁（梅楚卡）去收差，我们在过洛拉时，遇到了仁钦。他对我说："印度人已占领那个地方了，你们还到那里去，一定会被抓起来！"我回答说："这是我们的地方，年年都去收差，他们敢抓？"我们来到德金塘，在那里遇到印度指派的头人桑巴次仁，另外还有德金塘村的洛桑、哈龙村的嘎鲁、梅楚卡村的罗白。他们问我："你们是从什么地方来的？干什么？"我回答说："我从嘎查庄园来的，也就是说从则拉岗宗来的，到这里收差。"他们问："你们收差有什么公文？"我哥哥拿出了噶厦政府发的一份公文，内容大意是嘎查庄园及巴加西仁百姓均属噶厦政府管辖，从11月份起按时交差，如若延误，依法惩处。他们看到这个文件后，十分生气地扔到地面上说："这里是印度的地方，出大米。西藏没有地方出大米，这里当然不是西藏的地方。你们看看这里的树木也和西藏的树木不一样。你们怎能来这里收差！"他们说完之后，又用小恩小惠收买，发给我们8个人各自一个8寸直径的铝锅，里面装有茶叶、盐巴、白糖等，并要我们等几天，待他们请示上级后才能走。我们不管他们那一套，在德金塘花了6天时间收差，共收了72包实物。这时勾才村的达崩、梅楚卡村的切扎来叫我们，说明天桑巴次仁同我们谈判，讨论收差问题。

我们第二天到了德金邦嘎，对方的人是桑巴次仁、哈龙村的嘎鲁、梅楚卡村的罗白及新巴八村的达车巴尔，此外还有10多个士兵。桑巴次仁一见面就对我们说"你们是中国特务，不准回去！"随即把我们带的两支枪没收了。

我们没有办法，回到了德金塘，一些印度士兵经常在我们住地巡逻。我在那里有个朋友，名叫桑吉，他给我捎来个口信，说南边来的印度人很坏，要把我们弄上飞机，送到印度。我们听了，便由一个叫切扎的当地藏族人带路，悄悄逃跑了。切扎送走我们回去后，听说在归途中碰上桑巴次仁，被他一拳打晕，过了两个月后，切扎就死了。

自此以后，印度人占领了梅楚卡地区。意西占堆等人也不敢再到那里收差，这是我们当年访问的记录。

在随后的日子里，我们还了解到无论是马尼岗还是墨脱南边的许木、嘎哥、邦勾、都登、更仁等地，都是在这样边境空虚、无兵据守的情况下被蚕食的。我们了解到，西藏地方政府派驻墨脱的官员到许木、都登等地收取差税，以体现主权所属时，印度在那里任命的官员或派驻的军人，也如同梅楚卡的印度占领军的首领那样，使用极其可笑而笨拙的口实，这些口实如同天方夜谭。尽管这样，我们的领土还是被他们占领了。这就是西藏东南部20世纪四五十年代的边防，真是令人深思。

2. 部队帮了我们的忙

听县里介绍，穷林单嘎由自治区民委拨款建了新村，每户居民都建了新房子。我们到那里后，亦有宽敞的招待所住，加之新年期间，不便在老乡家吃饭，所以我们决定来个自己动手，丰衣足食。我们先到米林营购买大米、食油、腊肉之类的食品和调味品。出乎意料，物价甚低，大米 0.142 元一斤，清油 0.62 元一斤，腊肉 0.80 元一斤，比米林县粮食局供应的粮食便宜了一半。原来，供应部队的食品，均从内地运来，其运费由部队统一支付，不计入士兵的伙食成本，故价格与四川省持平。后来我们还了解到，买绿豆、红豆等还不收粮票，价格也只比大米贵一两分钱。真没想到，通过部队取得主、副食的供应，解决了我们两大困难：一是每天补助 1.80 元，我们的生活费用处于捉襟见肘的状态，部队的食品供应，使我们的开销有所缓解；二是豆类的供应不收粮票，我们可以豆代粮，节省部分粮食，用以款待访问对象，从而密切双方关系，有利于资料的收集。

2月14日下午4时，我们乘营部的军用卡车经一刻多钟路程，便来到穷林单嘎村。果见在密林的山坡下，4列12排崭新的房子呈现在眼前，中有宽阔的大道相通，可走汽车。道旁是新栽的杨柳，与过去散乱在小山包的矮小木屋相比，真是改变多了，尤其是雪白的粉墙和四周深黛色的密林相辉映，更觉清新。

车直接开到村里最近密林的那排房子停下来。生产队长达让见有汽车来，便走来看望。他发现我们是4年前的老朋友，十分高兴，推开会议室东头大房间的门，说是我们歇息的地方。我们打量了一下，那里除有3张大木床外，还有两张办公桌，上放一架上海出产的收、播及放唱片的三用机。每天晚上，有人负责把西藏广播电台的节目，转播到各家各户的小喇叭里。队里有事时，只要队长在此说话，家家都能听到，就不必再另行通知了。房子的一角，有一个电炉，供烧水、做饭和取暖用。村里有充足的水电，不仅可以照明，也可使用电炉，唯独电炉和炉丝不易买到，故使用不普遍。我们已从县里借来压力锅和餐具，且在营部又购置了食品，看来这次在穷林单嘎的生活，比上次来时，真是强多了。当时，我们挤在即使白天也是漆黑的库房里，出入都要穿过牛粪、泥浆，环境又臭又脏。

晚饭以后，乡亲们见我们再次到来，纷纷前来看望，故友重逢，彼此有说不出的高兴。尤其是当我们放出拉萨录下的尼木·嘎布都唱的民歌录音给他们听时，他们更感到惊讶！自1962年中印边境冲突以来，双方边界封锁已18年，现在从那奇妙的小匣子里听到印占区流行的本民族"夹金夹"，他们怎不激动呢？不过由于珞巴族各部落的方言差别较大，除那民歌的调子熟悉而感到亲切外，具体唱词不甚了解，只有一个人知道是用阿朗地方迦龙部落的话演唱的，使他们热切中带有几分遗憾。

3. 珞巴人也过藏历年

2月16日是藏历年除夕，在藏族文化占主流的社会里，处于少数地位的珞巴族是如何对待这一藏族传统节日的？这是观察民族文化互相影响的重要机会。有些人认为，不同的民族文化在互相接触中主要是排斥，难道是这样的吗？

珞巴族没有形成现代意义的历法，不管是太阳历或太阴历都没有，即使是月的概念也不甚精确。如他们不说初一、初二，而说人看不见月亮，只有鸡、狗、獐子能看得见月亮那天；他们不说初三、初四，而说月亮像野猪牙；他们不说初五、初六，而说月亮像"达宁白"树的叶子；他们不说初七、初八、初九，而说月亮像把弓的日子；他们不说十五、十六，而说月儿圆又亮，深山老林的熊也能看得见的那些天，如此等等。年的概念也是不确切的，人们也不记年，所以你问他们多少岁时，他们没法回答你。如果回答就只能说，我是大地震那年出生的，我是叔父买老婆那年出生的，如此这般，使你摸不着头脑。

尽管如此，生活在穷林单嘎的珞巴族人，还是接受了藏族过年的习俗。当我们一早起来的时候，各家各户已冒着雪花，打扫庭院街道，呈现一派除旧迎新的气氛。时值正午，生产队里宰牛一头，架起大铜锅，炖牛肉、煮灌肠、烤饼子，小孩奔走嬉戏。及至入夜，全村男女老少聚集在新建的会议室里，我们自然地也成为贵客，与他们一起，共享大碗喝酒、大块吃肉的豪迈和粗犷的民俗。我们带来的江津白酒、上海大前门烟和各式糖果，也给他们增添了节日的喜庆。酒足饭饱之后，随着几个年轻人的吆喝，大家便围着火塘，跳起工布地区流行的藏族舞蹈来。在这沉静边境山村的年夜，悠扬的歌声和舒展的舞步，带有醉人的韵味，直撩得我们手足发痒，情不自禁地投入这歌舞的行列。或许是我们忘情投入，或许是我们舞步和歌声的蹩脚，人们不时向我们投来欢乐的目光。当人们跳累了这种围圈的集体舞蹈后，一对年过五旬的男女民歌手达让和亚如，对唱起"夹金夹"这种古老曲调来，一直唱到深夜，尽兴方散。

"夹金夹"是珞巴族各部落均流行的古老曲调，内容主要是讲述他们的神话故事和历史传说，其中一则创世神话《德宁阳之死》引起我们无限的回味和思考。据传德宁阳是天父地母的长子，他身材高大，头顶青天，但却贪得无厌，一口气能把整条大河的水喝干，其他兄弟就甭想喝了。德宁阳死后，身上的毛变成草，肉变成泥土，骨变成石头，肠变成藤子和竹子，肝变成陶土，骨髓变成油松，人类生存所必需的许多东西，都是由德宁阳的尸体变成的。这则神话的内容，使我们不禁联想到汉族神话中的盘古形象。盘古身高多少，无从考究，一种说法是九万里，似乎与德宁阳相仿佛，盘古死后，"肌肉为田土，发髭为星辰，皮毛为草木，齿骨为金石，精髓为珠玉，汗流为雨泽"，这不也是和德宁阳死后尸体的变化相类似吗？想到这里我们不禁要问，两千年前的中原神话，为什么和现在遥远的喜马拉雅山麓少数民族的神话那么相似？是否意味着在洪荒太古时期存在着某种文化渊源？

珞巴人借助藏族人的新年活动来弥补他们没有过年习俗的不足，藏族人的年节日子又为珞巴族人传播自己传统文化提供机遇；珞巴族传统文化中的德宁阳与中原文化中的盘古又有惊人的相似性。所有这些都表明，不同民族文化之间的接触，主要是彼此的相互适应和吸收，民族文化的排斥和冲突，多是"政治精英"的所作所为，与民间的文化交流是不能混同的。

4. 与熊搏斗的猎手

穷林单嘎村子不大，但了解珞巴族传统文化的人不少，其中包括具有较高社会威望的达诺英布。记得还是在1976年5月初首次考察珞巴族的时候，我们刚从汽车上卸下行囊，下意识地观赏

博嘎尔部落的弓箭手（1980年李坚尚摄于米林）

四周莽莽的林海，借以调节一下高山反应所特有的急速喘息时，就在不远的林间小道上，出现了一位身材高大的男子。只见他头戴熊皮帽，脖子上紧紧地套着多串鲜艳的蓝色项珠，身穿大坎肩，腰佩长刀，手拿强弓，显得异常威武，俨然像一位古代的武士。他健步向我们走来，使我们似乎一下子回到那千年以前的弓箭时代。这就是达诺英布首次给我留下的印象。

达诺英布是个很讲交情的人，我们进村后的第三天，他给我们送来了一只称为"巴杜"的野鸡，让我们品尝，那是他在山上安装的索套猎获的。巴杜全身呈草绿色，脖子和尾部为浅红色，十分好看，约重一斤半，我们从来没有见过。馈赠是珞巴族交情甚笃的表示，我们诚心收下，回赠数斤大米和花生仁，这是印占区珞巴人常用的食品，但在米林是稀罕的，他见了也十分喜欢。

在米林县的珞巴人中，达诺英布以其身高力大和箭法高超闻名。我们早就听说，他年轻时曾与黑熊搏斗，但具体情况不详。他这次到来，正好为我们了解详情提供机会。他说道，那是他在20多岁时，刚从马尼岗迁来不久，兄弟俩在扎西热顿一带打猎，见一大黑熊向一位藏族猎人追赶过来，异常危险。他看得真切，便迅速闪向一旁。当黑熊靠近时，他突然冲出，黑熊见了，迅速放弃追人，吼叫着站立起来，向达诺英布扑去。达诺英布急速一转身，来个下马蹲裆式，乘势背对着扑来的黑熊，强有力的双手压着搭过双肩的熊臂，使它难以挣脱；戴着熊皮帽的头紧紧顶着熊的下巴，熊尽管有锋利的牙齿，但也无法咬破他的熊皮帽，强有力的爪也撕不破他的坚韧的野牛皮背心。就在他把黑熊背着的紧急时刻，他的弟弟冲上来，抽刀狠狠朝熊的鼻梁砍去。那是黑熊皮薄毛短的致命部位，黑熊立即被制伏，倒地毙命。从此，达诺英布的名字迅速传开，当地的藏族人对他也十分敬佩。

达诺英布除讲述与熊搏斗的经历外，还向我们介绍其他猎熊方法。他说道，珞巴族猎熊的方法较多：春天，黑熊刚从冬眠中苏醒过来，十分饥饿，异常凶猛。他们就使用杠杆原理，架起石压子，上放略有臭味的猪牛腿骨。黑熊远远闻到这种味道，前来觅食，巨大的石块突然砸下，置其死地；一到夏天，黑熊食物颇多，农作物成为它们的果腹之物，石压之法不灵，珞巴人依据草木生长旺盛的特点，常在黑熊出没的地方设置陷阱，下埋毒箭，上面铺上草皮。不用数天，草已复长如初，即使最机敏的猎物，也难以辨认。路过的黑熊便自蹈陷阱，中箭身死；每逢秋季，青枫树林的大量果籽，正是黑熊喜吃增膘的食物，猎人常到这些地方行猎，多有所获。达诺英布继续讲道，秋天在青枫林里猎熊，最有效的方法是近距离搏斗的挥刀砍熊鼻。此法听起来危险，但只要机灵，做起来却安全有效，这是因为熊身皮厚毛密，弓箭难以射入，猎物往往逃逸。况且刀砍熊鼻，可保存熊皮的完整，价值尤高。珞巴人认为，熊皮味苦甘，用作铺垫，不仅能防潮防病，且跳蚤亦不敢潜藏其中。珞巴人是个爱狗的民族，家里跳蚤尤多，躺在熊皮上睡觉大可减缓跳蚤的侵扰，安享夜寐，这对整日劳苦的珞巴人来说，无疑是极其难得的享受。当然，与熊搏斗并非万全，致伤致残者亦有。达诺英布讲道，他的一位朋友因熊皮帽捆扎不牢，与熊搏斗时脱落，致使半边头皮被熊爪揭翻，留下很大的伤疤。

记得我在大学听民族志课时，老师讲到鄂伦春人为取得较大的熊胆，常用粗大的棍棒直捣熊窝，惹其愤怒，胆汁骤增，一待冲出熊窝寻人报复，埋伏两旁的猎手，开快枪射击，枪响毙命。而举棍棒直捣熊窝者，非有巨大的力气和非比寻常的胆量，不敢承担这一重任，故人们常把这一狩猎者视为英雄。我觉得，坐在我身边的这位珞巴族长者，数十年来操刀与熊搏斗，在他手下不知有多少黑熊毙命而他竟安然无恙，无疑是珞巴族人心目中一位可敬的英雄。

我对这位勇敢的猎人，也像对其他珞巴人一样，心里充满景仰之情。我目睹他那威武的神态，仔细打量着他那魁梧的身躯，隆突的鼻子，略高的颧骨，红润色深的肌肤，不禁联想到，博嘎尔部落男子多数人具有的这些体貌特征，和藏族中的康巴人，彝族中的凉山黑彝，具有较多的共同点。我进而想到，这些群体均有严密的血缘组织和强烈的血族复仇心理等因素，他们之间的历史奥秘很值得探索。

5. 弓箭趣闻

穷林单嘎村尽管距藏族村子仅5公里，但还保有独特的珞巴族文化氛围。我们一进入村子，便会见到成年男子手拿强弓、腰挂箭筒、腹别长刀，令人感受到一种威武逼人的文化气质。即使稚气满脸、乳牙尚存的儿童，也舞弓弄箭，借以涵养性情，愉悦身心。这种村貌，给外来人留下难忘的印象。

入村不几天，我和达登利用空闲时间到村后的树林里看看，发现两个十来岁的男孩正用弓箭打鸟，其中一个手里还拎着一只灰色猎物。从那浑身柔软的样子判断，鸟是刚打下的。用弓箭打鸟，我还是第一次看到，深感兴趣，便赶到他们跟前看个热闹。他们是村里小学二年级学生，知道我们是进村不久的外来人。他们见我盯着他手里的弓箭，便机灵地递给我，让我试射。

弓过去我只在电影里或画上看过，但外形同今天看到的弓有所不同。过去看到的弓中间内弯，弓的两端又反向外翘，好像西方礼帽的纵剖线。而我眼前的弓呈娥眉弯月，用力一拉，与弓弦大致构成圆形，正应了古代"张弓如满月"的描写。我接过弓箭细细打量，弓用竹片弯成，长约两尺半，比成人使用的略短。弓弦用野生纤维搓成，箭长一尺许，只把一端削成三角形或圆锥形便成箭镞。从弓和箭的样子看，这是专供小孩玩耍的。箭筒用直径约三寸的竹子做成，长约两尺，颜色深褐，油光发亮，与弓、箭不同，看来那是成人使用的"真货"，不像是特意做成供小孩玩的，也许是他们父辈的武器装备之一。

我看到这些并不起眼的弓箭，便问达登，这些弓箭真管用吗？达登说："用它射鸟已足够了。"他接着说道，他所在的多嘎村，种有核桃，每年春夏季节，鹦鹉骤至，把刚结的小核桃啄个满地。小时候常被父亲派去看守，一天可打20多只，十分有效。达登看到我不以为然的神态，便找了一个颜色褐黄的箭，让我试一试。我朝近处的一棵白桦树弯弓一射，箭头直插树干一寸多，使劲才能拔出，真有杀伤力。达登指着这支箭对我说，这是一个经过火上烘烤的箭，十分锋利，不仅能打鸟，像猴子、野鸡这类的猎物也能打，穿透力强，可把猴身射透，箭从另一边飞出。我听了他这么一说，真的感觉到唐诗中的"林暗草惊风，将军夜引弓，平明寻白羽，没在石棱中"的诗句，不是夸大其词，而是作者对弓箭的穿透力有了深切体会后，才可凝练出来的名句。后来我听人说，有些珞巴族著名弓箭手，一箭能从侧面射杀两个并排行走的野牛。我听了这样真实的故事后，切实感受到弓箭的威力。

作为一个民族学者，弓箭的工艺制造也是必须了解的。达登见我问及弓箭制造的过程，便说，不仅做弓箭的竹子有讲究，竹子的哪个部位适合做什么也有讲究，不是任何竹子都能做出优良的弓箭的。他进一步解释，一种珞巴话称为"达巴克"的竹子适合做弓箭，以生长期5年以上者为好。这种竹子的下半截近地面部分坚韧身厚，弹性最好，宜于做弓；中间部位，平直节少，适于做箭筒；竹的上部，质地较轻，其平直者，为箭杆之首选。这种选材经验，据我所知，书上没有记载。弓做成后，要在火塘上方烘烤半年以上。箭筒若要防裂，需用黑熊油浸抹多次；纯竹箭头，经行家认真烘烤，其坚硬锋利可与铁箭镞相比美，若涂上箭毒，即使千斤野牛，一旦中箭，不出半个钟头，亦会倒地昏厥，束手待毙。

达登谈到箭毒，我觉得太神奇了，本想趁机询问，但转念一想，这可能是珞巴族出奇制胜之法宝，固守图存之秘密，不愿公开。为免生尴尬，我把到嘴边的话又咽了回去，因为我想起了印度的民族学家在考察非法占领的我国珞渝地区时，对珞巴族民荣部落采集箭毒的神秘性，作过这样的描述：

他们认为，制箭毒的植物出在北方的高山上，由恶精灵看守，必须集体去采集，稍一不慎，也会把取到的箭毒夺走。因此，当他们发现箭毒植物时，先要挥刀共喊五声"嗬！嗬！"把精灵赶走。箭毒原料采回后，妇女端酒至村外接待，并要用扫帚敲打采毒人的全身，以便把可能藏在身上的恶精灵赶走。随后把箭毒原料放在祭神的地方，以鸡和姜片献祭，并把鸡血洒在箭毒上面，借以加强威力。随后分发给挖取箭毒的人，回家后研成粉末，与一种称为"玛内"的汁液混合，涂在箭头上，随后弓箭手3日内不能与妻子睡觉，以防止箭毒失效。

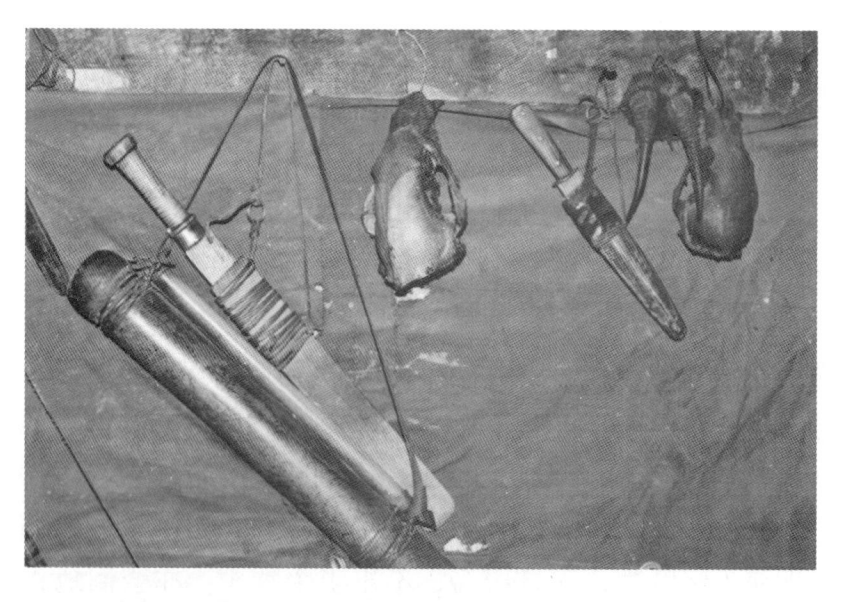

箭筒、刀和熊、野牛头骨放在一起（1980年李坚尚摄于米林）

这种描述，对我有一定的影响，使我不敢直接向达登询问制作箭毒的原料。就在此时，达登向前走了几步，从雪堆还没掩盖的枯枝上挑出一残枝，用它朝地下一掘，挑出一个三四寸长的根茎说，这就是制箭毒的主要原料，珞巴话称为"奥么"。只要把它烤干磨成粉末，与鸡蛋清调在一起，涂在箭头上即可。我听了立即蹲在地上细看，那是表面呈黑褐色的根状物。达登说，在穷林单嘎，到处都有奥么，没有什么奥秘。但对我来说，箭毒毕竟是神秘之物，我立即捡起，珍藏起来。我有点不解，为什么印占区那边的珞巴族把箭毒看得那么神秘，而达登他们却不以为然？除了这里是原产地，为多数人了解，难以保密外，也许米林这边的珞巴人社会的安全感大为增强，人们不再把它视为护身求生存的重要机密有关。我在后来的日子里了解到，米林曾发生过误食奥么导致命断黄泉的事。为免生意外，我把箭毒珍藏了一段时间后，终于把它舍弃，埋藏在地里。现在想起来有点后悔，若带回来请有关部门化验一下，说不定还是一种新发现的中草药呢。

放在门楣上的驱邪物——黄鼠狼皮（1980年李坚尚摄于米林）

米林的珞巴族尽管把箭毒公开，但他们仍认为弓箭带有一定的神秘性。每当我们挨家串户的时候，见到他们总是把弓箭、长刀和猎物头骨或犄角摆放在一起，据说这样会使弓箭更灵验，会射中更多的猎物。此外在他们多数部落的历史传说里，又总是讲到祖先以射箭方式选择迁徙地，箭头落处就是最好的定居点。这些传说，意味着箭是指引他们奔向幸福之地的圣物。

但令人费解的是珞巴人把弓的发明归功于鼹鼠、汉斯伯格鸟、猴子和珞巴族的狩猎神阿崩岗日，认为是他们合力做成的。神话里讲到，阿崩岗日很会打猎，但不知道用弓箭，远的野兽打不到。有一天，他发现一根竹子被鼹鼠咬断，一种叫作汉斯伯格的鸟在竹子上划了一道道的痕迹，猴子按痕迹用牙把竹子咬成一片片。阿崩岗日见到这些竹片后，发现很有弹性，就用藤子把竹片两头弯起来，做成了弓，并把其他的竹片架在弓上发射，做成了弓箭，从此猎物大增。

就多数民族而言，一般都把对人有重大意义的创造发明归功于传说中的祖先、神灵或其他英雄人物，珞巴族却把对人类生活有重大影响的弓箭发明，主要归功于动物。这意味着什么？若对此加以研究，或许会探寻出新的理论来。

6. 亚英的心事

3月15日上午，生产队副队长亚英邀我到她家里喝酥油茶，我立即答应了。亚英50岁左右，原是印占区马尼岗人，过去夫妻俩都是蓄奴主达果的奴隶。1961年，印度占领区当局下达解放奴隶的命令，依据每个奴隶给500卢比身价，由政府为他们支付1000卢比后，亚英夫妇离开主人家，另立门户。1962年中印边境冲突时，主人恨他们不像从前那样听从指挥，便投毒南逃。幸亏邻人及时解救，让他们饮服大量黄连水，亚英一家才幸免于难。

当中国军队后撤时，他们怕主人回来后再次加害，便随中国边防部队一起，撤离印占区，来到穷林单嘎定居。1976年，我曾多次拜访她，并写了专访，刊登在珞巴族社会历史调查的文集里。亚英可以说是老熟人了，她请我到她家喝酥油茶，必有原因。

不出所料，我一到她家，她就谈起心事来。原来亚英的女儿杜杜，自小同多嘎村的一个珞巴族青年订婚，在两年前还结了婚。婚后不久，这个小伙子与一个藏族姑娘发生了婚外情。按照珞巴族博嘎尔部落的传统观念，她丈夫这样做，违反了两条传统规范：一是不分男女，凡有婚外情，都要受到惩罚。女方往往被丈夫转卖给低等级的人为妻，或富有者买走，给奴隶婚配；若是男子，往往杀猪出谷，宴请邻里挽回面子；二是博嘎尔部落人严禁与藏族人发生性行为，否则要受到部落人的鄙视。若出身于高等级，其地位下降，变为低等级，为同等级的人所不齿。杜杜夫妇尽管出身于奴隶阶层，不属高等级行列，但其夫婿与藏族妇女发生这样的行为，亦深感耻辱，故杜杜提出离婚。她的要求得到同村老人的支持，尽管丈夫不同意离婚，但也没有办法，县里的有关部门，也批准了这桩离婚案。他们的离婚事件，似乎就这样平静地结束了。

但事实上并不那么顺利。杜杜离婚后，与县里公安局的一个藏族青年相爱，尽管没有举行婚礼，但已有了身孕。这一情况被杜杜的前夫知道了，他扬言：政府的藏族官员为了夺取他的妻子，事先要他们离婚。这一扬言，又把杜杜的婚事搞复杂了。因为穷林单嘎地处边境最前沿，距离印占区的珞巴村寨很近，边界两边都有大批杜杜前夫的同氏族人。若杜杜前夫的话传开，使边界两边的珞巴族人误认为藏族人合谋抢占珞巴人的妻子，就会形成民族冲突和边境不安定。即使这种情况出现的可能性不大，为防患于未然，所以县政府有关部门迟迟不批准杜杜的婚姻，这种情况，使亚英十分忧虑。

当然，更使亚英难堪的是杜杜同藏族人相恋，也与她的前夫一样，引起同族人的不满，与传统观念相悖；杜杜没有结婚而有孕，更为传统道德所不容。再者，杜杜尽管按现行的政府法律已离婚，不是他前夫的妻子了。但按珞巴族的习惯法，杜杜自小时候起已收了他前夫的婚价，他们虽然离婚，但婚价没有退回，依据过去的习俗，她仍属前夫所有。丈夫不要妻子，可以像猪牛一样卖掉，妻子绝对没有离婚的权利。即使丈夫是个老人、残疾人也是如此。除非她娘家有强大的势力，迫使她丈夫的家庭让步。杜杜父母原是奴隶，出身低微，当然没有这种条件。

亚英最后向我一再申述，她看到女儿的肚子一天天大起来，可女儿的婚事既没有获得乡亲的同情，也没有获得政府的批准，加上前夫又不断前来纠缠，使她深感为难。我立即意识到，亚英是希望我们说服她那个未来女婿的单位领导，即公安局长，批准他们的婚事，使这一婚姻变成合法，能受到政府的保护，挽回她的面子。尽管她知道这不是我们的职责范围，但也希望我能想点办法，她的焦灼心情是可以理解的。

杜杜的婚事，引起我极大的兴趣，它涉及民族学研究的两个理论问题：首先是传统价值观念的不同导致的冲突。在珞巴族博嘎尔人中，婚姻是排除外族的，否则，社会地位就要下降；已婚的人，特别是妇女，是丈夫的财产，不能有婚外之情。但在藏族中，男女婚前有较大的自由，即使怀孕生子社会也能包容，无论是杜杜本人或是她的前夫，生活在藏族文化占主流的社会里，一定程度上受到相邻藏族习俗的影响，在婚恋问题上出现了与珞巴族博嘎尔传统习俗相悖的行为，因而陷入这两种文化传统差异的冲突之中，给自己的生活带来痛苦和不安。我们从这一事例中看到，尽管从优生的角度考虑，异族通婚会产生体质和智力更优秀的后代，并可能促进民族的团结友好和融合，但在两个传统文化差异较大的民族中，亦会给当事者带来痛苦和不幸，而政府的有关决策部门在处理异族通婚的问题时，亦应采取慎重的态度。

其次是传统文化与社会变革的问题。社会是应该变革的，若不变革，社会就要停滞不前。但变革应该局限在传统社会所允许的范围之内，否则会带来社会动荡。我们从杜杜离婚时不退还过去订婚的婚价看出，政府在珞巴族地区废除买卖婚姻，实行婚姻自主、结婚登记的政策，基本上是成功的。尤其在同一个民族之内的婚姻，它不仅受到当事者的支持，也获得传统习俗的默许，从亚英急于获得政府有关部门的认可就能说明这一点。杜杜的前夫发现自己的妻子同他人发生关系并怀有身孕而不满，但仍没有出现直接的干预行动，如出现抢妻或劫掠财物的报复行动等，这说明新婚姻法的推行尽管受到某些传统习惯的抵触，但当事者还是采取容忍的态度。

鉴于上述的分析，为了减缓可能出现的冲突，县里有关部门对杜杜的婚事采取不摇头、不点头的态度，实际上是对他们婚事的一种默认，也是对珞巴族传统习惯的妥协。它丝毫不影响杜杜夫妇的恩爱和子女的养育，实属明智之举。

因此亚英提出的希望，我是无从答应的。我只是提醒她，在这藏族文化占主流的米林县，只要走出穷林单嘎这个纯珞巴族的村子，无须政府批准的婚育比比皆是，杜杜的情况也没有什么难为情的。她听后脸上露出了微笑。

四

考察生活的甜、酸、苦、辣

1. 大房子的忧愁

穷林单嘎的招待所里，上有刨光平整的木天花板，下有木制的地板，室内空间有3米高，一个房间有20多平方米，前后墙都有大的玻璃窗，真是宽敞明亮。当初住进来，即使偶有飘雪，幸喜阳光灿烂，加上我们每人都有一个鸭绒睡袋，尽管谈不上温暖如春，但还是蛮舒服的。村里的珞巴族人住的房子也是一样规格，只不过是随家庭人口的多少，分别住二、三、四间，我们真为村民居住环境的改善而高兴。

不久前，珞巴族的居住十分分散，不足20户人家，散落在七八个山包上。每户居住在仅有10多平方米的壁桁式低矮的房子里，四周没有窗，进门要弯腰，个子稍高的人在屋里就直不起身子。房里正中的火塘，既是煮饭之所，又是照明之源，冬天是取暖之火，夏日是驱蚊之烟。人们围着火塘坐卧，人狗相处，门外的猪亦不甘寂寞，常常进入，共享口福。这种家居环境，与今天他们住的新房子，实有天壤之别。

但时过数日，这里纷纷扬扬下起漫天大雪，接着是北风骤至，天气寒冷异常。由于水源冰冻，乡里的水电站不时停电，我们曾欣慰了数天的电炉子煮饭炒菜再也无法继续。为防火灾，我们不敢在室内烧柴做饭。为此只好在门外架起石头，搭成火灶，烹调三餐。在这样风雪交加的日子里,生火实属不易,即使把火烧旺,雪已从脖子钻入脊背,又脏又湿。用餐时那种"口口皆辛苦"的感觉,更是深有体会。在这样寒冷的大房子里居住,既没有暖气,又不能生火,寒气逼人,可想而知。不几天,我们的耳朵和手脚都生了冻疮。晚间我们和衣而睡,可度寒夜。但早上起床,面对闪着冰晶的鞋垫,不敢往鞋里伸脚;若做早餐,看到锅碗内结成的冰块,手一触碰,冻结粘连,锅碗像长着无形的口似的,非啃掉一块皮不可。早餐既令人盼望,又令人生畏,我不禁慨叹:大房子、亮房子,令人羡慕,但不那么可爱。我进一步联想,我们这些短暂的客人尚且如此,长住于此的主人感受如何?这是涉及政府资助边穷地区的民居建筑,如何适合民族需要,如何与民族形式相结合,以使这些投资尽可能取得社会效益和经济效益的问

大雪笼罩的穷林单嘎(1981年李坚尚摄于米林)

题。事关重大，我们觉得有进一步深入调查，并加以总结的必要，为此我们分头走访。

我前后走访了6户人家，发现他们都在自己新房前，用破旧的木板搭了一个窄小低矮的小厨房。那些木板是从他们废旧房子拆来的。年纪稍大的人和小孩均住在这些地方。他们还像以前那样，席地而坐，人狗同睡，除入口处能射进一些光线外，其余密不透风。这种生活状况，同他们的旧居没有多大差别。在这仅能蜗居的厨房旁，亦搭有简易的猪牛圈。分配给他们的高大新房，除身强体壮和稍为讲究卫生的年轻人住外，多数房间均凌乱地堆放着杂物，没有住人。据他们说，穷林单嘎村所在的整条南玉山沟，南北走向，冬天多风雪，夏季阴冷潮湿，住在这样高大的房子里，即使火塘里烧很旺的火，也不暖和，若不生火，年纪稍大的人都不敢住；一到夏天，飞蠓成群，屋里聚不了烟，飞蠓乘虚而入，咬得人头脚起肿块，奇痒难耐。所以老年人都不愿进住新居，宁愿躲在那窄小的厨房里。

穷林单嘎新村，还有一个缺陷，那就是户与户之间挨得很近，你家的狗咬了我家的鸡，我家的猪牛在你家的门口拉屎等，导致纠纷日渐增多。我们从他们的谈话中体会到，政府出钱给他们盖了新房子，体现了国家对边境民族的关怀，但这些新居又无法使他们安享，心里又有几分遗憾。我们认为，穷林单嘎珞巴新村的建设，并不是成功的，这是我们3人一致的结论。为此，向县委有关部门建议，结合边民的生活特点，在探讨和吸收民族建筑的固有功能的基础上创新，是今后边防民居建设时应该考虑的问题。珞巴族既从事农业，又兼养一定数量的猪牛，多数人又是竹编的能手。根据这些情况，各户之间应保有一定的距离，并各自构成相对独立的空间。居室具有较强的防寒、防潮、驱蚊虫的功能，不宜高大，且与关牲口的棚圈保持一定的距离。在吸取他们固有民房的功能和形式上创新，是我们设计这里民居时要认真考虑的。

2. 照相的苦恼

照相是搞民族学调查的基本技能之一。举个简单的例子，上面提及的珞巴族居住的壁桁式房子，不管你用文字怎样描述，也不易弄清楚，可把这些房子拍成照片，人们一看就明白。照相的重要性，可想而知。当然，那时我们对照相抱有很大的热情，还有一个重要的原因，那就是当时的副所长秋浦正计划出一套《中国少数民族画库》，每族一册，很有学术价值。珞巴族、门巴族地处边疆，交通困难，即使《民族画报》也甚少报道，若我们认真拍摄，说不定在珞巴族、门巴族两本画库里，会登载我们拍下的大量照片。

由于照相技术在边疆地区没有普及，尽管是黑白照片，人们也往往就认为那是一项了不起的技术，只要跟他们照了一张全家福，送给他们，我们就会获得他们的尊敬，他们也会为我们的工作提供各种意想不到的方便。举例来说，搞民族调查，个别访问和开调查会，是我们考察的主要方法。但作为接受访问的人，他们既耗时，又费力，还要耽误家务和生产。可以这么说，乐意接受我们采访的人不多。尽管我们都支付相应的误工补贴费，但他们往往说，跟你们坐一天，比砍树开荒还累。当他们坐得不耐烦时，就会借口山上套到的野鸡发臭了，猪牛该喂了，不管你愿意不愿意，就告辞了。细想起来，这些自小就身佩弓箭，自由自在地游猎于高山密林或游耕于旷野之间，连种耕除草都觉得麻烦的人，怎能耐得住性子坐着让你再三询问？这实在是太为难他们了。只要我们给他们全家或个人照些相片，赠给他们，他们就认为你讲交情，够朋友，说话算数，即使坐得不耐烦，还是愿意让你采访完毕。照相在密切民族学调查中主体和客体之间的关系所起的作用，我们过去是没有认识到的。据称在过去，也曾有过摄影记者到穷林单嘎采访，答应回去后把照片寄来，但一离开村庄，往往就石沉大海。像我们这样迅速兑现诺言，还是第一次。他们对我们充满信赖感是可以理解的。

黑白照片现在看来，似乎是廉价的消费，算不了什么。但当年我们的工资也只不过几百大毛，冲卷、相纸等成本加在一起，一个120的胶卷所耗，也够我们一个月房租水电的开销了。何况一个120胶卷也仅能照12张，又难以保证张张完好，照相无疑是一笔较大的开支。尤其这里的众多乡亲过去根本没有照过相，照起相来，像抽烟似的容易上瘾，这就成了我们一副难以背负的重担。后来我们对那些并非访问对象的人，采取适当的收费原则，如一张120的方二寸照片，拉萨市收0.80元，我们只收0.40元。拉萨市晒相一张方二寸0.12元，我们只收0.05元，解决了部分经费问题，也抑制了一些人的照相瘾。

我们仅收回成本的照相，对那些领工薪的干部是无所谓的。县里没有照相馆，我们相片的清晰度据说比专区的照相馆还高，县里的有些干部也利用各种借口，到我们所在村寨检查工作，趁机要我们照相。有一次，公安局的阿沛等3位藏族干部，特意跑100多里地的林芝购来3筒胶卷，要我们照相，说是寄回云南老家。要求我们不仅要照得清晰，还要有好的背景和优美的姿势，照个多姿多彩，以让妻子放心。他骑马照、蹬车也照，山谷、河流、奇树、怪石等美丽背景和不同神情也要照，花了我们大半天时间，弄得我们哭笑不得。在西藏工作不易，隔两三年才回家一次，送些照片给妻子，多少能缓解一些思念之情，我们能不理解，不合作吗？况且我们说不定还有向他们求助的时候。为了完成这些"首长"的任务，我们只能利用苍天所赐的大暗房，工作到深夜。

有一次，我们给村里的一对热恋青年照相，一位熟人带着几分认真地对我说："你不怕达玛用刀砍你们吗？"他这么一说，吓了我们一大跳。原来达玛是男青年的父亲，属于高等级的"麦德"，比较富有。而姑娘是出身于低等级的"麦让"，比较穷。尽管那是旧社会的事，民主改革废除了奴隶制，实行低等级不低，高等级不高。但达玛还是有这种传统观点，极力反对这门婚事。我们知道这一内情后，曾有好几天感到不安，生怕那个老人上门来找我们的麻烦。直到有一天，达玛的妻子亚崩带着6个鸡蛋前来道谢，我们才放心。原来前天老姚和达却到她家访问时，她请老姚写信，把家人的照片寄给在北京中央歌剧舞剧院学习舞蹈的小女儿，并嘱咐我们回京后经常去看望她，使她放心学习。我们知道，达玛尽管剽悍，多次参加过冤家械斗，也杀死过家里的奴隶，但他有些惧内，因为妻子亚崩是个巫师，在珞巴人中，被视为有法术的人。亚崩这次上门求助，说明他们是不会计较我们给他儿子与女友拍合影的。事后我们到亚崩家里访问时，达玛对我们也很友好。事实上，我朋友说的那句话是多虑的。至于他们那个在北京学跳舞的女儿亚依，现在已成为西藏歌舞团的一位明星了。

3. 不幸的小熊猫

2月28日晚，达却从外面喝完青稞酒回来，带着几分醉意对我说，达金的儿子刚从山上背回来一只毙命的"公崩隆"。我不知道"公崩隆"为何物，正要问，达登插嘴说，那是小熊猫，北京动物园里也有。我听了，心情一下子就振奋起来，在我们考察的地点也有这种珍稀动物的分布，这还是第一次听说。小熊猫尽管没有大熊猫那么有名气，但亦属珍稀动物，其价值亦不能忽视。以前知道喜马拉雅东段山麓有小熊猫分布，可想不到其中也包括穷林单嘎。欣喜之余，便匆忙赶到达金家看个究竟。

达金的二儿子名叫达地，20多岁，正如珞巴族的一般青少年那样，善于狩猎。他在附近山头上安装了不少索套。箭竹林带常有各种野鸡，冬天时节，虫卵全无，籽粒又少，处于饥不择食的时候，正是用索套猎取野鸡的季节。野鸡见到索套里的谷物，前来啄食，就被套住。他所套的这只小熊猫，不知为什么钻到野鸡套里，他也感到意外。据猜测，可能是箭竹林里常有冰凌积雪，小熊猫尽管以竹叶为主食，但总不怎么可口，难免四处觅食，钻到猎人的索套里。后来我在错那县勒布区考察门巴族时，亦见到有人家里养有小熊猫，常喂烤饼之类，它十分爱吃。套野鸡用的青稞、小麦粒，或许是小熊猫喜欢的果腹之物，却终至不幸。我们离开达金家时，请求他们留到明天，让我们拍两张照片，留作资料后，再行剖杀。他们愉快地答应了。

第二天上午，正值阳光明媚，为了使照片带有一点动感，我们特意让小熊猫蹲伏在绿色的青枫丛林中，借以减少人们对这珍稀动物之死的痛惜之情。照片冲印后还真清晰，足可作为穷林单嘎出产小熊猫的佐证，但在我们欣赏照片之余，突然发现犯了一个画蛇添足的错误，所拍照片价值大跌。原来懂得小熊猫生活习性的人都知道，它们生活在箭竹林中，绝不会栖息在青枫林里。珞巴老乡也说，他们在青枫林中可以见到黑熊、野鸡之类，从来没有见过小熊猫。这类照片即使我们拍的是地地道道的、一丝不假的小熊猫，但由于背景是青枫树丛，很容易使人对这张照片的真实性产生怀疑，从而导致所拍的小熊猫也被认为是假的，倒不如让捕猎者达地背着这个可怜的宝贝拍下的照片显得真实，但后悔已经晚了。

珞巴人一般都不捕杀小熊猫，这不是出于他们视之为神物，为图腾禁忌。而是因为小熊猫肉有异味，毫无鲜美可言。其毛皮亦远没有狐皮、猞猁皮和虎豹皮之类的珍贵。所以当我们照完相后，达地立刻剥取毛皮，留作自用。据称小熊猫胆可作药用，附带开胸寻找，不知是胆汁自行消失还是破损，没有找到，就准备整个扔掉。我们出于好奇，想了解一下小熊猫肉是否真的不值一尝，但更重要的是出于一个急切的愿望，调整一下膳食，以改善我们日趋严重的"出口不畅"的困境，我们决定吃一回小熊猫肉。

我们离开北京已近一个月了。自踏入西藏土地以来，基本上都是吃带哈喇味的腊肉、火腿之类，新鲜蔬菜难得见一次面；进入穷林单嘎后，因季节不宜，更没有新鲜蔬菜的影子。我们只能到附近部队那里购些脱水蔬菜，如菜豆干、洋白菜干、笋干、豆精、榨菜之类，聊以替代，并依部队战士的惯例，每天服用若干粒多种维生素丸，以补身体营养之不足。但我们毕竟是年过四十岁的人，身体已走下坡路，适应能力减退。像这样长时间与既往饮食习惯相悖的做法，好像是一个过了大修期的车子在搓板地上行驶那样，不可避免地要出毛病。加之我们既要调查又要轮流做饭，实属辛苦，故早餐常用当年支援越南打美国鬼子时研制的"压缩饼干"或糌粑代替。像这类食品所造成的"进口不适"，其必然的结果是"出口不畅"。大概是连续好几天了，我在出恭时常见到厕所里积有殷红的淋漓鲜血，心里着实不安，后来知道是刘芳贤的，更使我难受。他是我们一行3人中的瘦骨仙。他解释说，数天前到县上向所里寄发信件，坐在一辆运木头的车上，正巧树干上有节，人很多，不易挪动，在搓板路上不断颠簸，终至回来后痔疮发作。我捉摸着，这恐怕不是主要原因。近来我和老姚都有这样的感受，便秘的痛苦开始折磨我们，蹲厕所成了我们沉重的负担。即使我们在内急招致心烦意乱、坐立不安才如厕，也要直蹲到双腿发麻、冷汗直冒、热泪夺眶，恨不得坐到地上歇口气。即使到了这一地步也只不过才逼出一个深褐色的羊粪蛋，这类痛苦若不是亲身经受磨难，是难以述说的。

我们把小熊猫肉拿回来后，考虑到腥味重，特意用酒、糖、姜片等做调料，肝单独爆炒，或许因为鲜嫩，出汁甚多，所剩无几，不算难吃；肉为红烧，确有一股发涩的青竹笋味，实不可口。

达登、达却两人经不起我们劝说,也尝了一块,随后两人都吐了。也许是出于摆脱"出口不畅"的强烈愿望,我们吃后纵使口感不适,肠胃却相安无事,我们毕竟吃到了"山珍",而令我们深感安慰的是在往后的一段时间里,我们真的摆脱了困境,也许只是意外的巧合。

回京之后,我同小儿子谈及吃小熊猫肉的事,他们举起稚嫩的手指冲着我说:吃珍贵的小熊猫肉,罪过罪过。细想起来,确实有言难辩。只能对他们说此一时彼一时吧,但这些乳齿还没换完的孩子,怎么能懂这些文绉绉的字眼?我只能低头接受他们的批评了。

4. 访问巫师

宗教是民族传统文化的积淀,研究文化史的人总离不开对宗教的研讨,民族学工作者当然也不例外。

米林县的珞巴族人数不多,总计不足四百,稍微有点名气的巫师共5个,其中3个纽布,2个米剂。人们认为,纽布有较高的法术,能主持复杂的仪式。米剂所能进行的宗教活动,纽布也能做。米剂只会做鸡肝卜,依据肝上的纹理、形状和色泽的不同判定吉凶。有些人也会做蛋卜、米卜、猪肝卜和牛肝卜,在人们的心目中,纽布的法术和地位比米剂高。在穷林单嘎,有一个纽布,就是上面提到的亚崩,一个米剂,名叫达让,是现任的生产队长。

据人们介绍,在米林县3位纽布中,亚崩的名气居第二,比不上依当村的亚热。但她在跳神时唱的歌很好听,内容也很有意思,我们曾想办法让她跳给我们看。她本来就不太愿意,加上儿子说,"文化大革命"时曾批判过她,再也不能让她跳了,免得再次受批判。尽管如此,她还是愿意接受访问,回答我们的问题。

米剂书写神秘的宗教符号（1980年李坚尚摄于米林）

有关纽布的问题,她跟我们谈了许多,尤其讲到一些法术高的纽布,更令人感到神奇。她讲到,在一代人以前,博嘎尔部落萨及氏族有位大纽布,名叫及德,他能把自己的头砍下来,放在地上,身子围着头转一圈,然后再把头接上,完好如初。有些纽布,能把跳神时使用的长刀刺入胸部,让人使劲敲打刀柄,刀从背后拔出,身体完好无损。我们听了这些近似魔术的说法,便打趣问她能否做到这些。她倒机敏地说,她属于小纽布,还没有学到这些法术,依当村的亚热是大纽布,有人见过她用长刀扎穿肚子,从背后露出刀尖。像这类信则灵的传闻,自然可信性不高。

5月5日,正当亚崩在一次访问会上,向我们讲述她在跳神仪式上演唱的故事时,既是邻居,又是亲家的亚如也闯了进来,讲述了一个有关天地的故事,颇具学术价值,今略作介绍:

很早以前,世上只有天和地,天是空空的,地是秃秃的,除了它们外,其他什么东西也没有。天和地商量:"我们一个子孙都没有，那怎么成呢？我们结婚吧！"天不断地求情，地终于答应了。于是天就降到地上，与地紧紧地贴在一起。

天地结婚后，生了许多孩子，如太阳、月亮、星星、各种动物、植物和珞巴族的祖先阿巴达尼，还有各种乌佑（珞巴语音译，相当于各类鬼、神和精灵）。

孩子渐渐长大了，但天和地总是挨得很近，使他们无法生活。于是大家推举金足地育（一种蝴蝶蛹，传说中的乌佑）跟天父、地母说情，请他们离开一些。天父终于同意他们的要求，离开了地母。

正在这个时候，地上刮来一股风，把天吹得慢慢向上飘，天就带着分给他的孩子太阳、月亮、星星、云、雷和闪电等一起走了。山原来是不高的，分给了地母。但当他见到父亲离开时，急急追上去，想同天父一起走。但走了几步，又舍不得地母，追到半空后就不走了，因而成了现在这个样子。

天父离开地母时，十分伤心，眼泪扑簌簌地掉下来。他流的眼泪，就是雨。

我听了她们的讲述，一下子就意识到，这是一则使多个学科的专家都感兴趣的神话。哲学家也许被这种古朴的宇宙观所吸引；宗教学家也许可以将中华各族有关天父地母的宗教观念与之相比较；民俗学家也许用之讨论神话与自然界的关系；我作为民族学者从这一神话中感到珞巴人对血缘关系的重视和依赖。

当采访结束时，亚崩说道，去年她丈夫在猎获黑熊、野猪的陷阱里误伤了一只老虎，那是珞巴族祖先阿巴达尼兄弟的子孙啊。按照珞巴族的传说，阿巴达尼和阿巴索苗是两兄弟，后来阿巴索苗变成老虎，当他们分手后，阿巴达尼对弟弟说："你不能吃我的子孙，否则我用箭射你的心！"弟弟也对他说："你不能射杀我的子孙，否则我吃掉你！"自此以后珞巴人不杀害虎，与虎相遇时，也不敢直呼，而称它为大哥。亚崩补充说，近一年来，她无论在外出还是在家里，经常听到老虎叫，这是被杀害的老虎灵魂在寻找机会伤害她。她说到这里，露出不安的神色。并说道已积攒了一些猪、牛，准备举行大的祭虎活动。若我不走的话，邀请我参加，以便回北京时，把这活动的情况告诉她在北京的女儿，我听了说，到时候一定来。

5. 他从高骨头变为奴隶

照相辛苦，也有愉悦。我们到穷林单嘎村已一个多月，各家各户差不多都免费照过相，约4月初，讲究交情的珞巴人也不时给我们送来小葱、小白菜、野蕤芄叶子等。队里宰杀母犏牛下的小公犊，也时常卖给我们一条腿或半片，伙食日渐改善。山沟里的和煦春光，不仅在身上，而且连嘴上也日渐感受到。有一天，年近七十岁的嘎诺老人送小葱来的时候，我趁机问起他的身世来。

嘎诺是博嘎尔部落海多氏族海米家族人，原住在马尼岗，属高等级的麦德。15岁时，父亲领着他和一名奴隶，背盐巴到棱波部落的地方换粮食。恰逢那里的人打冤家，获胜的那一方趁机把他们3人抢走当奴隶，后来父亲和那个奴隶在上山劳动时逃走了。主人怕他也趁机跑掉，就把他卖到德根部落人那里。在随后不长的日子里，他先后3次易主，有次被卖到门巴族人扎西旺秋手里，身价是两头奶牛、两头猪。按照珞巴族人的习俗，一旦变为奴隶，他就从高骨头变为低骨头，地位下降了。不过嘎诺说道，由于他出身高骨头，只要不再当奴隶，就会恢复原来的等级。因此，他在当奴隶时，十分希望父亲能打听到他的下落，把他及时赎出来。否则年纪大了，主人买一个女奴隶给他配婚，按照习俗规定，同低骨头的人结婚，不仅自己永远变成低骨头，连子孙也变成低骨头，再也无法恢复到原来的高骨头了。后来他父亲终于打听到他的下落，并带来一个男奴隶，把他换回去。可他的主人说，他比父亲带来的奴隶大一些，只有再增加一个大铜锅，才放他走。父亲再也没有钱买大铜锅，没有办法把他赎出来。大约过了几个月，主人要他背野牛皮、辣椒到纳玉山沟出售，他趁主人不在时逃走，偷偷回到马尼岗家里。主人发现他逃跑后，领着一帮人追到他们家，父亲给主人一头大猪，一套藏装，50斤粮食做的酒，算是把他赎回来，恢复了高等级的身份。

嘎诺恢复了自由人的身份后，就离开马尼岗，到米林达却家（就是协助我们工作的统战人士达却）当长工一年，随后自己编竹筐卖给藏族人，独立生活。

我从他的谈话中感觉到，他对当奴隶的生活，并不感到痛苦。他说道，那时在主人家里生活，主人待他很好，与主人吃同样的饭，干同样的活，5天干农活，5天上山打猎，很有乐趣。唯一感到忧虑的是自己身份下降，成了低骨头。他感到，数十年来，最得意的事是娶了3个老婆都是高等级，并一再说，低等级的妻子是不要的。他津津乐道的是每个妻子支付的婚价都不低，也许是经常向人讲的缘故，已经过去数十年了，他仍记得一清二楚。

他坐在我的身边，吩咐刘东一句一句地翻译。他讲道，他编竹筐出卖，积攒了4年后，开始讨第一个老婆，身价是一个10多岁的男奴隶、4头黄牛、6头猪、800斤青稞、100斤大米和一套藏装。刚结婚不久，一个男子来到嘎诺家，说：你娶的这个老婆原先是他交牛定下来的，应该归他所有，她父母不应将她嫁给你。嘎诺听了，没有办法，只好向他补交了一头黄牛，两头犏奶牛，一个大铜锅。到他们生下的女儿会放牛那年，这个老婆死了。

他的第二个老婆是现在妻子亚地的姐姐。亚地的父亲欠藏族领主根阿坚喇嘛许多债，要他的长女抵补。他交了一个价值两头犏奶牛的男奴隶、一头公黄牛、一头母黄牛、两个麝香、300斤染料、400斤干辣椒从根阿坚手里买来的。

第二个妻子因难产死去。过了数年，他就娶妻妹亚地为第三个妻子，身价是一头公犏牛、4头母犏牛、一头3岁的黄牛、1400斤青稞。

我从嘎诺的满意表情中意识到，花高价钱，买高等级出身的女子做妻子，是荣耀的。如果有能力，买妻子越多越好。据说在德根部落的富户家庭，有些人多达12个妻子。在男子的一生业绩中，除了行猎、激动人心的械斗外，积蓄财物、购买牛只、换取妻子，是珞巴族传统文化所崇尚的人生目标。

当我问及嘎诺感到失望的事时，他说道，他有3个兄弟、1个妹妹，哥哥溺水身死，弟弟跌入捕兽的陷阱被毒箭扎死，妹妹从高等级变为低等级终至成为奴隶，使他深感悲伤。

嘎诺说道，他妹妹嘎额嫁给达芒氏族布英家族的基伯为妻，但基伯的一位堂兄弟把嘎诺堂兄弟布结的弟媳抢走了。这就导致了海多氏族与达芒氏族的矛盾。为了报复，当嘎额回娘家省亲时，被布结扣押。自此以后，嘎额长期被强迫留在布结家劳动，不能回到丈夫家，以补偿布结弟媳抢走的损失。这种做法，按照习惯，在双方家族发生冲突时，是允许的。嘎诺对妹妹被同氏族人扣押也无可奈何，只能默认。嘎额长期单身，同一个外来低等级的约尔丁结婚，去了马尼岗，从此等级下降。后来约尔丁在山上安装陷阱猎黑熊，熊没猎到，却把一富裕户的牛弄死。约尔丁没钱赔牛，只好把妻子嘎额作价赔偿，从此嘎额被人多次转卖，成为奴隶，最终默默死去。

我们从嘎诺兄妹的曲折经历，看到珞巴族奴隶制度的情况和等级身份的变化。

6. 献杜鹃花的新华社记者

4月19日下午，突然有位新华社记者来到穷林单嘎拜访，真使我们感到意外。经他说明来意后知道，他叫万福元，同我们年龄相仿，是新华社派驻拉萨的记者。他两天前到米林采访，知道中国社会科学院的人在春节前到此考察，至今已两月有余。在这样的寒冷季节蹲在小村寨里做长时间考察，他从来没有见过。出于职业的好奇心，他便赶来看个究竟。社会科学院和新华社都是北京有名的单位，业务上有联系，不经片刻，彼此谈得十分投机，无拘无束，颇有他乡遇故知之感。

记者总是以报道新闻为己任，以提问题为见面礼。在我们一见如故之后，他就好奇地问，这个仅有17户的边境小村，自报道新村落成已过一年了，还没听说过有什么值得报道的事发生。他感到疑惑，我们天天都在群众家里调查访问，一待就是两三个月，怎么会有那么多事情了解？当我们谈到民族学研究一般都要求在

投票选举乡级领导（1980年李坚尚摄于米林）

民族调查点做长达一年的考察，方能对该民族具有较深认识，他更是不可理解，以为我们有意跟他开玩笑。后来当我们把了解到的珞巴族历史、社会、政治、宗教、文学、艺术、婚姻、家庭、风俗等大致情况介绍给他听时，他深感惊讶。在这个看来极其平淡的小山村，怎么被我们了解到那么多闻所未闻的事？他这次来米林，原定是报道基层乡干部普选，南伊乡是报道重点。离正式选举还有好几天，他决定利用这一空当，同我们生活在一起，了解如何搞民族调查，希望今后在新闻采访时，也顺带收集民族传统文化的资料。恰巧我们刚买了小牛肉，尚可待客，也乐意他留下来，交个朋友。

新华社和社科院有着千丝万缕的关系，对方单位的名人逸事也互有所闻。晚间闲聊，他问到红学名家俞平伯在河南干校时，把甘蔗当成竹子买回来，衣服还没挂晒就被小孩拔去吃，是否有这么回事？诗人何其芳在干校食堂用口缸盛粥，捞出一大块肥皂，是否属实？老万是搞宣传的，他讲的内容当然比我们过去听说的生动而富有情节。尽管对我们来说这不是新闻，但也引来阵阵笑声。我们就这样随意闲聊着，海阔天空，不拘一格，一直到深夜。

老万不愧是个好奇心强的记者，他讲道，波密有个湖，湖深而水清，湖底有树，千姿百态，依稀还见到庙宇，十分神秘。据说是不知多少年前，山体崩塌，堵塞河流，积水日多，淹没山村造成的。我告诉他，这里老乡也讲到，数千年前，南迦巴瓦峰雪山大崩塌，把气势奔突的雅鲁藏布江堵塞，形成数百里长的巨湖。我们住的这个地方是鱼鳖之所，走一天路远的山上，还残留木船。他听了，很想去看，但算了一下行程，时间来不及，只好留待以后再说。他还讲到，西藏的原始森林太迷人了，为了体会在丛林中的感受，他在波密时还试图雇请3位当地人，一起到林中生活3天。但只有一位胆大的小伙子愿意陪同。当黑夜来临，燃起篝火时，发现四周远处不时出现一对对的绿眼睛窥视着，有时达20多对。那当然不是鬼火，也许是狼、鹿、野牛的眼睛。有时还会听到震撼心弦的吼叫，这无疑是弱肉强食的惨烈信号，其中也许是强者的怒吼，也许是弱者的悲鸣。他们只好整夜忙于维护熊熊的篝火，借以驱赶密林中的恐怖。因为一旦篝火昏暗，他们很有可能成为猛虎饿狼的果腹之物。原始森林毕竟不是安逸之所，第二天一早，那位小伙子扛着猎枪一定要回去，老万只好放弃原定的计划。

老万与我们生活了四五天，同我们访问了几户人家。当他听到珞巴人以自己的经历述说在20年前才消失的家长奴隶制时，也同样感受到我们的研究成果所具有的理论意义：作为马克思主义有关人类社会发展史的理论，对于原始社会末期出现的早期奴隶制度即家长奴隶制，只略有阐述，但对这种早期奴隶制社会的社会结构、经济制度、宗教习俗及其残存的原始社会的脐带，知之无多，更没有一份详尽的民族志资料加以佐证。我们的珞巴族研究的理论意义，就在于此。

老万在离开前，就我们生活的艰苦，工作的认真，研究的意义，洋洋洒洒写了近2000字的报道，并希望我们签字认可。我们深知，事物都有两面性，名与实不一定相符，便逐字逐句加以讨论，把许多美言都删掉了，辜负了老万的一番好意。第二天上午，老万上山摘回大把杜鹃花，放在我们的桌子上，花儿正含苞待放，红白相配，绿叶相扶，充满情趣。我想，这也许是老万对我们热情接待的感谢，也许还意味着什么？不管怎么样，数十个年头过去了，许多事也忘记了，老万的那把杜鹃花的样子和放的位置，我还记得一清二楚。

"4月24日下午1点半送老万"，这是我日记上写的一行字。

7. 万幸的老姚

老姚的儿子今年考大学，这是家里的一件大事，家人都不愿意他出差。但老姚终究是"老九",不愿丢弃这一分内之事,家里人也始终拗不过老姚,最后达成协议:在5月初保证赶回家,让儿子在高考时有个安定的环境,多给点关怀。

老姚与老万同时离开穷林单嘎,以便到县里时找车回拉萨,想不到长途汽车近一个月来不见踪影,县里近日也没有汽车到拉萨。老姚在那里心急火燎地干等着。直到县车队决定孙师傅4月27日开车运木材到拉萨,老姚方可搭个便车坐在司机室里,据说这还是我们的朋友、公安局副局长帕加出面说情后才给的面子。

在西藏出差,搭便车是个苦差事,走走停停,由司机随意决定。若遇到一位朋友遍天下的司机,行程就更难保证了。更令我们犯愁的是依照惯例,沿途用餐和香烟都由搭车人支付。即使司机没有这个意思,我们也要争着做。在此说这些话,多少带有小家子的寒酸相,但这些招待,既无发票,又没报销的条文规定,一天至少也要七八元,若走上三五天,半个月的工资就没有了。若遇到汽车抛锚,还要做司机的副手,摇千斤顶、拧螺丝,40多岁的人在西藏走路也气喘,哪还有当学徒的气力?但又有什么办法呢?这下可难为老姚了。26日晚,我赶到县上,准备明早为老姚送行,并请他捎封信回家,报个平安。但不知为什么,到下午一点,车才迟迟出发,我们握手和老姚送别,祝他一路平安,回北京后,立即来信,让我们放心。我回到穷林单嘎,已是天快黑了。

5月2日,县妇联主任卓玛的弟弟占堆,从那曲来米林休假,路过拉萨时买了个相机,不会使用,生怕弄坏,特意来询问有关照相机的事。他告诉我们,老姚乘坐的那辆汽车过米拉山口后翻车了,幸亏他只额头受伤,擦破点皮,今已顺利到拉萨。尽管汽车出事在西藏是家常便饭,算不了什么,但我们听了,还是捏了把汗。第二天一早,我们到县里找回程的司机询问详情,以便判定我们是否到拉萨看望老姚。

据县车队的人说，当天下午离开米林后，汽车赶到八一镇时，日已沉西，理应住宿。为了赶路，汽车连夜赶了几个小时，到工布江达才休息。第二天一早又急忙开车，翻过米拉山口时，已是下午。凡是爬山和下坡，司机都格外小心。当汽车开到平缓的路面时，司机往往松了口气，麻痹起来，一不小心滑出路面，前轮冲到路边的一块大石头上，由于载物沉重，惯性冲力甚大，即使急刹车也无法控制。车子前轮受阻，车体后半截高高翘起，打了一个前滚翻，人和木头被倒扣在车子下面。由于所载的木头高出驾驶室，车子翻扣时的巨大力量撞击在木头上，驾驶室没有受到强力的冲压。老姚等3人只是车受撞击时，额头碰到挡风玻璃上，受了轻伤。

他们从车里出来后，见车前的保险杠已撞弯，车头已变形，再也无法开动了。3人无奈地坐在路旁，等待过往车辆的救助。他们大概等了2个小时，县里的另外两辆车子正从拉萨回来，见到他们出事，于是一辆车把他们送到拉萨，另一辆回到米林。他们受伤出事的情况都是回来的人说的。我从多个人的谈话中都听到这一说法，估计不假，有所放心。但心里也还是嘀咕，如果像他们说的那么轻松，老姚为什么不给我们捎个便条，也让我们放心。后来我到了孙师傅家，看他的家人心情也平静。第二天我收到老姚从拉萨托人捎来的信，讲到遇上这次车祸，没有受重伤实属万幸。他在信中叮嘱，无论到什么地方，尽可能坐客车。因为客运的汽车司机都是经过挑选的老司机，沉稳冷静，技术熟练。如实在无法，要坐"举手牌"，也要见老司机才上车。这里说的举手牌，就是指搭便车。西藏地域辽阔，气候严酷，行人稀少，赶路的汽车似乎都有不成文的习惯，只要有空位，发现路边有人举手示意，司机都愿提供方便，且不收费。若坐在运货的车厢里，只要说声"图捷切"或"谢谢"即可。老姚的信，终于使我们放心了。

后来我们见面谈及这次车祸时，大家有万幸之感。米拉山口数十公里地段，多数是沿着山沟开出的危险路面，如若是往前数百米或靠后数百米出事，说不定就要到极乐世界了。我也为他幸免于难感到高兴，并对他说，在他走后不到一个月，解放军画报社的资深摄影记者杨明辉，也到穷林单嘎拍摄珞巴族的照片，要我们帮助组织。他带来一套高级的瑞典照相机，价值3万元，仅镜头和装胶卷的暗盒就有10多个，可随时拆卸组合，满足各种条件的拍摄需要。他拍的照片十分清晰，答应把所拍照片送一套给我们。但在他坐军用吉普回成都时，在川藏线上车落深谷，不幸牺牲。他早在20世纪50年代就到过朝鲜战场拍摄，大校军衔，《解放军报》还发了讣告。

老姚听了杨明辉的不幸，缓缓地舒了一口气说：到西藏去，多少是要一些勇气的。

五

山地人二三事

1. 她服毒了

　　自进入4月下旬以来，雪是不再下了，雨却天天光临。很不容易偶尔盼到太阳出来一阵子，但它好像发现大地仍在干旱似的，便急急忙忙呼唤雨云到来，让小雨、毛毛雨轮番下着，使穷林单嘎这个小山村显得格外冷。记得时至5月15日，北京已是初夏了，但我穿着毛裤的双腿还被冻得直打战，不得不把数天前换下的棉裤再次穿起来。淫雨霏霏，令人生厌，也使老乡焦急。该到春耕了，还是这样寒冷多雨，不得不待在家里，如何春耕播种？不过事情总有两面性，老乡待在家里，成了我们采访的良机。每当早上确定天气放不了晴的时候，我们便冒雨找队长达让，告诉他准备访问谁，请他批准记上账，待以后统一支付误工补贴费。
　　一天早上，我和达登来到达让家，只见他默默地坐在火塘旁，手里拿着珞巴族特有的铜铸烟斗，低垂着头，巴吱巴吱地抽着。我叫了一声"队长拉"，他也不抬起头，神情显得很沮丧。我感到有点愕然，达登用珞巴话同他讲了几句话后对我说，他的侄女亚基昨晚又遭丈夫毒打了。一早起来就跑回他家，现待在房里默默地流泪，他正为此发愁呢。我知道，达让同他哥哥仅有这一个女儿，见她又受毒打，怎能不心疼？
　　达让兄弟属宁约氏族，是博嘎尔部落7个氏族中人数最少的一个,在没有统一政权、分散居住的珞巴族社会里,氏族人口的多少是力量强弱的体现。达让的哥哥是个米剂,有一定的威望,据说他跟人看卦很灵。人病了,请他看鸡肝卜,他会从肝纹的走向判定病人被什么乌佑所害,然后决定杀鸡、杀猪或杀牛,祈求乌佑收下这些祭品,把病人的灵魂放回来,使他痊愈。达让成为米剂,是从他哥哥那里学来的。他哥哥仅有一女儿,哥哥去世后,由达让抚养成人,十分珍爱,并选定同村的萨及氏族青年达宁成婚,以便到老时有所关照。亚基是个漂亮的姑娘,眼睛大大的,脸颊上又有两个令人羡慕的酒窝,实是村里姑娘中的佼佼者。当她见到陌生人时,又总是害羞地低下头,更令人觉得可爱。但不知为什么,结婚3年了,还没有怀孕。对此,我们这些人不觉得怎么样,但对这里的珞巴人来说是件窝心事。达宁心感不满,有时还责怪起达让一家人丁不旺,也给他家带来不幸。

达让尽管是队长,但已年近五十岁,体力衰退,对于这个年轻力壮而又蛮不讲理的侄女婿,也毫无办法,只好强忍着。况且珞巴族中,妇女过去也被当作丈夫用牛买来的一宗财产,被打、被出卖为奴的事常有发生。娘家势力不强大的女人,即使被杀掉也无人追究。现在这种做法尽管不允许,但妇女被打的事还经常发生。甚至达让也认为,自己的侄女不生育,着实也有对不起人的地方。想到这些,尽管侄女一直躲在房间里伤心流泪,达让竟也找不出一句合适的话安慰她,只好坐在火塘旁抽烟生闷气。

达宁以不生孩子为理由,随意打骂妻子的事,我们早有所闻。遇到这样的事,我们听到之后也只能两边劝说,适当调解,有时也只能请村里的妇女主任亚佳从中做些工作。我们毕竟是外来人,情况不熟,做工作不易做到点子上,说话也难以说道人家的心坎里。所以当天早上离开达让家,请妇女主任亚佳前去劝说后,就去串门采访了。

亚基康复后在听收音机（1981年李坚尚摄于米林）

　　大约下午3点，有人向我们报告说，亚基服毒了。我们匆忙放下工作，赶到队长家，那里已站了许多人并备了马车。据达登说，她服了做箭毒的"奥么"，已不省人事。队里准备运到离此不足一个钟头路程的边防部队医院抢救。由于服用奥么的数量不多，加上抢救及时，亚基住院一天后，第二天下午已平安回到村里。

　　过去亚基被丈夫打后，哭哭劝劝，就平安地过去了。正如不少人所想象的那样，没被丈夫打过的妇女实在少得很，打了就打了，大家都是这样过来的，到以后生了儿子，就会好起来。亚基这次服毒，并不仅仅是受打骂，更重要的是她丈夫从牧场回来后，听到平常跟亚基比较好的少妇，同村里的一个外来小学教师有关系，达宁就借此怀疑起亚基来。亚基本来就没有这么回事，无法承认，达宁劈头就打，连求饶也不松手，她忍受不了，逃回自己家里。她想到自己父母没有了，兄弟姐妹也没有，叔叔年纪不小，受了冤枉也没处伸张。当她想到结婚3年后没有生孩子，连最后的盼头也没有了，深感失望，故产生了服毒的念头。

亚基的悲剧使我们想到，在边远的山区，妇女的翻身解放，实现男女平等，不是一件容易的事情。

2. 惨遭杀戮的巫师

初读我国文化史，人们无不为甲骨文感到陶醉，同时也更为留下这些古奥文字的巫师感到骄傲。试想想，若不是他们在问卜时把文字刻在龟甲上，哪里会知道在中华大地上，我们数千年的先人有这样伟大的创造？巫师是民族文化的持有者，也是民族文化的传播者。每当我们把目光投向世界古代文明古国和国内各民族的文化创造的时候，就越发感受到这一点。因此，我们可以肯定地说，无论是古代还是现代，人们对巫师是敬畏的，不管他们是出于内心的感受，还是慑于外部的压力。这是我经过长期思索后形成的观点。可这一想法，在1976年考察时被刘芳贤收集的资料打破了。

那还是我们首次考察穷林单嘎的时候，县公安局的有关人士一再叮嘱：1973年穷林单嘎村来了一位年轻的单身妇女亚嘎，她会讲一些印第语，简单的英文也认得，她是从印占区马尼岗逃来的。她声称是位逃婚者，由于背景不清，希望我们不要采访她。起初我们把这个意见看作是好心的劝告，恪守不移。到快离开村子时，觉得不符合选调查点上要作逐户调查的规定，我们还是决定补这一课，并由调查组长刘芳贤访问。结果了解到她的一个同父异母哥哥次仁是个有名的巫师，并惨遭杀戮的情况，纠正了我过去认为巫师普遍受推崇的观点。

亚嘎说的次仁是博嘎尔部落萨及氏族人，住在马尼岗巴布荣村，是个很有影响的大巫师。人们有病了，都请他跳神治病。由于种种原因，有些人治好了，有些却治不好死掉了。按照博嘎尔部落的习俗，若多次出现跳神后小孩死掉的情况，人们会背地里暗暗议论，某某不是巫师，是鬼人，他利用跳神的机会把小孩的灵魂吃掉了。只有把他杀掉，村里的小孩才安宁。次仁就是沦落为这种悲惨地位的巫师。

在1953年前后，印占区巴布荣村的达丁和桑吉的小孩，经次仁跳神后死掉了。他们两人散布次仁是鬼人的流言，并把同村的达冬、达布和邻村的达诺英布暗地组织起来，同他们的奴隶达宁、仁宁一起，准备把次仁杀掉。

春天正是人们播种的季节，为了防止鸡进入园地扒吃种子，次仁正在家里忙于编竹围栏。有一天，奴隶仁宁接受主人桑吉的委托，探听次仁是否在家。仁宁来到家门前，只见次仁一个人在家忙于编织，便假意地说，他要买小鸡，不知有没有。次仁不知道他们的图谋，说了声没有后接着低头工作。

仁宁看到只有次仁一人在家，急忙向主人桑吉汇报了。随即，桑吉便同达丁、达冬、达布和达诺英布一起行动，潜入到次仁房子后面。仁宁手持刀子和绳索来到次仁面前说，他要上山砍柴，想借火抽口烟。次仁不知是计，把手中的活放下，用小棍子从火塘里挟炭给仁宁。仁宁出其不意，把次仁伸过的右手用力抓住，顺势向他的肚子猛捅一刀。这时隐蔽在房后的人蜂拥而上，将次仁打翻在地，捆住手脚。众人七嘴八舌说："某家某家的小孩死了，都是被你吃掉的。你是鬼人，不杀掉你，村里的小孩都要生病死去！"

次仁听了，苦苦哀求，申述彼此都是同一氏族的人，不要杀他，还说要用母亲、妻子、兄弟和妹妹赔偿死掉的那些人。主谋达丁根本不听他的哀求，先挥刀砍去次仁的一只手说："这鬼人吃了我家的小孩，这手是我的！"其他人也争着砍手剁脚，一边砍，一边说，这鬼人吃了我家的亲戚或其他人，这只手是我的，这只脚是我的！

手脚被砍后，次仁还活着，他们便用毒箭射。到次仁死时，全身插满了数十支毒箭，随后他们动手挖他的双眼，并在眼窝里插入一种叫作"达让木"的树刺，接着砍头，再把余下的躯干剁成肉块。

珞巴族人死后，都埋在公共墓地上，但鬼人除外。他们杀死次仁后，就在他家附近挖了一个数尺深的竖井，将碎尸埋葬。

杀掉次仁后，达丁等一伙人把他的家产分光，房子烧掉，把他的母亲和妻子变卖为奴隶。亚嘎和一个名叫桑杰的哥哥听到长兄次仁被杀后，及时藏匿，然后逃离家乡，保存了性命。另一位表兄弟达牛，原同次仁一家住在一起，在谋杀者强迫他起誓，保证永世不把此事告诉次仁的近亲家属后，幸免杀害。

当我从刘芳贤的记录中看到这一震撼人们心灵的杀戮后，很想再多方面加以核实。但考虑到参与杀害的达诺英布与亚嘎同时住在穷林单嘎村，为免挑起历史的恩怨，我们不得不审慎行事，留待以后有机会时再处理。现在我们再次来穷林单嘎，无疑为核实巫师次仁被杀提供了难得的机会。可是当我们到穷林单嘎时，亚嘎已到拉萨的工厂当了工人，无法再让我们做进一步询问。实际上次仁被杀事件已不是什么秘密，尽管我们不宜直接问达诺英布，但穷林单嘎年纪大的人都知道这一事件。至于被杀的经过和埋葬的方式，亚嘎所述，也符合宗教习俗的惯例，即使有些出入，也无碍于巫师次仁被杀的事实。

后来，我们从其他地方的访问中了解到，在涉及病人生死攸关的事件时，杀巫师的现象亦时有发生。看来这是原始宗教没有与政权相互利用时无法避免的现象。备受尊崇不是所有巫师生生世世皆有的殊荣。这种现象，无疑是对"巫""觋"的定义诠释做了重要的补充。

3. 祭祀麻风鬼

穷林单嘎是麻风病流行区，5月份达金被县医院检查出患初期麻风病，正处潜伏期。为了促进他早日康复，保证他的家人健康，县医院的医生动员他到曲水麻风病医院治疗。达金对长期离家，顾虑重重，一方面3个孩子年纪小，离不开，既要挣工分，又要管两头自留牛，离家住院困难不少。

举行祭祀麻风鬼仪式（1980年李坚尚摄于米林）

当然达金还有一个说不出口的理由，就是担心后院起火。村里的另一个麻风病人达玛洛洛住院两年没回来，家里留下妻儿母子俩，儿子上村里小学，生活能自理，家务并不多，可问题就出在不够忙。村小学尽管有一所，可校长、教师和勤杂人员同是一个人。在这边远小山村，一个人管一间学校的扎西老师，说话都没人，走访起学生家长来，自然是一回生来两回熟，很快就与达玛洛洛的妻子来往多起来。珞巴族人管理妻子特别严厉，他们的性格不像有些民族那么洒脱。或许达玛洛洛早已布下了眼线，家里发生的事他都了解得很清楚。不久前他私自从医院跑回家，找那位老师算账，结果县里派检察院的红向同志到穷林单嘎调查，数天后把扎西调走。这是近几个月发生的事，达金怎能不放在心里？

麻风毕竟是可怕的疾病。在过去，对于严重的患者，人们要把病人放在偏远山沟的特制房子里饿死，然后连同房子一起烧掉。尽管达金的病情很轻，外表一点也看不出来，但他对自己的病还是很关心，并从自己民族的传统里寻治病的良策：祭祀麻风鬼，彻底把病根除。

巫师亚崩在跳神（1980年李坚尚摄于米林）

5月27日中午，天气晴朗，有人告诉我，达金请巫师亚崩杀鸡看肝，准备治病呢。我本来很想看杀鸡卜卦的操作场景，总是没有机会，这次可碰上了，便拿着照相机前往。我到了村旁的晒麦场上，见亚崩、达金、达让和达金的弟弟达果数人，并排坐在一块木板上。达金身边有个鸡笼，里面有一只母鸡，七八只黄毛小鸡，看样子，小鸡出壳不足一个月。亚崩是这次杀鸡看肝的主持人，她先在地上用小竹片搭起一个六七寸高的支架，上放五六根竹签。她从笼子里取出一个小鸡后，口里念念有词，一会儿把鸡放到嘴边，一会儿把小鸡头在竹支架上前后移动，大概意思是她的灵魂已到了什么地方找比利、比列（乌佑名称）了，如果乌佑你们正在那里，就在肝上显示出来吧。然后她叫坐在身边的达金用小刀割鸡颈宰杀，亚崩随即把鸡血滴在架上面放着的竹签上，再撕开鸡胸，取出鸡肝，插在竹签上，放在罐头铁盒的水里涮几下，除去血渍，细看起来。接着再交给其他人看，以让各人作出判断。

达金、达果虽然也能看懂一些，但终究是外行，达让是位米剂，其地位当然也比不上作为纽布的亚崩。这些人尽管多少有些自己的看法，但他们终于同意亚崩的判断。从第一个鸡肝判定，使人害麻风病的比利、比列两个乌佑已被巫师找到，可以接受巫师的询问了。据称，杀一个小鸡就能找出使人害麻风病的乌佑，是十分顺利的。乌佑到处能去，茫茫天地实在难寻，有时杀数十个鸡也未必能找到使人致病的乌佑。接着杀第二个小鸡，巫师从肝里的卦符上，看到两位乌佑提出杀 8 头猪的要求，亚崩问达金是否能做得到？当达金答应后，亚崩再按杀第一只鸡的程序，杀第三只鸡。询问达金如数杀猪后，比利、比列是否许诺不再让达金害麻风病。如果许诺，达金准备明天杀猪，祈请乌佑不要再害他。据他们说，比利、比列乌佑同意巫师的要求了。这次杀鸡看肝问卜经一个多小时，巫师完成了任务，达金也感到满意。随即回家请有关的近邻或同族兄弟做准备，并派人上山砍竹子，供明天祭祀仪式使用。

把原始宗教视为不屑一顾的迷信行为，不是民族学家应抱的态度。而把这种现象在目击的基础上如实记录下来，是我们的义务。为此我们也派人到县里购两瓶白酒送给达金，以求得他的理解，让我们到现场观看，并准予拍摄。

第二天上午，达金家聚集着10多位老人和青年男子，他们分别把竹子剖成手指大小的篾条，然后用小刀在篾条上刮竹刨花，每组刨花相距约4寸。大约到了正午，在达金的房子背后，用竹子和竹刨花分别搭成"达洛角"和"戎戈尔"，作为祭麻风鬼用。"达洛角"实际是用约1.2米高的竹子，密密排成1米左右宽的竹篱笆，上面饰以羊毛、鸡蛋壳之类。在竹篱笆中间的一块横木上，还画有神秘的宗教符号，"达洛角"是祈福消灾的宗教用物。"戎戈尔"全由竹刨花堆积而成，长约2.5米，宽0.7米，摆放在"达洛角"的右侧。在"戎戈尔"前边，摆放着捆了腿肢的8头猪，其中大的两头每头100斤，小的6头每头10多斤。

达洛角（1980年李坚尚摄）

戎戈尔（1980年李坚尚摄于米林）

当这一切准备好之后，时近5点，我有幸准予站在现场的边角上观看。祭祀开始，巫师亚崩身披红毯，手拿长刀来到"戎戈尔"跟前，时而挥刀，时而舞蹈，并不时吟唱。达金按照她的示意，依次杀猪。两头大猪先用绳紧紧捆扎猪嘴，令其憋气发闷，随后用长约1尺的竹签直刺猪的心脏，第一头猪很快无声无息地死掉，第二头猪也许没直接刺中心脏，痛苦地挣扎着，达金不得不挥刀砍死，血直喷射到2米远的地方；其余6头小猪先后活活地被砍下头，并把猪头直接放在"戎戈尔"上面，作为献祭的祭品。我目睹满地的殷红猪血，目睹没有头的猪身长时间哆嗦颤动，心里着实产生几分恐怖感。

我手里虽拿着照相机，但不能放手任意拍照。因为亚崩和达金都事先告诉我，他们过去做祭祀活动都没有用过这些洋玩意儿。也许这些玩意儿会使乌佑不敢到现场领取供品，终致达金的病医治不了，这是十分讳忌的。我尽管有时在巫师面向一隅吟唱，达金忙于宰杀牺牲时，可以偷拍一些照片，但在这样讲究交情的主人面前，在这样带有神秘气氛的宗教仪式里，还是在巫师向我示意可以拍摄的时候，才动手按下快门，留下了一些极其难得的现场资料。

8头猪其中7头，是达金自养的一窝母猪和猪崽，另一头大猪是从他弟弟那儿借来的。这除了给达金一些心理安慰外，能对麻风病这种顽疾有治疗作用吗？面对这种流传了漫长岁月的风俗，行政命令禁止是于事无补的。猪是杀死了，肉分给村里人吃。当人们吃着达金送来的猪肉时定会想到，达金的病是很快会好的。这样达金会享受到感激的目光和没有戒备的乡情，或多或少地缓解了乡亲的歧视。我想，这也许是为什么患者不惜代价宰杀大量猪鸡的真正用意吧。

4. 背野牛肉去

5月底6月初，喜马拉雅山低海拔的山地已进入初夏，气候日渐热起来。暴雪在漫长的冬日里，占据了大多数山地，达到它的全盛期后，又井然有序地后撤，不断地把阵地让给绿草。珞巴族的老猎手总是隔三岔五地望着附近的山头，盘算着何时修理山头的栅栏，何时上山背野牛肉。他们知道，每年的5月底和6月初，总是有野牛从低地走着固定的路线向高山迁移，到10月底或11月初又沿着同一路线从高山向低地走去，年年如此。不同的是所捕杀野牛的数量不等，有时一两头，有时六七头。

6月4日黄昏，达依从山上回来，说套到两头野牛。久盼的日子终于到来了。按照珞巴族过去的习俗，凡猎到的大野物如野牛、野猪、黑熊之类，不管是谁捕获的，都得与全村人分享，猎主所得，仅多一个兽头罢了。从我们的观念中，兽头肉不多，也不好吃，自然对这种做法很不理解，甚至认为是对猎者的戏弄。可珞巴人认为，获得兽头，是十分荣耀的事情。猛兽的头骨放在家里显眼的地方，展示主人的勇敢。陈列的兽头骨越多，越受到人们的敬佩，客人见到，常报以羡慕的目光。一些部落，还把兽头骨视为传家宝。主人去世时，一半留给子孙，一半随身陪葬，以期把这种荣誉带到阴间。由于兽肉分享，故背肉的事自然由村人承担。现在，安装捕野牛的套索已由生产队集体负责，当然更是共同的事。狩猎也是重要的经济活动，亦属我们的考察范围。目睹现场，又远比口说来得真实，所以我们也如同社员一样，乐意前往。

6月5日清早，我们也背着竹筐，同社员一道，组成近20人的队伍，朝着东北边的高山进发。开始的一段山路，穿过茂密的松杉林，路尽管陡峭，但没有荆棘杂草，多年积聚的松针杉叶厚厚的，行走在上面，感到异常松软，恰似在地上铺了一层地毯一般，别有一番情趣。我们越过林区，开始在嶙峋的山石上攀登，

原始森林（1980年李坚尚摄于米林）

路也变得难走起来。临近山梁时，天又下起毛毛细雨，恰巧我穿的是一双磨平了底的胶鞋，每当踩在坚硬的石上，直硌得脚掌难受，若行进到平滑的山坡，又往往跌倒，膝盖和屁股受尽折磨。正当我上下疼痛、浑身是泥的时候，领路的达依让大家停下，指着前面一座山崖的上方说，野牛就在那里。说完，领着几位小伙子向上攀登，我随后也缓慢爬上去，观看套野牛的现场。

我们走不多远，便到达山坳。到了那里，除了陡峭的山崖，凡在野牛可以通行的平缓地方，都分别被木头或石块堵住，仅留一条通道，可供野牛行走。通道的末端，原设有木栅栏。栅栏上仅留一个直径不到2尺的圆洞，圆洞周围安装有用钢丝绳制成的活套，活套一端固定在大石上。当我们临近栅栏时，一头野牛已僵直地躺在那里。在野牛躺着的地上，形成了一个不大不小的坑，坑的周围，布满了密密麻麻的野牛脚印。这些迹象显示，被套着的这头野牛，曾进行拼死的挣扎。乱踢乱蹬的腿，把地上的泥土和碎石扬起，抛向后边，终致成为地坑。四周密密的野牛脚印，就是成群的野牛在看到同伴被钢索套住，惊慌失措，无计可施，焦灼地转来转去留下的足迹。

小伙子们七手八脚地解开勒得血肉模糊的钢索，顺势将牛推下山崖，让留在下边的人剥皮取肉。另一个被套的野牛在距此不远的山岭上，亦做同样处理。人们忙了大半天，宰杀才算完毕。此时日已过午，毛毛的细雨仍下个不停，大家又饿又累。有些人议论说，如果这两头野牛没有断气，那就好了。我们尽管身体又冷又饿，若能及时饮上几口牛心窝里的鲜血，就会浑身发热，保证不会得感冒。随后大家设法弄到一些干柴引火，在山崖下能避雨的地方，架上刚砍下的野杜鹃树。篝火噼噼啪啪地燃烧起来，各自随意割野牛肉烤着吃，火暖和肉香，驱走了人们的饥寒。

吃山野的猎物，饮山涧的甘泉，在山崖下小憩，在朦胧的雨雾中行进，这种别具一格的山野情趣，住在喧闹的城市里是享受不到的。

在回来的路上,人们谈论着野牛的故事,说野牛同珞巴族的祖先阿巴达尼一样,是天父地母结合后生的子嗣,猎野牛如同猎杀虎一样,要举行大型的祭祀活动。人们也谈论着野牛的情趣,说野牛一群多达上百头,其中必有一头首领,它发现危险就发出信号,让后来者改道前行。人们也讲到猎杀野牛的危险。当射杀野牛时,若一枪不能置它于死地,它就会朝枪响的方向扑来,即使猎手及时爬到树上躲避,它也要绕树数圈,发泄它的怒气。有时甚至站着不动,等着猎手下来,一决雌雄。其中更令我感兴趣的是珞巴人在猎杀野牛后举行的这样一种习俗,即稍为殷实的人家,猎到野牛时,要竭尽财力,举行盛大的祭祀活动,大宴宾客。其内容和形式,与猎虎后举行的祭祀,有相同之处。或许有人说,这是图腾崇拜,但我想,仅仅这么说,似乎是太简单化了。

在崎岖的山路上,刘芳贤挑着两头野牛头平安地回到村里,受到乡亲的赞扬。也许正是这样,我们也被当作村里的一户居民,平等地分到其中的一份肉。乡亲们把我们视作村民的一分子,这说明我们已被他们接纳、包容,这对一个民族学工作者来说,是值得高兴的事。

六

到牧场去

1. 奇妙的高山牧场

自春暖雪化以来,达登早就嚷着到牧场去看看,我知道他的心事。他到那里的主要目的,是买几斤新鲜酥油。新酥油打出的茶具有浓郁醉人的芳香,即便是我这个远道而来的过客,也有所期盼,何况达登这个吃酥油茶长大的小伙子呢?只是民族学工作者选择调查点,必须以一定的人口数量为前提,而这里的牧场规模较小,人数有限,缺乏代表性,因而提不起我的兴趣。再者,呼伦贝尔大草原那种碧草连天、羊群如云、奔马似潮的景色早已领略,大有"曾经沧海难为水""黄山归来不看山"的心境,区区的山间牧场有何看头?因此,我总是推辞着,直到有一天感到达登的情绪需要照顾,恰逢队里达波给牧场送糌粑,我们还可骑马前往时,才决定一起启程。

6月8日,我们一行4人骑马溯南伊河而上,约经40分钟,来到一片开阔地。那是一块东西长约2公里,南北宽约半公里的平缓地,中间开辟有一块约数十亩的耕地,尚未耕耘播种。四周全用劈开的木板围起,作为围栏,以防牲畜钻进。负责运糌粑的达波说,这里叫永色牧场。我听了他的介绍,以为目的地到了,便问牲畜在哪里。达波解释说,这里是冬季牧场,所种的庄稼秸秆,都是供牲口冬天吃的,现在队里的牲畜已转至夏季牧场,距这里还有一段距离呢。听了他的介绍,我心里想,围起来的耕地,类似内蒙古的"草库伦"。是在大草原上夏秋季节圈起来,不让牲口进去吃草,把草积存起来,以备冬春之用。不同的是这里种青稞、荞麦之类,籽种人吃,秸秆喂牲口,带有农牧互补的性质,与内蒙古不同。我朝耕地一看,草已吃个精光,到处是稀疏散落的牲畜粪便,春耕时节,反扣地下,自然是优质的有机肥料。这里的牧场尽管狭小,但却集农、牧业互补良性循环于一身,又有独到之处,使我眼界大开。

林间牧场(1980年李坚尚摄于米林)

我环顾四周,山峦处处覆盖有浓密的松、杉树,高大挺拔,直指蓝天。如果把远近的山峦比作绿浪的话,这个牧场只不过是浪谷里的一片柳叶罢了。从这个角度来看,这里的牧场又是多么娇小和珍贵。达波告诉我，由于有高大浓密的林木保护，加上这里朝阳温暖，即使天降大雪，亦常融化。残枝败叶覆盖的地方，还可看到碧绿的青草色，那滴水成冰的内蒙古草原，怎能有此类生机？这又是我始料不及的。

我们继续前行，顺山势向上走，随着地势的增高，树木的种类也逐渐发生变化。再走一个半小时，到达来果桥牧场。这一牧场大小与永色牧场差不多，但景色不同。永色牧场周围的高大松、杉林已不见，代之以古老苍劲的柏树林。环绕四周的森森古树尽管不甚高，但均异常粗大，一般两三个人方能抱拢。其粗根外露，树干鼓突不平，虬枝交织，远远望去，就像无数身强力壮、肌肉发达的武士，手挽着手，紧紧地把草地包围起来，显得异常肃穆，凛然不可侵犯。加之树干上多数长有青苔，树冠上参差错落地披上轻纱般的淡绿色树挂，又似京剧舞台中武生身上护身的铠甲和插在肩头的彩旗，更增添草地的神秘气氛。牧场里低洼的地方流水不畅，形成大小不一的沼地。人们穿行时，只好踏着铺垫在上面的木块或树枝前行，以免陷进去，我们到此也只能下马步行，徐徐向前。我想，这就是目的地，即夏季牧场吧！但达波说，这是春秋季牧场，牲口已不在此放牧。每当10月高山开始积雪，并逐渐从山顶向山坡向下铺开时，牧民们便从夏季牧场撤退下来，移师于此，最后寻找适当时机，退至永色牧场，以度冬天。

我们在此牧场向前行10多分钟，便到达边境前沿最前端的连队。这里有10多排房子，参差错落，壁垒壕堑，个个相通。岗哨人员知我们的来意后，不多询问，便让我们通过。再前行20多分钟，前面展现一片起伏的草地，达波说，这就是我们的夏季牧场了。这里牧草不长，仅三四寸，但养分丰富，生长迅速，是不可多得的牧场。从这里再爬一山岭，便是东拉山口，那是所谓麦克马洪线所界定的地方，过去不远，就是印度的兵营了。

堆放饲草的牧场小屋（1980年李坚尚摄于米林）

正在此时，天空突然飘来一片雨云，把邻近的山头都浓浓罩住，雨也纷纷下起来。数米之外，一片朦胧，难以分辨东西南北。幸亏达波对这里的地形了如指掌，我们才顺利地找到牧民架设的小帐篷，平安地到达目的地。

2. 在帐篷里做客

我们来到帐篷前，身上已淋湿，幸亏糌粑装在皮袋里，透不了水，尚无损失。也许放牧生活实在太孤单了，40多岁的达金见我们到来，就热情地拉着我们的手，迎进帐篷，随即取下他腰间的火镰，在一块小石片上划了一下，把压在侧旁的苔藓绒毛点燃起来，接着把火种放在火塘的杜鹃木块里，左手呼啦呼啦地按压身边的羊皮袋风匣子，不经片刻，火塘里狂噼啪地燃起旺旺的火苗，把我们的衣服烘烤得直冒热气，驱散了身上的几分寒意。

我坐在火塘旁，边烘烤衣服，边回味刚才达金使用火镰取火的娴熟技巧，不禁想到火镰的灵便和特具的生命力。无论火柴如何高级，遭雨淋、被水浸就难以使用。火镰即使从水里捞出，一经擦干，即完好无损，再用无妨。火柴娇嫩，一不小心，盒破秆折，不宜使用。火镰挂在腰间，任凭骑马负重，无损毫毛，与人同在。火柴一盒，数日告罄，火镰一经添置，几可伴随终生。这对远距闹市，不知商店为何物的边鄙之民，实是随身之宝。有些人见到别人身带火镰，妄评他人守旧不易接受新事物，实是只知其一，不知其二。推而广之，火镰如此，它物又何尝不是这样？这就是涉及民族学中评价异民族文化价值的一项基本理论问题，若不深切了解某种文化的客观环境，并在这种环境下形成的道德准则和价值观，是不宜得出确切的见解的。

火生着了，帐篷里也热闹起来，当我们把湿衣服烤干时，主人已将浓香的酥油茶端到面前。新鲜酥油发出阵阵诱人的香味，我们大口大口地饮起来。热茶入肚给我带来的那股温暖和舒适感，难以用语言形容。

喝完一两碗茶后，主人请我们用午餐。这里的珞巴人饮食，基本上接受了藏族的习惯，即在饮酥油茶的碗里放上糌粑，再放一块酥油，浇上适量的茶水，左手托碗，右手四个指头似半握拳状，插入碗中，虎口沿着碗边，两手配合，使碗旋转，一会儿鸡蛋大小的糌粑坨就算捏成了。我捏糌粑虽然没有他们那么熟练，但也多次学过，勉强能自食其力，不像以前那样捏不成团，让人代劳。

揉糌粑坨是艺术，我觉得有些人吃糌粑别具情趣，也是一项艺术。同去的达波把糌粑捏成拇指大小的颗粒，用右手的拇指和食指捏着，伸直胳膊，腕关节略为弯曲，让手指把糌粑坨像子弹一样射出，直投口中，每发必中。其动作之干脆、洒脱，令人叫好。有时候，他还把糌粑坨高抛一米余，本来屈腿盘坐的姿势活动困难，但他凭借熟练的腰部技巧，伸颈引脖，似乎会掉到地上的食品不偏不倚，正好入口，这种既玩又食的做法，反映出边民乐天自娱的天性。我们这些长期用筷子进食的人，本来用手揉糌粑就难以适应，对于这种既玩又食的做法，即使想学也无从下手。我想，他们见到我们吃糌粑那种单调动作，心里也许会认为我们的生活太刻板乏味呢。

外出放牧的人回来了，他们除带回两大羊皮袋牛奶外，还带来草地上采的蘑菇和湖里钓来的鱼。西藏的高山湖，大小不一，到处都有，多数都产鱼。他们钓来的鱼不大，每条不足半斤，有10多条。他们把鱼一股脑儿投入火塘内，用灼热的火炭灰盖上焖着，过了10多分钟，火塘里就散发出浓郁的鱼香。我们把鱼掏出，拍掉鱼身上粘着的火灰，取掉鱼头和内脏，蘸着食盐、辣椒，吃起来味道十分鲜美。

在食品中，更使我难以忘怀的，是那种白色的草地蘑菇。主人清洗干净后，撒上食盐渍腌一会儿，然后每人分发一根小棍，把一朵蘑菇插在棍尖上，放在火苗上方烘烤一阵，就可食用。这样烤制的蘑菇，其鲜美芳香，我以前从未尝到过。若能掌握好火候，更鲜嫩可口。可惜的是我烤了几个，并不理想，唯主人亲自代烤的那些，口感极佳。这种掌握火候奥妙的烹调技巧，使我联想到北京颇享盛名的涮羊肉，切得薄薄的肉片，放在火锅里涮几下，即可食用，人人都会。但要恰到好处，又不是那么容易掌握的，唯有那些美食家才能掌握其中的奥妙。

达波见我对他烤制的蘑菇啧啧称赞，就带着几分惋惜的心情说，如果我在7月来的话，还可吃到比手掌还大的银耳，能见到一棵足可装满一背筐的扫帚菌，能闻到在5米之外散发香味的"夏莫雅巴"蘑菇。主人寥寥几句话，仅蘑菇类就罗列出现代都市人所无从享用的众多山间佳肴，令我感到无此口福之憾然。但我转念一想，对于讲究交情的珞巴人来说，这也许是他们向我发出7月再来做客的邀请吧！

3. 牧人的艰辛

6月初的天气尽管冷，但残雪已融，牧草碧绿，节候已到，牧民将进入忙碌的夏季了。在这一季节里，他们除放牧外，一天还要挤3次奶，并需及时从奶中提取酥油，工作是繁重的，其中午间最忙。所以当达金招待我们的时候，他自己匆忙吃了一些糌粑，把牧民捎回来的大袋牛奶，倒进大酥油筒里。这些皮袋和大酥油筒，带有浓郁的乡土气息，我还是第一次看到。所谓皮袋，实际是用一整头羊的皮做成。当灌满牛奶时，活像一头去掉头和蹄子的全羊。牧民用这种皮袋装运牛奶，既安全又结实，任由碰撞，也不易破损，确保牛奶运输顺利。酥油筒用红松木制成，直径约30厘米，高约130厘米。上面扎了八九个竹箍，一次可装三四十公斤牛奶，其容量之大，令我吃惊。

达金把牛奶倒入酥油筒后，双手握着一个带把子的活塞，在筒内的牛奶里有节奏地不断提起或压下，借以使牛奶里的酥油分离出来。我看着他脸上紧缩的肌肉，听着他嘴里不时哼着简单而又深沉的曲调，真像过去码头工人抬重物时发出"哎、嗬"的号子，可见这种活计的沉重程度。不经片刻，达金额上已渗出汗珠。当他上下提压数百次后停下来，从桶里取出一大团黄澄澄的固体酥油，稍作休息时，我便来到筒边，抓着活塞把，也试着提压起来。我提压的速度本应以"哒—哒—哒哒哒"，即前两下自上而下和自下而上的舒缓强力的提压，接着是急速的三次上下提压，方能有效地使牛奶中的酥油分离出来。由于我的气力不够，只能做到前两次的舒缓提压，那连续三次的"哒哒哒"快节奏提压，就无法做到。他们说，我的打法是打不出酥油的，说完善意地笑了。

打酥油的牧民（1980年李坚尚摄于米林）

达金说，每年夏秋季节，队里几十头犏奶牛和黄牛所产的奶，足够他忙了。看来丰富的奶制品，也是使他的肌肉如此发达的原因。

过了一会儿，天气转晴，我们想到放牧的地方看看牛群。但一出帐篷，一头高大的黑褐色藏獒突然向我们冲来。它那低沉而有力的吠声，把我们吓了一跳，急忙缩进帐篷里。藏獒是体格甚大、性情凶猛的犬类，身高约90厘米，蓬松的长毛，把身躯衬托得更加肥大，颈上装饰一个深红色的毛状项圈，又增添几分威武，使人望而生畏。幸亏有铁链系着，才没有扑到我们身上。我们避开这一凶猛家伙后，捉摸着进帐篷时为什么没有发现它？达登说，这也许是达金站在帐篷外迎接我们，主人在场，它一声不吠，使我们没有发觉。

我们爬过一段山坡路，看到在围成一圈的牛毛绳上，拴着20

多头母牛，两名牧民正忙着挤奶。但见他们在挤奶前，先让仔犊吃一阵子，当奶汁分泌得更多时，才开始挤。这也许是使母牛产奶更多的土办法吧。

由于雨水太多，加上牛群践踏，拴牛的地方泥浆和牛粪混在一起，发出一股难闻的气味。牧民蹲下挤奶时，这些混合的浆液，几乎没过他们的腿肚子。我从他们沾满泥浆的腿上，看到几块粉红的肿块，这或许是蚊子叮咬造成的，或许是泥浆浸泡引起的疥疮。

我们待他们挤完一头牛后，迅速递上一支烟。他们说，当前的气候还是比较好的，最使他们难受的是七八月份的冰雹。其时风雨无常，雷电交加，冰雹骤至，有些大如鸡蛋，铺天盖地而来，常使人畜无处藏身。牛群经受不了冰雹的袭击，惊恐狂奔。在这种情况下，牧人顾不得个人的安危，设法护着畜群。否则一些牛可能落崖身死，一些可能下落不明，损失更为沉重。冰雹过后，往往要经数天后才能恢复产奶量。至于牧民，即使被冰雹砸得浑身酸痛，也不能轻易休息，因为牲口每天都要吃草，正如人每天都要吃饭一样。

大半天的牧场生活使我意识到，牧场的景色也许美丽、迷人，但牧民更多感受到的是寂寞孤独、劳动艰辛和恶劣的天气。在这东拉山脚下的牧场，不能说牧歌无处寻觅，但欢乐的牧歌不是处处都能听到的。

七

告别边境前沿的村子

1. 他开创了珞巴人犁耕的历史

6月14日，我们迎着晨曦，同10多位社员一起到南伊河滩开垦荒地种荞麦，其中还有自治区人大代表宁东，他是这次开荒种荞麦的主要犁耙手。

"宁东"珞巴语意思是"石头"。他不到40岁，体格健壮，脸色黑红，正如他的名字那样，他是个不善言辞、工作踏实的人。早在1976年，我们就听人说过，他是珞巴族第一个学会使用牛耕的人，但不知详情。我趁着赶路的机会，同他聊了起来。

出村不远，他指着东南方向的两大片烧焦的林木说，这就是当年刀耕火种地留下的遗迹。要长成大片林木，起码得数十年，真是可惜！宁东继续说道，珞巴人过去都从事刀耕火种的农业。每年冬末春初，为了开垦荒地，都要砍伐大片森林，待到枝叶较干爽时，放火焚烧。随后在积有大量草木灰的地上，用木棍戳穴播种，到秋后就可以收割了。其间不用犁地，不用上肥，不用除草，十分省事。唯一的麻烦，是烧荒期间，火源常常无法控制，在这森林地带，大片大片的林木都被烧掉了，令人痛心。

宁东说道，他们放弃刀耕火种，从事犁耕不是一件容易的事情。长期以来，珞巴人习惯粗放的农业，不愿从事精耕细作。他们觉得，砍树开荒，播下籽种，只等收获，其余时间，或上山打

刀耕火种地（1980年李坚尚摄于米林）

猎，或江上捕鱼，无拘无束，颇为惬意。1959年，米林县实行民主改革，南伊乡的珞巴人分到了熟地，但过不了几年，这些土地全部抛荒了。更为有趣的是，为了帮助穷林单嘎的6户珞巴人发展生产，实行牛耕，发给他们7头耕牛、4副犁具以及铁锹、十字镐等铁质农具，但这些珞巴人认为，像藏族人那样种地不值得学习，施粪肥实在太臭，种耕除草弯腰累死人，犁地养牛烦死人。因而把政府发的农具堆放在门外任由生锈，发放的牛又不能杀来祭鬼，只好放到山上由其自生自灭。到1962年，7头耕牛中的4条丢失，他们将剩下的3头牛交还给政府。

穷林单嘎村的珞巴人不要耕牛、不用铁农具的事件，引起了县府有关部门的重视，他们派出工作组，深入到珞巴群众中进行宣传，并动员附近的藏族生产队派出牛耕队，到穷林单嘎作犁耕、引水灌溉、施肥育种的技术推广。1963年，年轻的宁东还在穷林单嘎的 7 户珞巴人组成互助组，发展生产。附近南伊乡的藏族群众，还组成助耕队，带着自己的耕牛、铁制农具，每天行走 10 多里地，到穷林单嘎手把手教珞巴人学习犁耕的田园式农业技术。就在当年，宁东领导的互助组，获得了丰收，农业亩产比刀耕火种地高出一倍。宁东也在藏族同胞指导下，学会了牛耕，也学会引水灌溉等各种农业技术，自此成为珞巴人发展犁耕技术的带头人。

宁东互助组的成功，使许多珞巴人相信，刀耕火种的落后农业，应该放弃了。为此，米林县的珞巴族，纷纷以宁东为榜样，离开他们祖辈的刀耕火种地，迁移到靠近藏族的地方。一些人还主动加入藏族聚居的村子，学习农业技术，发展生产。自此以后，珞巴族群众生活改善了，经济文化也发展了，藏、珞两族的团结也加强了。穷林单嘎村的水力发电站和初级小学校的建立，就是具体的明证。因为不放弃刀耕火种的农业，人们分散在各个山头，没有一个集中居住的环境，就无法兴办学校，没有藏汉同胞的支持，水电站也建不起来。如今在穷林单嘎，民族团结的事例到处都有。他 5 岁的女儿，既叫珞巴人名字"亚白"，意为"小胖"，又叫藏族人的名字"德基"，意为"幸福"，这不也是民族团结的事例吗？

我们边走边谈，经过一个多小时行程，终于到达了开荒地点。同来的人说，这里原是河滩熟地，民主改革时，分给这里的珞巴人耕种，后来被抛荒了。当宁东架起牛具后，我在前面牵牛，其他的人负责撒种、平地和修引水渠。刘芳贤过去学过犁地，但对二牛抬杠这种藏式犁地方法，一时也难以掌握，当然无法与宁东相比。宁东不愧是珞巴族最早成长起来的犁把式。

2. 告别穷林单嘎

依据我们在京时商定的计划，7 月中旬，进墨脱考察珞巴

七 告别边境前沿的村子

与门巴族，并与前往察隅考察僜人的张江华、陈景源两同志协作，分别选择不同的调查点进行考察。6月初，我们接到江华的信，说是从波密至墨脱的公路已修了80公里，他们准备由这条新公路进入墨脱，重点是调查旁辛和东布的门巴、珞巴族。我们知道，从波密进墨脱，即使已有部分路程通汽车，其余的路仍异常艰险，尤其是到旁辛，基本上是沿雅鲁藏布江大峡谷的悬崖峭壁攀登，一不小心，滚落江中，就只能漫游印度洋了。此前，我们曾听说中国科学院派往墨脱的一位考察队员，跌入江中身亡的事。为此，当我们知道江华、景源两人的决定时，真有些不放心。

江华、景源的考察计划确定后，不言而喻，考察地东和背崩的门巴族，是我和芳贤的任务了。我们十分感谢江华、景源的安排，因为从米林的派村进入墨脱的背崩和地东，是传统的通道，路程便捷，而且这里自然条件较好，人口较多，将更容易搜集到门巴人的社会历史情况。另外我们还要对墨脱珞巴族作深入的考察。考虑到7月山口雪化方可进去，10月大雪封山前必须出来，前后仅有短短的3个月，我们到这些地方考察，时间还是比较紧的，为此必须对我们的工作计划作些调整。我和芳贤商定，鉴于穷林单嘎的资料收集得差不多了，为了进墨脱前，对米林其他珞巴族聚居区的情况能有所了解，我们决定6月15日离开穷林单嘎，到里龙区的依当村考察。

在离开穷林单嘎时，达诺英布同我们行碰头礼，用他的前额碰我们的前额沉默了十数秒钟，然后极不放心地说，墨脱有放毒的习惯，望我们饮食多加小心。放毒一事我们亦有所闻，但出于一个珞巴族普通群众之口还是第一次，由此可知他对我们的关心。6月16日，生产队里派了马车，御者是达依，把我们送到县里。我们辞别了送行的人后，西边的山脊上披着灿烂的朝霞，而东边的密林却在一片雾霭之中。3个多月的参与观察和调查访问，使我对珞巴族的社会文化有了较多的了解。但穷林单嘎只不过是一个深入调查的点，其他村落珞巴族的情况又怎么样，我们心中还是没数的。

3. 夜网雅鲁藏布江

我们回到米林县城后，准备 7 月中旬进墨脱考察的消息不胫而走。县里边防站的干部罗布是墨脱衣工白村的珞巴族，珞、门、藏、汉话都通。他也多年没回墨脱了，跟我们的翻译达登说，愿意同我们一起进墨脱。众所周知，搞边境民族考察，最大的问题是翻译，因为在这些多民族杂居的地方，有些民族语言懂的人太少，即使你愿意学，由于诸种条件的限制，也无从学起。如门巴语、珞巴语就没有专门的学校教授，若要学，只能在实际工作中学。罗布这位不请自来的翻译，真是求之不得。于是便请达登带我们去拜访他。

罗布住在县职工宿舍里，当我们午饭后到他家时，他正拿着馒头逗他的小黑熊玩，我们看到小黑熊站起来笨拙地转圈，禁不住笑了起来。小黑熊是他在行猎时逮住的，体重不到 10 公斤，人见人爱，十分温驯，又易驯养。即使偶有小疾，他的妻子是县里医生，也能及时医治。罗布说，刚逮到时，只有两三公斤重，被狗欺负，现在能跟家里的狗玩了，如果可能，准备把它养大。

罗布 40 岁左右，身体健壮，汉语表达能力也强，在墨脱还有一定的社会关系，实是一个很好的人选。我们当即敲定，只要县委书记"宾努亲王"同意，一定把他借调。依据刚来时仅边办贾主任的一张便条就能借调到达登的事实推测，借调罗布想必没多大问题。

下午我们做到依当的准备，其中最困难的是交通和香烟。后经联系，米林营的陶副营长准备在 6 月 20 日到驻防莫洛的一个连队视察，了解那里修筑边防公路的情况，依当正是必经之地，可以让我们随车前往。尽管要等数天才能随陶副营长前往,但在交通没有更好的办法解决前,我们只能这样了。香烟是我们访问时的必要媒介,曾找县里的办公室何主任批条采购,随后听说供销社仅有两箱上海大前门,准备用来招待自治区政府的一个检查团的到来,在没有进货前,他们不敢卖给我们。也就是说,我们没有烟,近两日是无法到依当了。

晚饭后,达登来到我们的住处,说是雅鲁藏布江的水位下降,他和罗布约定晚上用粘网在江上捕鱼。所谓粘网,就是用尼龙丝织的网具,因其透明,鱼难以察觉,当鱼穿过网眼时,正卡在鱼鳃上,使鱼前进不能,后退不易,像粘在上面一般,实在妙不可言。有关西藏人不吃鱼的说法,我曾有所听说,一是视鱼为神故不吃;二为西藏行水葬,尸体投江,鱼肉不洁,故不吃。许多西藏人不吃鱼是事实,但也有吃的,曲水县有个渔村,经常捕鱼运到拉萨卖,那里的渔民已记不清他们捕鱼历经多少代了。我到米

夕阳斜照的雅鲁藏布江(1992年李坚尚摄于米林)

林后吃过雅鲁藏布江的鱼，味道鲜美，尤其是当地人称为"胡子鱼"的那一种，实似内地的鲤鱼，仅颜色偏黑，吃后更使人难忘。所以我听了他们的邀请后，一是为了吃鱼，二是忙里偷闲想休息一下，便同意了。

据他们说，用粘网捕鱼，晚上最好。大概晚上10点，我们凭着手电筒的微弱光线，在河滩上逆江而上，约行了20分钟，便到达捕鱼地点。那是雅鲁藏布江的主干河道，被大片沙洲隔成的一条约30米宽的河汊，水流平缓，深及腰际。我们在河滩的灌木丛中找到足够的干柴，燃起篝火后，罗布便脱光下身，拿着粘网的一端淌到河汊对岸的沙滩，把网固定后再回来。

尽管是6月天气，但雅鲁藏布江流的是融化后的雪水，冷得砭人肌骨，幸好篝火烧得正旺，烤了一会儿，罗布的牙再不打战了。网已布下，我们在篝火旁守株待兔。同珞巴族干部在一起，酒是免不了的。我们没有酒杯，四人轮流吹着喇叭喝。我能喝一点，陪陪衬，芳贤是滴酒不进的，只是做个样子。幸好带了两瓶江津白酒，度数不低，也够喝一阵子。

晚11点左右，四周寂静，颇具寒意，罗布走到江边抻了一下粘网说，看来只有四五条鱼，不够。我们闲聊着，有时也静下来，欣赏这难得的高原夜景。尽管晚上没有月亮，但夜空却湛蓝湛蓝的，星星格外明亮和低垂，有些简直像挂在四周高山密林中的明灯。高原之夜美极了，静极了，"奔腾的雅鲁藏布江"这一极有动感的诗句，使许多人感受到这高原巨龙的浪涛。而眼下我们在这巨龙的身边，体会着雅鲁藏布江的静谧和温驯，尤似与藏族传说中的女神在一起。这种感受难以言传。

忽然听到从高山密林中传出数声的野鸡啼鸣，罗布说，已经是12点了。我们不约而同地用电筒照亮腕上的手表，一分不差。大家都佩服罗布渔猎生活的经验。罗布继续说，到3点时还会叫一次。随即站起来，边说边抻网，高兴地对我们说，收获不少！

接着又叫我们往上走到50米开外的上游，向河汊扔石头，边扔边走，一直到网前，这是为了赶鱼入网。

起网了，共获30多条两斤左右的大鱼，足足装满一麻袋。这是我看到的夜网的第一次，也是最后一次。此后我也曾多次到西藏，到雅鲁藏布江边，但终没有碰到这样的机遇，深为遗憾。

4．巫师与痢疾

捕到鱼后，按照珞巴人的习俗，在场的人都可分享。我和芳贤尽管是来看热闹的，但他们仍然坚持让我们分享一半。无奈我们住在县招待所，没有锅碗瓢盆，只好约定第二天中午到达登家吃饭，我们动手烹煮，大家一起饱食，这样做既可借花献佛，又报赠鱼之情。

鱼宴是丰盛的，分红烧、清炖两类。红烧的烹饪术他们还是第一次见到。鱼油炸后添加四川豆瓣酱烹煮发出浓烈香味，吃得他们交口称赞。当达登吃到鱼头上一块像箭镞的骨头时，颇为认真地说：这是星星射在鱼头上留下的箭头！研究民俗的人听到这种议论，自然就意识到，像这类奇妙的解释背后，一定蕴含着有趣的神话传说。不出所料，达登就神聊起珞巴族的故事来。

鱼和星星都说自己的数量多，力量大，谁也说不服谁。有一天，他们相互达成协议，说大家把自己的成员都摆出来，相互数一数，就知道谁的数量多，谁就力量大了。星星为人老实，到双方约定的时间就一齐出来，结果一下子就让鱼儿知道自己的数量。可鱼儿狡猾，没有按照原先规定的条件一下子走出来，而是河里出一点，湖里出一点，使星星无法数出它们的数量，没有办法，只好让鱼儿自报。由于鱼儿已知星星的数量，它报的数字比星星多了不少，鱼儿在比赛中获得了胜利。星星觉得受了鱼儿的骗十分生气，便拿起弓箭，朝鱼儿射去，正中鱼儿的头部。所以直到今天，鱼儿的头部都有一块像箭镞一样的骨头，那是当年被星星射中后留下的。

达登的讲述，使我回想起昨晚夜空中星星那种眨巴着眼睛，让人数数的可爱憨态，以及水中游鱼的时隐时现，让你无从捉摸的狡猾，这个故事的构思是多么巧妙啊！于是我急问达登，这个故事是从哪里听来的。他说是一个名叫达布的巫师讲的，他住在离此不远的邦嘎村。我们听了，反正闲着等车也浪费时间，便建议午饭后去走访巫师，达登欣然同意。

邦嘎村在县城西3里地，路北有10多户藏族，路南有四五户珞巴族。当我们到达布家时，见他坐在门前的黑熊皮垫上编竹筐。在米林一带，有一种习惯性分工，凡会编竹器的男子一定是珞巴族，不会编的必定是藏族。达布身材魁梧，约60岁，一身珞巴族装束。达登和他相识已久。正如其他巫师一样，达布对于本民族的传统文化十分熟悉。当他明白我们的来意后，就同我们讲了一些有趣的民间故事，随后知道我们7月中旬到墨脱，嘱咐我们要特别留意，那里气候炎热，是可怕的痢疾流行地区。

达布讲道，珞巴人对痢疾是严加防范的。在1950年前后，梅楚卡地区流行痢疾。那时候，他住在多吉岭村。为防止痢疾传入，在巫师主持下，全村的成年人在村外的路口搭一彩门，两边放上神像。然后杀牛向神灵致祭，并把牛血洒在神像上，一起立誓，求取神灵的佑护。并保证不到其他村子去，也不准外村人进入，直到痢疾不肆虐为止。若有人违反，就将他的房屋焚毁，家人变卖为奴。我听了达布的讲述，深深感到，在一个对传染病毫无控制能力的社会里，在没有强有力的行政管理下，欲要杜绝病的传入，谋取自身的生存，不利用宗教的神秘和巫师的"魔力"，是很难有效地实行隔离的。就此而言，原始宗教在谋求人类生存和发展方面，是有积极作用的。

达布接着说，人们之所以患痢疾，是一个名叫"亚木"的女鬼迫害所致。为了治愈痢疾，人们必须举行祭祀亚木，驱赶亚木的仪式。届时，全村的青壮年男子，在巫师的主持下，举着大刀，列队巡游于各患者屋内，在男子的一片呐喊声中，巫师挥舞长刀，朝房子四角和顶棚上，边祈祷，边乱扎乱刺，其意思是害人的亚木恶鬼，我们在村外举行仪式，向你供奉好吃的祭品，你赶快去领取吧，如果你不去领取，还想藏在病人家里，为非作歹，我们就要挥刀驱赶你了，赶快走吧！巫师和武装队伍就这样到各户患者家驱赶，接着到村外的专有地域举行祭祀仪式，全村居民参加，以求平安。亚木这个使人患痢疾的恶鬼，据传是由一位博嘎尔部落的大纽布亚木因误食毒蘑菇泻肚、拉痢疾，被人打死后变成的。巫师和亚木、巫师和痢疾，亚木和痢疾，构成了一个相互利用、相互克制甚有特点的文化现象。

八

访问传说神奇的依当村

1. 去依当

6月24日下午，我们离开邦嘎村，按原先约定，住在米林营，准备第二天一早乘他们的军车到依当。

25日上午9时，我们坐军用卡车离开米林营部，随车还带了大米、清油、腊肉等食品，以便到依当食用。车过南伊河桥，向西行不到半里地，达登指着路北的一块不足两米高的立石说，这是当年珞巴族的祖先阿巴达尼离开藏区，前往珞渝地区时留下的遗迹。阿巴达尼告诉子孙说，这块石头正和他的身材一样高，当你们想到祖先的住地时，就来看望这块石头。

车一直沿雅鲁藏布江南岸逆流西行，沿途森林茂密，在村庄附近多有巨大的核桃树。至11时到里龙河，顺该河东岸南行，进入狭窄的山沟。里龙河水混浊发灰，与清冽的南伊河形成鲜明的对照。同是林区河流，为何有这等差异？随行的陶副营长说，这里的地质比较奇异，石头极易风化，河水混浊，是风化石造成的。时值天气晴朗，无论是河岸或公路面，都布满云母碎片，在阳光的照射下，发出黄、白、淡绿的闪光，煞是好看。至12时来到修路指挥部，那里搭有10多座白色帐篷，停放着10多辆推土机和载重汽车，并有篮球架和木马、单双杠等运动器械，周围还辟有菜地，小白菜、土豆、葱、蒜等均有种植，看此似有安家置业之势。看来修路的工程还相当艰巨。由于前年森林失火,这里大片的树木表皮都被烧焦,仅树冠长出新绿,显现出强大生命力,仍有复苏的希望。

陶副营长下车后,请司机把我们送到依当村。车行不到5分钟,便在右侧不足30米的山坡上出现一只獐子。也许獐子首次看到我们乘坐的无腿怪物还能快速前行,感到新奇,竟停下来扭转头观望。我们的翻译达登急忙举起随身携带的英式步枪瞄准。"呼"的一声,不知为什么,枪法不错的达登,这次却失手了。獐子被枪声惊吓,迅速逃逸。达登在枪响无获后说,这是个母獐子,没有麝香。他说的话,不知是真实的表述还是自我安慰。不过我打趣说,我和芳贤都是平生第一次见到獐子,你替我们"放生"了,佛祖是会保佑我们的。达登听了,没有发笑,相反严肃地说:看来,我没有求助阿崩岗日,故没打中。他说的阿崩岗日,就是珞巴族的狩猎之神。

车继续前行10分钟,山沟稍宽,路左侧的平坦地面上,散落

依当村的房子(1980年李坚尚摄于米林)

着几间破旧的低矮木房子，这就是依当村。这同穷林单嘎村相比，实在是太破烂了，我心里为之一震。达登领着我们到他舅舅家，见那里门前的空地上积水像泥烂塘一般，上有牛粪，在阳光照射下，发出熏人的尿臭。木屋又矮又破，四处都是缝隙。达登叫了几声不见人答应，便推门进去，只见他的舅母在火塘旁光着上身洗头。她不好意思地说，今天下午到区里参加生产队长会，总共5天，所以要洗一下。我听说这是传达中央31号文件精神，其中说道自今年开始西藏全面免征农、牧业税收两年，以使西藏人民休养生息，发展经济。事实上年限早已突破，直到现在，西藏农牧业税收20多年来都免征。

我们等到达登的舅母洗完头发后，由她安排，住在生产队的仓库里，并约定明天上午访问她的丈夫，即达登的舅父达拥。

2. 生吃獐子肉

到依当调查好几天了，一直没有整理访问记录。我和芳贤都觉得，应该趁近日群众生产正忙，不能抽时间接受我们访问的时候，迅速整理，以便发现遗漏和不确切的地方，及时进行核实和补充。休息时，也浏览四周景色。

依当仅7户人家，只有25人。适逢农忙季节，除一户人家有两个小孩和一老太太在家外，其余各户都没有人，空荡荡的，连狗也不叫，静极了。在村子周围及在南北走向的河谷空旷地上，零乱地散布着大小不一的孤零零的巨石，大的有四五层楼高，上面长有十来米高的松、柏或其他树木。达登说，这是1950年大地震时从高山上滚下来的。时光的流逝，已使一些光秃的山石上长出一丈高的大树。

我们远望西南方向的高山，见山顶上形态各异的巨石，像朝着最高的峭壁倾斜一般，十分奇怪。达登说，这可有个说法：从前，在高山牧场上，有个10岁的小孩被魔鬼骗走了，过了一年后突然回来。便对牧民说，山顶上有块很好的草地，岩洞里藏有不少酥油和糌粑。牧场的人听了，感到十分奇怪，便听了这个小孩的建议，决定赶着牛羊，带着猎犬到那里放牧，并打算取走洞里的酥油和糌粑。当他走近洞口时，魔鬼在洞里大叫一声，牧民急忙回头看看有没有把他的牛羊吓跑。正当他看到牛羊都卧地时，魔鬼使法术，使它们统统变成了石头。达登说到这里时，指着山顶的石头说，这块像牧民，那块像小孩，这块像牦牛，那块像猎犬，等等，姿态各异，惟妙惟肖。我从这个故事中感到，其主要意思是教导人不要贪心，不要谋求不属于自己的财富。虽然这个故事的寓意，看来是来自深受佛教影响的藏族群众，但却在珞巴族为主的依当村流传下来。

依当村的珞巴族都是从南边马尼岗或梅楚卡迁来的，年纪最大的是达登的舅舅，也是在七八岁时随父迁到这里的。晚饭以后，我们拿着手电，到各家走访，请求他们帮助我们工作。他们说，路过这里的北京考察人员，我们是第二次，但住在村里的是第一次。大约两年前，来过野生动物考察队，他们打了一头藏羚羊，村里还派马帮助他们运呢。后来我也从其他人那里听说，第一次收集珍贵的藏羚羊标本，是从这山沟猎获的，并在北京公开展览。

一天上午，正当我们整理材料感到疲倦时，达登回来说，他的表弟在山上捕到了一只獐子，今早背回家，肉很新鲜，准备请我们吃獐子肉。我们听了，心里当然高兴。以前就听说，獐子肉质鲜嫩，味道鲜美，只是没机会品尝。于是我们满口答应，放下手头的工作，带上一些大米和腊肉，权作礼物，及时赶到达登舅舅家。

达登舅舅家距我们的住处不足50米，当我们赶到他家的场院时，正看到他们父子蹲在地上忙着。我们一看，皮已剥好，正在开膛取内脏。但见他们把整副肠子取下后，用绳子捆着两头，不

捕到獐子（1980年李坚尚摄于米林）

经洗涮，也没有把肠子里的东西挤出，就挂在火塘上方的木架子上。起初我以为是忙不过来，先干拉肝取肺、切肉剔骨的工作，然后再洗净。但到宰杀完毕，准备吃饭时还挂着不动。我想这大概是出于某种宗教信念，如把肠子奉献给灶神之类，也说不定。但又转念一想，敬神多用头、脚，没听说用肠子的。想到这里就更是狐疑了。

獐子宰割完了，我们再没有什么可看的，就闲聊着，不一会儿，他们请我们进屋吃饭了。我们有点疑惑，为什么会煮得那么快，难道他们也像藏族人煮牛肉那样，煮一阵子就吃？当我们在火塘旁坐定的时候，主人就端出一大盘切得细如黄豆的生肉丁，上面撒了调料。我正在捉摸，这下子可以看看他们的烹调方法了，但使我们感到意外的是主人用勺子在盘里翻动了多次，好像我们夏天拌凉菜那样，就示意请我们先尝。主人这一邀请，可使我们感到为难了。明明是红红的生肉丁，怎么能吃呢？达登见我们迟疑，便解释说，他们猎获獐子，将其中最鲜嫩的部分，拌上辣椒、蒜头、生葱和食盐生吃，这是不可多得的美味，也是獐子肉最流行的吃法。

面对这一大盘红红的生肉，使我们和主人之间呈现出一种尴尬而又有趣的场景：我们的主人以他们习以为常的饮食方式，拿出美味佳肴，诚心诚意地招待我们，可我们却以惊异的目光审视眼前的一切。这种文化差异导致的不协调，颇令人难为情。但我们立即明智起来，只有冲破自身的局限，适应客观的环境，社会调查才能顺利进行。为此我们立即拿起勺子，轮流舀着吃，以密切我们与主人的关系。

主人见我们从容地吃着，初次见面时显得木讷的小伙子也兴奋地讲起他捕获獐子的经过。他说，在他放牧附近的山上，安装了捕野鸡的套索。在6月底7月初，獐子本来是喜欢在高山上吃嫩草的。但近几天，高山经常下雨，獐子毛厚，极怕雨淋，一旦淋湿，格外沉重，无法奔跑，易受天敌袭击。为此下到半山腰，正踏入他捕捉野鸡的圈套，后脚被牢牢套住。今早到山上看套时，獐子已又饿又累，无力挣扎，不费吹灰之力，就捕到了。像这样活捉的獐子，实在难得，而且还有一个不小的麝香。

达登的舅父见儿子讲述捕獐子的运气，也情不自禁地回忆起自己遇到的天上掉馅饼的事：某年初冬，满天飞雪，当他早上醒来时，发现外面有推门声。起初以为是刮风所致，可仔细一听没有风。他觉得奇怪，前去开门，竟钻进了两只獐子！原来因多日下雪，獐子觅食困难，饥饿难忍，只好冒雪找食。但雪落到獐子身上，遇热融化，结成冰坨，粘在毛上，越积越厚，满身像披了一副沉重的白色铠甲一般，行走极为困难，当这两只獐子来到牧场小屋时，以为找到躲避风雨的地方。它们见到人，也不跑动了。

作为珞巴族青年的达登，自小受到狩猎的训练，自有一番打獐子的经验。他说，獐子生性温驯，但不怯懦，对新奇的事物，极喜欢观看。一旦发现不寻常的事，都停下来探头观望。因此猎人发现獐子时，往往把自己隐蔽起来，手举帽子或长刀摇晃，獐子定必驻足观看，猎人随即拉弓射箭，极易猎获。

珞巴人对獐子有着浓厚的兴趣，主要是为了取得麝香。过去，珞巴人患病，一般靠巫师跳神医治，缺医少药。凡遇刀剑创伤、丹毒疮疥等，主要靠麝香治疗。况且麝香还是他们对外交换的重要商品，一些珞巴族男子常以麝香换取藏族人的牛，当积攒一定数量后，就可购买妻子，成家立业了。

我们这次在达登舅舅家做客，边吃边谈，花了近两个小时。但说实在话，除了辣与咸外，獐子肉的鲜美味道我还是没尝出来。可喜的是我们不仅同主人密切了关系，而且也增长了不少有关獐子的知识。我们做客回来后，想到他们为什么把獐子的全副肠子不洗不涮，仅挤去靠近肛门的屎疙瘩，几乎原封不动地挂在火塘上方熏烤，对这一现象甚为不解，向达登问及是否表示敬奉灶神时，达登说，不是敬神，而是熏干后保存好，有客人来了，可以招待，炖熟吃，味道好得很。我听了之后，感到惊异。原来在他们的心目中，草是干净的，獐子吃草挑剔，更加干净，人吃何妨？

3. 访大巫师亚热

在米林珞巴族中，依当村的亚热是个有名望的纽布，许多人都说她的法术高强，能用刀捅自己的肚皮让别人拔出，身体无损；能治麻风病，在病人身上吸出蝎子、蜈蚣或其他小虫后，病很快治愈；依当村附近的几条山沟，人迹罕至，是狩猎的好地方，若请她指点到哪个方向的山沟行猎，在什么时间出发为吉利，必定收获颇丰，如此等等。我们这次到依当村，主要是为了采访亚热，借以深入了解珞巴族的宗教信仰情况。

亚热45岁，个子不高，身体健壮，脖子上挂着10多串兰色串珠，双手戴着手镯。她见我们到来，十分热情。她不仅把酥油碗洗干净，还放在火塘的火焰上烘烤一下，让水分烘干，然后再倒酥油茶给我们喝。珞巴族男女都吸烟，当我们给她送烟时，她也痛快地接受。我们事先了解到，依当村子小，又偏僻，"文化大革命"中她没有被当作牛鬼蛇神批斗，所以对我们的采访不会有什么顾虑。尽管如此，我们对什么问题可以问，什么问题不能问，什么问题先提问，什么问题后提问等都作了考虑。尤其是一些会使她有些难堪的问题，我们则不问，如：听说你能用长刀扎肚子，是真的吗？能不能扎给我们看？

我们问她是怎样当上纽布的？她说按珞巴族的条件，当纽布的主要是患过喜怒无常、狂乱疯癫，然后好转的人。在13岁那年，她到村外，看到野外的花变成了人，向她说说笑笑，她见了，也跟着他们说起来、笑起来。她回到家里，见到火塘变成了人，打她骂她；家里苍蝇、蚊子变成蛇，到处追她咬她，她十分害怕，所以到处逃跑，避开它们的追赶。父母亲见到她这样，只好请纽布举行宗教仪式，卜鸡肝卦，问个究竟。纽布杀鸡取肝后，依据肝纹的卦象，判断她的灵魂去了天上一个称作"西蒙荣"的地方。依据这种说法，如果她的病治不好，很快就会死掉，如能治好，就会成为纽布。

她的父母听了，当然不愿自己的女儿死掉。于是请纽布为她举行仪式，杀鸡杀猪，敬献鬼神，祈求把她的灵魂及早从"西蒙荣"赎回来。说起来真是有效，经过这次仪式后，她的狂乱疯癫症真的慢慢好转，最后痊愈。她说，"我的病好了，村里人认为我会成为纽布了，自己也觉得应该当纽布"。就这样父母准备一段时间后，备足举行仪式的鸡、猪，请老纽布为她举行仪式，即在她家门前，用小松树、木板条、竹子等搭成2米高、3米宽的祭台，珞巴话称为"达洛角"。上面饰以竹屑、羊毛，悬挂鸡蛋壳，纽布还在木板条上画了祝福的各种符号，她和纽布站在达洛角前，向

"西蒙荣"的神鬼祈祷，杀鸡猪献祭。举行这个仪式后，她就正式成为新的纽布了。至于纽布所必需具备的看鸡肝卦、米卦、跳鬼时的唱词及举行的各种仪式，是跟老纽布慢慢学来的。

在纽布成长的过程中，必定要有个神经错乱、狂躁不安的病史，这同流行于中国东北、内蒙古、新疆及蒙古、中亚、西伯利亚等各民族及日本的阿伊奴人的萨满教的巫师，有极其相似的地方。藏族和门巴族中的古老民间宗教——苯教，亦有这一共同点。面对这种现象，人们不禁会提出一系列的问题，这种相同点是偶然的巧合，还是由于宗教文化的传播所致？如果是偶然的巧合，是什么文化因子所促成？若是由于文化传播所致，那么这种文化现象的原生地在哪里？传播的方向和路线如何？这些都是饶有趣味的问题，具有较高的学术价值，值得深入探索。

依据过去的认识，我们以为，纽布替病人跳鬼能收取一定的酬谢，人们一定愿意当纽布。但当我们向亚热提出这个问题时，她的回答出乎我们的意料。她说，人们都不愿意自己家里人出纽布。因为纽布为病人治病，经常祭献和祈求乌佑，难免有些地方做得不符合乌佑的愿望。为了求取乌佑的原谅，每年都要举行两三次祭祀活动，耗费一定数量的鸡和猪，这是一项较大的负担。我们听了她的回答后，起初觉得这个回答不甚确切，但当想到珞巴族中杀纽布的现象不乏其例，恐遭杀身之祸，大概是人们不愿当纽布的真正原因吧。

我们的翻译达登对打猎有浓厚的兴趣，来依当路上碰到的獐子没有打中就使他感到惋惜。这次表弟意外地捕到獐子，又引发他潜藏着的打猎兴致。正在这个时候，里龙区的武装干事次仁前来依当办事，两人既是朋友，又都有枪，次仁还带有猎狗，真是火上浇油，一拍即合。他们当即决定下午上山打猎，露宿一夜，明天下午回来。我们想到达登自借调以来 3 个多月了，没有按星期天认真休息过，够辛苦的，就同意了。

吃过午饭，他们背了铝锅、大米、茶叶、盐、油松、雨衣等上山，当然还有英式步枪。

达登走后，我们利用这一空当及时整理资料。我们总觉得，有关这里大纽布亚热的传言太多了，她真的能把刀扎进肚子里而不受伤吗？她真的能用松针变出珠子吗？真的能从麻风病人身上吸出蝎子把病治好吗？我们当然不相信这些法术，群众却相信，这到底是为什么？因此我们总想看看亚热跳一次鬼，弄清楚到底是怎么一回事，可总是找不到机会。

第二天上午，正当我们整理资料做短暂休息时，芳贤提议说，下午达登打猎快回来了，我们何不请亚热作米卦，卜一卜达登这次行猎是否有收获？这样一方面可以看看米卜的前后过程和判断依据，还可以趁机与亚热联系，建立友谊，增进相互信任，这是个好主意。于是我们找到一个因患肝炎回家休养的珞巴族战士达比做我们的翻译，决定下午向亚热问卜。

下午两点左右，亚热如约前来，我们一起坐在室外的空地上，依据她的要求，给她一把大米。她从中挑选出30多颗完整的大米，然后要来一碗清水，随后问达登两人出猎的方向。当我们告知后，她面朝猎人的方向，左手托着木碗自然地放在左腿上，随后闭目做祈祷状，口中念念有词，随即用右手向碗中一粒、一粒地扔米粒。每扔一粒，认真地察看一会儿，接着扔第二粒，当她扔了10多粒米后，很认真地对我们说：他们去了这么长时间，猎获不多，只有一小点儿，很快就会回来了。

在我们过去的印象中，大凡江湖术士，说的话多数都是一些模棱两可的话，使人难以捉摸。可我们面前的这位大纽布的回答是那么明确，其概率也仅有50%，她是根据什么作出这样的判断呢？

当我们通过翻译向她请教时，她说是按照米卜的卦符作出的：当她扔了多粒的米到水中时，米粒没有集中在一起，说明不会有

巫师进行米卜（1992年李坚尚摄于米林）

大的收获；当她扔米粒时注意到，米粒不是直线沉下而是漂着沉下去，这说明收获不仅不多，而且打猎的人心情烦躁了；当她再扔米粒时，看到米粒在水面上有跳动感，入水后又朝巫师身边沉下，表示猎人很快就回来了。我听了她的这套说法，觉得她的判断也有自己的依据，并不是凭空想象。

大纽布做完米卜后告辞，大约过了不到半个钟头，达登和次仁回来了。不出大纽布所料，像大野牛之类当然没有打到，连中等大小的獐子也没有，仅打到两只野鸡。由于猎狗饿了，还吃了小半个。本来他们还想多在山上等久些，但想到收获这么少，实是最倒霉的一次，心里烦了，便提早两个多小时回来。我们听了达登的叙述，真和纽布的判断相差不远。他们知道此事后也高兴地说：怪不得外村人到依当打猎时，经常向她问卜，真准呢！

本来米卜之类的说法，不足为信，但这次达登行猎的结果，即使你说她懵人吧，她也懵到点了子上。我们就这样议论着、分析着，到底亚热心里的真实想法是什么，我们一时就难以判断了。但不管是哪一种情况，都使我们感觉到，巫师自有使人感到其神秘的地方。

4. 奇妙的哭丧歌

达登和次仁行猎回来后，总算有所收获，一只野鸡尽管不多，但比起吃脱水菜和哈喇味的腊肉来，确实改善多了，大家的心情自然也高兴。当我们一起吃饭时，次仁知道我们是研究少数民族传统文化的，他毕竟是当地干部，对依当的情况比较了解，说珞巴族也有哭丧歌，并建议我们采访一个名叫亚荣的妇女，从而对这一有趣的社会习俗有所了解。当然，采访哭丧歌，对于宗教意识浓厚，特别是崇信鬼神颇深的人来说，是个棘手的问题，特别是问及父母死或丈夫死后的哭丧歌，更是讳忌。幸好亚荣的父母已死，丈夫亦早逝，估计思想顾虑较少。但我们还是小心谨慎，以免因采访不宜而增加彼此间的隔阂。

亚荣50岁左右，属珞巴族棱波部落。也许是她有一个儿子在部队服役，了解外面的世界较多，当我们到她家时，她十分热情。我们先从棱波部落和博嘎尔部落的通婚情况谈起。亚荣说，棱波部落和博嘎尔部落彼此相邻，风俗习惯和语言没有很大差别，彼此都承认是阿巴达尼的子孙。博嘎尔人比邻藏区，珞巴族各部落的食盐和使用的装饰品都通过博嘎尔部落人从藏区引进，因此棱波部落人都很乐意同博嘎尔人通婚。她就是在6岁时由父母做主，嫁给梅楚卡仰崩村格支家族的小孩巴桑的。我们见她思想开朗，没有顾虑，为进一步活跃气氛，请她讲讲当年她结婚的情况。她说，她在6岁时，由父母做主，从棱波部落的永当村嫁到博嘎尔部落仰崩村，身价是两个成年奴隶和一头巴麦牛。她带着笑说：6岁出嫁，年纪当然小，但举行仪式可认真，当母亲背着她送到丈夫家时，按照习俗要举行仪式，杀鸡祭祀，当她见到满地鸡血时，吓得哭了。当时不知道结婚是什么意思，没留下什么印象，除了吓哭和不准跟着妈妈回家外，其他全忘了。

我们看到她谈得没有拘束的样子，顺势提出哭丧歌的问题。哭丧在许多民族中都存在，通过哭丧表达对死者的哀思是人之常情。就一般而言，哭歌的内容多是颂扬死者的功德，表达对仙逝者的惋惜和依恋。但亚荣的哭丧歌不是那样，其中对病死者的父辈哭丧歌大意为：祖父祖母分给你的粮食已吃完了，你已到了生命的尽头，该走了。如果你的粮食没有吃完，是不会走的。父母留给你的粮食就这么多，所以你命不长，不要责怪谁。

我们从这首哭丧歌的大意可以看到这样的意思，即死是应该的，必然的，谁叫你的父母不留多点粮食呢？这一哭丧歌还说明两个带理论性问题，即一是珞巴族尽管有鬼神观念，但还没有高度概括的"命"或"命运"的观念。人为什么要死，是没有粮食吃，不是命运使焉——多么唯物！其二是珞巴族对死者不惋惜、不依恋，不是出于对死者缺乏同情和怜悯，而是出于对死者鬼魂的恐惧，对于这点，我们在往后的记述中还将谈及。

亚荣还唱了一首对战死者或被杀者的哭丧歌。其大意为：父母把你生下就安排到达宁蒙了，到那里后整日喝蜂蜜、吃蔗糖、玩弓箭、不劳动，有美丽的姑娘陪同，还可像老鹰那样到处飞，哪里有好吃的果就飞到哪里。这首歌除了增加天堂（达宁蒙）的美好诱惑外，表达了对死者相同的情感。

也许是情爱不惧怕鬼魂吧，亚荣所唱的一首哭丧歌还表达了对亡夫的依恋：你去了，子女无所依，犹如筛子上的米，我们当属你兄弟。女儿被卖到他方,一家离散多惨凄。我是个女人,哪有啥法子……

这里应该说明的是珞巴族过去流行兄终弟及的习俗,即长兄死了,其妻子及未成年的儿女全归弟弟继承。这种兄终弟及的制度,世界不少地方也存在。有些学者认为,这是保护死者妇孺弱小之举的仁爱行为。但珞巴族的这首哭丧歌所表达的内容,除了赤裸裸的财产承继外,丝毫没有这种味道。这一短短的哭丧歌,对世人如何正确评价兄终弟及这种习俗,打开了一扇新的窗口。

5. 她跳神了

7月3日晚饭后,我们外出散步回来,有人告诉说,纽布跳神了。这是我们等了10多天后终于遇到的机会,实在难得。我们拿了录音机和笔记本,匆匆前往。但说实在话,做民族学调查的人,一般都有这样的经历:一些带有神秘色彩的场合,外人往往被拒之门外,不让进入现场观察,使你深感失望。他们通常的口实是外人来了,请不到神灵来,祭祀跳神就白做了。我们尽管抱着兴奋的心情前往,但心里不断打鼓,他们会欢迎我们进去观看吗?

当我们踏入举行跳神的人家时,见屋里坐满了人,人们说着笑着,蛮热闹的。也许是前几天请她进行米卜的做法使她感受到我们的善意吧,大纽布亚热见我们进来点头微笑,以示欢迎,并把最好的位置让给我们坐。从这些迹象显示,我们来时的顾虑是多余的。

纽布跳神时有一位助手,珞巴话称为"米巴克",为她熏烟,传送法具和必要的问答等。当我们坐定后,米巴克开始烧松枝熏烟。房子不大,且只有一个很小的通风窗口,不一会儿,满屋烟

亚热进入昏迷状态（1980年李坚尚摄于米林）

雾腾腾，本来就不旺的灶塘明火更显得昏暗，房子充满着神秘的色彩。随即纽布披着一件红色的法衣，站在一个面积约1.5平方米的笸箩内。助手在她的头上抹了3道酥油后，她闭上眼睛，拍了3下手掌，进入角色，意思是跳神开始。接着是右手拿长刀，左手拿烟斗，双脚稍为移动，进行长时间的吟唱。此时她已进入一种半昏迷、半癫狂状态。其内容是讲述珞巴族的始祖阿巴达尼，原住在南迦巴瓦大雪山下一个村子里，村名叫麦当富木德鲁东。由于大雪山崩塌，堵住雅鲁藏布江，使这里形成茫茫大海，阿巴达尼随后向南迁移，形成了珞巴族今天的众多部落。

人总是很想了解自己的身世和传承的，作为在异文化包围中的珞巴族也是如此，他们借以增强自己的民族自信心。纽布的这段唱词，使听众明白了自己民族的历史，虽然这点历史知识十分贫乏，而且也值得进一步考证。但对于一个没有文字，历史靠口耳相传的方式传播给后代的民族来说，仍然是十分宝贵的。人们之所以喜欢观看纽布的跳神，这恐怕是原因之一。

纽布接着演唱的内容，是讲述当年阿巴达尼住在南迦巴瓦大雪山下的时候，曾经同青蛙、苍蝇、牛等动物结婚，也同女鬼基新亚蒙结婚，可人口总是繁殖不起来。后来阿巴达尼同太阳的女儿东尼亚依结婚。东尼亚依教会达尼的子孙种田、行猎，教会人们杀鸡看肝当纽布和米剂，教会识别善鬼和恶鬼，为人治病，使人繁衍增多。我们从这段唱词中看到，纽布的跳神是阿巴达尼的妻子、太阳的女儿东尼亚依教会的，其目的是使人口繁衍和平安幸福。这种唱词正迎合了人们求生存、盼平安的愿望。这对长期在艰难的环境里生活、缺医少药、随时面临死亡威胁的人来说，无疑是很大的慰藉。纽布和米剂一类的巫师，是不可或缺的。

当然，仅有上述的说教，纽布还不能获得大家的信任和推崇。因为上述说教只要听过几次之后，人人都能学会。因此，他们还必须学会一些普通人无法掌握的技巧即法术，以增加自己的神秘性。故当纽布以沉闷的曲调唱完上述内容，并声称邀来众多的鬼神前来接受祭祀后，又双脚来回交叉，突然做全身大旋转的急速动作，边吹口哨，边将右手执拿的法具长刀倒转过来，刀尖朝身，刀把撞击笸箩四周边缘，示意让召请前来的鬼神执拿长刀，让他们直刺纽布的胸前，并使刀尖从背后露出。本来昏暗的屋里固有的神秘气氛，已使人心生恐惧，加上纽布唱词中讲述众多鬼神的降临，使人陷入阴森的氛围。故当面对纽布用长刀直刺胸前的恐怖场面，使许多人害怕起来，尤其是那些妇女和小孩，多数人双手把眼捂住，低缩着头，不敢观看，但纽布却从容地唱着：

　　大家不用害怕，认真地观看，

你们看了才能会辨真与假纽布了。
真纽布能把刀从胸前刺入背后伸出，
刺穿了胸膛的纽布依然如故，
这是阿巴达尼传给我们的法术。

当纽布这样身体带着刀，并作了几个360度大转身之后，停止吟唱，改吹口哨后，转速逐渐减缓，终至站立不动时，她的助手上来把刀拔出，放在一旁，并把一根作为法具的竹棍送到她的手上。接着又是冗长的吟唱，随后做用竹棍捅身的动作，如同刚表演的长刀刺胸部的程序一样。不过拔竹棍不是助手帮忙，而是她自己动手。且在拔出竹棍后在棍子一端倒出了数滴水，以显示她不寻常的法术。在场的观众见到竹棍里能流出滴滴水珠，当然

巫师用竹棍刺腹部（1980年李坚尚摄于米林）

惊讶不已。如果没有非凡的法术，怎么会使早已干枯的陈年旧竹滴出水呢？

接着巫师在持续不断的吟唱和模拟动作中，表示她的灵魂分别找到了各种传说中的鬼神，并用一些象征性的动作加以表示。如传说中的金芒果，是种植和管理珞巴人喜欢佩戴的珠子的神灵，纽布在演唱的过程中请她的助手送上一枝松枝，然后拔出几根松针，放在手心上，边唱边揉，片刻伸开双掌，变成两只绿色的珠子，并唱这样的歌词：

> 金芒啊，你是种植、管理珠子的神灵，
> 现在我与你一起玩耍串珠的法术，
> 串珠很早就是博嘎尔人的饰物，
> 这是金芒你赐给博嘎尔人的财富。

纽布通过刀刺胸脯、竹棍滴水和松针变珠子等，表演了特有的法术，使在场的群众对她产生难以名状的敬佩感。随后纽布模拟蚱蜢、蜘蛛、猴子、蝙蝠、螳螂等的动作及其他鬼神，表示纽布的灵魂已找到了这些神鬼，并与之打交道，从而探寻被某神鬼掠走病人的灵魂。一旦发现，即同该神鬼协商，要祭祀多少禽畜，方可放回病人的灵魂，使之痊愈。

纽布祭请的鬼神是众多的，它们各有职能，非纽布、米剂之类的巫师，难以细说。不过上述说到一些动物的鬼神，珞巴人的阐述是令人耳目一新的。从纽布的唱词中知道：蜘蛛是纺织的创始人，螳螂教人学会抱石头比赛，蚱蜢使人学会打秋千，猴子最先教人拉风箱。像这样一类的说法，到底意味着什么，是值得探索的。

纽布的跳神活动前后历经 3 小时 18 分钟，在表示她的灵魂从天上回到她身上时，她同样以象征性的动作，表示她先骑马，后乘飞鹰回到人间。就在这个时候,她静静地坐在笸箩内等待片刻,拍3下手掌,接着双手抹脸后,睁开眼睛,表示她的灵魂已回到自己身上,一切恢复正常。

据她声称,在跳神之初,主人敬奉神灵的那碗满满的青稞酒和碗边抹的三坨酥油,带有灵气,谁喝上一点,就可祛病强身,故围观者争着分享。

跳神结束了。我们作为珞巴族民俗文化的观察者,在这种场合下,当然无须以唯物主义者的姿态去揭穿纽布法术的漏洞。巫师作为历史文化和民俗文化的传播者,是有独特历史作用的。说不定在人类文化宝库中的神话故事和音乐、舞蹈的创作和传播,巫师亦立下汗马功劳。

九

到圣地去

1. 去派村的路上

7月9日，我们离开依当，原打算直接回县，可没有车子，只好搭便车到里龙区政府，到那里后再作打算。幸好到那里后，在依当村结识的次仁见我们到来，十分热情，到处打听是否有车到县里。7月11日早上，次仁匆匆走到我们的住处，说附近生产队有手扶拖拉机到县里运化肥，假如我们愿意的话，他可以请司机把我们带到县里。我们想，六七十公里的路程不算长，虽然手扶拖拉机颠簸得厉害，但总比在区政府等汽车等得心烦意乱强。所以不假思索，便抢着向司机说了一声"图杰切"后，就登上手扶拖拉机的小挂斗。

芳贤、达登和我再加上一个村民，4人蹲在铁皮拖斗上，一路上受尽颠簸之苦。经过6个多小时，我们终于回到县城。当下车时，满身油烟，我们已变成地地道道的煤炭黑子了。

到县城后，幸运的是罗布陪同我们进墨脱的准备工作已经做好。他的妻子伍金是县医院的护士，还为我们准备了防治肠胃病和外伤的药，真使我们高兴。不过她说，墨脱炎热多雨，疟疾流行，而且毒蛇较多，毒蚊遍地，所有这些防治药物县医院都没有，只有到林芝支前办公室才能解决。

从米林进墨脱，最便捷的路径是从县城直达派村，然后爬多雄拉山口进入墨脱境。但进墨脱不是简单的事，除上述药物需要解决外，更重要的是交通运输和沿途食宿。因为那里不通公路，全靠步行，穿行无人区，如果不是开山季节，部队临时增设了接待站，困难是很大的。因此，我们不得不绕回林芝，找边办贾主任，请他帮助解决。

7月15日，我们把羽绒服、鸭绒被等御寒物品存放在米林，坐县里派的吉普车到林芝。我们在贾主任的帮助下，找到杨岗副司令员和后勤部姚部长，除开具给墨脱营的介绍信和有关药物外，还请求购买压缩饼干、烟、蜡烛、电池、雨衣、高腰球鞋、裹腿、防蚊袖、南通蛇药等必备物品。只要交通问题解决，我们一行3人随时都可动身。7月22日一早，分区办公室王主任匆忙告诉我们，有车到羌纳渡口。过河后，到部队的农场找马参谋，当天可把我们送到派村。我们这些常被交通所苦的人听了这个消息，喜出望外，便迅速登车。当我们到达羌纳，渡过对面的河滩时，迎接我们的确实是马参谋。但他同我们握手后，立即带着抱歉的语气说："首长同志，下午6点半，外出的汽车才回来，看来只能明天才能把你们送到派村。"我们从他十分客气的神情看，似乎担心我们会责备似的。其实，像我们这些伸手派的考察队员，怎会责备他们？若明天能准时到达，我们就谢天谢地了。当然，正如我们在边防部队经常遇到的情况那样，我们年龄比他们的连长、营长和团长都大，当他们接到上级的电话或信件要接待我们时，见到我们这把年纪，必定官阶不低，所以每每称我们为"首长"。后来我们彼此打趣说，到墨脱、米林一带出差，尽管辛苦，但也当上了一阵"首长"或"老首长"，去掉在机关"小字辈"的帽子，也很值得。

晚饭后，我们同马参谋聊天，知道他是甘肃人，入伍10年了。他说道，这里原是一片河滩，后筑堤造地500多亩，每年要交10万斤小麦。这里雨水多，工作辛苦，雨衣10个人才有1件，胶鞋1年1双，根本不够穿，因此战士牢骚比较多，工作不好做。第二天下午3点，当我们坐上到派村的卡车时，车刚离开，七八个战士半是嬉闹、半是认真地唱起这样的歌："墨脱蚊子成片，蚂蟥成堆，毒蛇脚下过，可怜我这哥哥……离别的汽车开动了，请慢慢走慢慢走，让我多看她一眼，从今天起我们只能梦中见……"他们七八个人就这样把几首情调近似的歌曲，翻来覆去地唱着，饱含幽怨伤感之情。我们从来没有听过这样的歌，觉得奇怪，当他们唱够了稍事休息时，我低声地问旁边的一位战士，从哪里学来的？他说是他们自己编的。

从羌纳到派村，约60公里行程，路经7段由泥石流冲击而成的河滩，汽车异常难走。罗布说，泥石流和地震是这里的两大灾害。1979年的一次泥石流，把德阳公社的水电站冲个无踪无影，发电机和变压器遍找无着落。沿途南侧的鲁霞、丹阳和德阳山口，过去是喜马拉雅山南麓的珞巴人、门巴人翻越山口，进入北侧藏区进行交换的必经之地。自1950年大地震后，由于山体错落，出现多处悬崖峭壁，难以逾越。加之印度占领军封锁，近30年来，已不通行。说到这里，罗布有些伤感，那毕竟是他们的同族人啊。

经过4个小时，我们到达派村，进入了墨脱的门户。尽管汽车的颠簸和长时间的站立，使我们疲惫不堪，但有关墨脱的种种传闻，又令我们心驰神往，疲惫又算得了什么呢？

2. 神奇的墨脱

墨脱又称白马岗，是西藏最具神秘色彩的地方之一。西藏著名的宗教经典称："佛之净土白马岗，圣地之中最殊胜。"这块受到信徒顶礼膜拜的圣地，给众多西藏人的心灵播下无限的诱惑。墨脱的门巴人、珞巴人坦言，他们居住的地方称为"白隅欠布白马岗"，意思是"隐藏着的像莲花那样的圣地"。在佛教的观念里，莲花是吉祥的象征。

墨脱的这种宗教神秘色彩，直接渗透到门巴人的心灵里。记得我们在拉萨召开的一次座谈会上，一个名叫曲尼的墨脱门巴族宗教画师，曾绘声绘色地讲到，墨脱地形是女神多吉帕姆仰天平卧的圣体：耸立在雅鲁藏布江大拐弯处的那座白云缭绕、终年令人难以一睹风姿的南迦巴瓦雪峰，就是这位女神俊俏的容颜；东布一带密布的森林和地势平缓的沃土，是她柔软的腹部；修竹遍野、江水碧蓝的仰桑河流域，是她的下身。总之墨脱的所有山山水水，都是这位女神躯体的组成部分。曲尼绘声绘色的述说，使我们这些外来人深切地感到，墨脱是个神秘的地方。难怪在这里有着许多可供信徒朝拜的圣地，其中著名的就有仰桑河、布达切波雪峰和宫堆颇章。

夕照南迦巴瓦雪峰（西藏历史档案馆提供）

仰桑河位于墨脱南部，是一条从东流向西，注入雅鲁藏布江的河流。那里曾经是波密土王设立的嘎朗央宗的县治之所，专门管理珞巴族的行政事务，今已被印军占领。据墨脱人传说，由于那里是多吉帕姆女神的下身，河水实是她的尿液，水色特别美丽，清澈发蓝，兼带甜味，素有牛奶河之称。在这神秘河流的旁边，有一块被称为"甲穷"的巨石，活像一只威武的雄鸡。每当夜色降临，常发出喔喔的鸣叫，使人如临神奇的境地。在这巨石周围的绿林丛中，鸟儿的鸣唱格外悦耳动听。有时清脆婉转的鸟声像在呼唤着众神的名字，召请神明的降临，为远道来此的朝拜者赐福。正是这些美妙的传说，吸引着广大藏区的信徒到此朝拜。这些虔诚的朝圣者认为，人若在有生之年到此地朝拜一次，可保生前幸福平安，死后灵魂升入天堂。一些赤诚的信徒，在朝拜圣地途中，因经受不了长途艰辛跋涉，在体力耗尽的弥留之际，亦要面对仰桑河的方向，默默祈祷，以了却平生之愿，方与世长辞。由此可见，圣地仰桑河维系着众多佛教信徒虔诚的心。可惜的是，自从此地被印军占领后，禁止信徒前往朝拜，今已成为可望而不可即的地方了。

墨脱的另一个著名圣地名叫布达切波，坐落在该县西北方向的气势磅礴的雪峰之中。在这雪峰周围，有众多低矮石山，状如罗列的犬、马、牛、羊，或跪或立，其头均朝向神山，恰似供奉的祭品。在布达切波雪山的下面还有一个巨大的溶洞，内有暗流，淙淙作响。暗流两岸，全是白色泥土，气味芬芳。据说在这奇异的泥土上面，一些朝圣者，或许有幸能见到无数仙童的脚印，有时甚至还能听到嬉闹的笑声，但却寻觅不到仙童的影子。当人们遇到这种神秘的现象时，就要向河里投掷食物、钱币和装饰物之类，作为献祭，求神赐福。凡来这里的朝圣者，均取暗流两岸的白泥土带回家乡，馈赠亲友，借以避邪消灾。

墨脱的宗教神秘性，数百年来吸引着众多的善男信女。到了近现代，这里的独特自然景观和人文景观，又成为人们向往的考察探险的宝地。众所周知，世界海拔最高的巨川雅鲁藏布江，蜿蜒千里，像少女那样温驯流淌。到达米林派村的时候，它却一反常态，变成一条奔突不羁的巨龙，在冲破南迦巴瓦和加拉白垒两座大雪峰的层层堵截后，调转向南，呼啸而去，形成了举世无双的马蹄形大拐弯巨川奇景。纵贯墨脱全境，直抵印度阿萨姆平原。由于雅鲁藏布江的万世劈山奔突之功，造就了南北走向的大峡谷，为强劲的印度洋季风，穿越喜马拉雅山的巨大屏障打开了大门，形成了西藏高原别具一格的气候和自然景观。清朝末年，曾到过这里安国定边的清兵首领刘赞廷，对此深有感触，对墨脱作了这样的描述："森林弥漫数千里，花木遍山，藤萝为桥，诚为世外之桃源。"对墨脱高山峡谷的亚热带雨林，作了细致的描述。

雅鲁藏布江大峡谷（2002年张江华摄于林芝）

到了20世纪30年代，英国植物学家华金栋亦潜入墨脱大峡谷探险。并在白马黑熊一带的江面上，发现了一个壮丽的瀑布。每遇碧日蓝天，飞瀑蒸腾，形成无数七色彩霞，因而被称为"虹霞瀑布"。到了70年代，中国科学院对墨脱进行了多次的大规模考察，以丰富的第一手资料和科学数据，对墨脱的自然生态作了全面的研究，获得许多重要的发现。经探测，围绕南迦巴瓦峰的雅鲁藏布江大峡谷，无论在深度和长度上都居世界第一，其最深处即在南迦巴瓦峰和加拉白垒峰之间，深度达 5382 米。其长度即从大峡谷进口的派村至出口处的巴昔卡，长达 504.6 公里，均使饮誉世界的美国科罗拉多大峡谷和秘鲁的科尔卡大峡谷自愧不如。前者谷长 370 公里，谷深 2133 米；后者的谷长 90 公里，谷深 3200 米。它们与墨脱的大峡谷相比，那是小巫见大巫了。

正是参与了墨脱大峡谷的发现，一位名叫杨逸畴的科学家曾深情地说：它的意义将与珠穆朗玛的发现一样令世界瞩目。大峡谷将以其无与伦比的雄伟峻峭和非它莫属的绮丽风貌，受到世人的格外青睐。从此这世界之最的大峡谷，将结束其寂寞和被冷落的年代。

3. 繁忙的派村

派村本来仅有 10 多户藏民，异常宁静。但每到 7 月至 10 月的开山季节，却像经过漫长冬眠的黑熊似的，突然苏醒过来，变得充满活力，喧闹异常。因为地处进出墨脱的必经之地，每年 7 月至 9 月，多雄拉山口积雪融化，道路通行，进入开山季节。面积一万多平方公里，人口五六千的墨脱，实为边防要地，只能在这短短的 3 个多月，得以与外界沟通。在这期间，凡想进入墨脱的各色人等，必须在派村过夜，第二天一早起程，赶在中午 1 点之前翻越多雄拉山口，以免遭受瞬息万变的风暴雨雪的袭击。从墨脱出来的珞巴族、门巴族同胞，也利用这一难得机会，越过山口，把背来的辣椒、兽皮、染草、藤条在派村出售，换回一年之用的食盐、衣物等。

当然，造成这里繁忙的主要原因，是墨脱县的建设器材和 5

个边防连队的军需物资供应。由于这里公路没有修通,上述物品的运输,全靠林芝地区3个县的1000匹马驮负担,由设在派村的支前指挥部统一部署。在开山季节,一般每天额定要发出100驮物资,方可满足一年所需。众多的民工,众多的马匹,众多的后勤人员如组织者、医生、兽医、供销人员、汽车司机等,使这里每天东方还没发白就沸腾起来,人们喂马装驮,以便在中午1点之前越过山口。

我们是在7月23日到派村的。本来也急于进墨脱,无奈沿途辛劳,芳贤两天卧病不起,进食甚少,身体虚弱。适逢这时,一个墨脱出来的年轻战士,从海拔600米的背崩来到3400多米的派村,高山反应严重,4天没进食,严重脱水,必须立即送军分区医院抢救。我们听到这一事例,真为芳贤担忧。幸亏支前指挥部的医生对他细心治疗,7月27日,芳贤已能四处走动,估计再过两天就可康复。他的这种康复速度,使我们悬着的心安定下来。29日,罗布着手为我们解决民工问题。起初,他听说下午墨脱出来20多名学生,看看他们能否帮我们背些东西。后经打听,他们主要是出来背运小学老师的主副食和学生文具用品的,根本抽不出人力帮助我们。后来罗布向我们建议,到离此两公里远的派公社第五生产队去想办法,他认识队长桑吉。当我们爬了半天山路,来到五队队长家时,他蛮热情,汉语亦讲得很好,但提出马1匹每天2元,人1天3元的工资,比支前工资贵了1倍。到马尼翁3天,回程3天,另加1天休息,计7天,所耗天数,要从支前的任务中扣除。我们觉得,多出些工钱,问题不大。但要作为支前任务,我们可不好办。只好答应回去向支前指挥部请示再说。还算幸运,当我们向指挥部薛副部长提出时,他满口答应。吃过午饭后,我们去找桑吉,并决定后天出发。

桑吉这个小伙子办事可痛快,一旦问题敲定,就立即派人钉马掌,以适应墨脱的艰难行程。我们也跟随前往,看看热闹。起初我以为钉马掌好像北京那样，把马固定在粗木搭成的架子上，一人即可进行。但这里却表现出高原人那种粗犷和勇敢的气质。他们以男子汉那种无往不胜的精神，组织起四五个小伙子，好像专门与马的野性较量似的，分别灵巧地把马的前后肢捆住。随即一人紧拉缰绳，把马绊倒后，分别按压前后腿，把马制伏。接着用一块帆布盖住马眼，马只好乖乖就范，任人摆布。他们考虑到墨脱山高谷深，道路陡峭，前蹄着力尤重，只钉前掌，后掌不钉，即使前掌也只下4个钉子，空着1只钉眼，以防在那山石嶙峋的小道上把蹄子掰裂，造成残疾。

第二天下午4点，准备同我们一起赶马驮运的多吉来到住地，看看我们需要驮运的东西重量大小，以便带足马鞍绳索，到时顺利装卸。正当他要走的时候，一支长长的马队，疲惫不堪地从多雄拉山口下来，有些马身上还流着血水，生成化脓的伤疤，委实可怜。那些赶路的人神情沮丧地说，近日墨脱雨水如注，山洪暴涨，老虎嘴的栈道已被摧毁，十数匹马驮被冲走。他们不能前进，只好把货物卸在汉密，匆忙回来。我们听了，心里凉了半截，只好改变行程，让多吉回去，听候通知。

吃晚饭的时候，我们遇到了薛副部长。当他了解到我们改变行程后坚定地说，我们后天可以出发，不必犹豫。因为不管塌方还是栈道冲毁，墨脱的营部设有两个工程加强排。运输期间，两天内保证修好，不得有误，这是立有军令状的。当你们到达那里时，栈道就会修好。我们听了他那信心十足的建议后，脸上顿生笑意。墨脱并不是那么不好进入的。

4. 翻越多雄拉山口

7月31日早7时起床，四周群山已露出雪峰，不再是往日那样云遮雾罩，这真是难得的好天气。我们不时张望东北方向的山岭，盼望着多吉早点到来。约8点，终于见1人牵着2匹马徐徐而下，那无疑是多吉。当我们同多吉把驮马安装好之后，已是8点半了，出发略晚，幸好还有七八个同行结伴，相互照应。

由于支前运输已经开始，每天都有数以百计的驮马行走，本来就是崎岖的山路，更显得泥泞和滑溜，没走多远，我们的鞋里鞋外已沾满泥浆，行走十分吃力。尤其是芳贤的病刚痊愈，体力还没完全恢复，更显劳累。尽管这样，他还是以顽强的毅力紧跟着。我心里想，如果硬着头皮，向薛副部长提出多要1匹马就好了，为什么对自己同事的困难估计这么不足？

上午11点左右，我们到达一个名叫松林口的地方，坐在大石旁稍事休息。从这里向上，松柏之类的乔木再也不长，仅有低矮的杜鹃丛和草甸之类。依据植物垂直分布的知识判断，这里已是海拔3800米的地方了。在这样高海拔的地方攀登，我们都上气不接下气。为了在午前平安越过山口，我们还是不敢多歇，赶紧攀登。

罗布在20多年前曾在派村附近的一个藏族领主家里放牧，对这里的新奇事物有所了解。他指着不远的一片松林对我们说，当年他曾在那里见到一个"野人"，背靠大树，呜呜直叫，吓得他掉转头就跑，幸亏它没有追来，终于脱险。罗布还说道，在1958年时，派村的一位藏族妇女被"野人"背走，下落不明，生死未卜。她的家人请喇嘛举行宗教仪式，询问吉凶。喇嘛依据神示说，妇女还健在，只是被背到某个山洞里匿藏起来。她的家人便带领七八个乡邻，拿着武器，按喇嘛所示的方向，找到山洞。因洞太长，不敢深入寻找，自此该妇女杳无踪影。

在派村多雄拉和墨脱一带，有关野人的传闻，我们早就略知一二，这是至今还没解开的自然之谜。罗布所讲的"野人"故事，当然引起我们浓厚的兴趣，使我们暂时忘却了攀登的艰辛。上午11点半左右，我们到达第一平台，这里除裸露的岩石外，到处还残存厚薄不一的积雪。历时3个多小时的跋涉，加之已攀登至4000多米的高度，头痛、耳鸣和呼吸困难等高山反应的种种症状相继出现。一些反应较剧烈的同行，脸色蜡黄蜡黄的，一点血色也没有，异常难看。我们的脚也变得像铅灌浇似的，沉重得很。我们稍事休息后，赶忙服用随身带来的氨茶碱和饮用白糖水。过了片刻，高山反应的症状有所减轻，呼吸略有舒缓，但道路更为难走。我们几乎在雪水和残冰中行进。所幸的是，芳贤越往高处走越有精神，显现出他潜藏的耐久力。

作者在多雄拉山口（1980年欧阳觉亚摄于米林）

"白骨"，走在前面的一位同伴大声喊了起来。我们初听到时，以为是过山口时遇难者留下的残骸，不觉毛骨悚然，赶紧上前看个究竟。当弄清是残缺不全的马骨时，大家才松了一口气。在第一平台起至第三平台，直到山头数公里行程内，每攀登若干距离，便可看到一具，有些甚至还留有残皮腐肉。俗话说，见多不怪，少见多怪，大家就渐渐变得不在乎了。原来这些马骨，是历年7

月至9月开山季节时，数以百计的马匹，为驮运墨脱军民急需的物资，奔走于途。其中一些经受不了高山缺氧的磨难，倒毙于这一险要地段。幸好我们的驮载不算沉重，但每当看到马掌碰到坚硬的岩石，发出点点的火花，随之左右摇晃，喘息不止时，也生怕它倒地不起。

多雄拉山口因长年遭受风暴雨雪的袭击和剥蚀，撮土不存，寸草不长。即使那些坚硬的岩石，也抗拒不了大自然的破坏力，剥落崩塌，有气无力地相互依偎着。我们只能在层层叠叠的碎石堆中觅路前行。在山口的危险地段，门巴人每过1次，都按照藏传佛教的仪规，或放石头，或挂经幡，以求过山口平安。由于世代的积累，有些地段的石头已垒成1米多高的石墙，几块新的彩色经幡在迎风摇曳。平措说，这是门巴人过山口的习俗，堆起的石头和经幡，他们称之为"玛尼朵个"。在这样险峻地段上出现的宗教设施，既表现出人们对神灵的祈请，也显示出人们对大自然威力的抗争。

过山口的整个行程中，天气晴朗，阳光耀眼，向南眺望，高处的雪峰被轻纱般的白云缭绕着，显得格外端庄秀美。难怪门巴族、藏族同胞常把一些雪峰称作"神女"。远处低矮的群山，参差错落，郁郁苍苍，像是碧海的浪涛，这些景色与身后黑色岩石裸露、颇显荒凉的藏区群山相比，形成鲜明的对照。看来，人们把墨脱说成是圣地，不完全是善男信女的凭空想象。

山口的南坡由于积雪特多，深谷均被填满，看去山势不怎么险峻。融化的雪水，从陡壁上倾泻下来，形成道道的飞瀑流泉，犹如条条银河玉带，响声哗啦，蔚为壮观。同行的门巴人一再告诫说，景色虽美，但却更加危险。当我们向山下行走时，常听到冰层底下的潺潺流水声。这说明冰层是悬空的。一旦破裂，人掉下去，难以生还。有些地段冰层融化，形成奇特的冰桥，悬挂在两侧冰崖之间。即使仅有数步之距，我们横过时也要更小心翼翼，只能单人行进，不敢疏忽，幸好有惊无险。

下午3点，我们到达拉格站。这里有几座边防战士架起的帐篷，供过路的行人食宿，并备有被褥、皮大衣之类的御寒物品，由5个来自藏、珞巴、门巴和汉4个民族的战士驻守。他们得知我们是来自北京的民族考察队员时，便热情地用鲜美的雪鸡招待我们。他们说，雪鸡多吃贝母、虫草之类的名贵药材，堪称珍贵的补品。由于这里的海拔亦不下3800多米，加上连续六七个小时的跋涉，我们高山反应严重，没有丝毫食欲。唯一感兴趣的是少许酸、辣食品。为了不辜负主人的一番盛意，我们略为品尝就搁下筷子，只好眼睁睁地看他们美美地饱餐一顿了。现在想起来，真有几分惋惜。到了拉格，我们已进入墨脱境内。

5. 穿过蚂蟥区

墨脱是个地广人稀的地方，要到达我们选定的第一个调查点地东村，还需要走3天。其中两天是森林密布的无人区和令人烦恼的蚂蟥区。当我们平安抵达拉格站时，仅走了艰难行程的四分之一。如果说爬多雄拉山口要的是勇气的话，从拉格往后的行程，更需要的是耐性了。

早上8点，我们告别帐篷里的年轻战士，经过一段高山沼泽地后，很快进入了林区。初始在林间行走，避开了烈日的曝晒，感觉尚可。但随着海拔的下降，林木越长越密，昏暗、潮湿和各种腐叶发出的臭味，令人窒息。此前，我们在路途上看到的不同风光和随之而来的交谈、欢笑，全被密林的昏暗和泥泞淹没了。若你受不了沉闷的行程，开口说话，也许是你的屁股或膝盖付出代价，或许是口中受益，让小飞虫有了葬身之所。我们彼此低着头闷闷地走着，一会上高坡，一会下深谷，腰酸腿疼走了半天的路，认为已经走得很远了。但到一处稍为高阜的地方回头张望时，却发现起行处仍在距离不远的山上，真使人深感无奈和懊丧。对于这种高山峡谷的自然景观，当地人有这样的顺口溜："一山见四季，十里不同天，声音听得见，走路要半天。"此情此景，对于一个急赶行程的人来说，就像陷入怪圈。我们只好耐着性子走着，见到路边一枝浓艳的野花，就顺手摘下，插在帽檐上；见到一丛奇异枝叶，折下一路欣赏，借以减少寂寞。

原始密林中的通道（2002年庞涛摄于墨脱）

大约行了4个小时，我们来到一块称"本"的巨大石壁下，那是个避风遮雨的地方。从地上搭成的几个火灶看，也是行人在此用餐的习惯歇息地。我们在此帮助多吉放下驮子，让马吃草，随即坐下，吃了压缩饼干，并靠着石崖稍事休息。罗布不愧是个目光锐利、善于行猎的人。正当我们闭目养神的时候，他在石崖的高处看到一窝野蜂。据他说，根据蜂窝的大小判断，足可采到20斤蜂蜜，如果不是陪着我们，要在天黑前赶到下个宿营地汉密，他真要设法采完蜂蜜后再走。

从"本"以下就进入蚂蟥区了。我们起行前重新打起裹腿，仔细检查从脚到腰是否裹得严严实实，若存有米粒大小的洞眼，就会招来蚂蟥钻入体内，被咬得鲜血直流而毫无觉察。为防止蚂蟥顺腿上爬，我们还特意在裤腿上喷洒了防蚊油。当我们准备妥当正要起步时，天渐渐地下起了雨，我们急忙穿起雨衣。但同行的人说，在蚂蟥区，不能穿雨衣。因为这里的蚂蟥为旱蚂蟥。若是下雨，它会爬到路边的杂草上，一旦听到人或牛马行动的声音，就抬起头，迅速附在过往行人的衣物上。雨衣肥大，如若穿上，不用多久，就会招来数以百计的蚂蟥。我平生最怕这类面貌可憎的吸血虫，听他这么一说，便急忙把雨衣收起，冒雨前进。不经多久，草帽湿透，幸好天气较热，细雨徐徐，亦有一番清凉。

我们离开"本"地不远，不出所料，胶鞋和裹腿上已开始爬上蚂蟥。那是仅有半根火柴棍大小的黑色软体小虫，两头长有吸盘。我看到它们迅速爬攀的样子，心里不禁发毛。一些同志倒还好，当这些讨厌鬼快爬上腰际的时候，用力一拍，随即用手一揪，轻轻一揉，很快扔掉。而我只见到它们爬上鞋帮，担心很快钻到鞋里，弄得心神不宁，不时停下来前后左右察看。若发现爬过裹腿，迅速喷上防蚊油，蚂蟥便自动掉地。但与此同时，由于脚步稍一停下，鞋帮上爬的蚂蟥更多，不用多久，带来的两瓶防蚊油已用完一瓶。眼见多吉赶着的两匹马，身上流着道道血水，怪吓人的。心里想，此后的行程还很长，怎么办呢？

我就这样忧心忡忡地穿过一个山谷，幸好天气转晴，天空露出太阳。蚂蟥怕晒，威胁减少，心情变得舒缓。我把湿漉漉的草帽摘下来，甩去上面的水。这时芳贤见我脖子咽喉部位有条吃得饱饱的蚂蟥，吓了我一跳，他用烟头烧了一下，蚂蟥随即掉到地上。由于蚂蟥在叮咬处注有抗血凝素，血流不止。按老乡的说法，吸多少血，流多少血。待我到达汉密时，背心的前胸已染上一大片血迹，留作永久性的纪念。其他同志都或多或少地被叮咬过，唯芳贤同志身上没发现被叮咬的痕迹，我们为他庆幸。但当他晚上脱鞋洗脚时，右鞋里发出一股强烈的血腥味，满鞋满脚都是红黑的血浆，真使我们吃惊。仔细寻找，发现蚂蟥13条！原来鞋帮被扎破一个小小的口子，没有发觉，遂酿成这一损伤。幸好从左脚鞋上倒出来的是沿途积攒的泥浆，说明此脚完好无损。

汉密是蚂蟥最多的地方，亦是边防部队设立的接待站，由6个战士看守，为过往行人提供食宿。这里已搭有坚固的木头房子和高高的床铺，借以防止蚂蟥沿床脚爬上。据他们说，爬入屋内的蚂蟥偶有发现，但多少年来从未在铺内发现过蚂蟥。那是因为床铺的立柱均为没有刨光的木头，蚂蟥难以吸附，无法爬上。我们听了，才敢安稳睡觉。

午夜大雨如注，下个不停，这哪里是雨，简直是天河决堤，直向我们倾泻下来。我们白天路过的一个山沟堆积的万千吨巨石，就是在去年下暴雨时山体崩塌造成的。我们居住的地方正靠着一座高高的峭壁跟前，真令我们担心。万一石壁崩塌，我们会被压成肉饼。

第二天一早，暴雨还不停地下着。营部派来这里砍柴、专供过往民工使用的3位年轻战士说，像这样的暴雨，老虎嘴的栈道早已被暴涨的河水淹没。人若要过，河水已达胸前，容易被急流卷走。他们都不敢回去，我们的马匹更无法通过。我们听了，只好耐着性子，暂住一两天。但住下来人还好办，可两匹马的饲料难以解决。面对遍地蚂蟥，放马吃草势必伤及马匹，但别无出路，多吉只好忍痛放马吃草。当下午马饱食回来后，满身流血，白马快变成红马了。尤其是马头，起码也有二三十条蚂蟥死叮在上面，条条吃得鼓鼓的，酱黑的身子因饱食变成暗红色。马的眼角流出的血，凝成乒乓球大小的血球，与四周的毛紧紧地黏结在一起，视物都感到困难。当马儿打着响鼻的时候，竟喷出一团血肉模糊的蚂蟥，大约有七八条，吃得饱饱的。多吉见自己的马被咬成这般惨状，狠狠地用鞋跟研磨那团蚂蟥，以发泄心中的愤恨。但这种做法，对蚂蟥并无大碍。有人曾做过试验，把数条蚂蟥用锋利的刀子剁得粉碎，然后用树叶包着放回草丛中，不经数天，却变成数十条小蚂蟥。我不了解蚂蟥是否有蚯蚓一类的再生功能，但在我们家乡，农民见自己心爱的水牛被水蚂蟥叮咬后，便把它用棍子从里向外翻过来，放在石头上晒干，焚烧方能致死。若不焚烧，重新落入水中，还会存活，可见蚂蟥生命力之顽强。

6. 过老虎嘴

易涨易退山溪水。经半天的晴朗和一夜滴雨未下，眼见多雄河水不那么暴烈了。第二天一早，我们启程到马尼翁，同行的还有3名为民工砍柴的战士。沿途还是上山下山、密林和蚂蟥，不同的只是天气越发闷热。中午12点，来到工布拉山。从这里向下数百米，直到谷底，进入最为险要的地段老虎嘴。所谓塌方、栈道、水淹均出现在这里不到10里的路面上。我们沿着陡峭的山路向下行走，走不了多久，便闻到了一股强烈的腐臭味。同行的战士说，三四天的艰难行程，马匹体力消耗甚大，在这坡度很大的山路下行，极易马失前蹄，滚落山崖，无法救治。凡因此而死的马匹，支前指挥部都以优于市价赔偿，这也许是一种献身边关的荣誉吧。

正当我们在这段山路小心下坡的时候，见到下面几匹上行的回程马。同行的3个战士叫我们赶快寻找较平坦的路边站着，给他们让路。并告诫说，在这里可能要停留一两个小时。原来前面就是栈道和从石壁凿出的人行道。人逆行而过，当没问题，而马匹终不悟人性，经常发生被挤落崖道，被水冲走的不幸事件。我们听了，只好耐着性子等着。每过一队，便问后边是否有马匹，直问到没有为止。我们就这样在闷热、腐臭和阳光曝晒的陡峭山路上，足足等了一个多钟头，连马都晒出了淋漓大汗。当时我们的处境如何，可想而知。

老虎嘴又称一线天，两边为数十米高的石壁，多雄河从中间流过。我们从二三十米高的石崖上被流水冲刷留下的波状痕迹中，感受到滴水穿石的道理。这也许是大自然以柔克刚的典型实例吧！在这一线天中突出河面的一堵石壁，正是老虎嘴的核心地段。这堵石壁，成了打通这个路线的艰险工程。当年边防部队的工兵，就在河面的上方，用钢钎和炸药，从巨岩中炸出一条2米宽、30多米长的通道。这里多雨，每每过此，石崖上边总是水流不断，故人们又称此段为水帘道。由于整日晒不到阳光，潮湿昏暗，上长青苔，路面很滑。临河一侧设有栏杆。在石壁内凹的地方，铺设栈道，在数百米的地段上，不是凿石成路，就是栈道勾连，形成了进出墨脱的既险峻又雄伟的奇景。据同行的战士说，为修这段通道，两位工程兵献出了自己的生命。我们听了，不禁慨叹，仿佛觉得李白的诗句："地崩山摧壮士死，然后天梯石栈相钩连"，正是为我们的开路英雄而抒发的。后来我们了解到，过去这里的路段没开通时，墨脱的门巴人、珞巴人，每年都要为西藏三大领主支差，把大米、辣椒、染草之类背运到派村。翻越工布拉山，是最危险的事情，稍有不慎，常有落崖跌入多雄河的不幸事件发生。老虎嘴的道路修通，为墨脱人提供了一条比过去便捷而又安全的道路，过往行人对于为此而献出生命的战士，是会铭记心里的。

过了老虎嘴后，我们又遇到两处塌方。由于是在昨日暴雨后才发生的，还没来得及修治。过往行人只好在疏松的土石斜面上，踩出一条小路，勉强过去。但当我们的马匹路过时，所驮的行李撞到鼓突的一块大石上，马身急剧倾斜，后腿向下滑去。若不是泥土松软，马腿下陷，避免下滑，极有可能连马带行李滚入河中，被急流冲走。其中我们的相机、2000多元的现款和采访记录将会

考察人员过老虎嘴的栈道（1980年欧阳觉亚摄于墨脱）

丢失，米林的半年考察也会前功尽弃。当我们紧急把马拉起来时，急出了一身冷汗，这实在是太悬了。经过这次教训后，无论多么劳累，这些重要的东西，我们都随身携带，不敢再借外力了。

下午7点，我们过了一道铁索吊桥，再爬一段山坡，拖着疲惫的步子，一拐一拐地进入马尼翁。这是墨脱营部所在地，到了这里，香蕉林、橘子树和美丽的翠竹，点缀在高低不平的一片园圃地周围，菜地里种有茄子、辣椒、丝瓜、冬瓜、黄瓜等，一反3天沿途所见的蛮荒和孤寂。此时此刻，房子、炊烟足以使我们感到无限的宽慰，更何况摆在我们面前的，是布局巧妙的田园？

墨脱营部负责人对我们非常热情。刘教导员把我们安排在舒适的房间里，叫战士送来好几串香蕉，任由我们吃个够。当我们吃完鲜美的肉丝面后，洗了一次难得的热水澡。3天的步行疲劳，顿时消失了大半。下午，这里的汪参谋把他所写的墨脱简史借给我们看。简史尽管写得简略，仅有一万多字，却使我们对这里的

墨脱种植的香蕉（2002年张江华摄于墨脱）

社会、宗教、文化和边境情况有了大致的了解，对此我们十分感谢。

8月5日，军区文工团给营部的指战员作慰问演出，这确实是一次难得的观赏。部队杀猪款待文工团员，好像过节一般。说实在话，在这样一个前不着村，后不着店的狭小山沟里驻防，平常见一个过路人都不容易，更谈不上看什么文艺表演。娱乐当然有，通常是下棋、唱歌、打篮球。有时还会放电影，但绝大多数都是放老片子，如《地道战》《平原游击队》之类，也许看得太多了，当银幕上的人物张口时，年轻的战士就能一字不落地将台词背出来，如"高，实在是高"等。能看艺术水平高的专业剧团演出，实在不易。一些入伍两三年的老兵，也不见得能碰上。要好好看看这次文工团演出，是营中指战员的恳切愿望。

演出当晚，战士们提前吃饭，及早进入场地。当我们赶到那里时，发现前面100多个位置空荡荡的，其余地方都挤得密密麻麻，连通道也塞满了人。我们疑惑，战士们都到齐了，即使有那么几个营级干部没到，也用不了几个座位，空那么多位置干什么？我们等到场上此起彼落的拉歌略停后，便好奇地问旁边的战士。他们回答说："那是留给山那边门巴族同胞的。我们这里放电影和文艺演出，都留出好位置给他们，这是我们营的传统。"

"传统"？我听到这个字眼，心里为之一震！这些年来，在内地乡间看电影或其他演出，只要不对号，大家都争先恐后地抢占好位置已不奇怪，即使有那么几个好位置空着，也是早有安排，留给什么特殊人物。平头百姓却没有这个份。可这里的军人却不同，这种做法表明，在他们的心目中，门巴族同胞占有何等重要的位置。部队的文工团演出，顾名思义是慰劳辛苦戍边的指战员的。但他们却不是名正言顺地坐在前边的位置，而把这样的好位置留给当地的老百姓，这是多么尊重兄弟民族的部队啊！受此感染，我们也盼着早早见到山那边过来的乡亲。

我们离开演出场地，见几位营部领导正站在门外，远眺着蜿蜒的山间小路，盼着乡亲们早点到来。大约等了10分钟，半山腰出现了时隐时现的长龙般火把，由远及近。又过了近20分钟，这些熙熙攘攘的人群，在一片掌声的欢迎气氛中进入座位后，才开始演出。演出结束，战士们起立，让乡亲们离开后，才列队撤出演出场地。

在墨脱营，我们还多次访问刘教导员，他的谈话，使我第一次真正感受到"军民团结如一人，试看天下谁能敌"这句流行口号的意义。原来，墨脱的地理条件是颇为险要的，它对外联系基本上只有四大山口，其中三大山口通向我方的米林、波密、察隅。但这些山口，自10月起至次年6月止，大雪先后封山，山口无法通行。除了电报之外，同后方的联系完全切断，战士的家信也无法寄出。另一个山口为更邦拉，与敌占区相通，若不受阻击，敌人半天急行军即可到此。更邦拉尽管有封山期，但因海拔低，积雪不深，即使封山，出于军事需要，仍可逾越。这种地理特点，有利于敌方，不利于我方。若一旦民心背向出现变化，我们就会处于孤立无援的境地。值得注意的是1962年解放墨脱时，由于叛匪自1959年起，盘踞墨脱达3年之久，对门巴人进行严密控制。在他们煽动下，墨脱门巴族人有四分之一的人外逃，其中个别村庄全部逃光。外逃的人和留下的人，均有千丝万缕的关系。可以这么说，谁争得了民心，谁就有立足点，谁就能生存下来。

当然，刘教导员也谈到，门巴人深受佛教文化的影响，行善、积德、不贪等伦理观念，也渗透到他们的生活之中。这也促使部队指战员对他们更为关心和爱护。刘教导员说道，在营部的住房背后，经常有群众悄悄送来的蔬菜、柴火。部队为了给送东西的老乡付钱，不得不花精力寻查送物的主人。每年运输季节，数以千计的马帮到来，沿途总会丢失一些东西。只要门巴人拾到，他们也不惜行走数十里地，交给营部，物归原主。墨脱的军民关系是值得称道的。他还说道，请门巴人背运东西，尽管放心，绝不丢失。当他这样谈论的时候，还举了很多生动的例子。记得我们无论在拉格还是汉密，在接待站的屋檐下或帐篷旁，都挂着许多布袋或竹盒，里面有不少食物。这是过往门巴人为减轻负载而存放下来，以备回程时食用。这些东西没有登记，没人看管，但从来都不丢失，门、珞两族人的善良本性由此可见一斑。

十

深情的门巴人

1. 充满温情的地东村

在马尼翁营部既休息,又收集墨脱的人文资料,可说是一举两得,令人留恋。直到 8 月 8 日,我们才启程前往地东村。

离开马尼翁,沿多雄河西岸下行约两个小时,均是原始森林地带,荒无人烟。但见远处深黛色的山坡上,呈现出浅黄的小块

地东村一角(2003 年张江华摄于墨脱)

坡地。罗布带着几分兴奋的心情说，那是门巴人刀耕火种的早熟玉米地，不用多久，就会见到门巴族老乡了。我们继续前行，时近正午，正是走得又热又渴的时候，遇到一群妇女收割玉米。她们一见到我们，就像见到老朋友似的，笑着跟我们打招呼，并不时说"雅莫作"，即"注意安全，慢慢走"。在罗布用门巴话向她们表示谢意后，一些人立即从陡峭的玉米地里冲到路边，给我们送上用竹筒装着的水酒和黄熟的桃子，让我们品尝、解渴。

我在饮酒、吃桃时，想到罗布出生在墨脱，便问："你认识他们吗？"罗布说："不认识。"但墨脱的门巴人有这样的习俗，凡外来的人，都受到他们的欢迎和热情的接待。靠近路边的香蕉、黄瓜、甘蔗和白薯、玉米等，过路人为了解渴、充饥，可以随意摘取。主人见到，不但不责备，相反还十分高兴，认为解决了过路人的饥渴，实是做了一件善事。

经过6个多钟头的行程，终于见到梯田翠绿的地东村。这是一个好地方，六七十户人家，散落在3个山沟里，村子背后有平缓的山坡，草场、梯田分布其间。那些具有浓厚民族特点的小木楼，四周围着香蕉树、柑橘树和竹林，令人赏心悦目。更值得我们称道的是澄

地东村的竹林（顾绶康摄）

清透亮的山涧流水，通过竹管流向各家各户。刘芳贤1976年曾到地东调查，这次故地重访，乡长卫国见到了，真是老友重逢，分外激动，随即送来水酒、香蕉，并把我们带到礼堂旁边的一间化妆室里，让我们住下来。这化妆室虽谈不上雅致，但卧具洁净整齐，是入藏半年来所少见的。房外的小厨房里，各种炊具一应俱全。还没等我们收拾停当，村里的年轻人便给我们背来干柴、蔬菜和鸡蛋。起初我以为，这大概是一种特殊关照。但后来刘芳贤和罗布说，这是地东村门巴人长期保持的社会风尚。凡外来人到此，不管认识与否，只要进入他们的村庄，都能受到这样的礼遇。过去是由村里头人主持，各户轮流分担，现在是由生产队统一安排。当然，我们也有自己的规定，按物所值付款。

门巴人迎送远方的客人（2002年张江华摄于墨脱）

坦白地说，我们这次到来，确实也受到不同寻常的特殊优待。乡长卫国说，我们从连队买来的大米是内地运来的，进入墨脱后，经马匹驮运，常遭雨淋和马汗浸渍，多有霉味，很不好吃。而地

刘芳贤在访问（1980年顾绶康摄于墨脱）

东出产的大米，质量上乘。因此，他晚上来到住处告诉我们说，队里的干部一致同意，我们在地东工作期间，队里供应本地上好的大米，不收粮票，每斤0.20元，同部队的米价持平。我们听了，感动不已。第三天，队里还特地杀猪，供应我们10多斤新鲜猪肉。墨脱气候炎热，常流行猪瘟疫，养猪实属不易，肉类奇缺，他们也只能在节日时才能吃上。他们为什么这样照顾我们呢？原来我们所的吴从众、刘芳贤、张江华、欧阳觉亚、张济川等人，1976年曾在这里作过调查，随后写了调查报告出版，寄给当时做翻译的门巴族同志。当这里的群众知道把他们的历史、社会、宗教、文化写成书后，十分感激，特别是老年人。因为他们看到在社会进步的同时，传统文化也不断消失，并为此感到忧心忡忡。我们这些调查报告，不仅把他们村里的情况写了进去，而且也把墨脱门巴族的其他村里的情况写了进去。许多年轻人看到了书的内容，知道了他们故有的宗教习俗和礼仪，并乐意遵循，以保持门巴人的传统文化。老年人见到年轻人这些进步，感到格外欣慰。

尤其是该调查报告中，把门巴人从主隅（不丹）东迁墨脱的历史写得准确、详细，更引起地东村老人的啧啧称赞。在他们的心目中，吴从众、张江华、刘芳贤等同志已成了保存他们社会文化的有功之人。后来我们又了解到，他们还把这些调查报告译成藏文，供不懂汉语的门巴人阅读呢。

2. 他偷回了稻种

政府有关部门规定，墨脱交通困难，物资供应紧张，故进藏部队和援藏干部只能吃从内地运来的大米。所以过了两天，当地东村干部把半袋大米送到我们面前时，芳贤和我都犹豫起来，买还是不买？买了是否会违反政府的规定？从现在的眼光看来，这似乎是个不成问题的问题，但当时却困扰着我们。后来我们商定，如果拒绝民族同胞的一番盛意，不管怎么说，都不是友好的态度。我们哪能这样做？于是把大米买下，作为我们在地东的主食，不必到部队购买。

石锅（1981年张江华摄于墨脱）

我们买下大米不久,乡长卫国又派人送来一口崭新的石锅,说地东产的大米用石锅来煮,特别好吃。我们了解到,石锅是墨脱的特产,产在旁辛区。石锅用当地特有的一种质地较软的石头凿成,煮饭清香,炖肉鲜美,尤其是用石锅烹制鸡炖鲜蘑菇,更使人垂涎。石锅还有一个显著特点,即经久耐用,可以成为传家宝。现在有些门巴人还用爷爷使用过的石锅呢。当晚,我们就用石锅煮地东新大米,味道格外清香,驱走了近半年来积存在口边的陈米霉味和腊肉哈喇味。

晚饭后,乡长再次来到我们的住处,与刘芳贤一叙阔别之情。我们很自然地谈到这种大米。卫国见我们吃得满意,便进一步介绍说,这种大米名叫"贾巴尔",具有产量高、油性大、味道香、适应性强的优点,是前人从南边珞巴族居住的格地村引入的。关于这种大米的传入,还有一段传奇故事。

相传大约在三代人以前,有个名叫桑仁金的门巴族青年,背着食盐,到格地的珞巴族村庄出卖,希望换回水獭皮。当他在一户人家住下后,发现有一种叫做贾巴尔的大米有许多优点。心里想,如果自己家乡的人能吃上这种大米,那该多好!但那里的头人规定,严禁稻种外传。凡外来人离村时,均要严格搜身检查。如发现私带一粒稻谷,立即处死。怎样才能把谷种弄到手?桑仁金为此伤透了脑筋。他爱家乡的炽热情感把一位珞巴族姑娘感动了,他们商定了主意:当桑仁金被搜身检查完毕,离开格地村的时候,姑娘把一串稻谷夹在自己的腋窝下,朝桑仁金的方向走来。在靠近时,姑娘悄悄抬起胳膊,那串谷穗不偏不倚,掉到桑仁金的脚背上。他假装脚痒,弯腰挠挠,趁机拾起谷穗,珍藏起来,并昼夜兼程,把种子带回家乡。自此以后,经过数十年的栽培,现在这种优良稻谷已普遍种植,为墨脱门巴人造福。

卫国讲述的故事,使我意识到,门巴人虽然受到佛教意识的熏陶,但没有接受那种忽视现世生活,把希望寄托来世的听天由命的消极思想。他们热爱故土、建设家园的创业精神，是那么强烈，又是那么坚忍不拔。对此，我在此后的考察中，不断有所感触，并领悟到他们开发这片土地所付的艰辛。

　　在随后的考察中，我们还了解到，在地东村雅鲁藏布江的对岸，有一块较为平整的肥沃耕地，每年都出产大量的旱稻和玉米。可是耕种这块土地不是一件容易的事，必须要滑过一条100多米的溜索才能到达那里。滑溜索不仅要有毅力，尤其需要勇气。当人们还没窥见雅鲁藏布江身影的时候，它那怒吼的涛声像连绵的闷雷震撼着群山，足以使你惊愕；那一落千丈的河水，如巨蟒，似野马，仿佛向你扑来，似乎随时都会把你拽入江中，直接放送到印度洋似的，令你胆寒、退缩。可门巴人就在这样宽阔的河面上，悬空架起了远看如丝的溜索，仅凭那个套在身上的曲木，滑行于两岸之间，如履平地。春耕、夏锄、秋收、冬藏，四时前往，如同耕耘于门前的园子地似的，对天险习以为常。这种气魄，这种胆量，如果没有强烈的创业精神，是难以产生的。

过溜索（2003年庞涛摄于墨脱）

当然，长年过这种溜索，也有失事落水身亡的时候。为了不使这种悲剧重演，他们得知政府能免费提供钢丝绳，取代曾使他们付出生命代价的藤索时，他们便以惊人的毅力和意志，将一条二百多米长、重达千斤的钢丝绳，在没有汽车运输的情况下，从派区运抵地东。此事谈何容易，这段距离步行需要六七天，千斤重物，马不能驮，又不能截断让个人背运。唯一的办法是靠10多人协作，依靠团体的力量，每人分背数圈，前后连在一起。可像这样相互关联的队伍，在那崎岖的小道上行进时，要做到步履一致，协调前行，是十分困难的。一人跌跤，常把前后数人绊倒。故行程十分缓慢，在到达目的地时，许多人已遍体鳞伤。至于在途中饥餐露宿、风吹雨打、被蚂蟥毒蚊叮咬，那就难以述说了。

正是门巴人的这种坚毅不屈的创业精神，在近10多年的发展中，使墨脱的面貌有了较大的改变。在我们所到的村子，多数已有了明显的变化，不仅见到钢质溜索，有些还有钢索吊桥、小水电站、木材加工厂等。所有这些物资和设备，大多是他们用自己的强健肩膀，背进来、抬进来的。门巴人正是用这种进取精神，造就着家乡的发展，造就着边疆的未来。

3. 帕树：拿屠刀的僧人

记得离京前，我们曾对墨脱的宗教资料进行认真的梳理，发现两个有趣的现象：一方面，在广大卫藏地区占压倒优势的藏传佛教格鲁派势力，在墨脱却十分薄弱。除了宗本是格鲁派三大寺庙的色拉寺派出的喇嘛外，基本上没有格鲁派信徒，好像强风穿越千山万壑一样，其呼啸磅礴的气势，几乎被群山阻遏殆尽。另一方面，在卫藏地区几乎绝迹的古老苯教和其他一些教派，如宁玛、噶举等，在这里又似那急流边上迟滞的水流那样，带有不少积聚的沉沙。为什么会出现这样的情况？这难道是居住在喜马拉雅群山深处的门巴人的特殊环境使然？这是需要探索的问题。因此，寻访这里的宗教界人士，从他们提供资料的字里行间探寻其中的奥妙，是我们重要的研究途径。

8月18日，我们首次拜访地东村威望较高的老喇嘛丹增。丹增是宁玛派喇嘛，儿孙满堂。当我们到他家时，他那70多岁的妻子见有生人进来，不好意思地赶忙把上衣穿上。实际上，在墨脱这样炎热的地方，上了年纪的妇女光着膀子是平常的事。丹增喇嘛尽管是80岁老人，他坐在香蕉杆晒干后缝成的坐垫上，腰板挺直，思路清晰，能准确地回答我们的问题。

他说道，他们家人当喇嘛已有四代了。据说在不丹时，他们信奉藏传佛教中的噶举派。到墨脱后，受波密土王的统治，土王信奉宁玛派，他们祖上就改信宁玛派。到了40多年前，波密土王被噶厦政府征服，墨脱改由色拉寺派出的僧人任宗本，起初要墨脱的一些寺庙改宗格鲁派，不准娶妻生子。但执行一段时间后，难以坚持，又恢复到原来信仰的宁玛派。如以巴日贡寺为例，在次仁多吉主持该寺时，严守黄教的规定，不准娶妻生子，可次仁多吉年老了，因无子女照顾，生活十分困难。到他临终时，对继任人说，下一代主持人可以娶妻生子，以便老有所养。自此以后，该寺又恢复成早先的宁玛派。

丹增提供的这个实例说明，在墨脱这样人口稀少、经济落后的地区，作为不事生产的格鲁派僧人，领受布施有限，寺庙的喇嘛生活难以保障，不娶妻生子，寺庙难以维持下去。唯宁玛派的传承制度，使寺院和家庭紧密结合在一起，当群众的生、老、病、死或婚庆嫁娶需要举行某种宗教仪式时，他们能满足群众信仰宗教的愿望，又能收取报酬，以补不足。没有宗教活动时，可在家里从事生产。故宁玛派在墨脱得以长期流传，当与门巴族的这种社情有关。

丹增喇嘛还讲到，寺庙里的僧人是分等级的。最高的等级称为"直固",即活佛。他们熟读经书,有威望,只有较大的寺庙才有。当上"直固"的人,据说死后灵魂能进入天堂,与神共享天福。他们死后,可举行隆重的火葬,骨灰做成的祭拜用香,在重要祭典上使用,特别灵验。二等的僧人有数类,其中的"多吉罗本"能主持法会,组织各种宗教仪式;"曲春巴"能维持寺院秩序,处罚违纪僧人;"帕树"是外出替人念经治病、主持各种杀牲祭祀活动的僧人等;三等僧人为扎巴,他们主要在寺院干各种杂活,如扫地、背水等。丹增讲到,他本人属二等中的"帕树",能背诵几部经书,年轻时替人治病驱鬼,杀牲祭祀。群众过新年杀猪时,也请他去念经,祈求来年丰收。每当他为群众杀猪、举行祭祀仪式后,要收取猪头一个、猪腿一只作为酬谢,故群众又戏称为"猪头"喇嘛。帕树还可为群众择定吉日,治理丧事,确定出殡方位等。

  按照教规,佛教以普度众生为己任,杜绝杀害生灵,即使是人身上的虱子,也不能掐死。故在卫藏地区,视杀猪、牛、羊者为充满罪孽的人,屠户受到歧视。墨脱的宁玛派属佛教的一个支派,理应亦禁止杀牲。可在这样的寺庙里,竟有以杀猪为己任的"帕树",这显然不是佛教所固有,看来极大的可能是西藏古老宗教——苯教的遗存。因为按历史文献记述,苯教在举行祭祀仪式时,往往以杀牲供祭,向神明作"血肉供"。在吐蕃王朝时期,苯教昌盛,参与国政,一次重大仪式杀牲数千头。在西藏古代的吐蕃王朝时期,曾出现过"佛苯之争",在这一斗争中,苯教失败,其势力被逐出西藏中心地域,只能在西藏边缘的偏僻地区蛰伏下来,求得生存。帕树的杀牲祭祀,显然与佛教的教规相悖,而与苯教的仪轨相通。墨脱门巴人所信奉的佛教中竟存有帕树这种职能的僧人,似是藏传佛教在门巴族地区流传过程中,吸取苯教某些仪轨的结果。

4. 天上雷公　地下舅公

　　婚媾是人类得以世代繁衍、种族延续的重要环节。在世界众多民族中，无一例外地给婚礼增添不少的神秘色彩。许多民族学家亦视婚礼为了解民族传统文化的窗口。遗憾的是我们这次门巴族调查，碰不到这样的机会，因为他们的婚礼多在冬天农闲时的月圆之夜举行。待到那时，大雪封山，墨脱成了与世隔绝的世外桃源。这对我们来说，无论是在时间上还是在经费上，都是不允许的。

门巴人储存粮食的仓库（2003年庞涛摄于墨脱）

　　8月19日晚饭后，卫国来聊天，当他知道我们为无法观看门巴人的婚礼而遗憾时，告诉我们说，"文化大革命"后，许多结婚礼仪作为四旧已被扫除，即使我们能看到婚礼，也不是原汁原味了。他建议，如果我采访他举荐的人，也许比看一次婚礼更有收获。我听了他的话,觉得有一定道理,便问他:"准备举荐谁?"他说:"喇嘛白马仁钦!"我一听"喇嘛"两字,就联想到他们主要是管请神念佛的,怎么会关心这些世俗之事?他见我不信他的话,就一本正经地说:"白马仁钦是我们地东村最有声望的媒人,多数人结婚都是他介绍的。"我听他这么一说,想到白马仁钦是宁玛派喇嘛,既会念经诵佛,也能结婚生子,他当媒人,亦在情理之中。

8月20日,我们访问白马仁钦。他同丹增一样,均是地东寺的喇嘛,60多岁,思维敏捷,身体很好,是县里的统战干部。白马仁钦说,门巴人的婚俗,有不少是与宗教紧密联系在一起的。当给人介绍对象时,若双方有意,就要请喇嘛根据属相掐算是否相生相克,如相克的,这一桩婚事就告吹。当关系确定后,决定结婚,也要请喇嘛择定吉日,一旦日子确定,不能改变。他讲到,过去地东村一个名叫菊尔登的小伙子,正巧在他结婚那天政府指派他去支乌拉,乌拉是官府派出的,不得有误。而结婚日子是喇嘛择定的,更不能改变。故出现新娘在家单独举行婚礼,新郎却背着沉重的大米攀登在喜马拉雅山的崎岖小道上的事件,多令人伤心。

门巴族的婚礼,带有浓厚的藏传佛教色彩。白马仁钦讲到,在墨脱,迎亲前一天要请喇嘛念经,为新人祈福。在送亲的队伍里,一定要选一位健康英俊的青年,双手捧着四方竹盒,内装大米,上插佛香,以示向神灵祭献。这个青年一定要走在送亲队列的最前面。第二位是喇嘛,他沿途念念有词,不断祈求神明为新婚夫妇赐福。第三个是新娘,她胸前挂着佛经,以示得到神灵的保护。随后是前来迎亲的新郎和送亲的人。我们从这送亲队列中的前三名装扮和行为,就可看到佛教在婚俗里的重要作用。

在送亲途中,如碰到背筐装满东西的人,就认为是吉兆,意味着新娘将来所生的孩子健康强壮,福气满载,人们彼此道贺。新娘还特意上前，给背负者脖子上挂个象征吉祥的"热固"，即一种用棉线编成的小饰物。若遇到背空筐的人，即被认为不吉。为了免犯禁忌，背筐人往往主动回避，藏在路边的草丛里，不让人看见。

新娘进家后，全村各户主妇相继向新郎家送酒，送大米，以示祝贺。家境较好的人，还要向新郎、新娘送钱币。送礼完毕，作为媒人的白马仁钦致祝词："……愿佛爷保佑新娘今后左手抱男孩、右手抱女孩，房子下的干栏拴的牛只多，房子中间住的人丁多，房子顶层存放的财宝多。夫妻长命百岁，尊敬父母，官员、喇嘛、客人来时接待好，同家人和睦相亲……"整个婚礼都带有佛教的浓厚气息。

研究人类婚姻史的不少学者认为，舅权是母系制的残存现象，因为在母系氏族社会里，母亲的兄弟即现今意义上的舅父，是氏族内最亲近的男性，承担了保护外甥的责任。门巴族的婚姻亦有这种表现。白马仁钦讲到，在门巴族的婚姻中，外甥的婚事要征求舅舅的意见，外甥女出嫁，舅父一定陪同。在婚宴上，舅舅要充当新娘的重要保护人，男方家庭成员必须对他十分敬重，否则会受到舅父的严厉呵斥而不敢申辩。

为了把舅权说得清楚，听得明白，白马仁钦把门巴族婚俗中接待舅父的特殊做法，详细地做了介绍。他说，首先，按照门巴族的待客饮食习惯，饭菜每人一份，但送给舅父的那份，要特别丰盛讲究。迎亲杀猪的重要部位，如头、脚、心、肝、肺等，在送给舅父的那份饭里，要有象征性的一小块，以示全猪接待。装份饭的竹盒，要用一块膘肥、肉厚的整块肉片严密盖上。如所杀的猪不大，膘肥不足，必须斜斜片开，借以增大面积。在整个庆宴上，舅父可以尽意挑剔，以显示其外甥女的完美和不容侵犯。如他发现送上的那盒饭菜缺少猪的某一部位，他就大声嚷道："我们送来的人是缺胳膊断腿的吗？"如发现肉切得厚薄不均，不方不正，他就责问："我们送来的人是歪鼻子斜眼的吗？"见他生气，男方的接待人员马上敬酒送钱，求他宽恕。即使男方接待甚好，菜肴丰盛，酒浓醇美，他还是可以横生枝节，语意双关地说："猴子不是喝水醉的。"意思是酒不浓、淡如水；他还可以说："喜鹊的小崽子不是送到平坝里！"意思是姑娘不是白白送给你们的，你们这样接待不成。在这种场合下，负责接待的人仍须及时送上钱物，求他满意。如他仍不满意，故意把酒泼到接待人员身上，接待的人也不敢吭声。其时男方父母只好亲自出面，曲意奉承，装腔作势地批评接待人员不懂礼貌，招待不周，以求得他的满意，使婚礼圆满结束。我们从白马仁钦的生动讲述中，体会到舅父的特殊身份。难怪在一些舅权流行的民族中有这样的民谚："天上雷公，地下舅公"。雷公以其威力，震慑各种邪恶势力。舅公是外甥女权益的真正维护者。在门巴族婚礼中，舅父的表演尽管带有一定的戏剧性，但舅父所拥有的权威和尊严，是可以感受出来的。

5. 东三巴的诉说

　　墨脱地区与外界联系甚少，基本上处于孤立状态。不少村子一年到头，几乎见不到一个外来人。纵使近年来有些村子安装了小水电，政府有关部门还给每个村子赠送了半导体收音机和小广播之类，但在我们考察地域的范围所及，人们基本上还过着传统的生活。每当夜幕降临，不管是冬天还是盛夏，谁家酿有好酒，乡亲近邻就相邀到他家，围着火塘或松明，饮酒唱歌，借以沟通彼此的关系，抒发自己的情感，忘却白天的艰辛。我们觉得，在门巴族社会中，普遍存在的彼此互助、相互忍让的风气，当与此有关。

　　8月24日晚，我和罗布外出访问，路过普巴家，听到屋里传出一阵阵低沉悲凉的吟唱声，以为家里发生什么不幸的事了。我们推门进去，见屋里坐满了人，中间的木墩上放一个破铁铲，上面燃着发出浓烟的油松。人们在昏暗的室内边饮酒，边低声吟唱着，气氛极为凝重。机灵的女主人见我们进来，把我们推到中间，人们才从沉闷的氛围中苏醒过来，有些人眼里还噙着泪花。此情此景，越发使我感到疑惑，真想坐下来了解一下。但我深知，在这样的场合，谁坐下来，谁就面临一场酒量的角逐，弄得不好，会被灌醉。幸好我对这里的习俗有所了解，不至于出洋相。

地东村门巴人待客的方式是这样的：当你遇到这种饮酒场合，无论你到谁家，主妇见有人到来，就一手拿着一大铜瓢水酒，一手端着白瓷碗，走到客人跟前，不管你乐意与否，就咕嘟咕嘟地灌满一大碗，让你先喝。如你不喝，他们就唱敬酒歌，一直唱到你喝为止。如你喝完不及时向主人回敬一碗，主人认为你还想喝，再把碗灌满后敬献给你，一直把你灌醉为止。我是极少喝酒的人，根本不是他们的对手。遇到这种场合，我便不事声张，接过主人端来的酒，一饮而尽，接着我拿过主人的大铜瓢，灌满一碗，回敬主人。主人喝完后，就不再敬献，算是过关了。

喝了才高兴（1980 年顾绶康摄于墨脱）

当我喝完酒后，正欲问坐在身边的小札西，大家哼着这样沉闷的歌，是否发生什么不幸事件时，他用汉语笑着说，什么事也没发生。人们听说普巴明天到县里开会，所以聚集到这里来，为他送行。他指着墙上挂着一排七八个长长的竹筒说，那些是邻居送来的酒。

小札西是拉萨师范学校的毕业生，回来不到一个月，正等待县教育局分配工作。他汉语讲得很好，随着乡亲的饮酒、唱歌，我们小声地聊起来。

他说道，门巴人自废除封建农奴制度后，不用支差，大家有更多时间种地了。种出的玉米吃不完，政府不收购，墨脱气候热，故不到半年就被虫蛀。因此，只能酿酒。现在大家天天都喝酒，有些人还把酒带到地里喝。一些年纪较大的人，晚上不吃饭，只饮酒。只要谁家出现一些不寻常的事，为了祝福、助兴，彼此也带酒相互走访。

到县里开会对许多内地人来说，会认为不就是半天的汽车路吗？但对人烟稀少的墨脱人来说，可不是这么回事。地东人到县里，一般要走3天，除中间两处投宿地有少数人户外，余为荒山野岭的无人区，实属一次远行。况在门巴人的传统封闭社会里，外出远行是一件冒险的事。许多妇女，一辈子也没几次走出自己村子的活动范围。即使男子，除了为领主支差和一年一次用土产换取食盐、氆氇和装饰品外，也很少外出。一旦外出，必是远行，道路险阻，野兽出没，常有性命之虞。故村中凡有外出者，在其远行前夕，亲戚近邻常带酒前来，为其祝福。近10多年来，地东村与外界交往尽管有所增多，但仍没有改变与外界隔绝的基本格局。

小札西的一番话，使我对这里的社会有了进一步的了解。但既然为他送行，为何要唱这种悲凉的曲调？小札西听了也不甚明白，便问普巴。普巴解释说，自门巴人从不丹迁来墨脱后，先后受到波密土王和西藏地方政府的统治，乌拉差役十分繁重。凡领种几亩政府的份地，除交实物地租外，还要为政府背运各种从下珞渝地区收取来的货物，从地东背到派村，每年至少要花几十天时间。乌拉差役来了，即使新郎，也要辞别娇妻，背起藤筐，及时把物资运走。人们背着沉重的货物，走在崎岖小道上，常有落崖身死的惨事发生。一些壮劳动力支差去了，家里的土地荒芜，饥荒常有。正是这种悲惨的境地，导致门巴人聚会时常愿意唱那种沉闷的曲调，即"东三巴"，借以倾诉他们的苦难生活。现在，他们尽管不再支差了，但仍喜欢这一曲调，并使年轻人勿忘过去苦难的岁月。东三巴有两句歌词是这样的："布谷鸟叫时饿得浑身软，冬天到来冷得缩成团"，把过去农奴春耕播种时忍饥挨饿，冬天因衣衫单薄冻得哆嗦发抖的悲惨生活唱出来。

当我们告辞时，主人再次向我们敬酒。本想推辞，小札西说，这是地东的名产，应该品尝。我推辞不过，只好接受。一碗落肚，真是甘美醇香，为我进藏以来所没有喝过的佳酿。在回住处的路上，罗布说，这酒是用鸡爪谷发酵酿造后，放在圆木桶内，口沿盖上芭蕉叶，上面再用巴麦牛屎密封，然后半截埋入地下，四周围上木炭，经一年贮藏后，才启封饮用。地东酒这样有名，就是用这种特殊方法酿制的。酒确实甘醇，但牛屎的妙用是首次听到，颇为新奇，特志于此。嗜酒者不妨一试，饮后必有新的感受。

6. "鬼人"的遭遇

在米林的时候，我就听到一则关于"地东一枝花"的真实故事：说是10多年前，地东有个门巴族姑娘名叫白玛，长得漂亮极了，不仅村里的姑娘数她美，就是墨脱县里的姑娘也是她最美。谁见到她，谁都动心，人们都称她为"地东一枝花"。可无论是村里还是村外的门巴族小伙子，谁都不愿亲近她，更说不上恋爱、结婚了。原来在门巴族中流行这样的风俗，凡出身"鬼人"家庭的姑娘，谁都不敢同她结婚，白玛就是这样的一位姑娘。就在白玛的婚姻遇到麻烦的时候，村里来了边防部队的藏族参谋旺杰，他在为门巴人办好事，给困难户送盐、送米、送衣服活动中，了解到白玛一家的遭遇，十分同情。旺杰当然不信鬼人的说法，并从同情变为怜悯，从怜悯发展到爱情，最后他们结了婚。旺杰还当了林芝县委副书记，白玛也成了新华书店的职员。

这种关于"鬼人"的习俗，当然引起我们的关注。到地东后，我们进行深入的走访，了解到这里有两户鬼人家庭。在门巴人的心目中，鬼人是鬼附在人的身上变成的。一旦成为鬼人，就会世代相传，受到无端的歧视。有人肚子痛了，他并不认为自己吃了不洁的食物或受了风寒，却认为是鬼人使他患病；有的人酿酒发酸了，他并不责备自己的技术不精或酿具不洁，而是责备某日造酒时被鬼人看见；某家的牛病了，习惯是放血治疗，若刀口溃烂不愈，他并不认为是细菌侵入而是责备鬼人加害。凡此种种，他们都认为是鬼人所害，致使被认定为鬼人的家庭，蒙受诸多不白之冤。

那些自认为被鬼人残害的家庭，通常也有一套自认为有效的应对仪式，祈请鬼人的灵魂不再害他们：即到了晚上，待鬼人全家熟睡的时候，他们便带着米饭、鸡蛋和酒肉，来到鬼人家门前，默默祈祷说："××××，请你吃吧，我给你送米饭、鸡蛋和酒肉来了，不要再让我家里的人肚子痛吧！"说完，就往地上散发带来的食物，随后悄悄离去。若第二天，病人有所好转，自认为昨晚的祈请有效。若不好转，再进行第二次祈请，并在散发食物后，一位事先有意藏匿的人突然冲出来，朝散出的食物上乱打一气，意思是惩治那些领了食物，仍在继续害人的鬼人灵魂。

为什么会有鬼人，8月26日，我们拜访了地东知识渊博的格桑多吉和波波，并同他们进行了多次讨论。据他们说，早在门巴人迁入墨脱前，在主隅就存在一种称为"康日"的制度。所谓"康日"，就是"不同骨头"的意思。按照他们过去的习俗，在他们的社会里，存在着三种不同骨头的人，第一种称为"康日宁布"，意思为"好骨头"；第二种称为"康日巴策"，意思为"中等骨头"；第三种称为"康日独宾"，意思为"坏骨头"。好骨头的人是高贵的，他们可以当活佛，当喇嘛；中等骨头的人，可以当低级的僧人；坏骨头的人，不仅不能当僧人，而且在社会上备受歧视，"鬼人"就属这一类。

骨头好坏依据血统而定，世代相传。同属一个骨头等级的人，可以通婚，若骨头等级不同则严禁结婚。在门巴族的历史上，这种制度曾严格执行过。但在东迁墨脱后，因人口较少，加之分散，这一界限已被打破。好骨头和中等骨头的人可以通婚，但仍严禁与坏骨头的人通婚。如若通婚，他们所生的子女，全为坏骨头。

有关好、坏骨头的来源，许多门巴人已不清楚，且说法不一。据波波说，比较流行的说法是：古时候，地上没有人，当上天把人送到地上时，用了3根不同的绳子，一条是金绳，一条是银绳，第三条是棕绳。从金绳下来的人是好骨头，从银绳下来的人为中等骨头，从棕绳下来的人成为坏骨头。这种解释在很大程度上是出于宗教徒的牵强附会，却也说明一个道理，即等级制的产生，与财产的多少有着密切的关系，不同质地的财产决定了人们的地位。我们认为，门巴族的这种制度可能与古代奴隶制有关。那些所谓坏骨头的人，可能是来自外族的奴隶。随着社会的发展，奴隶制消失了，但其卑下的地位没有根本改变。这种制度一旦跟某种宗教相结合，就形成上述的状况。当然，这只是一种猜测，实际情况怎么样，还有待于今后进一步研究。有关鬼人的传说，在其他民族中亦有相类似的现象，如傣族中也有说某些人是琵琶鬼。据称，人们患恶性疟疾、发高烧至说梦呓时，傣族人就认为是被"琵琶鬼"加害所致。若我们对这些社会习俗作综合地分析研究，或许能对这种不文明的习俗作出确切解释。

近数年来，在门巴族中，有关"鬼人"的观念已有明显变化。人们正日渐摆脱这种陈旧观念的约束，同鬼人家庭的子女结婚的现象时有发生。地东村被称为"鬼人"的降措，他的长子西绕成了县里的干部，长媳央宗是藏族，亦在县里工作。次子晋美旺杰是边防部队的副连长，次媳布尺是背崩区卫生员。女儿泽仁措姆是地东村的卫生员。现在地东村的村民，再也不把他们视作害人的鬼人了，这无疑是门巴人观念的巨大进步。

十一

在背崩村探秘

1. 他们是被毒死的吗？

8月24日早上离开地东村，干部和村民都来送行。当我们路过波波家门口时，波波老人见我们手里拄着的拐杖是树枝削成的，既沉重又容易折断，很不安全。他家有粗藤手杖，坚持送我们每人一根。当我们向他付钱时，这位仁慈的长者拒绝说，他年纪大了，有人来家里聊天已感到很高兴，可我们访问他时，照样向他发误工补贴费，使他十分感激。他希望我们收下这根拐杖，时常想到他。等我们再有机会到地东时，到他家里做客。我们见这位长者很真诚，只好收下。墨脱的藤手杖在藏区是有名气的，人见人爱。当我们走出墨脱，来到波密时，藏族农、牧民见到都希望卖给他们。我们怎能割爱？可惜的是我们在波密搭乘军车回米林时，沿途颠簸，手杖被重物压偏，无法再用，只好丢弃，至今犹感惋惜。

从地东到背崩约6个多小时行程，时值酷暑，炎热难当。前3天，地东村的一头一岁半的黄牛犊因主人疏忽，中午仍拴在草地上吃草，没及时绑在树荫下，终致昏厥死去。我们沿途的炎热状况，可想而知。到12点50分，路过部队的运输站，站上的小战士很客气，端来清凉的洗脸水，让我们擦洗一番。稍事休息后，下起阵雨，天气骤然凉快，我们冒雨前进。

下午4点，到解放大桥，那是横跨雅鲁藏布江上的一条钢索吊桥，全长250多米，20世纪60年代建，可同时承载100匹马过江。此桥距印度军队据点不足50里，刚建时常有印机前来侦察，近七八年来已停止。由于此桥具有重大的战略意义，看守十分严密，桥两边都有高射机枪，警惕敌机来犯。凡外来人到此，都要检查证件，我们也不例外。过江之后，听守备的战士说，10多年前，江上游的山体崩塌，使这段汹涌的江河断流达数小时之久。随后河水冲破塌方，以排山倒海之势，直袭印度阿萨姆平原，冲毁了不少良田和村庄，损失惨重。墨脱地质结构不稳，由此可知。

墨脱解放大桥（2003年庞涛摄于墨脱）

过了雅鲁藏布江，爬一段山坡，便到达背崩村。那里也是一个建在河谷台地的小村子，20多户人家，背崩区政府就设在这里。"背崩"藏话是"大米堆"的意思，为何有此名称，来源不明。一说是这里产大米所致；一说是过去波密土王统治时期，从都登、希蒙一带收取作为差税的大米，堆积于此。看来后者解释符合历史事实。

到背崩村后，阿登区长对我们十分热情，安排我们住在一间比较凉爽的房间里。阿登是昌都地区芒康的藏族，在墨脱工作已近10年了，藏语、门巴语和汉语都讲得很好，是一位不可多得的地方干部。当我们安顿下来后，一个名叫卫红的老朋友晚上来访，他是县里的电影队放映员，三十来岁，1976年时曾做过我们的翻译，工作认真负责，处事周到，待人热情。当我们寒暄过后，他就深情地对我们说，他半个月前就知道我们到地东了，心里很高兴。但也很担心我们的安全，生怕有人放毒。因为放映任务重，抽不出时间来看望，深表歉意。近日回到家里，听到我们来了这里，就立即拜访，并特别嘱咐，到老乡家里访问时，饮酒要格外留意。

卫红说这些话时，心情较为沉重，声音也变低了。当我听到"饮酒要格外注意"这句话时，立即想到一位珞巴族朋友达诺英布也饱含深情地向我说过同样的话，叫我们在墨脱提防有人放毒。在墨脱有放毒的习俗，不是秘闻。人们曾多次告诉笔者：在这地方，有些人相信，只要把人毒死，就能把毒死者身上的福气落到放毒者的身上，使他享用终生。正是出于这样的迷信说法，才有放毒的行为。放毒时，毒藏在敬酒人的拇指甲内，当向客人敬酒时，有意把酒灌得很满，让拇指甲浸没入酒内，客人饮用这些有毒的酒后，近则一旬半月，远则三年五载，定会死亡。这种放毒，类似历史上传闻的蛊毒。但在过去，我对这种放毒的说法，不怎么相信，这次卫红来访的谈话，使我不得不认真起来。

随后卫红还说，今年3月，村里有户人家的牛落崖摔死了。卫红的妹夫前去帮忙，把牛抬回来宰杀，吃了一餐。随后主人还送了一些肉来，卫红弟弟也吃了。他们两人吃了之后，肚子很难受，过了7天，两人都先后死去。我听了卫红的话后，深感震惊。

随后他还说道，今年 7 月 29 日，本县甲热萨的一位拉萨师范学校的学生，毕业后回家等待分配。在回家路经东布时，喝了当地人送的酒，回家 4 天患病，9 天后死亡，死时牙齿发黑，上身浮肿，且有不少鸡蛋大小的水泡。人们普遍认为，她也是被毒死的。

卫红是个十分老实的人。他谈到家里的不幸事件和甲热萨学生的死亡，我毫不怀疑。不过当我问及他家的其他人是否也吃了肉时，他说同样吃了，可他们没有什么反应。既然肉里放毒，经过烹煮，家人分享，其他人安然无恙，唯独他弟弟和妹夫死去，若从这些现象中得出中毒身死的看法，无疑是解释不了的。此外，我们对卫红的说法，还可提出质疑：如人已死了，你们找医生或法医解剖和化验了吗？他们的看法如何？但正当我想这样问的时候，突然想到像墨脱这样的边远地带，区里甚至县里的卫生员或医生，也只是在林芝训练 3 个月或半年后，出来工作的赤脚医生，恐怕连他们也不知道化验死因为何物，很难回答我提出的问题。一般的情况下，人死了，实行水葬，举行一定的仪式后，把尸体抛入江中，就是对死者最大的悼念了，哪里有化验的做法？想到这些，我终于把想问的问题咽到肚子里。

直到现在，关于门巴人放毒的说法，尽管本民族的人确信无疑，但我还是深感疑惑。后来，我同部队的医生谈及此事时，他们曾想方设法弄清"毒"的配方和制作，可总是说法不一。有人说，先把鸡蛋埋在土里发臭后，开个小洞，滴入蛇毒拌匀，随后阴干而成。但民间认为，放毒乃少数妇女所为，母亲年老了，才把制毒秘方传给她选定的唯一女儿，随后母女相继，代代下传。由于人们十分鄙夷放毒的女人，故放毒的妇女身份绝不暴露，即使暴露了也不会承认。谁是放毒者，仅仅民间相互猜测而已。至于上述的毒药配方，亦经不起科学的验证。门巴人放毒，至今还是一个不解的谜。

2. 他为妻子找第二个丈夫

格桑多吉是个仁慈的老人。8月28日下午，我们到他家采访，见一位50岁左右的男子走进家来，随后又拿了背筐出去。起初我以为这是他的儿子，没问什么。但在晚饭后同阿登区长聊天时了解到，这不是他的儿子，而是他妻子的第二个丈夫，名叫桑曲扎。原住在距离这里半天路程的江九村，是格桑多吉亲自为妻子找来的。

我听了阿登区长的话，感到有点诧异。我知道，在墨脱门巴族中，有实行一妻多夫制的现象。我曾听说过一个妻子有4个丈夫，但他们都是兄弟。在多数情况下，长兄先结婚，举行结婚仪式，随后弟弟长大成人，加入婚姻行列，从而组成一妻多夫制家庭。所生子女，称长兄为"阿爸次路"，意为"大爸爸"，其余的称"阿爸色模"，意为"小爸爸"。

在门巴族中，一妻多夫制家庭有较多的劳动力，能够应付各种逆境。特别是在乌拉差役比较沉重的时候，既有男子支乌拉，又有人在家从事生产劳动，若兄弟较多，还可到较远的地方进行有利可图的交换。因此生活比其他一夫一妻制的家庭好。做妻子的更受到社会舆论的称赞，因为能把众兄弟团结在一起，和睦相处，若不是妻子聪明能干，处事公平，是难以做到的。

不过像格桑多吉这样的朋友共妻，且由他主动提出，我还是第一次听说。因此，我决定就这一问题对他进行专题访问。

9月2日上午，当笔者和罗布来到格桑多吉家里的时候，他正在编竹器。由于当地认可一妻多夫制家庭，并认为这种家庭值得称道，所以当我问及他和桑曲扎怎样从认识到组成家庭的经过时，他毫无顾虑地说：他的妻子名叫德钦拉木，是个措本的女儿。但结婚不久，丈夫去世了，没有留下儿女。那时格桑多吉已40多

编藤器、竹器（20世纪90年代杜泽泉摄）

岁，恰逢丧妻。尽管他比德钦拉木大24岁，但在村中老人的撮合下，他们组成了家庭。由于家庭和睦，夫妻努力，生活慢慢好起来。到1960年时，家里已养了12头牛，需要劳动力看管。他那时已58岁，体力衰退，自己到了管得了牛，就种不了田的地步，更无法到派区去交换、采购食盐之类的日用品。此时，他看到年仅34岁的妻子，带着两个不到10岁的小孩，十分劳累，就想到给家里找一个壮劳动力来支持。在附近的江九村，有个名叫桑曲扎的人，为人老实，身体健康，尽管已31岁了，因家穷没有结婚。他觉得，桑曲扎比妻子还年轻3岁，正是合适的人选。于是亲自去江九村，对桑曲扎说："我年纪大了，无法背粮食到派区去换盐巴了。请你搬到背崩来，同我的妻子一起种田，一起生活。我就专门管理牛群，家里的其他事情就不用我那么操心了。"

当格桑多吉首次找桑曲扎谈话时，桑曲扎并不同意。在格桑多吉多次要求下，桑曲扎了解到格桑多吉确实出于一片真心，也觉得他的妻子年龄跟自己相仿，生活在一起是幸福的，终于答应了。

格桑多吉在说服桑曲扎后，就跟妻子德钦拉木商量。德钦拉木见丈夫这样真诚，又觉得桑曲扎年轻能干，也同意了。自此桑曲扎搬到他们家居住，和德钦拉木一起操持家务，主持农业。格桑多吉专门管理牛群，日子过得很好。

我在访问时注意到，格桑多吉在讲述他的婚姻经历时，脸上流露着满意的神情。显然他为自己当年的决定感到自豪。随后他还讲到，桑曲扎同他们一起生活后，德钦拉木还跟他生了一男二女。现在，在桑曲扎的支持下，格桑多吉的长女已盖了房子，从雅让村招进女婿。格桑多吉年纪老了，除了做些竹编外，多数时间都在长女家里料理家务，原来的家，都交给桑曲扎了。

在此后的调查中，我在东布村亦了解到一个朋友共妻的家庭。我调查的对象白嘎说，和桑结旺堆是好朋友，彼此年龄相仿，自小相好。桑结旺堆在32岁那年，妻子死了。随后3年，他都没有再找妻子。白嘎看到桑结旺堆在妻子死后生活有困难，就主动对桑结旺堆说："你的妻子死了，生活困难，到我家一起过吧！"桑结旺堆接受朋友的邀请，组成朋友共妻的家庭。

我们曾读过许多国内外关于婚姻与家庭的专门著作。一些作品还举出动物在发情期间雄性角斗、争夺雌性的众多实例，得出"雄性忌妒"的结论。但这种理论，解释不了门巴族一妻多夫及其他民族与此相类似的婚嫁现象。其实，人类受社会、经济和文化的制约，不能与动物相类比，"雄性忌妒"的结论是有局限性的。

3. 看"巴窝"作法

9月1日下午，有人告诉我们说，巴窝正在为病人举行法事活动。我听了立即前往。可惜的是罗布不在身边，我拽着区妇女主任西绕措姆同去，让她充当翻译。西绕措姆也是中央民族学院毕业的门巴族干部，是当地人，对这里的民间宗教比较了解。她边走边说，墨脱有3种巫师，那就是巴窝、巴莫和觉母，人们又称他们为"苯波"。

西绕措姆一提到"苯波"，立即引起我极大的兴趣。只要对西藏历史有所了解的人都知道，苯波就是书本上习惯说的苯教。吐蕃王国时期，苯教势力极盛。公元8世纪后期，国王赤松德赞眼看贵族利用这一宗教势力危及王室安全，为此扶持新兴的佛教，与苯教抗衡。为了击败苯教的势力，巩固王室政权，赤松德赞下令：苯教的巫师必须改信佛教，否则将被放逐到边远的地方。一些苯教徒不愿皈依佛教，只好离开吐蕃本部，流落到边境地带。自此以后，历经千年沧桑，在西藏腹心地区苯教几乎绝迹。现在，我们能在这边远的门巴族地区发现残存的苯教，且能目击其请神作法，直观历史的再现，实属难得，我抱着彩色的希望前往。

我们一到现场，发现人们忙碌地准备着，围观的群众已拥挤得水泄不通。巴窝名叫敏珠多吉，年近六旬，略显衰老。他正虔诚地摆设各种道具，还在室内一侧的墙边支起一块约半米宽、1米多长的木板，充作祭台。上面放着用玉米面捏成的、带有象征性的3个神像：中间一个叫"仁增江措"，即巴窝的保护神；右侧为"坎卓"女神，左侧为"衣当"神，它们负责侦察、引路、寻找病人失去的灵魂。在神像前面的供品有鸡蛋、酥油、大米，另有4个碗，分别盛着白酒、黄酒、玉米酒和水。在供碗后面是一个高三四寸的半截竹筒，里装玉米面，作为香炉，上插三炷香。在祭台前方，悬吊一面鼓。

巴窝在摆放上述道具时，他的助手"典香巴"在火塘上燃烧起门巴话称为"固米新"的树枝。待屋里烟雾弥漫时，巴窝拿出一块四方形的绸缎披肩，让助手在香火上熏一下后披上。接着头戴称为"日爱"的神帽，双脚交叉坐在鼓前，一面击鼓，一面吟唱，法事活动正式开始。

法事活动大体分为5个阶段：

首先是把各种神灵请来，其中数量最多的是附近各村的地方保护神，也有康区的"辛松"神，工布地区的"工增德姆"神，并向它们祈求："病人向众神供奉的祭品，就像红、黄、蓝、白、黑五种颜色一样，一应俱全。病人家里并不富裕，供祭这么多东西，已经是尽心尽力了，请庇护他吧！"

第二阶段，巴窝以唱歌、击鼓的方式，将自己身体的各个部位，如心、肝、肺、肠等，象征地交给巴窝的保护神"仁增江措"，其中有这样的唱词："我给您的双耳是福耳，鼻子像个长喇叭，肺好似哈达，心又像是破土而出的春笋那样清新……"当最后交出心时，便进入重要的第三阶段，即正式把神请来。

其时据称巴窝已超脱自己的肉体凡胎，只有灵魂。因为能同其他的神鬼打交道，也能代表其他神鬼表达它们的意志。他边唱边跳，祈请神灵把病人的灵魂放回来，其中有段唱词是这样的："请放回病人的灵魂吧！你放回的灵魂，应像鸡蛋那样完整无损，应像沐浴后的身躯那样干净，应像树干去皮后那样清新洁白。"

第四个阶段是巴窝以吟唱和击鼓的方式象征性地从他的保护神那里依次收回身体的各个部位。

最后一个阶段是把请来的神一一送回去，随即仪式结束。在举行仪式的过程中，自始至终都要熏烟。巴窝在作法时，他的助手依据吩咐，向巴窝或神灵送有关物品和祭品。

了解作法仪式的人从旁说，这次仪式比较简单，没有以前那么复杂。我们事先也了解到，巴窝替人治病时，要从火塘里取出烧红的石头，投入装在容器的水里，令其沸腾。再用树枝蘸上沸水，洒在病人和其他观众的身上，以示驱邪，可这些场面都没有出现。我们问巴窝，这是怎么回事？他解释说："近几年来，吃过死的野兽肉和家禽肉，背过死尸，身体不洁净了，有些神请不来，所以仪式也简单了。如果要恢复到以前的样子，就要请活佛摸顶，驱除身上的秽气才行。"

我们听了这些话后，估计他对我们不怎么了解，有些顾虑，为免生枝节，借故推托。我们再三向他解释，说明我们进墨脱是专门了解门巴族风土人情的，别无他意。并特别说明，在进藏前，拜访过他在北京大学读经济系的侄女，他见我们态度诚恳，和蔼可亲，足以信赖，便谈了许多关于巴窝、巴莫和觉母的情况。

他讲到，巴窝、巴莫和觉母都是巫师，巴窝由男性充任，巴莫和觉母由妇女充任。他们之间的区别，除了使用的法器、衣饰不同外，作法的动作也不同。巴窝敲的是双面大鼓，巴莫使用的是手摇小鼓，觉母作法时不用鼓。巴窝在举行仪式时，开始坐着击鼓，随后站起来跳。巴莫却一直站着，觉母则始终坐着。此外在作法时，所唱的曲调不同，禁食范围也有差别。在门巴人心目中，巴窝的巫术较高，巴莫和觉母差些。当人们患病时，先请巴莫和觉母求神，如不见效，再请巴窝。如这三种巫师都无法使病人康复，只能请喇嘛念经诵佛。从这种延请的顺序看，喇嘛的地位当在他们之上。

巴窝、巴莫和觉母，尽管各有特点，但亦有雷同之处。首先在来源上，他们在门巴族地区流传远较佛教早。他们作法的主要用意，均是求请神灵把病人的灵魂放回来，使之得以安宁，病体康复。

其次，充当巴窝、巴莫和觉母者，一般在此之前患过较为严重的疾病，甚至精神失常。就在此时，如果家人延请巫师诊治，巫师提出只有病人当上巴窝、巴莫或觉母才能痊愈时，就为病人举行有关仪式。若患者自此以后病情大为好转，那么他就成为巫师，并在今后的法事活动中，日渐学会有关的仪式和咒术。

第三，上述三种巫师，都有自己的保护神"甲"。据说，觉母有9个保护神，她们是住在天上的9姐妹，每个觉母由其中1个姐妹保护；巴莫的保护神有5个，即东、西、南、北、中，代表5

个方位的神；巴窝的保护神有 13 个，多数是地方守护神。

我们从上面所列的共同点看出，巴窝、巴莫和觉母，不是佛教的神职人员。当是佛教传入之前门巴族地区固有宗教的巫师，与流行于中国广大地区的原始宗教如萨满等有着许多相同点，同比邻的珞巴族巫师中的纽布亦有相同的地方。据称巴窝、巴莫在藏区中的昌都、日喀则等地亦有，这或许是古老苯教的残存。

4. 一年一次的交换

9 月 3 日下午，我们原定在背崩继续访问。但连续去了 3 户人家，都说 3 天后外出交换的人要回来，应该造酒，不能接受我们的采访。否则酒酿不出来，交换回来的人没酒喝是不行的。这样多次吃闭门羹，是我们过去访问时没有遇到的。为什么会这样？如果对门巴人的社会、文化有较深了解的话，就不会感到奇怪了。墨脱的交通困难，我们有所体会。背崩人外出交换，最近的地点是米林县的派村，仅徒手行走，单程就要花 4 天，若背上沉重的货物，就要加倍即 8 天，计算来回行程，差不多 20 天。在墨脱人的心目中，外出交换不是那么简单的事情，而是一项极其繁重的而又不得不进行的经济交往，唯家中有强壮劳动力的人才能进行，以便把自己一年积存无多的辣椒、兽皮、藤条、染草和大米卖出，换取食盐、氆氇和装饰品。多数家庭一年只能进行一次，鳏寡孤独者唯有求助亲朋好友带些质轻而价高的土产如辣椒之类，换取须臾不可或缺的食盐。

1959 年至 1962 年期间，一小撮叛匪盘踞在墨脱，严禁门巴人外出购盐，导致食盐奇缺。帮工一天，只能换取半个蛋壳大小的食盐。许多人长期没有盐吃，四肢无力，百病丛生，尝尽了缺盐的苦头。长期以来，门巴人对外出交换的人寄予厚望，若交换的人出现不幸，如遇落崖身死、河水吞噬、毒蛇伤害、猛兽袭击，一年食盐就无从解决。为了求取外出平安，门巴人往往以村为单位，借助集体的力量，克服途中遇到的困难。并在整个行程中充满神秘的宗教色彩。首先，出发的日期必须由喇嘛择定，各户不能自行其是。藏历的初十、二十、三十日不能出远门，当然亦不能作为交换起行的日子。当喇嘛择定日期后，全村各户提前酿酒，一些家里有人参加交换的人户，如自感酿酒技术不佳，还要特意请能酿好酒的妇女前来指导。因为按习惯，酿酒不醇美视为不吉，若酿到发酸的酒，家里人是不宜出远门的。当各家各户酿好酒后，外出交换的前夕，村中各户的主妇，都要提着酒到有人外出的人家去祝福，祈求他们旅途平安。当外出的人列队离村时，人们又要拿着酒到村外路口敬酒送行，祭祀天地，祈求神灵保佑，其气氛好像是送别出征的勇士。

艰难行进（1980年张江华摄于墨脱）

外出交换，路途遥远，且负载一般都在 100 斤以上。为了保持身体的平衡，方便爬越山岭，他们都采用头背式，即背筐主要通过一条一寸宽的带子，挂在头顶靠前的部位，双肩只起着辅助的作用。当身体向前移动的时候，背筐就能紧紧地贴在背上，不致向两旁摆动。这对他们爬越山岭，防止翻身落崖，是异常重要的。这种负载方式，显然是门巴人适应长年生活在深山峡谷这种环境的结果。由于长年用头背式负载，门巴族男子的前脑颅骨往往下陷，形成一道明显的沟痕。

长途行进的队伍序列也有讲究。走在前面的第一个人必是年轻力壮、动作灵敏的人。他除自身承载外，还肩负"开路先锋"的重任。墨脱气候炎热多雨，路上行人稀少，多数路段野草丛生，行走不便，开路先锋负起披荆斩棘的重任，随时挥刀猛砍，清除路障，使后继者顺利通行。第二位是总指挥官。他路途熟悉，步法稳健，何时举步，何时暂歇，何处险阻，何处栖身，均了如指掌。行进速度和休息，全由他作出决定。在他指挥下，全体人员能保证安全到达预定的目的地。又不致体力耗费过大，影响第二天的行程。随后是普通的负载者，末尾两人必定是体力旺盛而又乐于助人的仁爱者。当前面的人体力不支，要掉队时，他们便毫不犹豫地减轻自身的负载，把重物放到自己的背筐内，以便一起前行。

负载于山间小道，很多地段连放下背筐的平整地面也找不到。门巴人如何休息呢？他们凭借自己的聪明才智，想出了一个很简便的办法，那就是人人都带一个丁字形的手杖。行进时作为拐杖，使步伐更为稳健。休息时则在下部支撑背筐，让头部和双肩减轻负载，达到放松肌肉的目的。当然，人们休息时也只能站立，不能坐下。1976 年，我们在翻越多雄山口时，就遇到一行 20 多人的交换者，他们就这样十步一停、百步一歇地缓步而又均速地前进着。每走一步，与其说是前进，毋宁说是毅力和意志的磨练，也是团结协作精神的培养。正是这种协作的精神，使他们能克服各种天然的障碍，使同行的人不致落伍，共同安抵目的地。

外出交换的行程是固定的。当他们即将回家的时候，家里的人要带着酿好的酒远道迎接。记得1976年时，我们在工布拉山下遇到一列刚从派村交换回来的队伍。其中一位门巴人名叫扎西，家住月儿冬村，他的妻子领着一个10岁的男孩，背着酒饭，步行20里地，到此迎接交换回来的丈夫。他们见面后，妻子先向丈夫问候敬酒，随后把带来的酒，一一敬献其他同行的人，态度的恭谨令人称赞。接着分摊丈夫沉重的负荷。就连那个随同前来的爱子，也象征性地背负一点，就这样一家3口继续上路。其他家的人，也先后路上相遇，敬酒如宾。这等家庭温情，何其感人。当交换的人回到家里的当天晚上，村人前来敬酒，祝贺平安归来。在此后的3天内，他们就这样互相约请，饮酒作歌，享受着辛劳后的欢乐。

面对着忙于酿酒的人们，想到交换的人回来时那种觥筹交错的场景，在一个星期内，我们在背崩村是无法采访了。为此，决定到附近几个村子作走马观花式的走访。

十二

行色匆匆的探访

1. 沙钦·罗伊先生,您真的到过格林吗?

数月前,我在北京图书馆看到了一本印度人类学家沙钦·罗伊(Sachin Roy)写的《巴达姆、民荣部落诸文化》(*Aspects of Padam-Minyong Culture*),是印度1960年西隆(Shilong)英文版。沙钦·罗伊是加尔各答大学人类学系教授,他声言,1948年时到达格林。他的恩师V.埃尔温,是印度前总理尼赫鲁的部落事务部主任,也提到沙钦·罗伊到过格林。在他们所写的书中,还把格林划入印度领土的范围,真令人可气又可笑。因此,我利用背崩村民忙于迎接交换的人回来,无法采访之机,决心到格林一走,把印度学者是否到过格林一事弄清楚。

罗布的表哥在波东村,他要趁空去探望,我只好请区里的文书、门巴族青年张永红充当翻译。刘芳贤脚趾受伤感染,留下来整理调查资料。我们出了背崩村,朝东南方向爬山,一直爬了3个多钟头,树木也从阔叶林变为针叶林,直到最高处山间的小盆地为止。格林村子不大,仅有7户人家。张永红指着山间的凹地说,1950年大地震时,这里地下发出巨响,地光闪烁,就像大爆炸一般。村里100多户人家,除了半山的11户人家外,全部被倾覆在地下,荡然无存,这是格林有史以来的大悲剧。我听了张永红的介绍后,目睹萋萋芳草,涓涓流溪,即使事隔30多年,亦被这惨烈的天灾所震撼。我凝望这汩汩泉流，仿佛感到这是深埋于地下数百名不幸者的不尽眼泪和哀哀申诉。据后来中科院的地震专家到这里考察后证实，1950年的大地震震中应是格林，不是察隅，故有这类毁灭性的灾难。

过了这个凹地，再爬上一个小山包，便到达现时的格林村。那里有7户人家，都散落在这个小山包上。张永红对这里很熟，他径直把我引入古鲁家，并准备住在那里。古鲁83岁，德高望重，乐天健谈。当张永红向他介绍我来自北京，前来调查门巴族的社会、历史情况时，他拉着我的手，连声地说："本波拉，辛苦了。"我知道，"本波拉"是门巴族老人过去对政府官员的称呼，意为"尊敬的长官"。这是在西藏经常听到老人的习惯性说法。偶尔还会在听到这一问候话后，看到对方伸出舌头，以示敬畏。对于这种长期形成的礼俗，古鲁亦恪守不渝，我也只好听之任之。

表示敬畏的伸舌礼（1980年李坚尚摄于拉萨）

待我们坐定不久，古鲁便叫50多岁的儿子杀鸡款待。我是了解的，墨脱气候炎热，瘟疫流行，加之兽害严重，养鸡不易。鸡是难得的美食，我不愿他们破费，急忙请张永红制止。但古鲁却说：过去本波拉到来，是要杀牛招待的。现在改为杀鸡，就已经怠慢了，怎能连鸡也不杀呢？我听了他的话也意识到，这种热情，不仅是冲着我，也同样冲着张永红，我感受到这是他的一片真心，不便再劝阻，只有到走时按价付款就是了。古鲁家里儿孙7人，儿子是背崩公社委员，每年边防连队巡边，都由他带路。

古鲁年轻时走南闯北，消息灵通。1950年和1952年时，还单程走了14天，到中印边界线的巴昔卡做买卖。他说，在1927年以前，墨脱及以南的仰桑河流域都受嘎朗巴管理，在仰桑河的阿米吉多，还设立嘎朗央宗，任命当地的珞巴族首领任宗本，一直管理到巴当等地的珞巴族地区。古鲁老人说的嘎朗巴，就是波密土王，也就是说，墨脱在波密土王统治期间，今被印度非法占领的仰桑河流域，是受波密土王直接管辖的。1927年，西藏地方政府征服了波密土王后，嘎朗央宗的建制取消，改为达岗措（相当于乡以上的行政区），直接归墨脱宗本管理，直到1951年，印军才非法占领达岗措。从这种政治状况分析，即使到了1951年，印军在墨脱以南地方也只向北侵占了更仁、都登等地。那时候沙钦·罗伊可能随印军一起以学者的身份到过更仁、都登一带考察，时间最早也只能是1951年。无论如何，他在1948年时是到不了格林考察的，因为印军势力还没到达那里。当然，这里还有一个可能，那只能是他秘密潜入。我想在这偏僻的山村，极少有外人来往，偶有外人进入，定能记住。为了弄清这一问题，于是我问古鲁老人，就他的记忆所及，格林是否来过外国人？他听了我的问话，略为回忆一下说，在他15岁那年，有英国人进入过墨脱的降曲拉地方，并在山上插了绿色旗，一行20多人，由印度人带路，仅此一次。按照古鲁的年龄推算，英国人进入墨脱，是在

1912年左右，显然不是沙钦·罗伊所说的1948年。随后我走访了格林其他上了年纪的老人，他们都不知道1948年时有印度人进入这一回事，沙钦·罗伊的说法似不符合事实。况且得儿工村在格林西南，是从南向北进入格林的必然通道，距离约步行一个小时。得儿工村在1948年时，是个有80多户，400多人的大村子，在他的行程记录里，为什么只提小村格林而不提大村得儿工村呢？很显然，这位印度学者说他来到格林，也许是他们看中了格林地理位置的军事价值，为把这一地方划入印度领土范围做一个"佐证"吧？

2．走马观花得儿工

9月7日，我们离开格林，前往得儿工村。我们在向前走了不足20分钟时，便到达格林连部。他们是距印占区仅半天路程的墨脱最前沿部队，扼守着这块边防的咽喉之地。若这里有失，背崩的解放大桥就难以保护，一旦失去解放大桥，墨脱与后方的联系通道中断，命运可想而知。当我们路过连部时，这里的副连长与张永红早就认识。他见我们到来，十分热情，拉进办公室里请我们吃连队生产的桃子和青玉米。

走入格林连部，我们立即感到，这里的一个显著特点，就是站岗的战士都带上脸罩。所谓脸罩，是个从军帽上方再套一个细纱织成的圆筒形外罩，使头和脖子不致外露。副连长说，格林早晚多毒蚊，白天多飞蠓，若不戴面罩，战士站岗也难以坚持。以前没有这些设备，以致站岗下来，有些人的脸部和脖子上有多达三四十个血疱。他还说道，前几年西藏军区文工团来这里演出，一位年轻的女舞蹈演员被毒蚊咬了，造成较大面积的感染，形成多处溃疡，不得不提前离开墨脱，派专人送到军分区医院治疗。实际上，我在格林期间，也遭到毒蚊的叮咬。这种蚊子不算大，但身上的黑斑纹十分明显，人的身体一经它叮咬，就会很快起一个米粒大小的血疱，奇痒无比。若被抓破，必定感染化脓。由于我们事先有所准备，坚持不抓不挠，3天后渐渐消失。格林的生活，使我明白，尽管这里天气很热，墨脱门巴人的屋里总是烟雾弥漫，漆黑一团的原因：没有浓烟，必定是毒蚊的天下，居室何以住人？当我们告别副连长时，他对张永红说，得儿工村距印占区甚近，如发现紧急情况，望鸣枪3声，他们在20分钟内必定赶来支援。我听到副连长的话，再次感到真的到了国防最前哨。当然，我们心里也有底，进墨脱前，军分区有关同志告诉说，自20世纪70年代以来，这一带边境还是相当平静的。副连长的话，在一定程度上是出于军人的高度警惕。

离开格林连部，向西南方向下行不到1个小时，踏上木桥，跨过一条20多米宽的河流，便进入得儿工村。在墨脱这个高山峡谷区，像这里那么开阔的地势，实属少见。地里长有旱稻、水稻，黄豆也长满荚子。家家门前晒有又红又长的辣椒，格外惹眼，令人兴奋和悦目。屋前村后的水渠不时传来湖鸭的呷呷叫声。目睹村旁崭新的一排粮食仓库，使我感受到这个边境前沿村寨的宁静和富足。

张永红把我领入乌金升格家，那是一幢标准的木质干栏式房子，整齐、干净。我们住在一个隔开的单间里。乌金升格是个60多岁的人，原住江九村，是寺庙里的帕树，1966年"文化大革命"后就不当了。1978年，他从江九村迁来。他说道，这里原有80多户，400多人。1962年叛匪外逃时，全村的人也被裹胁外流。马崩寺的喇嘛央色在过高尤拉山口时，不愿离开家乡再向前走，被穿马靴的叛匪踢死。现在得儿工村的20多户人家，都是从江九、额仓迁来的。我们到这里考察，除了了解这个墨脱边境最前沿的村寨外，还想了解得儿工寺的情况。因为我们从一些国外的刊物了解到，该寺的活佛顿卓木自20世纪50年代出国不归后，近10多年已在美国建立了一些宁玛派寺庙，招收了一些信徒，颇具影响。可惜的是该村的原住民已不在，我们只好找乌金升格等几位年纪较大的人座谈，了解到顿卓木的父亲原是得儿工寺的活佛。顿卓木小的时候，被青海果洛的一座寺庙选定为该寺的转世灵童，可惜的是寻找活佛的人因不适应墨脱的气候，先后死去，没有把他接走。故顿卓木仍留在得儿工寺。待顿卓木活佛稍大的时候，他先后到拉萨等地云游学法。在1954年达赖、班禅访问北京时，据说顿卓木活佛亦随同前往，受到了毛泽东主席的接见。

认定转世灵童庆典的仪仗队（1990年李坚尚摄于那曲）

　　顿卓木活佛离开得儿工寺后，该寺的日常事务由意西多吉主持，寺庙的经济来源，主要依靠寺庙占有的土地解决。该寺有15户依靠种寺庙土地维生的农户，他们10天种自己从寺庙租来的份地，10天种寺庙的自营地，自营地的收入全归寺庙。当然，为群众念经、驱邪的收入，也是寺庙的经济来源之一。

3. 辛勤的江心村妇女

　　自到了得儿工村后，到达了其他人不易进入的边境前沿村子，满足了我们对神秘边境的好奇心。即便是到此目睹一下，也足以使我们满意了，更何况还在这里稍住两天，了解民情呢？正当我们准备多停留一两天的时候，恰逢外出交换的人回来，村民们将进入互相敬酒、彼此宴请的日子，再也无暇接受我们的访问了。我们听说，距这里约半天行程的江心村既没有电且连水磨之类的简单机械也没有。除了不用交差、支乌拉，生活有所改善外，那里的村民，基本上还保存着传统的生活方式。为此我们决定绕道江心回背崩，再到墨脱县城，对居住在那里的门巴族、珞巴族进行普遍的考察。

门巴族妇女（1992年张江华摄于墨脱）

从得儿工到江心，来往行人甚少，道路早已被荒草淹没。加上张永红也没走过这条路，我们只好请两位民工带路前往。9月11日上午11点，离开得儿工村，一直西行。接着攀登马让山，经一个多钟头行程，爬到山顶。从山顶向下望去，衣工白、马尼翁、波东、江九、额仓、地东、西让等村子历历在目。当我们在树荫下休息的时候，张永红指着衣工白村子附近的地域说，马崩寺就在那里。随后还说道，该寺庙的一个喇嘛，在知道他的妻子与年轻僧人有染后，惩罚她赤身裸体向庙里的佛像叩拜50次，我听了不禁愕然。

从马让山一直向下至雅鲁藏布江边，那便是江心村。目测距离不算很远，但山高路险，异常难走。不少陡峻的路段，又为长及过人的野草覆盖、光滑无比。这样的路，当然拦不倒善于爬山的门巴人，但对我来说却是个严峻的考验。俗语说"上坡难，下坡更难"。当一路段连扶手的树木都没有，无法一步一步向下走的时候，我只好让向导在下面险峻的地段站着，以便在我坐着向下滑行时能有所保护，免于撞到石头上或树木上受伤。经过一个多小时，当我连滚带爬到达江心村时，无论是手脚还是脸部，都被野草划满了一道道的伤痕，在汗水的浸渍下，破处又痒又痛，实在难受。我那结实的涤卡裤子，也磨出了洞。幸亏没有遇上使人致命的棒棒蛇，不然就危险了。这真是一次不寻常的经历啊。

下午两点半，来到江心村。那是个仅有10多户人家的村子。香蕉树、甘蔗、旱稻连片，村口的3棵橙树很大，硕果累累。可惜的是橙子太酸了，无法入口。小孩摘下，互相投掷，当小皮球玩。张永红把我领到格桑尼马家里。这是一座方方正正的小木楼，瓦面用碗口大小的毛竹对开两片、上下覆盖造成的，这是我进墨脱以来第一次看到的建筑，十分新颖别致。当我们爬上两米高的独木梯子进入室内的时候，房主人格桑尼马正在家里歇息。他见我们进来，便习惯性地从那大葫芦里倒出酒酿，放在竹筒里滤酒水给我们喝。由于近两天来天气炎热，吃辣椒多和经常喝酒，我肚里总是隐隐作痛。我喝了一小碗酒后就不喝了，主人见到，便到园子里砍了两根1米多长的紫皮甘蔗给我吃，甘蔗味道甜美，随后让我们休息。我尽管躺在楼板的藤席上，由于房子西晒，不经片刻，我们便大汗淋漓，只好外出，去门外背阴处乘凉，并同主人聊天，了解村里的情况。可过不了一会儿，我的脚上和脖子上数处遭到毒蚊的叮咬，冒出几个血疱。大白天就出来叮人，这里的蚊子实在太可恶了。

门巴族的住房（1981年张江华摄于墨脱）

当日已沉西的时候，地里干活的妇女纷纷归来。但见她们回家刚放下背筐，又拿着簸箕，盛着谷物，到村南的一座棚子里去了。我们出于好奇，跟着前往。原来，这里有手推石磨、木臼等，她们正忙着加工稻谷，去壳除糠，忙乱地准备晚饭的粮食呢。由于天气炎热，工作紧张，这些加工粮食的妇女，有些还很年轻，也光着膀子。她们见我们到来，仍神态自若地同我们打招呼。看来，她们早已有此习惯，即使陌生人到来，也能处之泰然。我们想到白天还遭毒蚊叮咬的情景，时值黄昏，正是蚊子活动猖獗的时候，她们的胸前和背后，即使我们不宜靠近观察，必定也有不少蚊子叮咬呢。据她们说，为准备一天的粮食，她们每天收工后要忙碌两个多小时才能吃上饭。

门巴族妇女收稻谷（1981年张江华摄于墨脱）

张永红说，江心村缺水，没法建水磨，也不能建小水电。新中国成立这么多年了，背崩区仅剩这个村子妇女的家务劳动还跟以前一样，没有减轻，区政府也为此焦急。只有等待以后有较多资金后，从远处送电到此，方可解决粮食加工问题。

江心村出产棉花，我们尽管在这里只住了两天，但看到妇女手里总是拿着纺锤，只要双手能腾出来，她们就紧张地捻动纺锤纺纱，走路时捻，背东西时也捻。这种人类文明史上数千年前的纺织技术，其他地方早已被机器淘汰，但在墨脱，还完整地保留着。后来人们告诉我，墨脱门巴人喜爱的民族服装，需要一种粗条纹布缝制。这种布料，市场没有供应。其他花布品种虽然繁多，却不宜做他们的民族服装，为此只能自己加工纺织。这种现象显示，一些民族在急剧变化的世界面前，普遍存在的一种心理：为保持自己的民族文化、民族特点，他们甘愿付出巨大的力量。这种心理，政治决策者应加以慎重考虑。

十三

在墨脱县城的日子

1. 收集到"神斧"

9月13日，我们离开背崩后，在雅让村夜宿，第二天下午，到达墨脱县治所在地东布村，历时两天。墨脱县城建在一座山包上，由七八座平房组成，难以同内地的县治相比。可麻雀虽小，五脏俱全。这里除县委、县政府各机构外，还有银行、医院、邮局、学校、商店和招待所等单位。这些单位的建筑物，都用木板作墙，镀锌铁片为瓦，每遇烈日当空，银光闪闪。此等建筑，与邻近的门巴族村落的茅屋相比，已显得相当华美了。在山包的陡坡上，种有绿得可爱的菜蔬和香蕉林。点缀在其中的丛丛修竹，在微风中摇曳，发出嘎嘎的响声。山包下面是一片稻田，流水淙淙。当我们这些长途跋涉、脚掌布满血泡的人看到这美景时，疲惫顿减大半。

我们来到山包脚下，拾级而上，爬完数十级石阶后，到达山包顶，进入县府办公室。接待我们的人是两位门巴族女同胞。她们见我们到来，端来清水，让我们洗去脸上的汗碱后，说声"稍等一下"，就出去了。我们不解其意，正在疑惑，就见她们分别提着大串黄熟的香蕉和四五个棕黄色的大瓜进来，笑着对我们说，路上辛苦了，先尝尝北京不出产的瓜果吧。我们见了，自然欢喜，便不管三七二十一，拿起大瓜和香蕉大口大口地吃了起来。经过一阵狼吞虎咽后，我们饥渴顿消。随后跟她们闲聊起来。

原来那个名叫措姆的女同胞，早年到北京学习过，对北京的瓜果蔬菜甚为了解。北京不产香蕉和大瓜，她是知道的。每当她想起墨脱出产的大量瓜果蔬菜为北京所不产的时候，既想念北京，又为墨脱高兴，更为她的人生阅历自豪。

措姆讲到，在过去，许多门巴族女同胞，一生都没有离开过自己的村子，人们过着日出而作、日落而息的生活。除了交差支乌拉外，出村子是毫无必要的。可交差支乌拉又是男子的事，一般妇女都不参与。大约20年前，解放军来了。他们准备在墨脱招收一些男女学员到北京学习，她也壮着胆子想报名去学习。但一些人劝阻说，到内地学习，要吃一条条长虫子，再也别想回来。可她还是不听，坚决报名，得到批准。她不仅去了北京，还到过上海、广州等好多地方参观。回来之后，成为过去门巴族妇女从未当过的干部。说到这里，她略带风趣地说，当年有人说的"吃虫子"，大概是指北京人吃的炸酱面吧。我们听了，不禁笑了起来。

我们稍事休息后，便来到屋后一块刚清理过的坡地上，无意中发现这里有不少手制的绳文陶片，属夹砂红陶和夹砂灰陶。在进墨脱途中，我们在门巴族同胞家里歇宿，知道他们使用竹、木器皿，极少使用陶器，即使偶有见到，也没有这么古朴和单薄，难道这是古代的遗物？这个突然浮现的念头，引起我们浓厚的兴趣。因为考古和文物，也是民族学研究的对象之一。依据考古的知识判断，这里地势高阜，旁有小河，取水方便，又有利于防止野兽的攻击，具有古人类选择住地的基本特点。我们随后选了一小块地进行试掘，当向下挖至2尺多深时，已见自然土层，但没发现什么文化痕迹。我们只好尽量收取地表上带有口沿的陶片，供进一步研究。

墨脱的河谷地带属山地亚热带气候，资源丰富，动、植物种类繁多，是人类生存的良好场所。1973年的《考古》刊物上，曾报道过马尼翁发现了新石器时代的遗物石斧。1976年我们首次考察时,也收集到10多件新石器遗物。这次我们又发现了陶片,我们确信,只要认真调查,一定有所收获。通过访问,我们了解到,这里的门巴人对于石斧、石锛和石凿等古人类遗物,并不是一无所知。他们视这些古代人留下来的生产工具为神物,称之为"南木扎",意思为"神斧"。倘若他们有幸在田野中拾到,即被认为取得了治病消灾的法宝,定必珍藏。一位门巴族老人带有几分神秘地讲到,每当雷电交加、风雨大作时,有树木被击毁,这就是神灵用这类斧子劈开的。神斧原在天上,只有劈树砍坏后,才被神灵遗弃,掉到地上。这是多么丰富的想象和完美的解释!难道不是这样吗?在他们发现的石器中,不是刃部有缺口,就是顶端有残痕。我们在墨脱先后收集到乡亲们发现的这类石器,概莫能外。古时候人们在没有铁器时,打磨一件石器并非易事,在这种状况下,一般说来,如果不是损坏到无法使用的地步,古人是舍不得扔掉的。

把石器当作神斧,并不是门巴人所独有的想法。藏族、珞巴族过去也有类似的认识。我们在米林县珞巴族地区访问时,一位珞巴族老人就神秘地向我们展示了他在刀耕火种地上拾到的一件石斧。他说道,凡他家中的人患肚子痛时,就用这把石斧熬水喝,每有奇效,异常灵验。

在我们访问期间,墨脱实行免费医疗的保健制度,药物治病普遍被门巴人接受。石斧一类的古代遗物,已日渐失去其古老的神秘色彩。当我们到一个村寨向人们说明石斧的历史价值时,一些群众自动捐献出来,计有石斧、石凿等。其中一件石斧,长8.1公分,宽2.3公分,肩厚1.9公分,通体墨绿色,中缀翠绿花纹,可说是一件精美的艺术品。后来我们还在达木乡卡布村收集到一个石质纺轮,这一发现,说明其时这里的古人类已会纺线,借以缝制皮张,也许还会纺织了。当然,这种"神斧"和门巴族先人有着什么样的关系，这是需要进一步探索的。

2. 他不仅仅是为了爱情

民改以前，墨脱没有学校。到1980年我们考察时，除了各乡有公助民办小学外，县里仅有一所公办小学，学生不到100人。不要小看这样的学校，在墨脱人的心目中，那是他们的高等学府了。事实上，县政府办这所小学，也是像办高等学府那样卖力。因为墨脱人烟稀少，一旦选为公办小学的学生，绝大多数都成为离家较远的寄宿生，政府不仅免去他们的学杂费，而且按当时的规定，衣、食、住也都由国家包起来，其中学习用品和主、副食，除了新鲜蔬菜外，几乎全是从内地运去的。我从林芝军分区后勤部那里听说，墨脱供应的大米价格为0.20元钱一斤，但从内地运到那里，运输成本就超出2元了，所亏部分，全由国家补贴。故供应这里的一名公办小学学生的费用，远较内地的一名大学生高。从这个意义来说，认为公办小学是最高学府，并不是言过其实的。

教育也是我们关注的内容之一。一天晚饭后，芳贤建议说，到小学看看，拜访赵校长。这是我与赵校长初次见面，机会难得。我们到学校后，就由一位学生带到一座木板房里。赵校长态度谦和，当我在他对面坐下，目光相碰的时候，突然发现，我在什么地方见过他似的，但一下子又想不起来。因初次见面，不便唐突询问。在他向我们介绍墨脱小学的情况时，我听出，他尽管普通话讲得标准，但多少还有点山西口音，便问："老家山西吧！"他听了笑着说："对，不过在北京上大学。"我接着问："什么大学？"他答："中央民族学院！"

在他说道中央民族学院的时候，我终于想起来了。他是少数民族语言文学系，简称"民语系的学生"。早上起来时，喜欢与一个同班男同学一起做单双杠。我也是早上喜欢以单杠做锻炼项目的人，偶有见面。由于不是同一个系，没有交谈过。我便问："你在学校喜欢做单双杠吧？"他说："是，早上锻炼时做几下，可那是十几年前的事了。"我听了他的回答，肯定了我的记忆没有错，便进一步问："你那位同样是戴眼镜，个头比你瘦小一些，经常同你一起做单双杠的同学呢？"

他听我问得那么具体，便注视着我，不作正面回答，却反问起我来："你也是中央民族学院的？"当我说道自己是1963年历史系学生时，俩人都站起来握了手。我们不仅是校友，而且他还是比我早一年的学长呢。他还说道，我所询问的那个同学，已分配到新疆，自此以后10多年来，就没有音信了。

赵校长的名字是赵潜德，他之所以给我留下较深的印象，除了我们在运动场上偶尔见面外，还有一个原因，那就是他有位漂亮的女朋友，即现在的妻子罗布央宗。那时候，在我们历史系里，女同学很少，有些还是孩子的妈妈，但民语系不是那样，女同学不仅多，有些还挺漂亮，我们都十分羡慕民语系的男同学，老赵当然是其中之一。这也是他留在我脑海里印象较深的原因。

由于是老同学，尽管过去从未交谈过，但在这遥远的边疆相见，距离一下子就拉近了。我们天南地北地交谈起来。原来赵潜德是山西太原的望族，父亲在新中国成立前曾在山西大学任教，新中国成立后长期当教授，兼任省级行政领导。他1962年毕业后，因学的是克尔克孜语，该到新疆工作，但他却被分配到北京作家协会。次年罗布央宗在干训部毕业，派回原地即墨脱工作。他们在毕业前夕结婚。当时夫妻两地分居是普遍现象，不足为奇。1965年，赵赴墨脱与妻子团聚，见到这里连一所学校都没有，回到北京后，就向单位提出申请，志愿调到西藏，很快获得批准。因墨脱当时还没有能力建学校，只好分配到邻近的林芝中学任教。1973年，墨脱筹建第一所公办小学，他被任命为校长，全面负责筹建并开展工作，一直任职到我们拜访他的时候。

由于他妻子不在，谈话也随便起来，听了他的叙述后，我打趣说："从北京到林芝，再到墨脱真是三级跳，大概也是为了爱情，为了你那漂亮的妻子吧？"他听了笑着说："也是，也不完全是。"我赞同他的结论。当年，我们在学校的时候，谁都会唱这样一首自编的校园歌曲，谁都被这首歌词感动：

背负理想，奔向远方，我们的实习大军浩浩荡荡，到长白山下，到澜沧江旁，到祖国辽阔的边疆！去把那新疆的葡萄酿成美酒，去把那康藏的青稞堆满粮仓！

多么有激情，又是多么有理想的心声！在中央民族学院的校园里，这一歌声又激励着多少年轻人奔向穷乡僻壤！他来墨脱，难道不是在实践这首歌里表达的诺言吗？

由于他真诚地为门巴族人服务，作出优异成绩，受到门巴人的爱戴。1990年，当我出差路过林芝时，他已成为林芝地区民族宗教局的副局长，派车把我送到米林的穷林单嘎村，及时进行了追踪调查。

3. 再次听到野人的故事

到墨脱县城第三天，我们在1976年结识的好朋友高永刚从加热萨回来。4年不见，今日故地重游，一叙惜别之情，谁不希望？晚饭后，我拉着芳贤，前去拜访。我们到他家里刚坐下，他从背崩来的一个亲戚知道我们是民族考察队的人员后，便迫不及待地对我们说：前几天为我们背行李的那两个女民工，回背崩村途中，在布穷山见到一个"野人"，站在竹丛旁边凝神盯着她们，把她们吓得撒腿就跑，其中一人在逃跑时不慎绊倒，造成骨折，送到马尼翁营部治疗了。据有些人解释，她们遇到的可能是个母野人，如果是公的,一定会把她们中一个掠走,充当"压寨夫人"。我们听了这个消息,甚感惊讶,也为这两个曾为我们服务的人遭此不幸,深感内疚。

关于野人的传说,许多地方都有,但都没有捕获过真正的标本。对此人们将信将疑,成为世界之谜。当我们先前进墨脱爬多雄拉时,罗布也谈到过,这次再听得这么具体,当然引起我们的兴趣。在墨脱,有关野人的传说,不是什么秘密,高永等一伙人,就你一言我一语地聊起来。门巴人称野人为"则布",据他们说,野人特别高大,有2米多高,身有黑色长毛,能直立行走。雌的有丰满的乳房,极喜欢追逐男人。当人们与它相遇时,为避开它的追捕,应朝山下跑,因为丰满的乳房挡住它的视线,使它不敢快速追赶。有时候,雌野人为了看清下坡的路,把那大乳房搭在肩上,可没走几步,又滑落下来,接着又搭上,未走几步又落下,时间就这样延误了。所以男人遇到雌野人时,只要向山下跑,准保安全。

我听了这种你一言、我一语地描述雌野人大乳房的说法,想到在一些民族中讲述女魔时,都往往有一对大乳房,越发对这种传说的真实性表示怀疑。

他们见我对墨脱存在野人的说法抱有怀疑态度,便焦急起来。高永还真诚地说:"老李啊,我们是老朋友了,不会说假话,我敢向毛主席保证,我见过小野人!"接着他讲到在他十二三岁时,就在从西南方向进入村子的石崖下,见到一个小野人跟着他过来。他十分害怕,吓得连话也说不出来,迅速跑回主人家。自此以后,他一个人再也不敢到这个地方。高永的谈话表明,他是十分相信墨脱有野人的。高永在1976年时,曾在达木村同我们一起调查珞巴族,为人老实,言行说一不二,他的话绝对可信。当然,他所说的小野人,并不排除小黑熊、猩猩之类能站起来走路的动物。

经高永这么一说,在座的四五个人又议论开来。有的说野人的气力很大，遇到数百斤重的野牛也不胆怯，会毫不犹豫地冲上去，双手抓住野牛的犄角，用力一扭，把野牛摔倒。按照他们的说法，野人的行动似乎还有一定的规律，在那两个女孩见到野人的布穷山，每年七八月天气酷热，野人常从高山下来，到雅鲁藏布江边饮水，这些有鼻子、有眼儿的说法还有一些，在此不一一罗列。不过下面一则野人故事颇为传奇，我还是想简述一下。

从前墨脱有位姑娘上山砍柴，遇到一个雄野人，她被吓昏，瘫倒在地上。野人上来把她抱住，背进山洞里。当她苏醒过来时，发现野人对她又是亲，又是抱，把她吓得浑身直打哆嗦。她很想挣脱，但又怕得罪了野人，性命难保。她没有办法，只好听它摆布，幸好野人对她甚好。野人每当外出找食时，总用巨石把洞口堵住，生怕她逃跑。日久天长，姑娘怀孕，生下一个带毛的孩子。有一天，野人背回一只公獐子，姑娘见到那个大麝香十分值钱，便取下收藏起来，万一有机会逃跑时带走。野人见姑娘喜欢麝香，便经常捕杀公獐子回来，不用多久，姑娘积存一小袋麝香。那是一笔不少的财富啊，可就是找不到逃跑的机会。有一天，野人捕到一只野牛回来。姑娘用湿野牛皮给野人做了件衣服穿。野牛皮穿在身上后，日渐变干变硬，箍着它的手脚，行动不便，没法追赶姑娘了。过了不几天，姑娘真的带着麝香逃掉了。故事后半部还讲到一个贪心的妇女想得到麝香，也上山寻找野人盼望能成为它的妻子，可当她被野人抓到后，野人觉得它过去被人骗过，便把愤怒发泄到这个女人身上，一直把她弄死为止。这个关于野人的故事颇为生动，但带有较多的佛家说教，要人不贪心，增加了人们对其真实性的怀疑。

我从一些渠道了解到，近几年来有人曾经对墨脱的野人问题做过考察，但没有获得可靠的证据。野人的存在与否，至今仍是一个有待解开的谜。

4. 历史的碰撞和凝聚

我们在背崩村调查后,已了解到在墨脱,历史上曾发生过门、珞两族人的械斗。在这次械斗后,居住在这里的珞巴人大量南逃,留下大片无主的土地,波密土王便在附近的村子里征召一些门巴人到来,把土地分给他们,并要他们根据所得土地多少,支应劳役和实物,从而在墨脱建立起非庄园性质的农奴制。我们从了解到的情况看到,墨脱农奴制的确立,当与门珞械斗有关。但门珞械斗为什么发生,我们还是不清楚。

9月中旬,正是墨脱的农忙季节,为了不误生产,不违农时,我们只请熟悉情况的3位老人参加座谈会,其中有加央和伦珠。在座谈会上,我问他们:即使在目前,墨脱还是地广人稀的地方,一百多年前更是如此,土地这样多,为什么会发生门珞械斗?

他们回答说,事实上,墨脱的耕地是不少的,但由于宗教信仰不同,就造成耕地不足的现象。例如珞巴人信仰的宗教同门巴人不同,他们认为到处都有鬼,把不少地方都当成鬼地,不让门巴人开垦。珞巴人以狩猎为主,开荒种地会赶走野兽,对狩猎不利,他们往往以鬼地为借口,不准开荒。但门巴人信仰佛教,希望多开垦耕地,种植五谷,不愿多杀生,因而不相信鬼地的说法。一个民族愿意多开荒地,另一个不准开荒地,随着人口的增加,矛盾就多起来。

另外从他们的发言中还了解到,墨脱比邻的地方势力即波密土王,这个历来以"受命于天"自居的西藏地方势力,插手门、珞之间的争端,扩大自己的势力,进一步与拉萨的西藏地方政权抗衡,也是门、珞冲突扩大的重要外因。

门、珞两族械斗的导火线,是格林村门巴族曲结两兄弟因争夺家产引发的。他们在分家过程中,曲结深感不均,吃亏不小,愤愤不平，便到下珞渝的希蒙部落，向那里的珞巴族头人吉白寻求支持。吉白应邀，乘夜率队攻占格林，并派人砍断雅鲁藏布江上的4座藤网桥，阻断了西岸门巴人的支援，从而拉开了两族械斗的序幕。珞巴人乘胜北上，节节败退的门巴人派首领诺诺拉向波密土王求援。波密土王早有向墨脱扩张势力的野心，便把门巴人的请求视作千载难觅的机会，迅速派兵支援。拥有火药枪的波密军队支援门巴人后，火药枪的巨响和枪口喷出的密集铁砂，使珞巴族人的弓箭盾牌难以招架，形势迅速向有利于门巴人方面发展。波密军队和门巴人一起，分兵三路，直压北上的珞巴人。珞巴人无法抵御，迅速撤退。原在墨脱境内的大批珞巴人也惧怕门巴人报复，纷纷南逃。波密军队迅速占领墨脱全境，并掩杀至仰桑河流域，随后希蒙部落把首领吉白交出，被波密军队投入汹涌的雅鲁藏布江中，门珞械斗结束。

藤网桥（1980年张江华摄于墨脱）

波密土王为了加强对墨脱的控制，设立地东宗，任命宗本，推行封建农奴制。门巴族在这次械斗中虽然胜利了，但从此又套上了波密土王的统治枷锁。

经过这次调查，随后我们又查了县里的有关档案，初步弄清了地东宗设立于1881年，首任宗本为诺诺拉，即上述的那个到波密请援兵的门巴族代表。在他任宗本期内，整顿社会秩序，按户分摊差税。1900年前后，乌金继任宗本。他把地东宗内的稻田、熟荒地和生荒地按人口多少均分各户。凡领到土地的人，要负担相应的差役。把门巴族农民的人身、份地及所承担的义务紧密地结合在一起，土地的最高所有权属波密土王。通过这些建制，地东宗的封建农奴制确立。1917年，波密土王的管家聂巴朗杰任地东宗宗本，为了控制最有影响的仁钦崩寺庙，他把宗政府从地东迁往墨脱，并改称墨脱宗。

波密土王在墨脱地区实施封建农奴制，使其在雅鲁藏布江下游的广大珞渝地区的政治影响增强。地东宗建立不久，墨脱以下的雅鲁藏布江下游地区的珞巴族东工和达额木两大部落发生械斗。东工部落势力强大，达额木部落难以抵挡，他们向北逃跑，进入地东宗，寻求保护。波密土王担心东工部落吞并达额木部落地域后，力量加强，难以驾驭，便使用软硬兼施的手段，派察隅人居美前往东工部落，说服其首领，让达额木部落人返回故地。东工部落惧怕波密土王的势力，不得不允。达额木部落人在波密土王的帮助下，得以生存。为长期得到保护，便答应波密土王在其住地仰桑河流域设立嘎朗央宗，委派宗本，管理该宗行政事务，3年一任。在这次珞巴部落纷争中调停有功的察隅人居美任第一届宗本。由于珞巴人的坚持，自第三届起，嘎朗央宗的宗木由珞巴族人充任。波密土王管理嘎朗央宗，没有像管理地东宗那样严密，宗以下不设措（即区），各村设学本（相当于村长，珞巴语称为"甘姆"）1人，负责定期缴差税。

波密土王的势力伸向门巴、珞巴族地区，引起西藏地方政府的严重关切。为了消灭这个闹独立的日渐强大的地方势力，他们煞费心机，曾以联姻的方式，向那里伸展势力，这就是由西藏贵族仔仲南木杰指派姑娘次仁卓马和波密土王顿顿联姻。1924年，次仁卓马以回拉萨省亲为名，不仅携带了大量金银，还窃走了波密土王辖区内的差赋机密，从此一去不归，演出了一出"美人计"和"特洛依木马"相结合的历史剧。波密土王顿顿只好哑巴吃黄连，把苦水往肚子里咽。

次仁卓马返回拉萨后，西藏地方政府又密令昌都总管派出谍报人员，收集波密地区的情报。昌都总管派出亲信贡布索朗以经商为名，到处活动，把波密、墨脱等地各村寨的交通、差户、物产等情况搞得一清二楚，为军事进攻做了准备。

1927年，西藏地方政府派兵攻打波密。波密土王利用熟悉的地形，在波河一带大败政府军。拉萨政府在色拉寺僧兵的协助下，前来决战。波密土王终因寡不敌众，被困在一座寺庙里。他只好化装成百姓，带着娇妻和3个随从，乘夜潜逃墨脱，试图组织门巴人、珞巴人东山再起。因政府军穷追不舍，无从驻足，随后改道察隅，进入扎嘎地区，不久因食物中毒身亡，波密土王势力终至覆灭。对于波密土王逃跑的这一史实，在今天墨脱的地名上，还留下一些有趣的传说：墨脱北边有个山口叫宿瓦拉，藏语的意思是"耽误山"。据说波密土王兵败后，逃至该山，属民设宴招待，执意挽留，险些被追兵抓住，耽误了从容逃跑的时间，故有此名。

西藏地方政府在征讨波密土王的战斗中，色拉寺派出的僧兵勇敢善战，累建奇功。为了表彰他们的战绩，西藏地方政府把墨脱交给色拉寺管理，由该寺派出宗本。大约在1930年，色拉寺派出的宗本撤销嘎朗央宗的建制，改为达岗措，归墨脱宗管辖。墨脱宗共辖5措，即东布措、荷热措、背崩措、莎嘎措和达岗措。这一建制，一直到民主改革时还没改变。

5. 常识救了他们的命

我们自进入墨脱后，总是靠两条腿走路，得不到休息。加上连日来访问和查找档案忙个不停，没有喘息的机会，甚感劳累。我们的翻译罗布是个酒鬼，早就对这种颇感乏味的工作厌倦了，总想拉着我到群众家找酒喝。我想到，当翻译总是跟别人传话，不管自己对所谈的内容是否感兴趣，都要一丝不苟地把话译出来，传给听的那一方，没有自己的半点想法和见解，这对于一个喜欢打猎和捕鱼，习惯于无拘无束的珞巴族青年来说，确似被关在笼子里的鸟一样，实在是够难为他的。因此我只好接受他的建议，一起去多次访问的加央家里蹭酒喝。

正当我们在加央家闲谈时，白马找到加央家里，给我们送来张江华从旁辛匆匆写来的信。信中写道，9月11日，新华社驻拉萨摄影记者顾绶康、才龙和民族画报社记者刘鸿孝，沿新公路离开墨脱前往波密，行至88公里处，住在一个临时仓库过夜时，因连日大雨，暴发了可怕的特大泥石流，造成山体崩塌，11吨级的大型推土机和近百桶汽油、柴油，被冲得无影无踪。他们3人及看守仓库的两个人，紧急背起随身相机，连长裤也来不及穿，乘夜向高处奔逃，才不致被泥石流吞没。这实在太危险，太可怕了！张江华嘱咐我们若走这条路，要特别警惕，以安全为上策！张江华短短的来信，给我们极大的震撼。

据白马称，这次泥石流发生在黎明前，人们正在熟睡，不易发觉。可正巧在那时，记者才龙起夜，他打开电筒，发现床边半盆水微微晃动。他异常警觉，随即来到仓库下方的河岸，亮起手电观察河水，发现昨夜河水消退，已变得碧清，为何经一夜后，滴雨未下，河水反而浑浊上涨起来？他立即想起在拉萨时，听有关专家讲述泥石流发生前的两大征兆：盆水晃动和河水变浊。这

暴发的泥石流（1980年顾绶康摄于墨脱）

是由于地表积存大量水分后，变得稀松，向下滑动，致使盆水微微震动。下滑的地表，冲入江中，也使江水无雨自浊，这预示着灾难即将发生。他来不及怀疑自己的判断是否有误，就急忙叫醒大家带着随身物品，向高处爬去。才龙等人不愧是经受良好训练的职业记者，当他们背起相机，插上闪光灯时，地表已大量下滑，堵塞河床，河床水位上涨，已淹到他们居住的仓库帐篷跟前，一场可怕的泥石流就在他们眼前暴发了！此时此刻，河岸的前头，好像潜藏着一个巨大无比的搅拌机，吐出无数厚粘的泥浆，滚圆的巨石，蕴含着巨大的破坏力，顺着河岸缓缓地向下流淌，所过之处，巨树倒地，山坡夷平。他们不顾个人安危，甚至双脚被泥浆浸过，也忠于职守，边拍照，边向高处撤退，勇敢地拍下了珍贵的镜头。

过了20多天后，我亦沿着这条路离开墨脱时，又到了88公里处。看到山坡10多米高处的残缺帐篷，仍吊在半山腰空荡荡地摆动着，下面的山坡像被推土机铲掉大半时，我深深感受到泥石流的破坏力。仓库被冲毁了，仓库下方修好的这段公路也消失了，河岸被这怪物吞食了三四层楼房那么高，除了留下的巨大卵石外，别无它物。后来我回到拉萨时，特意到记者站拜访了才龙和顾绶康。他们拿出了一份新华社的内部刊物，不无自豪地说，由于拍下了泥石流的现场新闻照片，他们已获奖。我在他们兴奋之余问："当时你们害怕吗？"顾绶康说："若不是才龙了解泥石流暴发的征兆，今天我们就见不到面了。"他们尽管没有正面回答我的提问，但从他们的神情和语气使我感受到，他们的内心没有完全摆脱泥石流的恐怖阴影，仿佛还听到他们心有余悸的脉搏，仍突突地跳动。随后他们带着几分遗憾说，由于撤离匆忙，把一个相机和几个照好的胶卷忘记取走，使这次冒着生命危险的墨脱之行的收获遭到意外的重大损失。是的，墨脱这个充满刺激的地方，今后他们还能有机会再进去吗？

泥石流残迹（1980年顾绶康摄于墨脱）

6. 国土就这样被占领了

打开中国出版的地图，我们不难发现，在雅鲁藏布江下游与布拉马普特拉河交汇处以北的广大地区，实属我国领土范围。但当1976年我们对墨脱进行考察时了解到，我军实际控制的地方只到更邦拉山口，从这山口以南至巴昔卡的大片地方，已被印军控制。也就是说，印度侵略者实际侵占了我国9.6万平方公里的领土，其中3万多平方公里属墨脱宗管辖。这些领土是怎样被外国势力侵占的？也是我们要弄清的，是否能找到目击者？

9月20日，当我把这一愿望向副县长拉巴次仁谈及时，他说："县里的爱国人士白嘎当年是墨脱宗的工作人员，曾陪同西藏政府派驻墨脱的宗本到南部辖区收差，充当翻译，目击印军占领我国领土。"拉巴次仁副县长的推荐，真使我喜出望外。第二天上午，我们如约采访这位目击者。

白嘎住在东布村的一幢普通小木楼里，与一般群众的住房没有多大差别。他约50岁。他说道，在旧西藏政府管理墨脱宗的时候，仅由拉萨色拉寺派出一个地位较高的喇嘛来这里当宗本（县长），3年一任。宗本在这里雇请三四个办事人员做具体工作，白嘎就是其中之一，没有一个兵丁。1948年，当时的宗本阿旺公布按照惯例，带着各措措本、办事人员和背运东西的百姓，到嘎哥、许木一带收差，先远后近。一般是每户收一张黄羊皮，以示管辖的权利。白嘎懂这些地方部落的方言，充当翻译。但当经过邦勾南边的昔勒帕抵河时，发现那里已被印军占领。宗本一行被他们堵截，不准继续南下。阿旺公布为了缓和局面，先把随身带来打算送给各地头人的部分礼物计有奶渣、核桃和一小筐鸡蛋，送给印军首领。随后责问他们："这是我们墨脱宗管辖的地方，历年都来收差。你们到这里来，阻拦我们，这是为什么？"印军头目坚沙雅说："降曲拉以下都是印度的地方。在达岗措范围内，你们可以收差，但不准越过邦勾！"说完就派兵把阿旺公布等人包围起来。阿旺公布由于没有武装人员，不能与他们对抗，只好作罢。为了压下阿旺公布的怒火，印军头目也给阿旺公布20块茶叶、1个望远镜、3个铝锅、6尺土布。白嘎作为翻译，也收到半条烟、6尺土布和供制造农具的一块1尺多长的铁片。阿旺公布只好收完达岗措的差税后，回到宗政府里，把印度兵占领邦勾以下大片地方的事向噶厦政府报告，据说没有收到回音。

第二年即1949年，阿旺公布带领白嘎等人再到邦勾收差。但那时，印度兵已北进至波列捷马，拦截他们。印军首领坚沙雅对阿旺公布说："现在你们的哥布、更仁、马永、扎西工巴、阿米吉多、都登和邦勾等地的百姓已归顺我们，不服从你们管了。你们不能再到这些地方收差了。"阿旺公布听后，觉得印度人不守信，便反驳说："你们去年不准我们到嘎哥收差已经不对，但仍答应我们还可在达岗措收差，为什么今年连这些地方也不能收了？"坚沙雅借口群众已归顺他们，不准继续收差。双方就这样僵持了很长时间。阿旺公布气愤不过，对那个印度兵头领说："你们的兵不要动，我的随员也不要帮忙，让我们两人拼了，看谁能取胜！"对方的人说："双方打起来，对军队不利，对百姓不利，还是各自向自己的政府报告发生的情况吧！"阿旺公布没有办法，双方互赠了礼物后，就离开那里。这次达岗措的差税没有收到。印军全面占领了墨脱的达岗措。阿旺公布任期届满后，回到了色拉寺。1950年时，色拉寺派新宗本来，他名叫强巴土登，群众称之为巴扎。他也两次试图到达岗措收差，但一到西让下边的更邦拉，就被印军堵截。他尽管也同新来的印军头领米加米工交涉，相互还赠送礼物，但到达岗措收税的努力，终没有成功。

以上就是我们访问白嘎的记录。就一般人的想象而言，国土是神圣的，边疆是不容侵犯的。但墨脱南面的大片领土，就这样在没有枪声、没有炮火，在互赠礼物的氛围中被入侵者占去了。这似乎是笑话，但绝不是笑话，而是确确实实的历史事件。我听了白嘎的讲述，心情不禁沉重起来。

十四

难忘的行程

1. 西木河垂钓

　　这次进墨脱，主要任务是考察门巴族。当我们访问白嘎后，目的已经达到，余下的10多天时间，只要对墨脱东北面的两个珞巴族聚居点作一次走马观花式的走访，任务就全面完成了。我们真可以说，胜利在望，心情是舒畅的。由于罗布要提前离开墨脱，县里派高建中充当我们的翻译。高建中属于米新巴，是墨脱珞巴族接受藏族文化影响较多的一支。另一支叫米古巴，保有较浓厚的珞巴族传统文化。我们即将访问的达木和朱村，是这两个支系的典型村子。无疑县里派出这样的翻译协助我们，是十分理想的。9月21日，我们一一告别了县里的老朋友、新朋友后，准备步行两天，先赶到达木作实地考察。

　　墨脱自进入9月中旬，雨水就少了，更值天公作美，连日放晴，尽管整个行程都有蚂蟥区，我们也不以此为虑。因为天气干爽，蚂蟥是不会爬上路边草丛的。当然，裹腿还是要打，万一蛰伏在草根上的蚂蟥附在鞋上，钻入裤内，难免要付出血的代价。只要打上裹腿，干燥的布面使它无法吸附，爬不上三五寸，就会自动掉下，我们用不着担心与蚂蟥展开肉搏了。

墨脱的原始密林（1980年刘芳贤摄于墨脱）

　　沿东北路行20分钟左右，均是下坡，鸟叫蝉鸣，为我们演奏起森林协奏曲。鸟成了我们翻译的话题：羽毛鲜艳的柳莺、翠鸟，肉味鲜美的鹧鸪、白鹇鸡，歌声悠扬的鹦鹉、杜鹃、画眉，珍贵的犀鸟、角鹛等的趣闻逸事，高建中谈了不少，给我们的行程增添了无比的情趣。正当我们钻出密林，前方露出一片开阔的蔚蓝晴空时，远处传来了清脆而单调的"笃笃"声，好像是庙里僧人在敲木鱼。我听了心里琢磨，在这深山野岭有这样虔诚的僧人，即使是没有修炼成佛，但能耐受这里的寂寞和孤独，也足以令人敬佩了。我想到这里，便问高建中："这里有寺庙吗？"他笑着回答：前面是一片稻田，"笃笃"的声音，是供护田用的"当个"发出的，目的是驱赶糟蹋稻谷的鸟群。果然走不了多远，渐闻蛙声，眼前呈现出10多亩宽的一片金黄稻田。在稻田中央，搭有一个4米高台，台与稻田四周的竹制立柱上，用绳子加以联结，如电话线一般。高台上有看守人，一遇鸟群骤至，啄食稻穗，就拉动绳子，让四周的立柱发出"笃笃"的响声，设计巧妙。在世界各地，稻草人成了普遍的驱鸟工具。但墨脱人不使用，这是为什么？我想，恐怕是这里地广人稀，鸟不怕人，稻草人无用，因而创造出"当个"吧。高建中随即补充说，若稻田不使用这类装置，将会颗粒无收。看来此时此刻，对看守者来说，鸟倒成了灾害。鸟声不仅不再悦耳动听，相反成了撩人心烦意乱的噪声了。

经这片稻田后，一直下行，约一个钟头，便到达西木河和雅鲁藏布江的交汇处，那是一个极其险峻的地方。西木河宽10多米，除东岸有一处峭壁，其下方可供二三十人坐歇外，其余地方均是仅可供单人行走的通道，上有一桥通过。由于数天来晴朗，西木河水清澈见底，可它所汇入的雅鲁藏布江却显得混浊、狂怒。高建中说，他每路过这里，临江垂钓，常有收获。并说这段雅鲁藏布江的鱼，格外鲜美，机会难得，非垂钓不可。说着便不管我们乐意不乐意，随即砍竹子、挖蚯蚓、捆长线、绑钓钩，不经片刻，两副钓具就造出来了。他自拿一副，另一副由我和芳贤轮流执试。我们想到，自进墨脱50余天了，颇为劳累，难得一钓，也别有情趣。

在这里垂钓，自然别具韵味。在北京钓鱼，即使那些颇具涵养的老者，你若站在旁边观看，偶然憋不住咳嗽一声，他也会向你瞟上一眼，似乎这么一咳，会把争食饵料的鱼轰走了。可这里狂暴奔突的江涛声，早已把人们交谈声淹没。你想说几句话，非大声凑近耳际不可。你若触景生情，唱首《黄河船夫曲》也无妨。我真怀疑，在这里搏击的游鱼，是不是听力已衰退到失聪了。我举钓远眺陡峭的河岸，凝望狂奔的激流，注视岸边急转的漩涡，观赏江水撞击巨石喷溅的浪花，仿佛感悟到墨脱人善良的秉性里，潜藏着威严和智慧。

不知是我们无意垂钓还是高建中手气不佳，钓鱼无获。当晚在米日村投宿时，我们只能吃漏气变质的红烧罐头肉熬南瓜，幸好主人以黑熊油炸糯米团子招待。尽管糯米团子有较大的腥味，但我们还是饱吃一顿，贮备了明天走路所需的热量。黑熊油炸团子，无疑是一顿难忘的美餐。

2. 没有草场的牧场

第二天一早，我们离开米日，走出村外不远，穿过一道小桥，路被栅栏挡住了，我们感到疑惑。高建中说，里面是米日村的森林牧场，说完就推开活动小门，叫我们进去。我在米林考察时了解到，那里的森林牧场，是指在密林中的一块长草的开阔地。可我走了半个多钟头，还没见到此类地形，便按捺不住地问高建中，牧场在哪里？他对我的提问也很不理解，满面狐疑地说，进了小门就是牧场。从他的神情看，这是不成问题的问题，还用多问？

我不得要领，只好再忍耐着向前走。走不了多远，便听到铃铛声，啊，那是墨脱特有的大额牛，门巴人称为"巴麦"，它正在路边的丛林里吃附生植物的长藤和叶子呢。我突然想到，我把墨脱人的"牧场"内涵弄混了，这里的牧场是指专供放牧的山林，并不一定有丰美的草地。因为墨脱的这种牛，适宜于炎热潮湿的森林地带，除吃草外，其他藤蔓和树叶也喜欢吃。它们不怕蚊虫叮咬，生长迅速，3岁的公牛，体重八九百斤，是优良的肉用牛。主人把它放在山上，不用管理，定期喂些食盐即可。宰杀时才上山捕捉。巴麦牛性情不够温驯，产奶无多，不宜于耕地，这对善于农耕的门巴人来说，并不理想。但他们从珞巴族地区引进它后，就利用它体格硕大的优势，与母黄牛交配，培养出体形适中、性格温驯、可供耕地、产奶量多的新品种。

我们大约走了4个钟头，才算走出牧场。随后过卡布河，开始爬山。在山坡上，偶或见到一块黄熟的玉米地，映衬在漫山遍野的绿色之中。高建中说，若在春耕时节，走这样的山路，要特别注意路口上是否挂有木刀、猪耳朵或竹木弯成的圆圈。他说，在墨脱过去有这样的习俗，春耕播种后，各村都要请巫师举行一次宗教活动，祈求丰收。其时往往杀猪祭祀，祭祀完毕，就把猪耳朵等物放在路口上，警示外人不要进入，以免带进鬼怪，危害庄稼。若外人进入，村民就认为举行的祭祀活动失灵，为此外来人必须出资，重新举行一次，才能确保丰收。出资多少，要看路口挂的东西多少来定，如两副猪耳朵，要赔两头猪；两把木刀，要赔两把铁刀；两个圆圈，要陪两个铝锅等。因此他告诫我们，若春耕时节进村，要特别注意。这种风俗，民主改革后已日趋减少，但近年又有所抬头。不过我听了以后，也不用担心，因为我们进墨脱，都在开山季节，其时，春耕播种已过，不愁会犯这一禁忌。

刀耕火种地上的玉米（1980年刘芳贤摄于墨脱）

下午4点左右，我们到达目的地达木乡，仍然住在4年前住过的会议室里。乡亲们见我们故地重访，十分高兴，纷纷送来苋菜、四季豆之类。按县里介绍，说这里派有县工作组抓生产，吃饭同工作组一起，不必自备粮油。但到这里之后，发现工作组已到卡布村去了。我们没有办法，只好在老乡家搭吃，并立即向县委书记尹汉章求援，请他给我们供应粮油，尤其是油。因为这里兽害严重，花生还没成熟，早就被防不胜防的猴子偷光了。油料异常短缺，老乡多采集野生植物榨油，以供日常所需。

第二天上午，我们洗衣服。下午队里的人都去稻田中耕除草，我们尽管还很疲劳，但还是决定参加这次劳动。一是为了抓紧时间和更多的乡亲联系，二是我们会识别稻苗和稗，足可胜任。我们在劳动中了解到这里有10多亩稻田，是1973年开垦出来的。这里原是山沟，常有流水，1950年大地震后，山体塌方，形成一片沼地。对于这种突然的变化，当地人心中总有一股莫名的恐惧感，认为这是鬼地，不能耕种。1973年，在农业学大寨的气氛中，开辟成梯田，开创了达木村种植水稻的历史。

我们在达木调查了两天后，刘芳贤在吃晚饭时兴奋地告诉我，他当日到附近的卡布村调查，发现了两个很会讲民间故事的老人，一个叫安布，一个叫甲穷，据他们说，起码能讲七八天。当地群众在农闲的日子，经常听他们讲故事，好听极了。随后刘芳贤把他在当天收集到的一个母猪、种子和人的祖先的故事，向我们讲述了一遍。这是一个关于解释人类起源的神话，很有价值。随后我们在达木村也了解到一些村民同样会讲故事。

作为民族学家，没有一个人对神话、传说和故事不感兴趣的。卡尔·马克思称，神话具有永恒的魅力。刘芳贤的发现，真令我们兴奋，也使我们自责，1976年曾到这里调查，为什么那次没有收集到？幸好我们在墨脱考察行将结束的时候有所发现，没有使这条传统文化领域里的"大鱼"漏网。

3. 挂在陡坡上的村子

眼看9月即将结束，大雪封山的季节临近。若不及早结束考察工作，暴雪骤降，把通往外界的山口封住，我们极有可能被封死在墨脱，到明年开山时才能出来，这无论在时间上还是经费上，都是不允许的。可正在那时，刘芳贤收集神话故事，每天收获甚丰，总挖不完。眼看墨脱考察快结束了，遇到这样的收获，当然是喜，但也有忧。一是万一封山该怎么办？二是按原定计划，还有一个村子即朱村没考察，总不能放弃吧！后经我们协商，决定兵分两路，刘芳贤留在达木继续访问，若耗时过多，不走新公路出墨脱，仍回多雄拉山口，因那里封山稍晚，但也不能迟于10月10日。为保证安全，可请两三个民工陪同护送。我到朱村考察，尽可能走新公路，以增加见闻，并可到扎木取张、陈二人存放在那里的资料。达木村的一位大学毕业生卓嘎正回乡休假，可做翻译，高建中随我一起到朱村。9月28日，我和刘芳贤分手，彼此约定回到米林再见。也许是边境调查的艰辛和孤独，需要彼此为伴；也许是路途险阻，需要相互关照；40岁的汉子了，我们分手时，眼睛竟模糊起来。

从达木向下走半个小时，便是达果桥。这是墨脱通向波密和察隅的咽喉之地，向为兵家必争。1910年，清军彭日升率部过此桥后，进抵旁辛和加热萨，试图开赴波密，可沿途遭受波密土王残部的阻击，伤亡惨重。至今在此一带，还有滞留伤兵传下的子嗣。其中一个自称其父亲为云南丽江人，姓田，但他亦不会说汉语，已全部门巴化。1927年，西藏噶厦政府与波密土王开战，波密土王顿顿失败，逃入墨脱，噶厦政府派兵追击，进抵达果桥，亦遭到波密土王指使的地方势力袭击，多有伤亡。当我们到这里时，只见从过去的藤网桥已变为坚固的钢筋水泥大桥。一待波密至墨脱的公路开通，可过汽车。昔时的咽喉之地，可变为通衢大道，成了墨脱与藏区、与内地经济交往的要冲了。

过达果桥后，我们沿着弯曲的小路攀登，约爬了3个小时，越过一个山坳，便到达朱村。朱村不足20户，建筑在一个陡峭的山坡上。每个房子均一侧紧靠山坡，另一侧用粗大的树木支起，构成一个长宽各约6米的平面，供人居住。房顶为人字形，多数覆盖瓦板，少数用茅草。由于地势险峻，尽管户与户之间相距不足20米，但上方住家的地基往往接近下方住屋的房顶，远远望去，好像这个村子的房子一幢一幢地垒高，挂在高峻的山坡上似的，别具情趣。以前有人对我说，朱村的人特别有本领，撒尿可以撒到房顶上。起初我以为纯属随意夸大的笑话，不以为然。但细看这里的房子布局，站在上方居室的平台上拿起一碗水，即使是三五岁的小孩，也很容易把水泼到下方居室的房顶。尿撒房顶，不是妄说。实际上，当我们在这里走家串户的时候，也得要走"之"字形的路，不然你就得像爬梯子似的，手脚并用，并很容易跌倒。说不定一不小心，还会滚到别人家门口。我1965年搞四清时到过贵州晴隆，那是被人称做"天无三日晴，地无三尺平"的地方，但与朱村相比，那真是小巫见大巫。

我问房东多吉入登，为什么要在这样陡峻的山坡建房子？他听我的问话，多少有些疑惑，便对我说，从这里向北到加热萨、甘代100多里地，都是雅鲁藏布江岸的陡坡，不宜耕种。这里有泉水，耕地肥沃，还算是个好地方，不选这样的地方，不是太可惜吗？他还说道，前年有地质队来，县里请他们到一些村子作地质安全调查，随后他们向县政府报告：自1950年大地震后，朱村的山体有滑坡现象，如若再发生地震，整个村子有滑入雅鲁藏布江里的危险，群众的生命财产将全部毁灭。县政府听了地质队的报告，立即派人到他们那里，动员搬迁到得儿工村。可村里的大多数人不同意，认为1950年的大地震，一些村子毁灭了，可朱村还是保存下来，不会再有危险，无论县政府的人怎样动员，还答应给补贴搬迁费用，他们就是不愿搬走。朱村是门巴族、珞巴族和藏族混合居住的村子，他们对这里的依恋，除了祖宗的基业不可丢弃这种传统观念外，恐怕民族间的友好和睦也是一个原因吧。

朱村尽管很偏僻，但这里的衣饰变化较快，除了妇女还穿门巴人习惯的条纹裙子外，其余的穿戴跟内地汉族无根本差别，尤其是草绿色军帽更受到男女青年的青睐，如没有草绿色的，深蓝色的亦可。

到朱村第二天，正遇群众收旱稻，我们也参加了。他们收旱稻不用镰刀，只用二寸长、一寸多宽的两块小铁片，上有两个小孔，使用时用小绳套在两手的中指上，轮流掐谷穗，随即抛入背筐里。他们的熟练程度，就像是杂技团的抛流星锤表演，我还没把背筐底填满，一些人已掐了大半筐了。当收割差不多的时候，找到一块稍为平坦的地方，铺上竹席，妇女就用脚来回搓谷穗脱粒。然后把谷粒用簸箕装上，举到头上，借助风力把谷粒筛选出来，一个上午能收获二三十斤已算很不错了。这是我有生以来所见到的收割旱稻的最古老方法。我记得 1971 年在河南明港时，常用空闲时间到古文化遗址拣石斧、石锛，偶尔还拣到蚌镰，即用蚌壳制成的带孔镰刀。朱村人使用的带孔铁片或许是古代蚌镰的改进？他们掐取谷穗的动作或许是古代劳动方式的残留？

4. 遇到泥石流

9 月 29 日傍晚，公社副主任次仁还没回来，这在朱村是不寻常的。因为这里山道崎岖，夜间走路，极易落崖，不死则伤。加之兽害严重，若遇上黑熊、野猪这类的凶猛家伙，那不是闹着玩的。人们都习惯于日落前回家。次仁是我新结识的朋友，又是邻居，他不回来，我当然担心。可高建中见我这副样子，便喜滋滋地说:"这下次仁可能打到野兽,说不定还是野猪呢!"我听了他的话,反倒疑惑起来。他解释说,次仁是个好猎手,早上带枪外出,常有收获。按照这里的习俗,若猎到较大的动物,天黑后才回来,以免别人看到,评头论足,触怒了神灵,下次就打不到了。高建中的话,使我茅塞顿开。我真没想到他对这里的风俗了解得那么透彻,深为佩服。我也一改担忧样子,放开心怀,欣喜地等待次仁回来。

天黑了,次仁回来了。我们以为他真的打到猎物,便到他家里去看看,可发现他野猪毛也没带回一根,可背回的是半筐斧头、十字镐和铁锹。我们深感诧异,次仁解释说,他上午行猎时,碰到一个修公路回来的人。知道这条公路花了3000多万元,牺牲了30多人,今年新修的30公里的路段,也因泥石流和塌方的破坏,大部分路段已作废。公路指挥部决定,暂时缓建,所有工程人员在10月5日前撤出,很多工具运不走要作处理。他听了后及时赶去,1元钱就能买回一把很好的十字镐,带了10元钱就买回大半筐工具。

我听了次仁提供的消息,立即意识到,要尽快结束在朱村的工作,越早离开越好。因为走到能通汽车的地方,起码还需要走两天。为此我决定后天,即10月1日离开这里,3日赶到80K,在那里坐卡车当日可到达扎木。即使这样,离最后撤出的期限也仅有两天了,时间是相当紧迫的。说到这里,我得解释一下,80K就是从波密的扎木算起到墨脱80公里的地方。沿途所到之处荒无人烟,没有地名,故一些地点以里程命名。K是英语公里的简写。下面的100K等来源亦如此。

第二天,我们赶紧补完各户的家庭情况调查,完成了基本的考察任务。10月1日上午11点,到几户人家喝了告别酒后,同高建中、次仁等八九个人,一起出发,上来时用了3个小时的路程,下山时只用了40分钟,便来到达果桥。高建中见次仁等能把我送到100K，再陪我已没有意义，便在这里告别，独自回县里去了。从这里再往东北方向走数公里，便到达公路指挥部的下属机构106K第一分队，这里有20多座帐篷，密密麻麻地挤在呷隆藏布江左岸的山坡上。我们在用木板搭成的一个临时食堂里休息，一个自称"团结族"的小伙子对我们十分热情，主动为我们打酥油茶，开水果罐头，把新炖好的排骨给我们吃，并拒不收钱。他说，到这里干修路工作的有藏族青年，也有援藏干部的子弟，均为二三十岁的男女青年。他们的父母来自全国各地，由于墨脱炎热多雨，条件艰苦，患病的人不少。自知道公路缓建后，不少人连行李也不要就走了，留下许多东西。今天吃的排骨，是早上杀的猪，这里仅20多人，吃不完，你们来了，帮助他们吃，怎能收钱？

吃完午饭后，告别了热情款待我们的民工，继续沿呷隆藏布河左岸逆流而上，当行至104K时，见前面的河水涨起约二层楼高，像一条黑龙，喷着浪花，缓缓地向我们的方向冲来，并不时传来沉闷的石头撞击声。次仁说，泥石流暴发了，要我们紧急往高处走。我想到新华社记者才龙、老顾在20天前的遭遇，心里既好奇又紧张。很想拍张照片，可惜胶卷早已用完，我只好跟着他们向高处走。次仁等也许多次看到墨脱的这种怪物，习以为常，他们在到达距河边30多米的山坡就不再爬高，接着继续觅路前行，走了1里多地，见到我们这边岸边泥石流缓慢流动，吞没树木，对面岸边则是江水碧清，河水淹没的树木依稀可见。

据上述情况判断，泥石流是由我们这边的山坡引发的，也就是说，我们脚下是危险区。我们继续往前，一条10多米宽的山沟挡着我们的去路，溪两岸峭壁对峙，难以逾越，而下方的溪口可过，但木桥已被泥石流冲毁，唯一的办法是踏着泥石流冲过去。次仁等众人看到淹没溪口的泥石流相对稳定时，便踩着浮凸于泥浆上的石头，迅速走了过去。我看到他们四五个人已平安过去后，也壮着胆子，踩着鼓突的石头跳跃，正当我跳跃过两块石头后，脚下一滑，身体失去平衡，向前倾倒。为了保持平衡，我急忙用手杖向下一插，手杖全插入烂泥浆里。幸亏我迅速蹲下，后边的一人急忙冲上把我衣领抓住，我才没有跌倒，总算有惊无险。前面过去的人也挥刀砍些树枝，迅速扔在缓慢流动的泥石流上，让我踩在这些树枝上跳跃过去。

公路塌方了（2003年庞涛摄于墨脱）

我们渡过这10多米宽的泥石流后，走不远，前面200多米的河岸就是泥石流的暴发区。因已向下流走，除了形成崭新的二三十米高的塌方区域外，河水尽管湍急，但已碧清，岸边的巨大鹅卵石也被河水冲刷干净，青、白、褐、赤石块彼此挤压，色彩斑驳，格外清新，使人赏心悦目。

下午6点，我们赶到100K。那里有几顶帐篷，因民工撤退，破烂的帐篷里，到处是狼藉的遗弃生活用品。我们在一顶帐篷前停下，想找个地方住宿过夜。两位藏族女青年见我们到来，便给我们端来酥油茶，让我们解解饥渴。因我们6人，没地方安排，她们建议我们向前走两公里，那里有地方住。我们只好再走半个多钟头，到那里时，已近黄昏。除了几个看守人外，七八座帐篷空空如也。幸好在这样的环境里，彼此都能相互照应，两位看守的民工请我们吃炸油饼，晚餐终于解决。

我找到一座帐篷，里面有两张空床，上有棉絮，我选定一张住下，同来的门巴老乡便找到看守的人，花1元钱买把斧头，花2元钱买张棉絮，他们采购得差不多了，便来到我的帐篷里聊天。他们坐下不久，便闻到阵阵的酒香，随后打开我床边的一个塑料大桶的盖子，发现有半桶四川白酒，异常高兴。有些人便用手指蘸一下品尝，味道甚佳。便向看守人员借来一个铝盆，倒些出来，准备畅饮。可正在此时，次仁用门巴话跟大家嘀咕几句后，就改变主意。我不懂门巴话，不知他们为什么作出这个决定。次仁说，他们怕有人放毒，只好欲喝又止。

我知道，门巴人和珞巴人一样是个嗜酒的民族，四川白酒早已令他们垂涎。但他们在一日行程疲惫的情况下，在酒的诱惑面前而能不饮，足见他们有坚强的自制力。对于门巴人这一性格，我过去是没有深刻认识的。当他们把酒大部分倒回原处盖严密后，把铝盆放在地上。好事者划着一根火柴向里边一扔，昏暗的帐篷里燃起一阵红中带蓝的火光，照亮了大家疲惫的脸，同时大家也发出"好酒、好酒"的慨叹。我从这种慨叹声中，除感受到他们的坚强意志外，多少也感觉出一丝遗憾。因为这毕竟是民工劳累或遭雨淋后借以舒筋活血、驱赶风寒的辅助性医疗饮料，弃之不饮，终觉可惜。

5. 受人施舍的日子

晚上雨淅沥地下着。我用毛巾接了帐篷流下的水洗脸，脱去脚上的湿鞋，棉絮的一半作垫，一半作被，躺下睡觉。由于棉絮多天没人盖过，甚为潮湿，加之没法把身子盖严，冷冷的，难以入睡。我想到自明天起，朱村的人就回去了，我沿途不知能否与人结伴走到80K，到那里赶搭载货的卡车到扎木？心里没有底，只是想到"沿途后撤的民工较多，伴是有的"这类话来安慰自己，随即在不安中进入梦乡。

第二天黎明，我先送走了同帐篷的次仁等朱村老乡，吃了昨晚结识的一位原籍四川的杨姓民工送来的半小碗鸡汤冷饭，权作早餐，坐在帐篷口，等待过往行人结伴同往。大约等了半个钟头，见对面数十米处的山坡帐篷里走出一个人来。我一看便知，是县里的张会计，喜出望外。急忙迎上去，才知道他是要去80K接收物资，昨晚天黑后才到这里的，也就是说，他比我来得还晚。他见我孤身一人，人地生疏，以为我必定没有吃早餐，我也不好意思说出吃了人家送来的半小碗鸡汤冷饭。他拉我到另一座帐篷里一起找饭吃。两个藏族小伙子见我们进来，便开了一个红烧肉罐头，同昨晚余下的两碗剩饭炒热后分给我们，我终于摆脱了自昨晚以来的半饥饿困境。

我们吃完饭后，会集了四五个人，沿新公路前行，途中塌方甚多。我们只好在陡峭的塌坡上小心翼翼地猫腰爬行，不敢向下俯视咆哮的呷隆河水。每当我们爬过新塌方的地段时，往往土石松软，一脚踏去，沙石徐徐下滑，推动一些滚圆大石，冲入20米下面的急流，溅起数米高的水花，令人生畏。我每过完这样的地段，常对"一失足成千古恨"这一人生警语有新的理解。若不小心，说不定要到印度洋报到。

中午一点左右，来到88K，那是20多天前新华社记者险些被泥石流吞没的地方。这里原是公路指挥部库房，储有大量物资。经这次天灾，大部分物资被冲走，损失达100万元。我们看到20多米高的塌方上端，还有残破的帐篷张着大口，在秋风中瑟瑟摇摆。当我们一行来到仅存的两座仓库和一个帐篷跟前，里面的两

爬越塌方（2003年庞涛摄于墨脱）

位来自日喀则的民工迎了出来邀我们进去。其时正是午餐时间，他们得知我们还没用餐的时候，便手脚麻利地请我们吃罐头肉煮面条。我们这些陌生人受到这样的款待，当然感激不尽。临别的时候，我们每人付给他们1元钱餐费，这些淳朴的日喀则人说："罐头多得很，面条也不少，都是准备移交给地方的，收了你们的钱，还要记账，太麻烦。"一再拒收，并送一些罐头让我们带走。我们白吃一顿已感到占了公家的便宜，心里不安，况沿途艰险，空手走路还觉困难，更不想增加负载，也只好辜负主人的一番美意。

下午4点，我们到达县转运站80K。这里堆满了大量的水轮泵发电机设备、建筑器材、农药，显然是公路修通后运进来的。张会计来这里，正是接收此类物资。县转运站没有接待客人的任务，过往的民工自有他们谋求食宿的办法，如自带干粮、与友人合伙等。可这类条件我均没有。幸亏张会计见我孤零零的，动了恻隐之心，到吃饭时拉我入伙，解决了"民生"问题。饭后天色还算早，我到外面散步，发现距住处不足50米的地方，建有两座土坟，从残存的花圈架子看，估计是年内建的，坟前立有一块二尺多高、五寸宽的木板。上前细看才知道是烈士墓。他们是承建公路的工兵营战士，其中一位是班长，在一次塌方中牺牲，记得都是四川永兴人。可惜当时没有把他们的名字记下来，至今还十分后悔。

天黑了，我以前认识的门巴族朋友为民从山上打猎无获，怏怏而归，当我们意外相见时，甚为惊喜，随后我们架起柴火，烘烤衣服，重叙1976年在达木建立起的友情。我从他的口中知道，今年6月，他调到这里的转运站工作，由于没有通信，彼此都不知道对方的消息。承蒙他的关照，晚上我还饮了一些白酒，尽管是睡通铺，但发了两张新藏被，让我睡了个安稳觉。他还答应，过两天公路指挥部的严副指挥乘吉普车到此，可以把我带到扎木。我那时正在为交通所困，听到这样的许诺，悬在心头的一块石头终于放下了。

第二天一早，昨晚认识的一位老乡黄拉珠匆忙前来叫我起床，说是他已确切知道，今天下午有汽车到62K拉货，若我们及时赶到那里，晚上就可赶到扎木。他已同三四个民工吃完早饭，准备前往，约我同行。我听了他的建议，心都动了，因为这比为民向我建议的坐吉普车提前两天时间，更为可取。况且过10月1日以后，通往扎木的加热拉山口随时都有大雪封山的可能。于是我临时作出决定，向为民辞行。他见我立意要走，揉着惺忪的眼睛说：你还没有吃早饭呢，怎么能走？说完，从他的房间里搜出半小袋玉米糌粑面给我，并想找些茶水让我揉糌粑吃。可摇遍了3个热水壶，没有半点响声，显出满脸的歉意。黄拉珠见了，赶回他的住处，端来一碗热茶，我在茶碗里胡乱兑上糌粑，拌成糊糊，颇像北京人喝的茶汤，灌个半饱后，同为民匆匆告辞。

黄拉珠现年26岁，其父亲为广东湛江人，原十八军战士。

1950年进藏，随后在拉萨和一位藏族姑娘结婚。1970年，因长期生活在西藏，患有多种高原病，不得不转回原籍。他的妈妈又不适应广东炎热的气候，只能留在拉萨，从此一家分成两半。黄拉珠是长子，随父一起回家。但回到湛江后，因在拉萨所受的教育水平偏低，无法与内地的同龄人竞争，不论考高中还是读中专，屡次落榜。那时候，知识青年就业十分困难，眼见在故乡没有出路，1978年又重新回拉萨投靠母亲。去年起当修路民工，每天4元钱。我见他身体比较瘦弱，便问他吃得消吗？他说道，由于他喜欢画画，字也写得不错，所以领导安排他出板报，搞宣传工作，倒能胜任。他颇为自信地对我说，一年多的民工生活，他信守着母亲对他的叮嘱："手脚要干净"，即不贪心。他还讲到，在这里当民工，一有空就画画，有人劝他，这里的女青年多，大家都谈恋爱，何必一个人苦苦画画？他对这些话不以为然，仍朝着这一方向努力。我们就这样一路走，一路谈，不觉来到62K。那里有食堂，米饭尽吃，腊肉炒土豆0.60元一份。我坚持请他，他不允，最后各付各的钱，结束了3天来靠人施舍求食的日子，心情顿感痛快。

6. 汽车在冰川夹缝中爬行

在62K处吃完午饭后，已近一点，但还没有见到汽车的影子，我们未免焦急起来。食堂的人员安慰说，来的都是"霸王车"，不会失误，叫我们耐心等。我以为霸王车的意思是开进来的汽车质量特别好，安全系数高，后来听他们说，从扎木进墨脱的公路，比川藏线的二郎山地段自然灾害还严重，路况更险，不是艺高胆大的司机，不敢来此，故得这美誉。我听了，甚感兴奋。心想，我们毕竟是霸王车的搭客，跨越西藏最险要的公路，若能平安出去，也是一次不寻常的经历。当然，想到意外事故的发生，心里也蒙上一层阴影，但联想到老姚的翻车，新华社记者遭遇泥石流，不也是平安渡过，有惊无险吗？琢磨到这些，心里也坦然了。

下午两点，车终于等到，那是一辆旧解放牌卡车，装完货后司机稍事休息。黄拉珠发现司机室还有一个位置，跟司机说，我是北京的考察队员，又是年龄最大的，请准予我坐司机室。幸亏司机亦继承了中国"尊老"的传统，欣然同意。下午3点，汽车启程，在堆满货物的车厢里，高高地坐着10多个撤退的民工。他们知道，前面要越过积雪的山口，坐在敞口的汽车里，是很冷的，因此都把仅有的几件单衣穿在一起，有些人还套上雨衣，以挡风寒。

车沿着东北方向的山岭爬行，走了半个多小时，进入茂密的松杉林和箭竹林地域，从生态学的知识判断，这里的海拔高度已到达3500米左右了。不知是什么原因，这里的箭竹林大片大片地霉烂，直至发黑死掉。越过箭竹林，汽车开始爬险峻的加热拉山口。在我的感觉中，这里的山体像是用黑色的石块堆起似的，当汽车驶上那窄小山道的时候，我发现路基是用黑色石片堆砌的，路面也布满大小不一的石块。在有些地段，清冽的水从高处流下，漫向路面，冲向路基。

当我们平安绕完第一个弯道后，司机为了有较大的回旋余地，顺利地冲上第二个弯道，便稍微驶向路边。就在这时，车子突然向外侧一晃，车上的乘客立即惊叫起来。原来车后轮稍微靠边，把长期受雨水冲刷的路基压塌。幸亏司机经验丰富，紧急操纵方向盘，加大油门，冲向内侧，才免于滚落山沟的危险。待车稍为停稳后，车上的乘客纷纷下来观望压塌的路基和下方的险境，同时也相互感谢对方拽拉免于抛出车外，跌落深沟的万幸。唯司机匍匐在方向盘上低声对我说："刚才我的心也差不多跳了出来！"我想到上车时他曾对我说过，在这样险峻的公路行驶，父母和妻子是他最大的保护神，只要想到他们，开车就格外小心。我想到，他匍匐在方向盘上，或许在为自己险些抛下父母妻子于不顾而内疚，或许庆幸自己能再次获得与他们团聚而欢欣？待他心情调整过来的时候，便请大家上车，随后冷冷地对我说："过加热拉共18道弯，现今过了两道，还有16道！"我从他那沉闷的语调中知道，他还为前路可能出现的危险担心呢。我深切地感受到，这被人们称为"霸王车"的司机，他的内心深处可丝毫没有"霸王"的影子。在此后的拐弯处，司机更是不敢大意。有时路面过窄，宁可爬一段山路，再退下来，让前轮调整过来，再顺利拐弯。车子就这样呜呜地加大马力，徐徐向前，车速是慢了，大家的心也不再悬在嗓子眼了。

车快到山口的时候，我见到有近千米的地段，路边距离不等地插着四五米高的竹竿。起初以为是电线杆，但细看上面没有电线，甚感疑惑。司机说，每年6月初，为修建前面的公路，要提前运输物资，可这一路段常积有三四米深的雪，故只能用推土机铲雪开路。那些竹竿是作为标明公路的具体位置用的，以免推土机掉入雪窝里。司机还说，过去从这里进入墨脱的人，见到这段路程雪深难行，常坐在雪上，任意下滑，一滑千米，倒是安全省力。他在3年前入墨脱修公路时，就是这样滑下去的。他唯恐我不信，还请我看看两旁终年积雪不化的山坡。

翻过加热拉，地势急转直下，车缓慢而行。司机指着东西两侧的雪山向下延伸的两道长长的斜坡说："这是两条著名的加热拉冰川。"冰川的名字我知道，但冰川的样子没见过，以前总认为，那一定是晶莹剔透、冰雕玉砌的神奇景色吧！但眼前的两条冰川，纠正了我那想当然的印象。我坐在司机室里，左右两条冰川一目了然。在这些冰川的上面，都盖有一层近一尺厚的黄褐色风化石，从表面上看，没有冰的痕迹。当汽车不停向下行驶的时候，我们看到一条巨大的冰裂缝，有二三十米深。但见裂缝深处，在雪山的落日余晖映衬下，发出悠悠的蓝绿光芒，这时我刚意识到，那才是冰川的真面目。可惜的是天色不早，不能前去观赏那不时闪烁着类似蓝、绿宝石光芒的美景。冰川大约向下延伸数百米，在冰川的尽头，堆满着风化石，有些地方已在上面长满了野杜鹃之类的灌木丛。在两条冰川的下方是一块较平坦的开阔地，据说那是在20多年前，两条冰川崩塌冲积而成的。司机说，每年五六月，在这块开阔地上，盛产虫草，体大质优，颇有声誉。我们的汽车越过这片开阔地，过了一座桥梁，顺着由这两条冰川形成的溪流蜿蜒而下。其时天已全黑，汽车在微弱的灯光下缓缓爬行到2K处，这里是民工接待站。黄拉珠等人在此下车，我要到154团部住宿，以便到那里取张江华和陈景源存放的东西。

从2K处向前不到两分钟的路程，司机指着右侧的一条路说，"从这里向前走100多米，就是154团部了。"当我告别司机后，眼前漆黑一片，心里茫然。在这个人生地不熟的地方，自己既没有介绍信，连该团的团长或政委的姓名也不知道，孤身一人，他们能让我进去吗？我揣摩着，张、陈两人曾告诉我说，他们从墨脱出来后住在154团。尽管已出来一个多星期，但西藏的交通十分不便，或许他们还滞留在这里。即使已经走人，团部的有关人士也会知道他们的名字，只要我说出他们的情况，就能证实我的身份，让我住宿。

我想好之后，便信心十足地向前面闪烁的灯光走去。一入大门口，门卫知道我的来历后，便带我到团部接待室。当我在路上同门卫说话时，前面的黑影里有人高声叫着："李坚尚、李坚尚！"接着便冲了上来。我知道，那是陈景源的声音，真想不到问题这样轻易解决。当时，我喜悦的心情是难以言表的。数月之前，我们先后离京共同赴藏，考察喜马拉雅的山地民族。他们两人先到察隅考察僜人，我们到米林考察珞巴族，随后共约相会于墨脱。可事有恰巧，在墨脱没有相会，但最终仍在扎木见到，这怎么不让我们高兴？当晚，我被安排在同他们一起的套间里。

墨脱，我终于平安地与你告别。

十五

思古幽情

1. 多棱镜里的土王

也许是劳累，也许是从海拔 1000 米的墨脱来到海拔 3000 多米的扎木，高山反应骤然而至，当我见到张、陈两位同事后，除吃了一些当地出产的长把梨，喝了一碗奶粉兑成的牛奶外，尽管 7 个多钟头没有进食，我依然一点胃口也没有。他们待我洗完热水澡后，为了减轻我的高山反应带来的不适，让我躺在床上，静静地与他们一叙阔别之情。他们说道，自离开墨脱来到扎木后，张江华准备前往四川藏区调查，可一等 7 天，交通仍然没有解决，只好在这里耐心等待，希望搭上一辆方便车，能及早赶到调查的地点。陈景源准备到拉萨，收集有关资料，也顺便到林芝有关部门，收集东久区门巴族的社会历史资料。恰逢明天团部进行战备拉练，有车到林芝，打算随车前往，然后从林芝再到拉萨。我和芳贤早有约定，重回米林，再作深入调查，然后到错那、隆子，决心走遍整个喜马拉雅东段我方控制的地区。尽管那时我喘息未定，不经充分休息，可能会引起更为剧烈的高山反应，危及身心。但有军车到林芝，这毕竟是天赐良机，不宜错过。于是不管三七二十一，决定明天同陈景源一起，搭军车到林芝，重访米林，以免在扎木遭受长期等车之苦。

明天起行的决心看似下定了，但当我冷静地躺在床上时，心情难免忐忑起来。波密是西藏东部的历史名城，历经数百年的地方政权甘南木第巴，即俗称波密土王的文化遗址也在这里，如果不去探访，恐怕以后就难有机会了。况且对波密土王政权的认识，我又有一个从否定到肯定，从批判到赞美的思想转变过程，如果不去凭吊寻访，多少也留下遗憾。

波密土王是个有悠久历史的地方政权，到底起于何时，已无可信的文献参考。依据他们古老的传说，他们的先世，与松赞干布的先世有血缘关系，后者在公元7世纪称雄于青藏高原。传说中称，从松赞干布上溯32代，吐蕃王朝的始祖聂墀赞布下凡人间，降临在则拉岗，成为当地人的首领。由此下传6代到止贡赞布时，遭外族入侵，3个王子外逃，其中一个名叫甲赤的小王子逃到波布，建立政权。甲赤的后裔，就是世传的波密土王，这一传说表明，波密土王与控制着拉萨的强大格鲁派势力之间，有着饱含温情的血缘关系。

有关波密土王的政权历史，还有另外一个传说：当天地初开的时候，南瞻部洲被18个魔王占据。占据波密地区的魔王作恶尤甚，常常伤害人畜，格萨尔王目睹波密民众的苦难，毅然决然出兵讨伐，大败魔王，并执杀之。魔王的白马化作毒蛇来战，又被格萨尔王杀死。随后中国皇帝派来钦差大臣，制定法律，设置官制，并派波密土王管理波密和珞渝地区。自此波密土王的子孙永继地方首领。

长期以来，波密土王是个弱小的地方势力。到了近代，在其东部是大清帝国，在其西部又是受清帝国册封的格鲁派政教合一的强大势力。处在这两大势力之间的波密土王，只能小心行事，不敢大意越雷池。上面两则传说，虽然充满着神奇的宗教色彩，但他们与控制着拉萨的强大势力拉上血缘关系，与控制着中央政府的清皇朝建立臣属关系，是符合弱小政权求取生存的心理的。但历来波密土王被说成一股顽劣的地方势力，以其险要的地域据守一方，无恶不作，既与清廷抗衡，又与拉萨地方当局闹独立，真是罪不容诛。当我始初踏入门巴族、珞巴族的社会文化研究时，也接受了这一观点。

可历史的真相不全然是这样。19世纪末和20世纪初，外国侵略势力指向青藏高原，特别在其东南边境，战事时有发生。为应对危局，全中国人民奋起抗争。1906年，赵尔丰任川滇边务大臣，实行改土归流。在西藏东部的广大藏区，强制推行以武力为后盾的改革政策。1911年，赵尔丰和驻藏大臣联豫，共同进兵波密，摧毁了波密土王的地方武装。波密土王白马才旺逃往白马岗后被杀。我们从这些事实看到，波密土王遭受灭顶之灾，是赵尔丰强力推行改土归流政策的结果。

清军攻占波密土王的地域后，由于以孙中山为领导的辛亥革命爆发，清王朝覆灭。赵尔丰和联豫所部的清军溃散，波密土王白马才旺的女婿敦笃多吉纠集旧部，重新登上土王的宝座，经10多年的发展，实力渐盛，随即引起拉萨当局的关切。为了控制波密土王，拉萨地方当局还让贵族噶伦察绒的女儿嫁给土王做妻子，以便在土王到拉萨省亲时趁机捉拿。土王察觉了拉萨地方当局这一阴谋后，不入圈套，随即双方矛盾加剧。大概在1928年，拉萨地方当局派出数以千计的武装人员，分兵五路，进攻波密土王。土王兵败，逃往白马岗，随后从察隅进入札纳，因食物中毒身死，波密土王至此覆灭。我们从以上简单叙述中看出，拉萨当局之所以发动这次武装冲突，是他们觊觎波密这块土地，并不是因为波密土王闹独立、闹分裂所致。

我们从上述两次战争中可以看出，说波密土王闹分裂、闹独立导致战争的说法，是站不住脚的。更令我感到不安的是对波密土王数十年来治理广大珞渝地区，调解民族纠纷，巩固边境所作的贡献，学术界没有作过充分的肯定，这对波密土王是不公正的。在历史上，松赞干布建立的吐蕃王朝时期，其政治势力曾达到珞渝、门隅一带。但只有到了波密土王统治时期，才在珞渝地区建立起强有力的行政组织地东宗（随后改为墨脱宗）和嘎朗央宗，任命宗本，建立差税制度，调解民族之间和部落之间的纠纷。这无疑是波密土王建设祖国、保卫祖国的伟大业绩。包括墨脱在内的我国数万平方公里的领土之所以存在，当与波密土王的治理和开拓有关。可长期以来，对波密土王的这些历史功绩从来都得不到应有的肯定。出于这样的考虑，我不久前在墨脱调查时，就萌生一种念头，真想有一天去朝拜波密土王昔日的官邸遗址，借以表达我对这个地方政权的一丝仰慕之情。

当我躺在154团招待所的房间时，上述有关波密土王的往事总是萦绕心头，使我难以入睡。如若明天不走，可以了却拜谒波密土王遗址的心愿，但又不知何时才能有车赶到林芝。如若一走了之，这一心愿恐怕以后就难以实现。我内心就这样七上八下地翻腾着，一直到天亮。第二天一早，我四处打听，知道波密土王官邸的遗址在波河下游的学哇卡，距此尚远，一天、半天的时间是难以前往的。为此我只好放弃这一念头，走到波河岸边，向前三鞠躬，以凭吊这位川流不息的历史老人，来代替拜谒波密土王的遗址吧，因为波河的潺潺流水是会把我的情思带到那里的。

2. 文成公主梳妆台

10月2日中午12点，我们随拉练的154团官兵准时出发赴林芝。拉练是当时军队战备的一个重要军事行动，一切都要按严格的军事组织进行，不能随意改变。本来像我们这类的局外人，是不易插入的。因团长是陈景源的东北老乡，加之我们确有实际困难，因而格外破例，准许我们搭乘车尾，随拉练的部队一起前往。

数个月来的墨脱艰苦生活，已使我的体质明显下降。我过去是不晕车的，现在也晕车了。坐在安有伪装网的敞篷车里，颠簸、呕吐和寒冷总是轮番袭击我虚弱的身体。到午夜 12 点，我们越过海拔 5200 米的雪齐拉山口，总算通过最为艰险的地段。在下坡的路上，军车更像遇到风暴的小船，起伏翻腾。我只好紧紧抓住车上的伪装网，以防身体抛离座位，撞伤他人。午夜 1 时，我们住进 52 师的招待所，终于到达林芝。可惜的是我那根墨脱门巴族老人赠送的藤手杖，被车里的杂物压成无用的一根扁柴，不得不忍痛丢弃。10 月 4 日，我告别陈景源同志，回到米林。10 月 14 日晚，天气突变，四周的群山罩上厚厚的白雪。第二天一早，我们进墨脱的翻译罗布前来打探刘芳贤的消息，并带着忧心忡忡的口吻说，这下刘可能越不过多雄拉的雪峰，出不来了。可就在当天下午，刘芳贤两眼红肿，灰头土脸地回到县招待所。从他那狼狈的样子可以想见，他这趟墨脱之行吃了不少苦头。但他和我见面的头一句话，却是十分兴奋地谈到，这次在达木收集到了大约 60 个民间故事，把所有的记录本都用光还不够，连烟盒纸也翻过来写满访问纪录，可真是物尽其用了。我听了他讲述的调查成果，激动不已，加上我们之前收集到的丰富多彩的传说故事，今后出一本有相当分量的门巴族、珞巴族民间故事集是不成问题了。

  10 月中旬，县里开干部会议，我意外地碰到羌纳区的书记群培。当我说道著名的工布摩崖石刻时，他如数家珍地说道，该石刻就在他们区政府河对岸的林芝东久区。到了他们那里，坐皮船或木船渡过雅鲁藏布江，再走几里地，就可到达。他还说道，距此不远，还有文成公主梳妆台。以前我只知道有工布摩崖石刻，不了解还有文成公主梳妆台，这太有意思了。随即就梳妆台的相关问题如具体地点、大小尺寸、为什么说它是文成公主的梳妆台等诸如此类的问题，向群培问个不停。群培是个富有幽默感的人，他与多数藏胞一样能歌善舞，他什么问题也不回答，只向我唱起这样一首民歌：

汉妃公主来到域龙已滞留三年，
她带来的"黑白五谷"也种了三年；
三年过后她才拜识赞普的御貌真颜，
三年过后赞普才消受公主的温柔蜜甜。

由于我的藏语水平甚低，当时是听不懂这首民歌的。只有在回京后，在藏学家常凤玄先生的有关著述中才了解。群培见我不知所云，便把相关的民间传说向我细述一番：

从前，文成公主从唐朝来到东久的域龙后，住下来等待松赞干布前来迎接。文成公主久候不见松赞干布的身影，便派接亲的大臣噶瓦前去问个究竟。噶瓦由于对公主不满，他见到松赞干布后，便进谗言，说文成公主有狐臭。松赞干布大生疑惑。噶瓦回到域龙后，又使人告诉公主，说松赞干布塌鼻，面貌丑陋。在迎

松赞干布与文成公主塑像（西藏历史档案馆提供）

亲大典上，松赞干布用袍袖遮鼻，以防公主狐臭。公主见松赞干布捂鼻子，相信松赞干布为塌鼻面丑，随即痛哭不止，未成大礼。松赞干布走后，公主留下来，教当地人引水灌溉，种植五谷。过了三年，噶瓦因罪获遣，谎言才被戳穿。松赞干布随即迎接公主到拉萨，举行了隆重的婚礼。

群培书记既唱又讲的表演，把我们的兴趣吊得高高的。我和刘芳贤当即决定，一待干部会议结束，我们立即到羌纳，并从那里渡雅鲁藏布江，拜谒文成公主梳妆台。

10月中旬，干部会议结束，我们挤上代表的车子，来到羌纳。当天晚上，群培书记就给羌纳渡口的负责人顿珠去电话，请他在明天上午10点派船过来，接我们过江。随后顿珠还同卫生学校的有关人士联系，请他们用汽车把我们送到156团三营的驻地米日区的玉荣哲，那里距梳妆台仅一步之遥。当晚，营部的胡营长核

工布的男子（1980年李坚尚摄于米林）

查了我们的证件后，随即热情接待，在我们的餐桌上，还特意加了一盘午餐肉。这在当年那个物资缺乏的年代，可以说是不低的待遇了。由于有访问老乡的任务，他还派一个藏族的副连长江参做翻译。第二天一早，江参带我们到梳妆台去。江参是后藏人，虽在部队，但已成为当地公社书记巴登的上门女婿。我们得到具有军、政双重关系的人做翻译，真是如鱼得水。随后在摹拓工布碑时抄写藏文，就是他主动找到一个小学教师完成的，不用我们操半点心。

10月21日，我们离开三营驻地，向西走一里多地，就到了传说中的文成公主梳妆台。当地人称这里为"阿支格萨"，意思为"汉妃公主"，已从人名演变为地名。江参把我们带到一个小山坡的北侧说，这就是阿支格萨了。这坡地大约是东西长20—30米，南北宽10多米的地块，上面布满高矮不一的天然石块。他指着一块两三米长、两米多宽、一米半高的大石头说，这就是文成公主的梳妆台。细看其东端略微凹陷，有的地方呈现暗红色，传说是当年文成公主烧水时留下的火坑。我低头细看这些暗红色的痕迹，确像被火烧过一般。除这块略呈台状的大石外，其余多是较矮的天然石头，这自然引起人们的遐想。

江参见我在梳妆台前后左右观看了数回后，就开始向我提问题了。他指着邻近的雅鲁藏布江的两岸山坡上问：你知道为什么南岸的山坡长着密密的高大松杉林，而北岸的山坡只长低矮的野草呢？他这一问可把我难住了，是呀，同处一个地域，为什么在植被上有这么大的差别？他见我无语以对，便说这与文成公主有关系。相传松赞干布回拉萨后，文成公主留下，她教当地人引水灌溉，种植五谷，有时也望着滚滚的江水发愁，思念亲人。有一天，她梳洗完毕后，左边的头发已编成辫子，右边的头发披散着默默地向西边眺望。这时，辫发所指的南岸山坡长出高大的松杉林，散发所指的北边山坡仅长蓬蓬的矮小野草。江参的这一有趣解释，再次引起我的思考。

关于文成公主的事迹，我也略知一二。她进藏时，是走青海日月山这一路线的，没有路过工布地区的确切记载。但奇怪的是在像梳妆台这类的文化遗迹和传说，不止林芝地区有，其他一些藏族地区也有。不仅如此，在藏族文化史的诸多领域，如民间传说、壁画、民俗、藏医、藏药，甚至农业技术、纺织、酿造、牲畜繁育等众多领域，都流传着文成公主的事迹。在藏族人民的心目中，文成公主业已超脱了她自身的历史真实，而成为汉藏文化交融的化身。汉族以文成公主而自豪，藏族也因文成公主而骄傲。记得在谈及不同文化的相互影响和相互融合时，我国民族学家的先辈费孝通先生说过这样富有哲理的话："各美其美，美人之美，美美与共。"就文成公主的文化现象而言，不是已达到"美美与共"这一最高境界了吗？历史的经验说明，我国各民族合则利，分则弊，这就是我对文成公主梳妆台的传说特感兴趣的原因。

3. 摹拓工布碑

工布摩崖碑是藏族历史上极为珍贵的文化遗迹。无论是国内还是国外的藏学界，都对这一座古碑甚感兴趣。据传，早在1948年，英国学者理查森就请墨脱著名的活佛顿卓木到工布抄录了该碑的全文，随后发表了研究报告，颇有影响。对国内的文物研究成果的发表，外国学者竟先走一步，纵然有学术无国界一说，但这也是令国内藏学界同仁汗颜的。当1980年我们再次赴米林考察珞巴族的社会、文化时，本研究所的藏族史专家常凤玄先生一再叮嘱，米林距林芝不远，只要有可能，务必把这座古碑摹拓下来，这是研究藏族古代史的重要文物，极为珍贵。此碑约建于公元8世纪末，为吐蕃国王与其属部工布首领会盟的誓文。通过对这些誓文的研究，对于探讨吐蕃王朝奴隶制的发展与演变，外来佛教与本土宗教之间的斗争和相互影响，都有重要的学术价值。为此我们购买了宣纸、浓墨、刷子等摹拓工具和材料，并向有经验的同事刘凤翥、白滨等请教了拓碑的方法。根据他们的介绍，我们还买了一味中药白术，以便在摹拓时熬成水均匀地洒在宣纸上，使其有较强的吸附力，但又不致粘连，借以保证拓片的质量。这套摹拓设备，我们在寻访梳妆台时，也同时带去。

拓碑者在工布古碑前合影（1980年刘芳贤摄于林芝）

10月22日上午，我们到达文成公主梳妆台后仅半个钟头，已是中午，到了部队用餐时间。我们知道炊事班的同志会给我们预留饭菜，但也多少影响他们的休息，心里颇感不安，我们正急着回去，但被江参拦住，他说："工布摩崖碑距此不足百米，应该去呀。"随即他指着西北方向的一块较高的石头说，就在那里。我此前只知道这座碑距梳妆台不远，想不到仅有咫尺之遥，当然乐意前往。我们走到跟前，发现该碑坐北朝南，1米多高，碑文上方有两块石板覆盖，一端搭在碑上方，另一端由两根石柱支撑，很像三边透风的小石屋，用以遮风避雨。这工布摩崖石碑，曾令多少藏学界前辈心驰神往，他们终因没有机缘见到而遗憾终生。现在它就赫然立在我们面前，这种幸福的感觉，真是难以言表。我们先凝望片刻，再探头往里看，发现碑的正面有藏文，文字不甚清晰，碑身下方石座已被泥土堙没。江参说，这里的群众讲道，很久很久以前，石碑是没有石板遮挡的。后来阿沛家族的人派石匠来才修成现在的样子。阿沛家族是工布江达的大贵族，广有良田和农奴，这里的不少农民曾耕种过他家的土地。现在的全国人大副委员长阿沛·阿旺晋美，就是该贵族的上门女婿，并承继了该家族的贵族身份。至于是哪一代阿沛家族派人来修的石棚子，那就说不清楚了。在广大汉族地区，上门女婿被称为倒插门，是无力娶妻的标志，一般受到歧视，青年男子不是出于无奈是不会走这条路的。但西藏的社会不是那样，上门女婿不仅受到尊重，还能承袭贵族身份，这是汉藏两族文化差异的地方。

　　由于我们没有带铁锹，无法清理摩崖碑下方的积土，只好先回去。在回三营的路上，江参向我们许诺，清理积土一事全由他们办理。他还说道，他能为我们请到村中的一位小学老师帮忙，替我们抄下碑上的藏文，江参为我们想得这样周详，真令我们高兴。说实在话，我们的点滴藏文知识是不足以胜任此项工作的。

　　第二天吃完早饭，我们再到工布碑前，见到一位小学老师努布，在掀开盖板的碑前用粉笔描字。他见我们到来，十分客气地说字描得不好。并说道他昨天下午就来到这里，把碑下积土清理完毕，积土大约有半米深。随后用水把碑面清洗，涂上一层浓墨，今天吃完早饭后就到这里用粉笔描字。虽然还没描完，但是看上去碑面上的白字黑底十分醒目。他说在五六年前，拉萨来的研究人员就是让他们这样做的。他还说，经过这样加工后，用相机照出的碑文很清楚，由于碑石历经千年的风雨，颜色早已变为青灰，文字的笔锋也受到腐蚀，故拍照时效果不太理想。但经努布先生想出这一招后，拍出的照片文字清晰可辨，一目了然。我们原定的目的是摹拓，现在又获得了可贵照片，我们对努布的创造性劳动表示称赞，同时也向他频频点头以示感谢。

　　碑盖揭开后，整个摩崖石碑也完全露出来，我们在等待老师抄写碑文时也拿出钢尺，对古碑的各个部分做了测量。石碑是在一道 230 厘米宽的石墙上凿成的，露出地面 135 厘米；碑上宽 150 厘米、下宽 130 厘米、高 170 厘米，也就是说碑从地面向下延伸 35 厘米，碑下方还有一个与碑身相连的碑座，座高 40 厘米，宽 169 厘米，上面刻着 7 个带有神秘色彩的"雍忠"符号，碑上共刻 21 行古藏文。我们测量完相关的数据后，努布老师边抄边对我们说，摩崖石碑上的这些藏文，有些传说还称那是金城公主用手指上的血写成的。相传当年金城公主进藏路过这里，乌鸦见到公主比大鹏还美，顿生妒忌之心，便装成神鸟对公主说："赞布已经身死，不能前来迎亲了。"公主听信了乌鸦的谎言，痛哭欲绝，便咬破手指，写下血书，借以悼念已故的赞普。这一血书随后渗入石头里面，便成了今天的摩崖碑上的文字。过了 3 年以后，公主知道了乌鸦的骗局，在神鸟的帮助下，终于和赞普喜结良缘。以公主身份与吐蕃赞普联姻的仅有文成公主和金城公主，在藏族的民间传说里，她们都被赋予神秘的色彩和美好的心灵。我们深切地感到，这些文化现象，是潜藏在广大藏族人民内心的真实情感的表露。

　　10 月 25 日下午，我们在江参副连长和努布老师的帮助下，不仅把碑文摹拓完毕，而且把原有的石板盖上，令其完好如初。此时此地，我们不禁想到，凡立石碑，都是为让今人或后人知晓，故其形制多十分张扬。如我们在拉萨见过的吐蕃时代的石碑甚高，又立在险要之地，让人远远都能看见。为什么工布这座石碑却修在低矮的大石上？这显然与立碑的本意不相符合，更何况这里到

大昭寺前唐代的舅甥会盟碑（1981年李坚尚摄于拉萨）

处是山，高崖峭壁并不难找。我们揣测，这可能与距此仅数十米远的转经之地有关。那里有个颇具规模的嘛尼堆。由于历史久远，积存了大量的藏传佛教石刻，如六字真言、佛像、经文之类，每年都有大批的朝圣者在转本日神山时也到这里朝拜。在这圣地旁立此石碑，虽然地势不甚彰显，也能吸引大量的朝圣者，同样亦能达到令声名远播的目的。

十六

噶当珍闻

1. 可敬的达大

我在米林、墨脱进行了将近一年的社会调查，收集了颇为丰富的珞巴族、门巴族的社会、文化资料，但甚感不足的是有关珞巴族德根部落的情况了解不多。在珞巴族中，德根是个较大的部落，人口2万多人，比博嘎尔部落多好几倍。长期以来，他们的居住地被藏族人视为佛教圣地。若在猴年转扎日神山，数以万计的虔诚教徒必经到此。这些教徒，不仅来自西藏各地，有的还来自青海、四川等地以及不丹和锡金等边境邻国。但可惜的是，在20世纪50年代前后，这些地方被印度军队占领，成为众多信徒可望而不可即的地域了。到德根部落去调查，那纯粹是梦中的事。不能到这些地方调查当然是遗憾的，倘若能找些德根部落的人访问，多少也能弥补一些不足。因此，当我们知道卧龙区噶当村有一位来自德根部落的男子时，觉得这是天赐良机，决定前去采访。

噶当村在米林县西边百余里之遥，与朗县为邻，距扎日神山不远。县里的干部达嘎知道我们将去噶当调查时，也毛遂自荐，愿意当我们的翻译，随同前往。达嘎也是珞巴族人，原是西藏自治区射箭队运动员，曾获得全国比赛第三名，现任米林县体委的负责人，他的老家就在噶当村。他的身份和翻译水平是十分理想的，他愿意来，我们求之不得。10月29日上午10点多，我们坐

牧场上的黑帐篷（李燕雄摄）

县里拉货的卡车到噶当渡口，随身还带了一条狗后腿肉。那是达嘎的妻子送给我们的，珞巴人好行猎，爱吃狗肉。藏族人却视狗肉为不洁所以不吃。为免于招致藏族人不满，我们把一腿的狗肉放在高压锅里带走。下午1点左右，我们到达雅鲁藏布江的一个渡口，遥望河对面就是噶当村。我们等了一会儿，不见对面的船驶过来，便钻入附近的一座黑帐篷里。这是一家放牧的藏胞。女主人见我们到来，便热情地给我们打酥油茶，送糌粑吃，还给我们吃奶豆腐，让大家都吃得饱饱的。我们离开帐篷后，想到帐篷的主人这样热情，便问达嘎是不是同村的邻居。达嘎回答说：不认识啊！达嘎见我疑惑，便解释说，这里的人特别是牧民，即使是素不相识的人到了他们的帐篷里，都能热情地招待。

我们在渡口等了一会儿，达嘎看手表已指向3点，等得不耐烦了，就举起英式步枪，朝天"砰""砰"放了两枪后，便对我们说，这是信号，一会儿就有船驶过来了。我凝望着100多米宽的江面空空荡荡，连船的影子也没有，只见在河对岸的一座房子

藏家牧民（1980年李坚尚摄于米林）

里钻出一个人影来，肩膀上架着一个大家伙，朝江边走来。由于距离较远，看不清是什么东西，达嘎笑着说：我们还算幸运，很快就能渡江了。我见江上还没有渡船的影子，对达嘎的话疑惑不解，便问：船在哪里？达嘎说，那个扛在肩上的大家伙就是。我突然醒悟，这就是雅鲁藏布江上藏族人使用的牛皮船，过去曾远远看过，但从未登渡，所以很快忘却了。我继续远眺，见对岸的那个人慢慢走到江边，把船放下，随即登上船划动双桨向这边驶来。时近初冬，江水宁静，船很快就到达我们跟前。达嘎、芳贤和我仅3人，一次可渡。我们登船一看，这是一艘以方圆的木头为骨架，四周绷上牛皮的小船，略呈长方形，类似北京公园的脚踏游艇，只是较短，船身颇深，没有船篷，水流平缓，行驶安全，过了江就进入噶当村。我们与村干部见面寒暄后，便被安排在一间专门接待外来人的库房里。

牛皮船之一（1980年李坚尚摄于米林）

到了噶当，我们当然希望及早访问达大。关于达大的往事，我们也略有所闻。据说他在10多岁的时候，就被掠为奴隶，卖到梅楚卡的门巴族人那里。随后又被卖到这里卧龙区的普龙山沟，长期为主人放牧牲畜，编织竹器，终生未娶。西藏民主改革后，他获得解放不再为奴。合作化后，仍为生产队放牧，现在年事已高，成了生产队的五保户，吃饭穿衣全由队里照顾，不用发愁。到河边钓鱼、上山猎野物、砍竹编竹器是他三大嗜好。他所得的全部收获，从不出售，别人拿去，也不收取分文。套到野鸡了，就送给他喜欢的人，钓到鱼了，就放在他门前的水坑里，谁吃谁取。编织成的竹器，放在家里，门没有上锁，谁用谁拿，取前不用说明，取后不用酬谢，一切出于随意，顺乎自然。我们在采访他时，在时间上从不作任何具体的约定，只有在他乐意时才能采访他，不然会碰钉子。

牛皮船之二（1980年李坚尚摄于米林）

达大60多岁，个子不高，比较粗壮。一天上午，我和达嘎到他家里，打算采访他，但邻居说，他到山上砍竹子去了。我们知道，11月的米林天气，尽管没有拉萨那么寒冷，但早晨的白霜和河边的薄冰也是冻得手足难受的。可达大不顾这样的冷天，上山砍竹子，编织竹器，无代价地供他人使用，真令人钦佩。在随后的采访中，我们还了解到，达大是珞巴族传统文化的传播人。

一是他会讲珞巴族的民间传说和故事。在我们编选、上海文艺出版社出版的《珞巴族、门巴族的民间故事选》一书中，他讲述的民间故事就有20多个，可以说是入选故事最多的讲述者之一。有些民间故事还具备很高的历史价值。如他讲到德根人的祖先和朗贡人的祖先是两兄弟，他们从天上下凡到朗贡地区时商定，各自分别种一棵松树，树活的人就留下来，树死的人就往西南方向迁移。朗贡人的祖先种下的松树活了，他就留下来了。德根人的祖先种的松树没有活，只好向西南迁移，迁到现今的西巴霞曲河流域。由于朗贡人居住的地域德根人的祖先也有份，所以现在德根人到朗贡地区时，朗贡人要向他们送刀和氆氇，以对使用他们祖先的土地进行补偿。朗贡人是居住在朗贡地区的藏族，达大讲述的传说故事，说明了藏珞两族的密切联系和德根人从藏区向西南迁移的历史。这对于研究没有文字记载的珞巴族历史来说，无疑是有重要意义的。

二是达大保留了若干珞巴族某些特殊的生产技术。这些技术就我的知识范围所及，是闻所未闻的，其中尤以钓鱼的技巧为人称道。有人说，没有出现铁制的钓钩之时，人类是否能在江边垂钓？这是研究人类文化史上没有弄清楚的疑团，可达大就以实际的业绩给予肯定的回答。原来长期以来，珞巴族地区极端缺乏制作生产工具的铁，钓鱼使用的铁钩自然也无从制造。但这无碍他们在江边垂钓。原来他们用四五根马尾结成一个活套，当鱼儿前来吞食活套上的饵料时，活套就能反扣在鱼的背鳍和鳃之间的位置上，随即卡在鱼鳃的硬盖内，使套着的鱼进不能进，退不能退，只要一举钓竿，鱼儿就能到手，像此类的钓鱼方法，文献上是没有记载的。达大继续讲到，钓鱼的办法还有一些。如用竹子削成两头尖的橄榄状，两端扎上一种鱼喜欢吃的红果，一旦鱼吞食红果，竹橄榄也随即吞下，一提钓竿，竹橄榄就横过来卡在鱼嘴上，把鱼钓到手。当然用上述方法钓鱼，要掌握鱼的品种差别、鱼的活动季节和大小不同的特点，钓鱼才能成功。由于时值初冬，已过钓鱼季节，我们无法进行实地观察，但达大的珞巴族传统的钓鱼技艺，无疑是我们闻所未闻、见所未见的。

2. 自筹嫁妆

11月6日，原定继续访问达大，因为他近几日讲述的珞巴族民间传说和故事，实在太有特点了，我们怎舍得放弃这个"富矿"？可当我和达嘎来到他家时，门虽然没有关，但邻居说他没有柴烧，又上山砍柴了。我是知道的，一般的珞巴人都怕我们整日采访，说是接受采访一天，比干农活还累。尤其像达大这样的人，多年习惯于放牧、行猎和垂钓捕鱼，独来独往的生活早已习以为常，怎能经得起我们整天问这问那，追根问底的疲劳轰炸呢？达大说的没有柴烧，只是个借口。我们反思，尽管数日来达大已向我们提供了不少资料，应该知足了，可我们对他的这种烦躁心情却没给予关注，这未免过于功利了。想到这点，我们不仅对达大的爽约没有怨言，相反还责怪自己，对访问客体不关心、不体谅，恨不得人家把藏在心坎里的宝贝一下子全掏出来。

达大是访问不成了，这下该问谁呢？由于达嘎对村里老人的身世和阅历都了如指掌，他建议访问一位老太太，名叫亚卓木。亚卓木属雅莫人，为博嘎尔部落达芒氏族的一个支系。大概在许多代前，他们的祖先离开达芒氏族的原住地马尼岗，迁到梅楚卡地方。那里是藏族、门巴族杂居的地方。从此以后，雅莫人与原本关系密切的达芒氏族的人联系日渐减少，与门巴族、藏族交往渐多。亚卓木自小就出生在这样的环境里。在 30 多岁时，才来到米林县卧龙区的噶当定居。达嘎讲到，亚卓木过去曾对他讲到自筹嫁妆的事，十分典型，值得采访。婚俗本来就是涉及民族生存与繁殖生息的重大问题。姑娘自筹嫁妆，无疑是妇女争取自身权利的一种手段，也是对珞巴族传统的家长制家庭的一项挑战，这是颇具学术价值的，我当然愿意采访。

噶当是个藏、珞杂居的农耕村落，农耕多以藏族人的耕种方式进行。当我们来到亚卓木门前时，正遇到她的儿子和另一藏族青年一起，用酥油糌粑做成大饼喂两头大牦牛。并在牦牛前额饰上一绺红缨，煞是好看。我从来没见过牦牛受到这样的"礼遇"。达嘎说：这是让牦牛立功的机会。原来这里还是使用传统的二牛

挂满饰物的妇女（1980年李坚尚摄于米林）

抬杠耕地播种，现在正是秋播冬小麦、冬青稞的季节。播种时他们先把种子漫撒在地上，随后用犁具翻地，把已撒的种子反扣在下面，再用耙耙平。犁是用当地出产的青枫木制成的，在青枫木的犁头上镶以4寸宽、7寸长的铁铧。内地传入的全铁制的新式七寸步犁弃置不用，据称是不习惯云云。藏、珞两族照顾耕牛的习俗，我们家乡也有，如在清明期间用枇杷叶包上糯米糍粑喂牛。因为清明一过，繁忙的春耕播种就开始，牛要尽受劳苦。但喂的两个糍粑大约也只有半斤，远远没有他们喂两斤的标准，看来他们对耕牛的关照，远较我们大方。

亚卓木见儿子扛着犁具走后，便把我们请到家里。由于达嘎既是邻居，又是县里的干部，当他提出采访自筹嫁妆的亲身阅历时，亚卓木就毫无顾虑地和盘托出。亚卓木讲到，在博嘎尔部落里，姑娘没有继承父亲财产的权利，父亲的财产全归兄弟所有，姑娘出嫁时所收的男方聘礼，名义上也归父亲所有，是否分出一部分给姑娘作陪嫁，没有明确的规定，全依据父母的意愿。故在雅莫人里，姑娘长到14岁或15岁时，就只能自行种植一些土地，把每年的收获积存起来，为将来结婚自筹嫁妆。一些殷实的人家还分一头小母牛给姑娘私养，所生牛犊归她所有。一个姑娘经过数年的积存，到结婚前夕就把积存的粮食、猪、牛拿出来，请近亲甚至是全村的人吃。这些被请的人，回赠衣服或首饰之类。这类的宴请，珞巴话称为"俄马多奥"，意思是为姑娘宴请或吃姑娘酒。这种宴请不分等级，只要姑娘积有较多的粮食和养有猪、牛，就可邀请更多的人赴宴，以求得他们的馈赠。

　　亚卓木讲到，她出身于伍布等级，属低骨头。她14岁开始，每年都开荒种玉米和鸡爪谷，可收250斤左右的粮食。在开荒种地时请人帮忙。种这些地，只能在早晚收工后或10天一次的休息日种植，经过三四年的努力，她已积存了数百斤粮食和两头肥猪。在结婚前夕与母亲商定，按照亲疏远近和能否送礼为原则，除请同村的男性成人外，还请其他村里的人，约计来客100人，收到大量赠品，如衣服、手镯、项珠、耳环、脚环、铃铛、小铜锅、海螺腰带、火镰、腰刀、小牛、小猪等，她父亲的朋友达约尔，还送了价值一头黄牛的达鲁，即一种妇女专用的头饰。这些物品可抵过数头牛的价值，到出嫁时，全部带到夫家。亚卓木讲到，在雅莫人的富裕新娘中，除了通常喜爱的妆饰品外，还十分崇尚到夫家时，右手牵着一头犏奶牛，左手拉着一个年轻的女奴隶。实际上，在珞巴族家长奴隶制的社会里，妻子是属于丈夫的一宗动产，丈夫可以随意把妻子出卖甚至杀害。如果妻子娶来时带有较多的财物，她在丈夫的心目中就有一定的地位。因此姑娘长到10多岁时，就努力积存一定的财物，借以提高自身的地位。故民谚云：大树倒，枝自断，姑娘大，有积攒。

珞巴族妇女的背饰（1980年李坚尚摄于米林）

用刀剪发（1980年李坚尚摄于米林）

在此后的数天时间内，对于姑娘自筹嫁妆的事，我们在噶当还作了进一步的了解。似乎觉得在博嘎尔部落中，雅莫人的姑娘比其他氏族的姑娘更重视嫁妆的积存，这或许受到门巴族习俗的影响。门巴族是个男女比较平等的民族，妇女在家庭中有较高的地位，一些殷实人家的姑娘，还往往招婿上门，延续香火。招赘亦需要财产，向男方支付彩礼。雅莫人的姑娘这样重视自己的嫁妆积累，说不定受到门巴族习俗的影响。

3. 盛大的"索布巴"

我们在噶当访问，住在生产队的库房里，地方较大，加之有电灯，到了晚上，一些爱热闹的人便来串门。我们也十分珍惜这种难得的机会，常用香烟、花生米接待他们。因而各种奇闻逸事也纷至沓来，传入我们的耳朵里。如这里的高山牧场上湖泊甚多，有白水湖、沸水湖、清水湖，一些湖里还有较大的漩涡，若有牦牛不慎掉进去，漩涡一会儿就会把它卷进去，变得无影无踪。更令人奇怪的是一些湖里有一种鱼，近一米长，鱼头像马头。1972年时，一伙人到那里捕鱼，又见到这样的怪物，甚感恐惧，扔下渔网就走，至今人们还不知道那是什么怪物。在高山牧场的峭壁上，常有五灵脂，一堆就有100多斤，因人无法攀登，只能用枪击落。五灵脂能治病，有人肚子痛，只要将手指大小的一块五灵脂用水冲服，立马止痛。当然，他们谈得更多的是珞巴族自身的事，其中给我们留下特别深刻印象的还是"索布巴"。

"索布巴"是博嘎尔部落方言，"索布"是他们饲养的一种牛的名称，藏族人称为"巴麦"，有些人依据这种牛前额较大的特点，又称为大额牛。"巴"为"祭献""宰杀"，索布巴的意思就是"祭献大额牛"。向谁祭献？依据珞巴族的传说，是向太阳女神祭献，借以求得太阳女神的保护，赐予家庭幸福，生产丰收，狩猎顺利。故在珞巴族社会里，凡是比较殷实的人家，只要有条件，在冬季农闲季节，都愿意举行这种耗费大量财富的宗教活动。其中值得我们关注的是一些财力雄厚的人家，那些人家往往利用这种祭祀活动，大量宰杀牲畜，宴请宾客，借以提高个人的声望，扩大自己的实力。据他们讲述，在此类活动中，规模最大的一次为梅楚卡地区的雅莫人冬马举行的一次。虽然已经过去数十年，至今还为众乡亲津津乐道。为求取这次索布巴的实情，我们在11月9日至11日，召开了达约尔等3位知情老人的座谈会。他们讲到，大约在30年前，富裕户冬马举行过一次规模最大的索布巴活动，为期20多天，请客200多人，共宰杀大额牛10头、犏牛3头、黄牛7头、猪30余头、鸡50多只，共耗粮食数千斤。当达约尔知道冬马要举行这一祭献仪式时，由于是同氏族、同村乡邻，按照传统习惯，他很快就给冬马送去1头猪、50斤大米、30多斤食盐，以示祝贺，随后还送了酒。

  达约尔等人还说道，大约在举行索布巴之前的一个月，冬马就请同村的妇女10多人，到他家里帮忙酿酒，历时七八天。为保证酒不发酸，洒酒药的人须由鸡肝卜决定。酿酒耗粮约计数千斤，另准备好大米、玉米、鸡爪谷数千斤，以供客人食用。全村青年还帮助砍伐木柴，宰牛杀猪，用以供祭。此外还选派接待员10多人，负责迎接外村的来客。同村的各户人家，每户也要酿造50斤粮食的酒，三四户人家合送一头猪或七八户人家合送一头牛。举行索布巴的具体日期，由冬马请巫师看鸡肝卦确定。

  举行索布巴的第一天，在巫师的主持下，用竹屑捆扎波德刚德神像，并杀一条公狗和一只公鸡祭祀，以求取这对神灵的庇护。第二天，再用竹屑捆扎各类相关的神像后，举行一种称为"戈热"的仪式。仪式由巫师主持，并挑选20—30个年轻男子令他们披挂弓箭，并在额上涂抹酥油表示吉庆，随即由他们共用一个盛酒的铜壶，轮流畅饮吉庆酒。接着列队进入主人屋内，齐喊3声"噢"

后,在巫师带领下,到冬马放养大额牛的山上,捕获10头大额牛,浩浩荡荡赶回冬马家门前,并由冬马的妻子在牛身上洒上象征吉祥的白浆,白浆用大米粉调成。接着挑选肥壮的公牛、母牛各1头,由专人拉到事先搭在门前的祭台旁。在巫师的主持下,男主人向公牛身上象征性地射了一箭,女主人在后面用棍驱赶公牛和母牛走上祭台,以示向太阳神献祭。当把两头牛先后赶上祭台后,早已安排好的两个年轻人挥斧猛击大额牛的头部,牛倒地毙命。随后男女主人与村人一起拉着一根大毛竹,绕主人房子转一周后,在房子的东头把大毛竹竖起,以示让所杀的牲口由此竹竿上天,敬献太阳神。毛竹竖起后,众人分头宰杀其余的牲口。晚上除巫师念经祈祷外,其余的人饮酒、唱歌、吃肉,欢庆通宵达旦。第三天,除巫师继续念经祈祷外,其余的人唱歌、欢庆,开展射箭、抱石头等体育竞技活动。晚上在巫师带领下,主人一家及全村曾举行过索布巴的人,在主人家里一起跳独鲁舞,并在屋内沿火塘绕3圈,接着喝酒唱歌到深夜。索布巴活动的最后几天,全村人一起合伙宰杀送给主人的猪、牛,酬谢主人一家的盛情宴请及远道而来的外村人。索布巴活动结束那天,巫师也要准备酒肉,请主人一家老少吃一餐,主人除送猪、牛腿各一条给巫师外,还要送一筐肉、一桶酒、三包大米,让他带回家,整个索布巴前后历时20多天才结束。

4. 祖国大门的守望者

自19世纪以来,英国殖民主义者不断向珞巴族、门巴族居住的地域入侵,自此以后中国这块边境,再也得不到安宁。即使到了1976年我们首次去考察时,昔日的硝烟虽然暂时不见了,但一百多年来这片边境地域被侵占、被蚕食留下的伤痛,时时刻刻都在折磨着广大珞巴人、门巴人的心。

珞巴族全国政协委员达登（1990年李坚尚摄于北京）

早在1825年即鸦片战争前15年，英国侵略者就派出测量队，闯入雅鲁藏布江下游各部落地域收集有关情报，为他们的侵略做准备。与此同时，他们还不断派出武装力量进行挑衅，为侵略制造口实。

1858年3月19日，英国殖民当局就借口珞巴族部落之间的纠纷，派出100多名装备精良的英军，入侵珞巴族民荣部落的克邦村。克邦村人在氏族首领的指挥下，巧妙地利用有利的高山峡谷地形，进行顽强的抵抗，击毙英军首领1名，士兵10名。英军遭受沉重打击后，不得不狼狈撤退。珞巴族的这次抗英斗争，正与我国内地第二次鸦片战争的抗英斗争相呼应。可敌人并没有因为失败而放弃侵略野心。

1859年，英印殖民当局又寻找借口，派出海军旅士兵、陆军炮兵和轻步兵总计370多人，并配备榴弹炮、迫击炮各一门，向民荣部落的帕西村入侵。珞巴人构筑了11道木栅栏，用弓箭、大刀抗击敌人的进攻。这次抗击入侵者的斗争虽然失败了，但他们

珞巴族的民兵（1980年李坚尚摄于米林）

保卫家乡的爱国精神，一直鼓舞着珞巴族人守望国土的雄心。

  1911年，英国驻萨地亚助理政治官员威廉逊一行40多人，又非法进入珞渝地区的罗东村，再次激起珞巴族人民的愤怒。他们机智地把入侵者的头目杀死，英印当局随即派兵弹压，并乘势侵入巴昔卡，随后对珞渝地区进一步蚕食。

  1944年，英国殖民主义者在占领我国领土潘其的基础上，进而侵占嘎哥。1948年，又阻止墨脱官员到许木等地行使行政管理权、收取差税。

  1947年印度独立，但对待我国的领土珞渝、门隅和察隅的态度，仍继承英国殖民主义者的政策，1949年派军队占领济罗、瑟格利；1951年占领梅楚卡、更仁、都登；1956年占领尼米金、马尼岗。大约在1960年前后，印度几乎占领了所谓麦克马洪线以南的所有珞渝、门隅和察隅地区，总面积计9万多平方公里，相当

巴达姆部落的首领（维·埃尔温摄于20世纪50年代）

于浙江省的面积。

珞巴族抗击英国殖民主义者久享盛名，只要我们到北京图书馆去查阅有关资料，便可找到使我们深感自豪的历史记载。对于继承英国殖民主义者衣钵的印度入侵，珞巴族人民也展开英勇的斗争。

1951年，印度企图派兵侵占珞渝的德根地区和梅楚卡地区，这个消息很快被梅楚卡仰崩村的头人宁包知道了。宁包在德根地区有朋友，他便决定同那里的首领达尼约定，要坚决抗击印度殖民者的入侵，随即给达尼送去一封信，即在一根木棍上，一头绑上红羊毛表示要坚决抵抗，一头绑上白羊毛，表示不能投降。珞巴人虽然没有文字，但这种传达信息的古老办法，双方都一目了

墨脱宗行政科长　珞巴族朱嘎（1956年冀文正摄于墨脱宗）

然。因此，当印度兵100多人进入德根地区时，德根人的青壮年男子在首领达尼的领导下，拿着弓箭、长刀，埋伏在山上，让老人和妇女用大量的酒饭招待。当印度兵喝得正醉的时候，妇女们把他们的枪悄悄地藏起来，随即山上的武装人员冲下来，包围了印军，把他们大部分消灭。随后德根人上山砍伐树木，构筑堡垒，准备作长期的抵抗。印度政府派出飞机轰炸德根地区。在调集大批军队的同时，还欺骗珞巴族人说，如果放下武器可保人身安全，不予杀害，并赠送大量衣物、金钱和官职。在敌人威迫利诱下，达尼放弃了武装斗争。印军在占领德根地区以后，派出50多名士兵占领马尼岗。他们一到那里便使用软的手段，立即指派仰崩村的头人宁包当"岗马"（即乡长），并给他发3件红色官服。但宁包不被收买，并号召雅莫人拒绝为印度兵背运东西，说谁与印度兵合作谁就是叛徒，他们坚持斗争一年多。后来入侵者在仰崩村晚上施放焰火，进行恐吓。宁包等人见到天空五光十色，不知道是什么东西，非常恐惧，终于屈服。

珞巴族博嘎尔部落人慰问边防部队（1980年李坚尚摄于西藏米林）

在抵抗印度入侵者的斗争中，德根人和雅莫人都作出了他们的贡献。他们与珞巴族其他部落一样，都是祖国大门的守望者，他们保卫祖国边疆的英勇事迹，是永垂青史的。

十七

才召见闻

1. 山地里的智者

11月18日,我们从嘎当回到县招待所,还没待我们安顿好,就在那里见到老朋友边办主任贾龙湘。他对我们说,上级已批准他转业回乡,调往山东潍坊焦化厂。人年纪大了,很想转业回乡。可真要走,又舍不得这里的朋友和老乡,因而现在只好四处走访,依依惜别。他简短的几句话,使我深深感到他对边疆人民的炽热情感。他还说道,这次转业可领到3000多元的安家费,回去之后,能买台电视机了。在当时电视机是种极为稀罕的奢侈品。我从他那满足的神情感受到,献身边疆数十年,吃尽无数的艰难困苦,却以能拥有一台不大的黑白电视机为满足,可见他那坦荡无私的胸怀。随后他还问我们有什么困难,翻译人员荣敬东、刘东和高前,我们可以随意要,只要他跟县委冀书记说一声就可以了。

第二天,我们搭乘县里的一辆买马草的汽车到米林营,该营和才召村隔河相望。第二天一早,翻译刘东和我们一起到才召访问达洛。达洛也是博嘎尔部落人,现年已过60岁,40岁时才从马尼岗来到南伊定居。他脑筋灵活,记忆力好,是个很好的访问对象。我们走出营部100多米,便是一座横跨南伊河上的吊桥,长50多米,除桥身两边高处各有1根钢索外,全用藤竹按传统方式编成。桥横剖面成 V 字形，桥面不足 2 尺宽，上铺木板，两边成网状，既保护行人免于掉入河里，又可扶手，使过桥者保持身体平衡。当时晨风习习，桥身摆动。我从来没走过这样的桥，颇感兴趣，便先登为快。但没走上两三步，由于桥身摇摆，身体难保平衡，脚步不听使唤，整个身体侧倒到桥身一侧，左脚穿网眼伸至桥下。幸亏网眼不大，没有掉入湍急的溪流里。可惜的是我那支钢笔，却变成献给龙王爷的礼物了。

吊桥（1980 年李坚尚摄于米林）

　　刘东见我倒在桥面，便上来对我说，过这种吊桥，唯一的窍门是小步快走，扶在桥边网眼的双手动作也要快，只要能保持身体平衡，双脚就迅速交替向前。刘东说完这些话后，他就走在前面向我示范。我大约走了不足 10 米，他已经到达那边桥头，再次充当我的教练了。我知道，这种过桥技巧一时是难以掌握的。但刘东的示范使我感到，我过去曾听说珞巴人爬山越岭、行走如飞的赞美之词，已有初步的体验了。

到达洛家，访谈如约进行。中午，达洛以酸奶、糌粑和炖干猪肉招待我们。在用餐时，他见刘东带来英式步枪，便说他养的一头猪已失踪半年，不再回来，最近在附近山头频频露面，看来已长到100多斤了，他希望由他带路，请刘东用步枪射杀。我们自到边境调查后，所派的翻译都经有关部门批准配备步枪。这样既可自卫，又能防备猛兽。充当翻译的门巴族、珞巴族青年，多痴迷于打猎。他们见我们领枪时，总希望多要些子弹，以便到时使用。我们到了边防连队，也想方设法与有关领导加强联系，以便随机多要。刘东手上早已有子弹，达洛一提出，他自然满口答应。他们匆匆吃完午饭后，达洛站在门口指着远处的一座山头说，他的猪就在那里。我看那云遮雾罩的山顶，如果我也伴随前往，半天也回不来。想到这里山路崎岖，我没有胆量去看热闹，只好待在达洛家里烤火、看记录本，如果发现遗漏，待他们回来时再问。

他们稍做准备后，随即出发，达洛领路，走在前面。他手持砍刀，见到阻挡行人的荆棘，挥刀就砍；见到流溪难以逾越，即砍倒溪边的树，令其倒向对岸，架成独木桥，随即可过。他那种麻利、敏捷的动作，使我感受到他那种逢山开路、遇水架桥的气势。要知道，他已经是年过花甲的老人，却与年轻的珞巴族猎手没有多大差别。当我看着他们钻入密林后，就回到屋里，期盼他们能抬着那头猪回来。我是知道的，在这处深山里，荆棘、沼地、溪流、峭壁、密林随处可见，外来人视为畏途。但在珞巴族的猎手眼里，那只不过是一次饶有兴味的短途野游罢了。他们仅凭一把砍刀和相应的木、石、藤、竹之类，就把这些障碍变成人迹可至的"坦途"。如遇峭壁，他们就砍倒一棵笔挺的松杉树。做成独木扶梯，立在旁边，随即可攀越。别小看珞巴人身上带有钩子的长绳，那是他们越溪渡涧、攀爬岩壁的得力工具。我在穷林单嘎时，曾在一段宽约30米的河面上，见到一座由两棵大树"搭成"

的独木桥，这两棵树原分立两岸，珞巴人把它们砍倒后，两棵树冠恰在河中间相互衔接，组成木桥。也许砍伐不太久，树叶还绿，远远望去，活像一丛横贯河面的树林。过这种小桥，上有枝叶蔽日，下有潺潺流水，甚感新奇。珞巴人就是凭借他们的智慧和丰富的经验，使自己登山渡险时身轻如燕，健步如飞。

背运竹子的特殊方法（1980年李坚尚摄于米林）

　　出乎我们的意料，达洛和刘东在一个钟头后空手回来。据称他们没有发现那头颇具野性的家猪，本想继续寻找，又担心下午的访谈，只好急赶回来。

　　日落西沉，我们仍过那座吊桥，返回营部。刘东指着这座吊桥说，在喜马拉雅山南坡的上、下珞渝地区，比这座大好几倍的藤网桥不知有多少。原来这一地区炎热多雨，盛产白藤，有些藤子长达100多公尺，口径酒杯大小，既轻巧，又结实。我们珞巴族同胞用它来架设吊桥，即使一二百米宽的河面，也能横跨过去。

这种桥珞巴话称为"梭约木",意思是藤网桥,它活像一条网状的长龙,横卧在滔滔的江河之上。过藤网桥渡江,望着江水的浪涛,有腾云驾雾的感觉。我在墨脱的雅鲁藏布江上远远眺望过藤网桥,因怕耽误行程,没有登临其上,感受刘东所说的那种飘飘欲仙的意境。但以一些初渡者的感受而言,那是颇为惊心动魄的。

2. 强者东娘

东娘是米林县的统战人士,也是该县珞巴族的一条好汉。县公安局副局长珞巴族人帕加早就告诉我,东娘为人强悍,箭法尤佳,在一次冤家械斗时,曾在数十米远的地方射杀对方的首领,使其登时流血身亡。接着又是一箭,射中对方一人的头部,敌人

作者、翻译与访问对象合影(1980年刘芳贤摄于才召村)

见如此神箭，乱了阵脚，东娘趁机冲出重围，终致脱险。东娘以 1 人力敌 10 多人的战绩，受到同氏族人的称赞，自此声名远播。珞巴族崇信勇敢、强悍的人，与古代希腊人崇拜英雄相类似。故当年米林县在推选珞巴族的统战干部时，东娘立即当选。帕加还说道，东娘对珞巴族的社会、文化也很了解，如果你们不去采访，是个很大的损失。帕加的话，更拨动我们的心弦。11 月 16 日是星期天，正巧东娘有时间，我们清早就去拜访。

东娘与女巫师（2002 年罗洪忠摄于米林）

东娘家在才召村南头，我们过桥不远，刘东指着一栋干栏式的房子说，他就住在那里。临近他家的门口，挂在篱笆上的一个大大的白色牛头骨，映入我们的眼帘，使来人立即感受到珞巴族猎人特有的生活情趣。我是知道的，凡珞巴族稍有名气的猎人，都乐意在房外张挂猎获的野牛头骨，借以显示自己的勇武和慷慨。按照珞巴人的习俗，凡猎获较大的野牛，只要可能，都要举行特定的宗教仪式，杀牛宰猪，宴请乡邻。大概是听到狗叫声吧，我们见到东娘正从门口出来，下台阶迎候。他见到我们后，随即晃动着拴狗的铁链，制止狗叫，我们也趁机爬上两米多高的石阶，进入他的居室。没待我们坐下，东娘室内的特有陈设就引起我们的注意：竹子编成的地板，地板上铺着一张大大的黑熊皮，墙的一端挂着弓箭和黑熊头骨，另一端是长长的一大串猪上、下颌骨，这些陈设，顿时使我沉浸在珞巴族的文化氛围里，为之陶醉。据我所知，这些特有的陈设，都蕴含着深深的文化内涵：如弓箭和兽头挂在一起，既显示主人的勇敢和狩猎的技艺，又意味着主人今后的猎获更为丰富。东娘见我们好奇地把目光停留在那一长串被烟熏黑的猪上、下颌骨，便说，那是举行宗教仪式杀猪时留下的，以前本来很多，"文化大革命"时全扔了，这是近几年才积累下来的。

彰显富有的猪腭骨（1980年李坚尚摄于米林）

我们这次来访，主要是对博嘎尔部落的部分氏族谱系进行核实和补充。因为珞巴族在民主改革前，处在奴隶社会的早期，即家长奴隶制时期，父系氏族社会的残余现象颇为浓厚，人们都十分重视族谱。不管认识与否，只要能说出氏族、或是部落范围的族谱，人们就视为近亲，在部落地域内不仅得到保护，还可获得帮助。这种情况，对现代的人来说，似乎无关紧要。但对以前的珞巴族人来说，却是一个生死攸关的问题。在新中国成立以前，珞巴族地区处于一种没有统一政权的状态，西藏地方政府又软弱无力，他们各部落之间，甚至在同一部落内部的不同氏族之间，常有彼此争斗、相互厮杀的现象。人们一旦走出自己的氏族居住范围，不易获得安全保障。因此，熟悉、牢记世代族谱，认识自己的血缘亲族，是人生的必修课程。1976年，我们初次到这里考察时，曾请东娘到穷林单嘎住了数天，进行采访。他对博嘎尔部落的3个氏族谱系记忆准确、详细，给我们留下难忘的印象。

  珞巴族实行父子连名制，即氏族的每个成员的名字由父名和自己的名字两部分组成。在自己的名字前冠以父名，同样父亲的名字前面又冠以祖父名。如某人的名字叫戈里，他的父亲叫都戈，其祖父叫巴都，按祖孙的辈分排列，就变成巴都—都戈—戈里这样的世系。但在日常的生活里，人们习惯略去父名，如若男子，在其名前加"达"音，即上面说的戈里变成"达里"。若是女子、其名叫"戈佳"，把其名字牵头的父名去掉，加"亚"音，变成"亚佳"。依据这一父子连名制，人们就可以从氏族以至部落的最早祖先及其子孙的世系记下来，形成颇具特式的氏族谱系。珞巴族没有文字，他们的氏族谱系仅靠口耳相传。如果没有非凡的记忆力，是不能把氏族、部落的数百甚至上千人的谱系记清楚的。在米林的珞巴族中，多数人只能记下自己的氏族或家族的谱系。但东娘却不然。他不仅能详细地记述他所在的海多氏族的复杂谱系，甚至从传说中的珞巴族始祖阿巴达尼起，直到目前的重要氏族的若干谱系，他也能述说出来。东娘不仅能熟记繁杂的谱系，更为难得的是还能讲述博嘎尔部落各氏族祖先之间的恩恩怨怨，借以评判当前各氏族之间纷争的正误得失。东娘正是利用自己的这一知识优势，打赢了一场看似无理的"官司"。

东娘讲道，在他 20 多岁的时候，他看中甘洛木家族扎西的妻子亚阶。亚阶见东娘勇武，箭法又好，善于狩猎，对他甚有好感。于是东娘趁亚阶上山劳动的时候，把她劫到家里秘藏起来。扎西在家里见妻子外出不归，深感疑虑，后来四处打听，才知道他妻子被东娘劫走了。扎西估计自己的力量单薄，敌不过东娘，便把他告到藏族领主代理人白阶那里。白阶把东娘叫去询问情由，东娘向告状的扎西申述：你们甘洛木家族的人，连续三代抢了我们达隆家族的人做妻子。如在三代之前，我们达隆家族的捷萨木的妻子亚多木，被你们家族的达宁抢去做妻子；我们上一代人中，我的叔叔支洛木的女儿洛木英，被你们家族的玉马抢走，什么东西也不给；还有我的堂叔捷洛木的儿媳亚多木，也被你们家族的巴多抢走；还有我先前的妻子东马，也被你们家族的尼果抢走，并被卖到汉宫部落那里。如果我抢了扎西的妻子就要我赔偿的话，那么，你们甘洛木家族计三代人，共抢了我们达隆家族四个妇女，你扎西先把他们还回来吧。东娘所述的甘洛木和达隆家族数代人的恩恩怨怨，扎西也有所闻，无法驳斥东娘有理有据的申述。白阶听了东娘的雄辩之词，也觉得东娘抢扎西的妻子，属于两个家族之间的报复行为，符合博嘎尔部落的惯例，不对他做任何处罚，扎西无奈，只好罢休。

东娘向我们讲述的这个纷争事件似乎在说明，把别人的妻子抢来作自己的妻子是对的；失去妻子的丈夫不该抱怨，这似乎是个悖论。但在博嘎尔部落的社会文化背景下，却是正当的行为。我们从这些事件中体会到，在民族立法中，如何把握文化背景的尺码，是需要慎重考虑的。

3. 我无缘品尝熊心

在米林营食宿，给我们带来方便，但也增加一些麻烦。首先部队的用餐时间是定时的，可我们的采访却难以按时进行。因为我们访问的对象是农民，作息时间没有严格的规定。当我们回到营部时，往往错过他们的用餐时间，到我们用餐时，自然要影响他们的休息，确实于心不忍。搞民族调查，与老乡生活在一起最为理想。尤其是晚上能与老乡串门聊天，会提高我们的工作效率，更为难得。12月2日，我们离开营部，搬进才召村。

在才召村，我们住在生产队的一间空房里，一日三餐，或在老乡那里吃，或回到住处自己动手。老乡经常送来鸡蛋、蔬菜、柴火之类，我们也回赠大米、食盐或现钱，大家礼尚往来，甚感和谐。

一天下午，村里的年轻猎手达玛给我们送来一大块熊肉。他说这是当天上午从山上背回来的。原来达玛在山上设有捕杀黑熊的陷阱，恰逢近来有事，无暇前去查看，昨日邻村的人上山打猎，发现达玛设的陷阱捕到黑熊。按照珞巴族的惯例，最先发现猎物的人，有权割下胸脯肉先享用，但也有责任通知猎物的主人，令其及早取回家，以防猎物搁置太久腐烂变质。熊是较大的猎物，当达玛知道这一消息后，随即请村里的几个小伙子前去背回。达玛还特意说明，捕杀的这头黑熊，是落入陷阱后被毒箭扎伤致死的，带毒的那些肉已割去扔掉，请我们放心食用。一人猎获，全村分享，这是珞巴族人世代流传的美德，即使像我们这些外来人，只要住在他们村子里，也能分享这份口福。在达玛看来，送熊肉给我们无疑是信守世代遵循的美德，视为当然。可对我们这些外来人来说，大有受之有愧的感觉，这毕竟是白吃白拿。但人家既已送来，如若不领受，又太不讲究交情。为此我们回赠了两碗花生米，以作投桃报李之谊。珞巴族的原住地马尼岗、梅楚卡一带，是产花生的。但到米林定居后，因这边气温低，不产花生，故视花生为稀罕之物。也许是多年没有尝过吧，达玛一接过花生，就不管生熟，立刻品尝，话也多了起来。他讲到，尽管他只有30多岁，也先后猎获五六头黑熊了，可惜没有猎到人熊。我从他的谈话中意识到，他似乎觉得，没有猎获人熊，算不上是个真正的好猎手。

有关人熊的传闻，此前我也听说过。据说人熊的大小和黑熊差不多，但脸较长，身披黄棕色长毛，经常两脚直立行走，十分聪明狡猾。达玛讲到，人熊能把关牲口的棚圈门栓打开，悄悄地把猪、牛赶走。被它赶走的猪、牛，异常恐惧，只能乖乖地任由它摆布，不敢吼叫一声。当赶到特定地点后，人熊把猪、牛咬死，大吃一顿。若吃不完，就埋入地下储存起来，以免被其他动物吃掉。据说人熊对人也特别警惕，它躺在地上休息时，头上还枕着石头，若发现有人前来，就拿起石头自卫，袭击来者。

有一次，达玛在高山上打獐子，见到不远的高山湖岸边，有两只人熊在抓鱼吃。当它们发现达玛时，发出令人胆寒的吼声。达玛怕它们追上来，无法对付，只得匆忙离去。达玛说到这里，真为那次打獐子的单独行动后悔。如果多一两个人，就能靠近些，可拼杀一番，说不定会猎获它们。

达玛走后，翻译荣敬东告诉我，按照珞巴族的习俗，猎获黑熊后，要请同氏族的猎手到家来，共吃姜片和熊心，既示庆祝，又祈愿今后猎获顺利，相互支持。如果今晚达玛要举行这样的活动，他可以陪我前往，看个究竟。我听了他的建议，当然愿意。但转念一想，既然可以前去，达玛为什么不直接邀请呢？荣敬东说，你不是同氏族的人，按规定是不能一起吃熊心的，他可能担心你违背这一氏族禁例，不宜直接邀请。只要我们不参加吃熊心和姜片，他们准会欢迎。天黑了，我和荣敬东一起到达玛家，见

10多个男子围坐火塘，说话聊天，墙角摆放着好几竹筒水酒，一些四方竹盒里还放上糌粑和干肉，看来这都是参加聚会的人带来的礼物。我们也加入他们的行列，一起喝酥油茶和青稞酒。

开始吃熊心的时候，我和荣敬东退居一旁。达玛见了，也不再邀请，却端来一块熊肉，叫我们用刀随意切着蘸盐水辣椒吃。待他们吃完熊心后，来看热闹的人多了起来，由两人组成的对歌"夹金夹"也相继开始。聚会时男女对歌，主要演唱珞巴族的古老传说。歌声一起，村民闻声赶来，不经多久，达玛的房子已塞得水泄不通。村民一直唱到深夜，才先后离去。

4. 她四岁当了新娘

记得我们在穷林单嘎调查时，曾听说亚如四岁就当上新娘，对于这一社会现象，甚感兴趣，只是忙于其他问题的调查，竟没有对她的这种婚姻状况进行采访。到了才召村翻阅调查记录，才发现这一遗漏。"如何补上这一课题"，这是我在才召村调查时脑海里浮现的问题。12月5日，亚如有事来到才召，我才获得采访的机会。

亚如讲到，她属达芒氏族，小的时候家里穷，没有养牛，父母眼看她哥哥的婚事无法解决，唯一的办法是用亚如去换另一家的女孩子来充当儿媳。后来他父亲了解到海多氏族的一户人家亦有一对儿女，同属麦德等级，家境亦差不多，就托媒人前去说亲。对方知道来人的用意后，便请巫师杀鸡作鸡肝卜。肝上的纹路显示此门婚事大吉，双方父母就这样定下了。那时候，亚如才4岁，对方的姑娘略微大些，高出半个头。亚如父母为此付给对方一头猪，作为补偿。

尽管三四岁的小孩对结婚一事什么也不懂，但双方一旦确定婚事，女儿就得出嫁。亚如走不了远路，就由父母背着送到夫家。

亚如是个性格乐观的人，当她说道这段小时候的滑稽经历时，也不禁咯咯地笑了起来。

按照珞巴族习俗，新娘到了新郎家里，要举行一个称作"邦德白"的婚庆仪式，即在新娘进入新郎村子的大道上，男方用竹子和树枝，搭成一个约 2 米高的圆形围栏，上面挂着 4 只活鸡，让新郎事先藏在里面，等候新娘到来。当新娘和送亲的人来到这里后，要把其中两只鸡杀掉，祭献鬼神。鸡血洒在围栏及其四周，其意图是祈请神灵保护，祝愿新婚幸福。接着新郎从围栏里走出，迎接新娘一行，并把余下的两只鸡杀掉。亚如这对小夫妻当然不可能完成杀鸡祭献的神圣仪式，一切由父母代理。

亚如随后听母亲说，在这个"邦德白"仪式上，她见到鸡血喷洒，鸡挣扎扑腾的样子，吓得哇哇地哭个不停。母亲只好把她抱起来，摘下她脖子上的蓝绿串珠，在她面前晃悠几下，发出有趣的响声，才把她的哭声止住。

父母在参加婚礼 3 天后，启程回家。眼见亲人要走，亚如使劲抱着母亲的脖子要跟着回去。她已成为人家的新媳妇了，当然不能再回到父母身边。婆婆只好用力把她的双手掰开，把这个新媳妇抱到自己怀里。可惜的是在她掰开亚如的双手时，指甲把亚如幼嫩的皮肤划破了，随后化脓感染。说到这里，亚如伸出左手大拇指背面，向我们展示那块黄豆大小的伤疤。说到这里，亚如心情显得有些沉闷，不再说话。我急于知道这次由父母包办交换婚姻有何结果，便问：你们果真能白头到老了吗？亚如摇着头说："没有。"她说那个男孩长大后，患了痴呆症，连口水也不会及时擦。她到了 20 岁时，再也忍受不住了，就同自己的表哥达新一起偷偷逃到穷林单嘎来。后来原夫派人来找，亚如和达新支付了几头牛后，这一婚姻才算解除。

5. 有趣的命名

近日，跟刘东聊天，了解到珞巴族起名字的习惯，异常有趣，与我们汉族人大为不同。汉族人起名字既要朗朗上口，又要有意义。纵然我们也偶尔听到"猪""牛""犬"甚至是"狗剩"之类的贬义名字。但这也仅仅是个小名，图个名贱命贵。一旦上学，定会起个好听的大名。可珞巴族人不是那样。我的珞巴族翻译和好友县公安局副局长帕加的这个名字，就是典型的例子。"帕加"一词，取自藏语，其意思为"猪屎"。当我们用"帕加局长"称呼他时，总觉得这仅仅是个汉语译音，别无他意。但在藏语称谓通行的语言时，就不同了。我们称他为"帕加局长"，不就是"猪屎局长"的意思吗？就我们的观念来说，这是极为不敬的。可我们在米林工作这么长的日子里，无论是政府职员或民间百姓，总是"帕加""帕加"地叫着，叫者安之若素，听者处之泰然，没有反感，没有嘲笑，这纯粹是他的名字，绝没有其他含义。我曾经设想，或许在他们的意识中，"猪屎"一词另有吉祥如意的含义，但得到的回答却是否定的。"猪屎"一词不是美称，而帕加的父亲用来为儿子命名，到底是为了什么？帕加是个50多岁的人，父母早已仙逝，无法弄清他们起名的意图。帕加本人也无从解释，只是说自小就这么叫，习以为常。

对于为什么要起"帕加"这一名字，我感觉到，这可能与珞巴族人起名字带有随意性有关，无须特定的含义。如在珞巴族的女子中，叫亚木多、亚崩、亚仁之类名字的人很多，其中亚多木的意思为"胖姑娘"，亚崩为"不胖不瘦的姑娘"，亚基为"爱哭的姑娘"，亚仁为"瘦小的姑娘"，亚蒙为"慢性子姑娘"等。我们从这些名字的含义中看出，女婴出生后的命名，多以其体貌特征和性格特点为依据，不像汉人用"珍""贞""丽""英"之类具有溢美含义的名字。

对于男孩的取名，多使用动植物的名称。如达菲意为"跳蚤"，达鹏为一种虫子的名称，达休为"野猫"，达努为"田螺"，达比乌为"猴子"，崩嘎为"地蚕"，达洛为"红头虫子"，达若为"野麻"，达巴克为"竹子"，宁东为"石头"。有些人还用自然现象取名，如多略为"闪电"，多加为"下大雨"，多工为"雷声"，凡此种种，不一而足。我们从这些男孩的名称中仿佛感到，他们的名字多来自多姿多彩的自然界。我曾听说过，一些男孩出生那天，父亲先见到什么就给儿子起什么名字。这一说法，虽然没有足够的事实加以论证，但也存在可能，如"跳蚤""石头"之类，显然是随处皆可见到的东西。

当然，在珞巴族的命名中，也有表述父母的某种愿望的，如有位妇女说，她的大姐生下后健康成长，但接着两个哥哥生后不久就夭折。为此，当她出生时就取名"比日"，意为"串珠"，即孩子像珠子一样连接不断，个个健康成长。又有人讲到，当有人接连三个孩子早夭时，第四个孩子取名为"依稀"，意思为"水"，说这个孩子是大水冲来的，不是她生的。这样可以避免早夭。也有一些人给自己的孩子起贱名，容易养活。如达益意为"鸟粪"，崩益意为"老鼠屎"，约益意为"鸡屎"。我想，上述的县公安局副局长起名帕加即"猪屎"，其父母起这一名字的初衷，大概也是如此，不同的仅是一个用藏语，一个用珞巴语。一些珞巴人居住在藏族人的村落里，乐意接受藏文化的影响，用藏族人常用的名字给孩子命名，如给女孩起名为扎西卓玛，意为"吉祥天女"，给男孩取名次仁，意为"长寿"。

珞巴族人不仅借用藏族人名字为儿女命名，也用汉族的方式为儿女命名。我在穷林单嘎访问人大代表宁东时，他指着自己的一个女孩不无骄傲地说：她有三个名字，珞巴族人称为亚白，藏族人叫她为德吉，汉族人又称她为小胖。我知道，藏族人叫德吉的很多，意思为"幸福"，便说"幸福"和小胖的意思不一样。但他带着几分幽默地说：生活幸福了，吃得好，自然就胖了。他这么一说，逗得人们都笑了起来。我想，珞巴族这种起名方式，表明了他们兼收并蓄的文化情怀。正是这种情怀使我相信，珞巴族住区的经济文化，将会获得长足的发展。

6. 周年祭奠

11月22日中午11点，我在驻地整理资料，没有外出走访。但见刘东从外面回来，兴冲冲地对我说，今天下午，东娘为他的亡妻作周年祭，问我是否打算前去观看。我听了反问道，他们欢迎吗？刘东说，此类事情，去的人越多越好，以显示主人家有人缘。我听了便说，当然愿意前去，毕竟搞民族考察，现场观察十分重要。通过亲身观察，可以获得很多意想不到的文化现象。东娘给亡妻作周年纪念，是我们可遇而不可求的宝贵机会，当然不能放弃。随即请刘东到商店买两瓶白酒，我趁机翻阅相关的调查报告，重点看了有关丧葬的内容。调查报告里讲到，珞巴族人实行土葬。凡父辈死后，立即给逝者穿上新的衣服，接着把他的双手弯曲向上，置于腮旁，两腿上弯，靠近下颌，使身体成胎儿状。然后用毯子或长衣服包裹起来，放在门旁右侧，让头朝西，脚朝东，意思为跟太阳走了。在尸体旁边，摆放着死者生前使用的弓箭、衣服、长刀等，让他的灵魂带到阴间使用。在尸体前方，放一陶锅，不断烧火，每餐还供奉酒肉。一般停尸三天，期间接受亲戚、村人的吊唁。

出殡那天，全村停止劳动，前来送葬。尸体装入藤竹编成的筐内，由长子背对背地背送到墓地。背尸人出门时，将门外事先安放的一竹筒水踢翻，意为把家里的邪气冲掉。送葬的人群由2人在前开路，接着为背尸人，随后是哭丧的亲友。到墓地后，挖个 1 米多深的竖井，竖井底部向西掏个横穴，在横穴内用柴火烘烤片刻，垫上衣服，将尸体放入，实行头西脚东仰葬。随后把陪葬的弓箭、长刀砸坏，并置于尸体旁。有些部落还杀狗殉葬，让它在死者进入地狱时护路。随葬品放完后，在横穴口放一块木板封住，送葬人向竖井放土填平，其上竖一个三叉树枝，上放祭祀所杀牲畜的牛角、猪蹄、鸡翅及一些食物，让死者的灵魂享用。

上墓地（1980 年李坚尚摄于才召）

  1976 年的调查报告，对珞巴族的殡葬作了详细的记述，是可取的。但对于周年祭祀的情况，则过于简略。现在恰逢东娘为他的亡妻作周年祭祀，正好为我们提供了充足的机会。下午我们和刘东带着白酒到东娘家，但见所需的猪、牛已宰杀完毕，人们熙熙攘攘地喝着、唱着，看来周年祭祀的开首仪式已经做完。我们为避开饮酒，不敢待在屋里，只好在屋外拍了几张照片，向身边的人了解周年祭祀的情况后，知道明天上午还要到墓地，举行相关的祭祀活动。这是周年祭祀的重要环节。

放在墓地上的祭品（1981年李坚尚摄于米林）

第二天早上8点30分，我们和刘东赶到东娘家，但见村人合力打扫东娘的房子，对去年停放逝者的那个位置，还要用水冲刷。待到房屋内外进行大扫除后，已是上午10点。上坟人除个别做具体工作的妇女外，其他的女性和儿媳、女儿等不能随队前往，以免她们的灵魂被沿途的鬼魂抓走，招致灾难。因而到墓地的人，几乎全是清一色的男子。这一行人中，走在前边的四五个人为武士打扮，他们挥刀跳跃，徐徐前行，借以驱赶沿途的鬼魂。接着为东娘本人及其儿子，随后为近亲或同村的人。墓地距村子约一里地。在上山时，几乎所有人都向路旁的青枫林扔石头，借以驱赶可能藏匿在那里的幽灵。向上爬行不足100米后，来到一块较为平坦的山地就停了下来，说是到目的地了。我猛然一看，没有发现坟堆，只看到一片约数平方米的新土，附近还有一些没有烧尽的竹筐之类，很显然，这是去年埋葬死者的地方。

当祭扫队列到达目的地后,一中年妇女左手端着盛满青稞、烤饼、苹果片的笸箩,绕着墓地四周散发,据称那是给藏在那里的鬼魅食用的。

接着由东娘的儿子向墓地倒酒,并扔一坨坨的酥油及切成小块的牛肉串,以示向母亲祭奠。据说那些牛肉串象征项珠,是送给亡母的。项珠是珞巴族妇女喜爱的妆饰品,接着是东娘低声祭奠。祭奠完毕,有关人士把牛耳朵、猪牙、猪蹄和鸡翅等放在墓地的青枫丛上,以作为向逝者的献礼。这些牛耳朵和猪蹄是昨日杀牲时特意留下的。最后是焚烧盛着食物的竹筐。这个场面没有香烛、鞭炮之类,也没有哭声。祭祀人员回来时,大家都在村外的小溪旁洗手、洗面,除去污秽,随即说笑如常地各自回家。自此以后,对逝者不再举行任何悼念仪式和祭祀活动。

周年祭后除秽(1981 年李坚尚摄于才召)

珞巴人是害怕鬼魅的。为了免除鬼魅的加害,经常要杀牲祭祀。但对自己的先辈作周年祭祀后，再也不作祭祀之类的仪式了。这可能出于这样的观念：先祖对子孙总是保护，绝不加害，既然必定保护，就无须求取。看来珞巴族人的宗教观，也是十分讲究功利的。

十八

南伊河的涛声

1. 他被处以杀猪出谷

  初冬的南伊河是十分美丽的。河岸的两旁布满深黛色的挺拔松杉林,其间点缀着红的枫树和橙黄的白桦,把南伊河打扮得异常华美,恰像一个穿上孔雀翎衣裙的少女,高雅极了,迷人极了。徜徉在这样安详的美景之中,使我几乎忘却它那春水暴涨、冲毁堤岸的暴烈浪涛。南伊河这种时而安详、时而猛烈的变化,也许正象征着两岸居民之间的关系吧!

  大概在11月23日上午,我到县邮电局发电报,请所里相关人士寄些钱来。当下午回到才召时,荣敬东对我说,生产队长达东惹麻烦了。我听了有点意外,达东40多岁,无论是搞农业还是打猎都是好把式,威望也高,因而被选为生产队长。我们到才召调查近半个月了,和他打交道最多,一切都很正常,怎么会惹出麻烦?荣敬东见我疑惑不解,就对我说,昨晚一大帮人在达宁家聚会,有男有女,一起喝酒唱歌,一直喝到大半夜。达东好酒,喝个大醉,就在这个时候,他跟跟跄跄走到一对年轻妇女面前说,我要和你们一起睡觉。达东的这种话语显然是酒后失态,情有可原。可这两个妇女的家人却不依不饶,请村中老人作出裁定。按珞巴族人的惯例,要达东做一克(约30斤)粮食的青稞酒,杀猪一头,请村中人吃,以示向这两家道歉。达东尽管是生产队领导,

湍急的南伊河水（1981年李坚尚摄于米林）

对农牧生产有决定权。但面对这些传统的习惯却无能为力，只能服从了事，不能有半点异议。当时西藏人的生活远比内地好，但一头猪和几十斤粮食的酒，也不是一个无关痛痒的数目。今早醒来，老婆埋怨，儿子责怪，他本人也后悔。

我听了荣敬东的讲述，起初也甚感诧异。达东昨晚说的话，虽不甚得体，但毕竟是酒后失言，亦有可原谅之处，遭到这样的惩罚，也未免重了些。但是我们深知，搞我们这类工作的人，尊重民族风俗习惯是第一要务，对于他们的习惯规范，是不容我们置喙的。但想到珞巴人讲交情、重面子的特点，在达东正感到惭愧时去看望他，或许能多少给他些安慰。为此我们和荣敬东决定去探望他。达东其时正在家里闷坐，他见我们到来，脸上露出几分难为情的尴尬，不知向我们说什么好。他的妻子还向我们抱怨：辛辛苦苦养了大半年的猪，这下杀了，转眼就到新年，我们没什么可以宰的了。珞巴族人没有精确历法，在珞渝的广大地区，也没有过年的习俗。达东妻子所说的过年，就是指米林县一带流行的藏历年。

达东的妻子抱怨归抱怨，但还是照常给我们打酥油茶，我们也给他们送上大前门烟。珞巴族男女都嗜烟，见我们送上当时的名牌货，自然话就多了起来。临别的时候，我们告诉达东明天准备访问谁，请他记上名字，随后统一给误工补贴。到我们离开时，他的心情似有好转。

在回住处的路上，我觉得达东对两位妇女所说的话，在其他一些民族中，不会遭受杀猪出谷的严重惩罚，最多也就是说他"嘴臭"或"不正经"之类的话就算了。但荣敬东却说，按照珞巴族的习俗，问题不那么简单，这种处罚是适当的。长期以来，珞巴族男子在社会上处于绝对的统治地位，妇女只不过是男子用牛购来的异性，丈夫可以随意把她们出卖。如女方娘家势单力弱，丈夫把妻子杀掉也无人干预。姑娘一旦许配他人，男方就要派出有关人士到姑娘家，举行一种称为"雅玛如"的仪式，即在姑娘前额抹上3坨酥油，意为"打记号"。自此以后，即使长时间没过门，姑娘也不能与其他男性交往，否则就会认为伤害了夫方的权益，受到严厉的惩罚。夫方不仅可以到与姑娘有染的男子家里拉牛杀猪，还要向女方父母索取高额的罚金。达东的言论，不管是否为酒后失言，都是侵犯了这两位妇女的夫权，怎能不受到惩罚？

后来我还了解到，在这两位妇女中，有一位是达东同氏族的人，按照珞巴族的传统习俗，氏族内严禁通婚。否则，男女双方都可能被杀掉或变卖为奴，其处罚是严厉的。达东的酒后失言，也触犯了这一条禁例。我听了荣敬东这些解释，不禁感慨，要做到深刻地了解一个民族的习俗，实在太难了。

2. 情意浓浓的贸易

11月25日，我们离开才召，移到南伊村。南伊村是南伊公社的第一生产队，才召和穷林单嘎分别是第二、第三生产队。南伊村虽然属藏、珞杂居村，但这里的藏族人多是世居者，对藏、珞两族的交往史多有了解。且距这里不远的邦架，还是珞巴族人前来贸易的场地。要了解两族的经济交往，南伊村是个适合的地点。

有关藏、珞两族经济交往的藏文记述，除前面提及的猴年转札日神山外，其余并不多见。但清康熙年间，意大利人德斯得利曾到西藏传教，写了《西藏纪事》一书，记述珞巴族人用蜂蜜、蜂蜡、小豆蔻和染料，交换藏族人的食盐、氆氇等。由此可知，藏珞两族的经济交往是源远流长的。只是到了20世纪50年代，印军占领了我国广大珞渝地区后，禁止珞巴族人进入藏区，这种传统贸易才被迫停止。

有关藏、珞两族经济交往，1976年调查时多有涉及，这次调查主要是核实和补充。事有恰巧，当我们在南伊村调查时，今年春天曾协助我们工作的达却再次回来，并住在南伊村里。据称他是应拉萨市统战部的委托，代日本有关部门收购6套珞巴族男女服饰的。我听了心里为之一震。我们尽管一再调查珞巴族的社会、文化，因没有经费，不打算收购珞巴族的文物，看来我们的眼光太短浅了。幸好达却答应我们采访藏、珞两族经济交往问题。为求准确，我们还邀请东娘、达洛等珞巴族老人一起参与。

达却既是管理博嘎尔部落的三大领主之一，又是则拉岗宗派出机构"乃卡松"的重要成员。他说道，藏、珞贸易带有互补的性质。珞巴族地区所产的大米、辣椒、染草、皮张、熊胆、麝香、

编制供交换的竹器（1980年李坚尚摄于米林）

黄连等，均是藏区必要的原材料。如大米是拉萨大法会每年施粥的必需粮食，染草是藏族僧人所穿袈裟的重要染料，辣椒是藏民日食三餐的佐餐食品，熊胆、麝香、黄连又是藏医必备的配方用药。对珞巴族来说，藏区的食盐是不可或缺的调味品，氆氇是崇尚的衣料，牛只是祭祀的主要牺牲品。很明显，由于藏、珞两族驻地的地理差异，使他们的经济形成了互相补足的特点。故此双方的这种交往，是在友好的基础上展开的。

珞巴族到南伊山沟进行贸易的人，主要来自博嘎尔部落和民荣部落。博噶尔部落距藏区较近，每年藏历5—10月山口解冻，他们就三五成群，背着土特产进入南伊山沟，按照传统的习惯，把带来的土特产品存放在藏族朋友家里，让他们优先购买。这种传统的货物大体相同，价格恒定，无须讨价还价。当这户朋友挑选完毕，余下的货物就背到邻近的人家销售，一直到销售完为止。如有时候大雪封山提前到来，珞巴族人必须及时回去，背来的货物卖不了，就存放在朋友家里，让他代销。到明年开山时，把交换来的货物背回去。代售货物没有差价可言，只是尽朋友义务。但作为货物主人的博嘎尔人，下次来时会送蜂蜜、皮张等礼物给代销者，借以表达感激之情。博嘎尔部落人从事此类交易，每次来回花 8 天时间。他们中的多数人每年仅交换一次，以换取必要的食盐。如能有足够的物品就换取藏装、铜铃、铜锅、牛只之类。那可说是获得了贵重的物品，回去后可以换取妻子了。博嘎尔人以多妻为荣，只要有能力，他们对从事这类贸易是乐此不疲的。

背运货物的大藤筐（维·埃尔温摄于 20 世纪 50 年代）

也许是来客更远，也许对不畏艰险的先行者的慰劳，藏族人对珞巴族民荣部落的贸易者更为热情。据达却讲述，每年藏历8—9月，民荣部落的人以村为单位，先后到南伊沟进行交换，其打头阵者必须是嘎金村的人。该村距藏区最近，由于沿途多为亚热带雨林区，植物生长茂盛，行人稀少。先行者必须披荆斩棘，开出道路，后继者才能顺利到达。故藏族人的有关部门，一旦知道嘎金村人即将到来，便下令主营贸易的"三乃卡"指派村民，到东噶拉山口修路架桥，准备迎接来自远方的贸易者。当先行的嘎金村人到达邦架贸易点时，三乃卡的代表主持迎接仪式，并挑选一头大犄角的公牛送给该村的代表，以示欢迎。嘎金村派出代表也回敬15张麂子皮和两张野牛皮，以感谢藏方的热情接待。经过这种充满友好情意的互换礼物后，三乃卡的负责人先挑选一背大米和一些优质的麝香、熊胆、虎皮等物资，作为两族民间贸易的开市。其价格由三乃卡自定。但一般都有固定的交易比价，不会让来客吃太大的亏。余下的货物，有三乃卡和附近的藏民自行交换。由于民荣部落人数较多，交换的队伍有先来后到，一般前后5天左右。嘎金村所得的那头大犄角牛，随后宰杀，肉由村人共享，所得牛头犄角，由领队带回村，存放在公房里，留作永久的凭证。

上述两个珞巴族部落到藏区的贸易交换，自20世纪50年代后，由于印度占领当局实行边境封闭，贸易业已终止。两族世代带有深厚情谊的货物交换，已成为回忆。

3. 立石结盟

立石结盟是珞巴族流行的一种习俗，博嘎尔部落称为"噶若崩若"。1976年调查时，我们在穷林单嘎村就知道，该村海多氏族的达玛洛洛与巴嘎村达芒氏族的达穷，在1964年时立石结盟，所立石头就在村子附近。

我们这次在南伊村调查，老人达洛也讲到，大约在很多年前，海多氏族格西杭隆的达萨木与东鸟氏族的娘玛发生争执，娘玛理亏，在调解人主持下，向达萨木赔了一头犏奶牛。过了两年，娘玛为解除旧怨，主动邀请达萨木及其兄弟数人到自己家里做客。并深情地说："以前的争端算过去了，忘掉它吧。你们海多氏族人多势强，我们东鸟人少力弱。有人欺负我们时，请你们来帮助。"达萨木兄弟见娘玛态度真诚，备受感动，便答应他立石结盟的要求。娘玛先后杀黄牛3头，猪3头，热情接待达萨木兄弟，并邀请近邻作陪，再三恳留达萨木兄弟长达7天之久。他们盟誓后，娘玛送达萨木1头黄牛、1口铜锅、1件藏装；给其同来的兄弟波萨木1把长刀，达比1把短刀，并送了大量的猪、牛肉。过了一年，达萨木亦邀请娘玛前来立石盟誓。达萨木本人是巫师，盟誓由他主持。他们共同在村外选定一块石头，主持人默默祈祷后，两人用长刀在地上挖一土坑，随后共同把石头一端埋在坑内。接着杀猪一头，把猪血洒在地上，猪肉切成长条状，缠绕在石头上。双方立誓人持刀盟誓：从今以后，两家子孙永世和好，互相支持，患难与共，谁违背誓言，石神就把谁的灵魂吃掉。这次盟誓，前后吃喝也是7天。达萨木杀牛2头，猪3头。临别时，达萨木送娘玛黄牛1头，铜锅1口，辣椒1背，麂子皮7张。送陪同前来的久东1口小铜锅，白马次仁1口小铜锅和2副串珠，送阶如、捷萨木各小袋辣椒。

  我们从上述两例看到，立石结盟尽管不以氏族、等级的相同与否为前提，但必定要有一定的财产，否则就无法提供立誓时的杀牲和礼物的馈赠。很显然，双方同等或近似的财力是重要的条件。彼此通过盟誓联合起来，增强实力，防止他人的欺凌。据称一旦盟誓，如双方的氏族发生械斗，盟誓者只能从中调解，绝不参加彼此的厮杀。若对方有困难，盟誓者一定前来帮助，曾举行过盟誓的达波讲到：有一年，他上山打猎，不幸从悬崖上跌下来，腿部受了重伤。他的盟友达格知道了，就放下自己的农活，先帮助达波疗伤和耕种土地，种完达波的土地后，才回去种自己的。后来达波获得丰收，又给达格送去很多粮食，以作酬谢。数十年来，两家一直友好往来，谁家杀牛宰猪，都给对方一条后腿。

有关盟誓的问题，过去我们知道写血书，饮鸡血酒，歃血为盟之类，但珞巴族却以立石为盟，他们为什么这样做？后来我们反复调查，知道了珞巴族人认为，石头具有一种神秘的力量。如在珞巴族博嘎尔部落，每个氏族都有被称为"格拉宁东"的神秘大石头。在马尼岗的那块大石，传说是从其他地方飞来的。若氏族住地将发生瘟疫，它在晚上会发出哭声示警。村里人听到哭声后，要举行防瘟疫的宗教仪式。氏族人出征时，在氏族首领和巫师的带领下，参战者必须到此举行隆重的仪式。参战者手举长刀，挥舞呐喊，齐唱一首称为"娥月"的战歌，其内容大意为：我们要去出征，祈求石神保佑，我们一定胜利，敌人必定失败。头人还边走边向大石抛撒米粒，队伍绕石三圈后，随即出发。出征回来时，若获得胜利，让先动手杀敌的勇士背着一只宰好的公鸡，带领大家绕神石转，边喊边跳，接着杀牛致祭，并用牛血冲洗杀敌的武器。其余的氏族成员，各自背来酒肉，一起再次畅饮，以示庆祝。珞巴族阿帕塔尼部落的人，还认为突兀而起的大石，是重要神灵的聚集地。每逢季节性的节日，必须前来供祭。我们由此看到，人们在结盟时要立石为誓，当与他们视石头存在神灵有关。

4. 牛与金子的协定

"凡事要好，须问三老"是一句流传已久的民谚。这句民谚，对我们搞民族调查的人来说，也是十分重要的。倘若我们行将结束米林调查时，不请达却、达洛、东娘三位老人开调查会，再次了解社会情况时，一项珍贵的历史传闻可能会白白溜走。这项传闻简称"牛与金子的协定"。其音为"雅耶达木珠颠额唐些桑捷额",意译为"七十五头牛和十五两黄金"。其中还有附带的约定:即使小到珞巴族人带来的竹杖,藏族人也不能随意拿走;即使藏族人的手伸进嘴边,珞巴族人也不能咬。藏、珞两族之间的友谊,就像南伊山沟的宝塔那样牢固。正是这个被称为"牛和金子"的协定,使藏、珞两族的贸易友好地维持长达150多年之久。

据三位老人说,在协定签订前,藏、珞两族常有摩擦,大概到了7代人即150多年前,两族还发生过武装械斗。那时候,管理马尼岗珞巴族事务的藏族领主是多吉次仁。他住在东多村,同博嘎尔部落萨及氏族的头人达约尔是朋友。有一年,达约尔带着奴隶达模到多吉次仁家做买卖,达模嘴馋,偷吃对方家里的猪肉、糌粑后被撵走。第二年,达约尔又带达模到多吉次仁家作货物交换。多吉次仁再次追究去年发生的事。达约尔觉得,此事已经过去了,今年为什么又提起?便十分生气地说:我没有叫他偷你们的东西,你要怎么办就怎么办!多吉次仁听后,便恶狠狠地把达模砍死。按照珞巴族的习惯法规定,奴隶的人身为主人所有,必须给主人服劳役,主人也有保护奴隶的责任。达模被杀,无疑伤害了达约尔的所有权和自尊心。达模被砍死一事,激起了博嘎尔部落萨及氏族人的不满,引发了激烈的抗差斗争,博嘎尔部落的其他氏族也随之响应。

为了镇压珞巴族人的反抗,多吉次仁纠集了东多及其附近的15个村庄的人,组成强大的武装队伍,攻打达约尔所在的西木岗,企图把他抓获。达约尔在氏族成员的协助下,安然逃脱。多吉次仁的计划没有得逞,恼羞成怒,下令三年内不准珞巴族人到南伊交换。由于长期不准交换,珞巴族人没有盐吃,也没有羊毛做衣服穿,许多人浑身软弱无力,严重地影响了他们的生产和生活。因此,他们派出代表到东多村,请求多吉次仁撤销禁令。但多吉次仁提出,禁令可以撤销,条件是珞巴族代表必须杀死达约尔父子其中一人，并将手砍下送来，以作凭证。

多吉次仁提出的条件是极为苛刻的。珞巴人出于无奈，只得咽下这一苦果。为此萨及氏族的人，在氏族首领金杜的带路下，包围了达约尔的房子，准备把达约尔杀死，以求得多吉次仁的谅解。但前去包围房子的人，因彼此为同氏族人，无冤无仇，不忍心下手，谁也不愿冲入达约尔的家。达约尔在两个儿子的掩护下，顺利地冲出包围的人群，逃往民荣部落地区。

达约尔还有一个儿子约尔布，在海多氏族玉荣家族里做上门女婿，其妻为马英。海多氏族人将约尔布抓获后，把他的手砍下来，随即扔下山崖。但约尔布没有死，被他妻子马英秘密藏起来。海多氏族、萨及氏族的人，带着约尔布的手，一起到东多村，再次要求多吉次仁解除禁令，准许前来交换。为表示诚意，他们还在多吉次仁门前铺上白石子，跪在上面。但多吉次仁否认献上的手是达约尔儿子的，反而说用砍下的奴隶的手来欺骗他。不管珞巴人如何请求，多吉次仁还是不解除禁令。珞巴族人在忍无可忍的情况下，冲入多吉次仁的家，把他们父子俩杀死。

马尼岗历经数年的抗差斗争，引起了则拉岗宗（县）政府的重视，并着手处理两族之间的贸易纠纷，宗政府派出桑波等人为代表，与珞巴族萨及氏族代表剂洛木，海多氏族代表基洛等谈判。在双方代表的努力下，达成如下协议：双方遵循原来的规定，珞巴族博嘎尔部落按照惯例，定期向领主交差，数额为每年每户交大米1升、辣椒1斗、酥油2斤、染草20斤。珞巴族氏族首领任命仍按惯例，由各氏族自行提名，经藏族领主审批。藏族领主要保障珞巴族群众人身安全和交换公平。双方出现争执，无理的一方若是藏族，即要向珞巴族人交15两黄金。若无理的一方为珞巴族人，即要向藏族人交75头牛。这一盟约，就是"牛与金子的协定"。自协定签订后150多年里，藏、珞两族间的贸易和平友好地进行着，直到20世纪50年代，才被迫中断。

十九

令人深思的虎祭

1. 传说中的老虎

自到才召调查后,有关布林达马将要举行虎祭的消息不时传来。近日,我们又在刘东家里听高前说,数天前,在穷林单嘎村河对岸的山坡上,经常听到牛、马、猪甚至是人的声音。可那里没有人住,且隔一条河,水冷流急,人和牲畜不会去那里。人们纷纷传说,去年布林达马猎获的老虎是公的,至今还没举行祭祀活动,老虎的灵魂得不到安抚,没有回到它所在的地方。故而母老虎前来村子附近,找人报复,村民为此甚感忧虑。他们认为老虎本领甚大,能学会人和动物的叫声,嗅觉也很灵敏,谁家留有猎获的老虎骨头、毛皮和牙齿之类,它在很远的地方都能嗅到。因此,母老虎总想寻找适当的时机,前来与公老虎的灵魂相会,并乘机找人报复。由于诸如此类的流言传播,不仅使穷林单嘎村人心惶惶,就连邻近的才召村居民也都忧心忡忡。他们都渴望虎祭及早举行,祈求村民平安。坦白地说,我们对这些流言并不相信,但渴望能目睹这种古老的祭祀仪式,毕竟它是珞巴族古老文化的一部分。

珞巴人为什么要举行祭虎活动?这是一个饶有兴味的问题。依据博嘎尔部落的传说,老虎是珞巴族祖先阿巴达尼的兄弟,彼此不能伤害。传说是这样的:很久很久以前,天父地母结合,生下许多孩子，其中有阿巴达基（有些传说又称阿巴索苗）、阿巴达尼和阿巴达洛。阿巴达洛是小弟，自小喜欢念经，不吃老鼠、虫子，也不杀生，一心行善，他还劝说两位哥哥这样做。但阿巴达基和阿巴达尼就是不听，依然杀生。

有一天，阿巴达基和阿巴达尼兄弟俩上山捉老鼠，阿巴达尼捉了很多并都背了回来，可阿巴达基两手空空的，一只也没有。阿巴达尼看了，非常奇怪，便问：哥哥，咱们一样下套，为什么我得那么多，你却一只也没有？阿巴达基说，老弟，你可千万不要跟人说，我把老鼠全部生吃了，味道可好啦！又香又甜啊！

阿巴达尼见哥哥生吃老鼠肉，十分担忧，便劝他回家。但阿巴达基不听劝告，继续待在山上。阿巴达尼见哥哥不愿回家，越发放心不下，很想探个究竟。他只好假装回家，在山上绕了一圈后，又悄悄地回到原来的地方，偷偷地看哥哥留在山上干什么。他偷看了半天，发现哥哥躺在地上睡着了，身上逐渐长出带斑纹的毛。阿巴达尼看了，十分疑虑，坐在旁边发呆。

当阿巴达基突然醒来时，发现阿巴达尼在身边，便对他说，弟弟，我身上虽然长了毛，但我们还是兄弟，请你千万不要跟人说。今后如果我害你，你就用箭射我的心；如果你害我，我就咬你的脖子。阿巴达尼听了哥哥的话后，觉得他不再是人，快变成老虎了，只好怏怏不乐地回家。阿巴达尼回到家里，心里总是惦记着哥哥。

第二天一早，他又上山来到哥哥休息的地方。他发现阿巴达基睡在树洞里，已经变成一只老虎。第三天，阿巴达尼再次上山，见到阿巴达基变成的那只老虎已经走了，只留下一串脚印。由于老虎是阿巴达基变的，所以直到今天，珞巴人每讲到老虎时，都不敢直接称他为老虎，而是叫他为伯伯或哥哥，以免受老虎伤害。

在珞巴族博嘎尔部落中，还有一些关于老虎与他们的祖先阿巴达尼的传说，但都说他们原来是兄弟，只是后来阿巴达基才变成了老虎。我们从这些故事中看到，珞巴族人传说中的老虎，不是自然生态中的百兽之王，而是被赋予人类社会的各种属性，如血亲、夫妻、家庭、复仇、盟约、赎罪等。我们觉得，正是这些属性，才形成他们虎祭的一系列仪式。

2. 虎祭的日日夜夜（上）

布林达马是我们的老朋友，彼此早有约定，只要没有离开米林，他举行祭虎仪式时，一定邀请我们到现场观看。说实在话，像这样充满神秘色彩的宗教仪式，能让我们前去观看，布林达马给我们的面子是够大的。12月10日上午，布林达马通过我们的翻译刘东告知，他明天在穷林单嘎举行隆重的祭虎仪式，请我们前去观看。恰逢那时，刘东弄到一辆汽车到那里拉柴火，我们可搭便车前往。为此我们在供销社买了两瓶江津白酒作礼物，迅速登上汽车。不经片刻，就来到布林达马家。那时候，西藏人视江津白酒为上等佳品，布林达马接到我们的礼物，自然十分高兴。

我们寒暄片刻后，见房子的东南角临时搭起一个棚子，公社书记次仁，生产队保管达新等，正忙着准备份饭，晚上分发给大家。每一份饭里，有一块熟牛肉、一截灌肠、一个烤饼。凡来此的人，不管认识与否，均领一份，足可饱食一餐。我们也依次领取一份，细细品尝，甚感可口。晚饭后，有人告诉说，巫师达布在暂时不用的厨房里，守着老虎头骨正念经呢。我们听了，立即前去观察。一踏入厨房，便见达布靠在房子的西南角上，坐着念念有词。在他靠着的木板墙上方挂有一把带鞘的长刀，我们知道，这是他作法时使用的法器。在长刀的下方，挂着一个用草捆扎的老虎模型，约三尺长，头、脚、尾巴可辨。由于作法尚未开始，故没有摆出真正的老虎头骨。达布是我们的老朋友了，他见我们进来，不再念念有词，随即把手伸进右侧的塑料化肥口袋里，掏出一个没有下颌骨的老虎头骨,给我们观看。这是布林达马猎获老虎后仅存的一个头骨。我从那头骨上拇指粗细的两大虎牙判断,老虎的体型较大,是头成年雄虎,据说有200斤左右。宗教仪式本来就带有神秘性,达布让我们的好奇心多少有点满足后,就匆忙把老虎头骨放回袋里。

晚上祭虎的仪式还没开始,村民的活动就已经很热闹了。大家挤拥在布林达马的房子内,有说有笑。布林达马的房子,如同其他村民的房子一样,是政府拨款统一新建的,入住不足一年。我们上了约高2米的石阶后,便进入房子的大厅,准备参加晚间活动。房子为木板地面,电灯明亮,南头有一火灶,烧着大块木柴,把整个房子烘得暖暖的,颇具节日气氛。没等我们坐下,献酒的妇女拿着碗向我们走来,接着一个青年拉着我们的手,唱起了藏族的敬酒歌:"呀拉索……"歌词的大意是这样的:我们的酒不算好,但我们有一片真心,你们不想喝也得喝!他不停地唱着、跳着。敬酒的两位妇女也拉着我们的袖子,随即把酒碗塞到我们的嘴边。盛情难却,我们不得不饮几口,他们才让我们坐下。

珞巴族的传统对歌开始了。所谓对歌,自然仅有两人相对唱。对歌的人不分等级贵贱,仅以能否会唱为准则,男女老少均可。先对歌的是颇有名气的亚如和多吉。亚如,女,50多岁,麦德出身,属高等级;多吉,男,60多岁,伍布出身,属低等级。他们走到灶塘边坐下,负责接待的亚英分别在他们的头上抹上三坨酥油,送上一碗青稞酒,酒碗内靠上边同样抹上三坨酥油,以示吉庆。对歌人喝了几口青稞酒,以示领受接待员的敬意后,随即走来两位穿着漂亮服饰的姑娘,各自端着一块三斤多的牛筋肉和一斤多糌粑,分别送到对歌者面前,随后端走。我不明白是什么意思。旁边的人说,这是示意主人送给对歌者的礼物。对歌完毕后,各自可以带回家里。

我们早已知道,这里所说的对歌,就是双方把历史传说和故事作提问式的回答，以歌的形式进行。这是一种传授人文知识、寓教于乐的传统教育方式。我们从听者的静听、疑惑、点头、微笑、惊讶的复杂表情中，体会到这种教育方式的感染力。这一对歌者唱完了，又有另一对歌者继续，一直持续到深夜。

12月11日，祭虎仪式正式开始。大清早，巫师、男主人和村中老者共5人围坐一起，杀鸡进行鸡肝卜。他们先在主人住宅西面的空地上，设了4位用竹屑扎成、略似人形的神灵。根据初次问卜显示，原计划向这4位神灵敬献两头母猪。但又据再次卜卦判断，若这样做了，老虎的灵魂会伤害人，对主人更为不利。故改杀两头公猪献祭。

据有关人士解释、这里提及的四位神灵分别为东宁、布达、洛结和金宁。东宁和金宁管理老虎，不准其为非作歹，伤害人畜；布达和洛结是保护人的。为此他们在神灵的面前吊死公猪，以示祭献。接着女主人亚崩在神灵前念念有词，并不时撒米粒，祈求他们管好老虎的灵魂，保护家人安全，紧接着杀牛献祭。当我们向北边杀牛的空地走去时，发现在住房外10多米远的地方，立着一棵3米多高的松树枝，在其四周插有捆着竹屑的小棍。主人说，昨日下午，在那里举行了一个叫做"崩达若木达"的仪式，杀黄牛一头，向祖先献祭，祈求他们保佑虎祭仪式顺利进行。上午11点30分，杀牛开始。用斧子猛击4头黄牛耳后根，令其晕倒后宰杀。一头是公犏牛，因体大凶猛，改用半自动步枪连发射击头部。5个牛头割下，另作他用。其余牛肉，供参加者食用或敬赠来客。

在杀牛的同时，男主人、巫师及其助手"米巴克"，在村里南面100多米的地方，朝猎获老虎的方向，用竹子搭了一个称作"巴色尔"的宗教用物，举行一种称作"波木德沙尔德"的仪式，向管理老虎的主人波木德、沙尔德兄弟献祭。搭建巴色尔时，先在地上挖一个深约7寸的土坑，由巫师念经后，向里面撒米粒。接着竖起一根2米多高的松树枝，树枝略向猎虎的方向倾斜，再用竹子搭成人字形的房顶样子。在巴色尔的东侧，立有两位约1尺高、用竹屑捆扎成的神灵，名叫"索丹木"兄弟。据说，它们是老虎的卫士，按照习惯，须要杀鸡、杀狗献祭，但博嘎尔部落早已不杀狗，只用狗毛代替。当一切就绪后，在巫师的主持下，杀5只鸡，挂在巴色尔的南侧。接着巫师领着男主人及其他相关人员，按顺时针方向绕巴色尔转数圈。巫师念经时，每念一句他的助手也跟着重复一句，随后巫师把挂在巴色尔上的鸡取下，取肝问卜。根据卦象显示，老虎的主人波木德、沙尔德兄弟对所送

虎祭的巴色尔（1980年李坚尚摄于穷林单嘎）

的礼物表示满意，但因老虎的灵魂没有送回，还不放心。参观者在离开巴色尔时，把所杀的鸡都带回去。拿鸡的人均要面朝南，扔下一些鸡毛，意为鸡没拿走。接着巫师再次念经，其内容为鸡和狗都送给你们了，请收下吧！我们很快会把虎的灵魂送回来，保佑我们打到更多的猎物。

巫师、男主人回到家后，猪已宰杀完毕，巫师又继续看猪肝卜，判定主人全家今后是否平安。据说，肝上的纹路从根部直伸到尖部，说明村里要死人；假如肝纹穿过的地方还有凹下去的部位，暗示村里将有人因打架被刀捅死；但有些肝纹穿过肝的小叶，显示对主人一家的安全无害，猪肝卜的卦象显示，祭祀仪式会平安进行，不必再杀猪、牛了。

3. 虎祭的日日夜夜（下）

12月11日下午两点，布林达马家举行"约波崩梭"仪式，其作用是避免老虎的灵魂对主人一家的伤害。约波崩梭的意思是"上梯子进屋"，即重复以前猎获老虎时，把死虎带回家，但又避免老虎的灵魂进来，伤害主人一家的过程。这一仪式，实际是上述举行的"波木德沙尔德"仪式的继续，给主人一家老少的平安买个"双保险"。

举行仪式的队伍，有巫师及其助手和七八个同氏族的男子。他们聚集在旧厨房旁，先由男主人杀一只公鸡，把鸡血洒在老虎模型的身上，接着在巫师的带领下，念"廖刚经"，巫师念一句，助手跟着重复一句。念时四个音节一顿，如"东宁金宁、波列阿尼"之类，调子高亢有力。内容大意为，老虎啊！我们没有打死你，是你自己钻进我们套野牛的套索里，跟我们没有关系，今天我们送牛、猪和鸡给你，你就收下吧。不要责怪我们。

经巫师带头祈祷几分钟后，男主人布林达马和七八个同氏族的男子一起，手里拿着刀，头戴一种用草织成的四棱帽，据说这种帽能保护人的灵魂安全。驱逐虎灵的队伍由一个相貌威武的壮年男子带领，接着是武士打扮的同氏族男子，男主人背着老虎头骨和虎身模型跟随，巫师在后压阵，他们行进时，不时挥刀蹦跳，每跳一步，嘴里发出"戈雅克"之类的低沉有力的呐喊声，借以驱赶老虎的灵魂离去。随后他们来到男主人住房的西边窗下，沿着木梯从窗口进入屋内。

在男主人进入窗口时，里边由一位事先有意安排的少女上前迎接，并热情地对男主人说：我的丈夫，你回来了。随即用一块黑布把他的头蒙上，其用意是不让老虎的灵魂认出他。扮演迎接丈夫的这位少女，必须是未婚的同氏族的近亲，不能是男主人的真正妻子。其用意是借以迷惑老虎的灵魂，使其无法伤害男主人。起初我对这种做法不太理解，后来才恍然大悟。原来珞巴族实行严格的氏族外婚制，不让真正的妻子迎接，相反以同氏族的少女，假装成男主人的妻子，不就说明伤害老虎的人是其他氏族的男子，不是真正的杀虎者吗？这样男主人就可避免老虎灵魂的伤害，这可真是一个金蝉脱壳的妙招啊！

巫师随即高声念经，主人布林达马等一行人蹦跳舞刀，少女装成的那个假妻子紧紧跟随，他们在屋内绕了三圈，借以显示猎杀老虎，而老虎的灵魂却没法找到他们，从而免遭加害的欢乐心情。接着这一群人挥刀沿旧路回到原先的厨房，把老虎头骨放在一个约二尺见方的厚木板上，并在老虎头骨的上方压上那个巨大的犏牛头，以示把这头犏牛送给老虎的灵魂，巫师接着念经，直到深夜。

当日晚上，来访的客人都集中在主人屋里唱歌跳舞。在男女混合的手拉手的舞圈里，既有五六十岁的老人，也有十四五岁的年轻人。在他们中，父女、母子同唱一首歌，同跳一种舞，毫无长幼尊卑的界限。他们在领唱人的带领下，时而唱起流行于波密一带的波歌，其悠扬缓慢的格调，好像人在青山绿水间漫游；时而是节奏明快的塔布歌，其神韵又像是集聚的山涧流水，又把人们带入热烈欢腾的气氛中。一些在旁观看的人，在那敬酒者的殷勤敬献下，即使是十七八岁的大姑娘，有些也烂醉如泥，借地而卧。一些世故的老人，常把敬酒倒入自带的竹筒内，容后畅饮。舞跳到深夜方散。

12月12日，是虎祭仪式的最高潮。大清早，我们踏入主人布林达马家，人们就告诉说，经巫师两天两夜的祈祷，到昨晚深夜两点左右，老虎的头骨神秘地动了一下。巫师解释说，这是吉兆，老虎的灵魂愿意回到金东宁东那里，今日可以把老虎的灵魂赶走了。这个驱赶老虎灵魂的仪式，称为"桑约嘎让达拉"。

正午12点，仪式开始，巫师作法，把压在板上的老虎头骨交给助手米巴克推着。起初按顺时针方向绕过火塘，朝门口推去，巫师手握长刀，高声念咒，接着主人一家跟随。刚推了几步，巫师又告诉大家，老虎的灵魂不愿朝这个方向走，随即来个向后转，可这一转把看热闹的人吓慌了。按照他们的说法，任何人都不能阻挡老虎灵魂回去的路，不然会受到伤害。而老虎的头骨一向后转，原本跟在后头看热闹的人，正好在老虎头骨的前方，因而他们慌乱躲避，以免老虎的灵魂伤害自己。当巫师跟助手把老虎头骨推到门口时，巫师便恭恭敬敬地用竹篾穿上，挂在男主人的左肩，又把草做的老虎模型挂在右肩，列队送到村外的巴色尔那里。

在送虎灵魂的队列中，男主人举着刀，在前头蹦跳挥舞着；巫师的随其后，一边念经，一边撒米粒；巫师助手、主人的儿子及七八个同氏族的武士押后。他们挥刀跳跃前进，口里不断喊着"米日""米日"的驱赶声，一直送到巴色尔那里，随即把草制的老虎模型挂在上面。接着杀鸡取肝，由巫师看鸡肝卜，如肝纹没现吉兆，再杀第二只鸡，直到吉兆揭示，老虎的灵魂已送回管辖

十九　令人深思的虎祭　295

巫师在巴色尔前向虎灵魂祈祷（1980年李坚尚摄于米林）

它的神灵那里，仪式才算结束，大家终至放心回家。据他们说：主人一家及同氏族的男子，均要参加这一仪式，只有这样，今后才不会遭受老虎的伤害。参加驱赶老虎灵魂的人回来后，村里的人纷纷前来送酒送肉，以示祝贺驱赶仪式的顺利完成。村民代表还在男主人和巫师的前额抹上三坨酥油，以示祝福。并向各人送上一大碗掺有酥油、猪、牛肉的米饭，请他们立刻享用，以示慰问。

老虎灵魂送走后，巫师及其助手在厨房门口立起波德、刚德两个神像，用以保护一家老少平安。据传只要有这两个神灵把守门口，任何害人的鬼魂都不敢进入。这两个用竹屑捆扎成的偶像，身背弓箭，手拿大刀，脱胎于珞巴族武士的形象。与此同时，村民们即按户分配余下的大量猪、牛肉，凡所杀牲口的重要部位，各户均应得到一小份。此次虎祭活动参与者计27户，每户得肉约

40多斤。

12月13日，参加这一活动的来客纷纷回去。但主人还要举行最后一次"耶莫列马"仪式，意思为祭祀列马神。据传说列马为各种野兽的主人，向他献祭，就能打到更多的野兽。此祭祀仪式完毕后，整个虎祭活动结束。

4. 是活灵活现的图腾崇拜吗？

这次虎祭共杀牛7头、猪4头，与会者可说是酒足饭饱，歌舞尽兴了3天。在我们看来，那是非常铺张的一次活动了。但据一些老人说，这还是规模较小、来客不多的一次。在马尼岗、梅楚卡一带，一些富户猎杀了老虎后，要举行9天的活动，杀牛20多头，宾客数以百计，那才够风光呢！珞巴族是个从事刀耕火种，兼作狩猎的山地民族，多少人一日三餐都难以应付，为什么竟这么热衷于肉山酒海的豪华盛宴呢？多少年来我对他们这一文化现象总是难以忘怀。在我国50多个民族调查资料中，有关此类的记述甚少，而能亲眼目击这种现象的民族工作者，可说是绝无仅有。如何解释这种文化现象？当我们没有收集到足够的实例得出新的结论时，我们暂且遵循着前辈的研究成果，称之为"图腾崇拜"吧！

有关图腾崇拜的文化现象，已困扰了文化人类学界一百多年。最早提出这一学说的是英国人类学家麦克伦南，他在《动植物崇拜》一书中指出，全人类在古代都经历过图腾信仰时代。在此后的国际学术界，对这一种观点有否定、有肯定、有修正、有补充、不一而足。唯我的恩师林耀华等诸位教授，在他们所写的《原始社会史》一书中作了详尽的分析：图腾崇拜孕育于血缘家族公社时期，和氏族制度一起产生。母系氏族制时期，图腾崇拜处于全盛时代，自母系氏族制向父系氏族制过渡后，图腾崇拜才日渐衰落。自此以后的漫长岁月中，图腾崇拜以各种残余的方式存在着。林老师的这一归纳把图腾崇拜的产生和发展历程，紧紧地与人类原始社会的发展密切地联系在一起，这一概括，我是十分尊重的。

珞巴族把虎视作其祖先的兄弟，并严禁对其伤害。从这个角度来看，说虎是他们信仰的图腾，他们对虎的崇拜是图腾崇拜，言之有据。但值得我们玩味的是珞巴族社会已进入奴隶社会的前期，即家长奴隶制时期，早已超越了母系氏族、父系氏族的发展阶段，其社会内部也出现了蓄奴主、奴隶和其他一些中间等级。这种社会状况说明，珞巴族的图腾崇拜应该走向衰落，并受到人们的冷落和忽视。但事实却与之相反，人们误杀了老虎，似乎面临着一场灭顶之灾。这次举行虎祭的女主人亚崩说：自从老虎误入她丈夫设置的捕黑熊的陷阱后，无论外出还是在家，总听到老虎的叫声，这是误入陷阱的那只老虎的灵魂在寻找机会伤害她，使她感到惶惶不安，只是由于财力所限，不得不拖了一年多才举行这种虎祭。由此可知，人们对图腾崇拜的信仰程度还是相当强烈的。

我有时也感觉到，珞巴族人对虎图腾如此崇拜，恐怕与其社会的现实生活有关。在珞巴族各部落，保留着浓厚的父系氏族制度残余，没有统一行政组织，彼此互不统属，一旦发生摩擦，不管谁是谁非，强者为胜。为此加强同氏族人的团结，是彼此的利益所在。虎祭这种古老习俗，正适合这种社会的需要。如猎获老虎时，虎肉可以分给其他的人，虎心只能由同氏族的成年男子分享，在驱赶老虎灵魂的仪式上，同氏族的成年男子也要挥刀参与。此类仪式，对人们氏族认同感的确立至关重要。一旦发生氏族间的血族复仇时，这种认同感将维系着氏族的生死存亡。正是这种需要，又使虎祭仪式得以存在和发展。

二十

从米林到错那

1. 惜别米林

目击布林达马举行虎祭的全过程,使我们兴奋不已。当我们晚上回到米林县招待所的卧室时,久久不能入睡。我沉思,在我们众多的学术先贤中,就我的知识所及,讲述虎崇拜的民族习俗不乏其例,但现场目击整个过程的文字记述却没有发现,可我们亲眼见到了。这种千载难逢的机会,使我们成为历史的幸运儿。芳贤和我躺在床上,尽管已极度疲劳,还是你一言我一语地开启着记忆的密码,把前后数天的所见所闻重新印在脑海里,以防在记忆的筛子里漏掉。第二天一早,我们在冰冷的卧室里,参照现场的记录作详细的整理,若有不明白的地方,再去问问我们的翻译荣敬东、刘东、高前等珞巴族朋友。虎祭为我们的米林珞巴族的调查画上了完美的句号。

虎祭的现场记录整理完毕后,我们松了一口气。可我们深知,随着现代教育的普及和文化水平的提高,诸如此类的古老习俗都行将消失,这是必然的,也是不可避免的,虎祭是如此,其他古老习俗也如此。面对这种历史发展趋势,我们能忍心让其无声无息地消失吗?众所周知,世界各民族的习俗传承,是人类文明发展的载体,其蕴含的历史价值,是难以估量的。奥运会上点燃圣火的仪式及火炬的传递,不也是古代希腊人的习俗吗?这些习俗给现代人带来的那种庄严、肃穆和振奋的激情，其意义是无从估量的。想到这些，我们到错那、隆子去，完成门巴族、珞巴族的社会、文化调查，实在是太有意义了。圆满完成这些任务，就会在人类历史长河中留下我们的足迹。

当然，到错那、隆子去，也不是一件容易的事，还有两个障碍要排除，一是情感，二是交通。我们来此调查快一年了，现在亦近年关，许多干部已请假回家过年，县里的办公室大多由"铁将军"把守，一些留下值班的人见到我们不走，总是惊讶地问，为什么还不回家？这些问话总使我们鼻子发酸。我和芳贤都是年近四十的人了，上有老下有小，所有家庭负担，都压在工作繁忙的妻子身上，真是于心不忍。但若此时回去了，缺乏错那、隆子的资料，门、珞两族的调查报告终觉残缺，留下遗憾，这又是不愿看到的。为抚平我们不安的心灵，我们又这样安慰自己：家里的事或许能咬咬牙顶一阵子，终至柳暗花明又一村吧！至于交通，更是一件头痛的事。到错那和隆子的门巴族、珞巴族居住区，均是国防前线。要到那里，必须到设在泽当的山南军分区开介绍信，方能前往，泽当是必经之地。从米林到泽当，在通常情况下，有长途汽车可乘，沿雅鲁藏布江逆流西行，经朗县、加查、桑日一线，急赶行程，一日可到。但其时已进入隆冬，山口常有积雪，颇为危险。加之旅客无多，班车很不正常，我们在米林等了十数日后，还没见到班车的影子。没有办法，只好听从朋友的劝告，按原路重回拉萨，再从那里经曲水，进入泽当，路程远了好几倍，深感无奈。但总比没完没了的等待好一些。

从米林到八一镇，仅有60公里行程，半天可到。但问题是没有汽车可乘，急也没用。我们只好利用这些空当时间，同更多的珞巴族老乡惜别，以感谢他们的接待和认同。我切身体会到，老乡们是用情颇深的，他们不仅提供了大量的社会、文化详情，还给我起了个饶有兴味的珞巴族名字"宁东"。"宁东"直译过来的意思是"石头",但在他们的观念里,宁东还带有勇武、神圣的含义,他们盟誓时,要立石起誓;在各个氏族里,都有一块被认为带有灵气的巨石,在选举氏族首领或战斗出征时,必在此举行仪式,以求石神庇护。鉴于石头有这样的属性,珞巴族不少男子都喜欢使用这个名字。我居然获得这样的雅号,说明他们把我视为同族人,这对搞民族调查的人来说是极为难得的。

12月23日,我们惜别米林老乡,好不容易坐上了运木头的敞篷汽车。沿途寒风凛冽自不待言,幸好有羽绒登山服,较同车的十多个老乡幸运多了。也许是为了抵御刺骨的寒风,也许是出于工布藏民的乐天本性,他们不时地唱着欢快的民歌,上下颠簸的汽车仿佛成了甚有韵律的伴奏乐器。本来异常难走的搓板路行程,在歌声中很快就走完了。大约中午时分,我们到达八一镇。

2. 手电筒作车灯

12月25日,我们在朋友的帮助下,购到了座位最后的两张票,登上了从八一镇回拉萨的班车,一路颠簸。当日下午6点,在贝巴吃了晚饭,继续乘夜行车。沿途山巅的白皑皑和深涧的黑魆魆,更增添了夜行的惊险气氛。时近午夜,大约距121道班10多公里的地方,车头上的照明灯突然全都熄灭了,车上的旅客一片哗然。司机无奈地解释说,那是车上的继电器坏了。除司机外,大家都不知道继电器为何许物也。但当前面临的处境是极为严峻的:西藏的冬夜气温极低,如车子不走,定有冻僵之虞;倘黑灯瞎火前行,势必葬身深沟。面对这种危难的处境,司机只好恳请旅客献出8只手电筒,捆成两组,权作车灯,让两位小伙子站在司机的右侧,照明前行。面对朦朦胧胧的路况和乌龟爬行般的汽车,我们大气都不敢喘,提心吊胆地随着汽车在深山峡谷中前行,终于在饥寒交迫的午夜到达121道班。幸好一位藏族乘客在道班里有朋友，他敲开朋友的家门，请其煮了一大锅开水，让冻得瑟瑟发抖的乘客们喝个够，借以驱散严寒。与此同时，司机也拦截了3辆路过的汽车，请求同行帮助解决目前的困境，但终无结果。我们的客车只好继续冒险前行。大约到了凌晨3点，我们终于到达工布江达的130道班的住宿点。也许是见我们一行实在太狼狈了，甚有同情心的服务员居然打开通铺的宿舍大门，让我们和衣而睡，不收分文住宿费，使我们身心顿感温暖。

26日上午10点，车继续前行，到达米拉山口时，已是黄昏，见一辆吉普车翻到路边的宽沟里。该车司机见我们到来，便迅速上前拦截，寻求我们的帮助。由于我们是客车，既没有拽拉的工具，也没有起吊的设备，加之车灯没有修好，处于泥菩萨过河的境地，爱莫能助，对方见此状况，也只好退至路旁放行。午夜2点到达格桑站，在此住宿。27日下午3点到达拉萨，住进第一招待所。

第二天早上，服务员想到我们是一年前相识的老朋友，便说：这一年拉萨变化可大了，你们到八角街一看就知道了。一年来的边境生活，令我们感到寂寞，服务员的这句话，勾起我们对热闹之地的兴趣。我们吃完早饭赶到那里，仿佛进入一个藏族民俗博览会，热闹非凡：看那身材魁梧、长辫缠头、上饰黑色、红色丝穗，腰插短刀的威武之人，是来自康区的汉子；那衣着特别肥大、皮板朝上配红绿边饰、头上梳着无数小辫、额前缀以大块绿松石的，是来自那曲地区的少女；那袒露右臂、穿着饰有豹皮边皮衣的，是来自安多地区的猎人；那穿着用氆氇缝制的套头长裙、配上腰饰的，是来自工布地区的妇女。此外还有来自山南、日喀则甚至是尼泊尔等地的朝佛者和来客，均以绚丽的服饰把八角街装扮得美轮美奂。看来近年由于贯彻"搞活经济、繁荣市场"政策，拉萨的变化是很大的。更令我们吃惊的是市面上竟有北京填鸭出售，每斤1.94元。一个来自芒康的小贩说，家乡生产队运来 2 万多斤葵花子，每斤价 1.30 元，跑这一趟，队里一下子变得富裕了。

从德格到拉萨的朝佛者（1980 年李坚尚摄于拉萨）

3. 母亲的情怀

1 月 10 日上午 10 时，我们在朋友的帮助下，坐上了到泽当的班车前排位置，颇感舒适。中午时分到达曲水，吃了 0.6 元一份的萝卜排骨饭，味道甚佳。饭后，沿雅鲁藏布江东下，但见江面布满浮冰，寒光闪烁。下午 4 点到达泽当。泽当不愧是山南地区的重镇，一到那里，便见到汽车在街道上洒水，一改沿途的仆仆风尘，顿觉清爽。出了汽车站后，我们直奔山南地区党委办公室，接待我们的是党委副书记兼秘书长王星三。他是北京海淀区人，十分热情，很快把我们安顿在地区第二招待所，并答应解决我们到错那的交通。

曲水大桥（1980年李坚尚摄于曲水）

1月12日上午，我们接到王星三秘书长的电话，说我们的交通问题可找军分区政治部李福荣副主任帮助。果不其然，当我们找到李副主任时，他一口答应，并向我们介绍了隆子县塔克新一带的珞巴族和错那一带门巴族的社会情况，随后还向我们讲述了最近发生的一件既缠绵又悲壮的真实事件。

前不久，从北京电影制片厂来了两位摄影记者，说是调查一位烈士在泽当是否有坟墓。原来，在北京301医院，有一位令人敬仰的女护士，她在1962年结婚不到3个月，丈夫就在中印边界自卫反击战中牺牲了。那时候，这位女护士已有身孕，后生一子，独自抚养爱子，不再嫁人，到今年，爱子已18岁，长大成人。这位可敬的母亲准备把爱子送到西藏山南军分区，继承父亲保国卫边的遗志，她也前来扫墓。上级有关部门知道了这位可敬母亲的心愿，鉴于她的丈夫是在前线牺牲的，不知是否建有坟墓，如果找不到坟墓，会使她遗憾终生，为此派出两位摄影记者先行前来山南地区走访。前不久，这两位记者来到山南军分区政治部，李福荣副主任接见了他们。随后在烈士陵园找到了这位烈士的坟墓，拍了多张照片带回去，交给这位可敬的母亲，山南军分区还准备在春暖花开的6月迎接他们。这位可敬的母亲凄美的故事，既令我们感动，又鼓励我们前往边境做好调查工作。

1月14日，李副主任派军用吉普车，把我们送到错那。司机为湖北籍军人，另有两位战士陪同。上午10点整，我们告别泽当，约行一个半小时，开始爬亚堆拉。由于亚堆拉沿途群山风化严重，山好像由无数黑色石片堆砌而成，显得格外破碎、悲凉。山口处立一石块，上书海拔5080米。积雪漫山遍野。强劲的风刮起阵阵雪雾，眼前一片模糊，车只好低速下行。约过半个小时，见前面公路中间站着八九头载着柏枝的毛驴，眼看着我们的吉普车靠近，尽管司机连按喇叭吓唬，它们仍站着不动。司机幽默地说："西藏有三大：风大、雪大、毛驴的架子大！"逗得我们大笑起来。随后我们下车把毛驴赶到路边，车继续前进。穿越十数公里的草坝子后，上山爬越海拔5200米的乌山口。距乌山口不远，便是大湖。但见湖水已结了5寸多厚的冰面，随行的战士说，每年5月，冰面融化，来此打鱼，一网就有数麻袋，且多是胡子鱼，味道鲜美。车在雪地中前行，有时陷在雪堆窝里，不能行进，只好退回来，再觅他途。

下午4时，终于登上沿途最高、海拔5300米的羊错拉山口，在此远眺，真有"一览众山小"的感觉。看那西边远处的雪山，略呈幽暗，颇具神秘感。而在东边，明亮的天空则白云漂浮，排列有致的雪山，在蔚蓝的天边形成一条条美丽的曲线，像是仰卧的仙女。我们争先恐后地下车，欣赏这大自然奇观，并抓紧时间拍摄，留下"到此一游"的永久性纪念。

过了羊错拉山口不远，便见到建在雪窝里的兵营，那就是错那海拔最高的雷达站。这里除了老鼠外，难觅其他动物踪迹。一个战士打趣说，我们这儿连耗子都是公的！我不明其意，还以为

军分区派吉普车相送（1980年刘芳贤摄）

是动物学上的奇异现象，便好奇地问个究竟。原来山南军分区有一个不成文的规定，凡有谁家妻子来雷达站探亲，都安置在泽当或错那县城的招待所里，不让她们到这个环境艰苦的雷达站来住。一是怕她们不适应这里的高寒环境，引起强烈的高山反应，发生意外；二是让官兵到海拔较低的地方休养一段时间，恢复体力。那些富有想象力的年轻战士顾况自比，便编造出那句颇具幽默感的话语，令人忍俊不禁。从羊错拉山口下行约20分钟汽车行程，便到达错那县城。

4. 冰雪怀里的春城

错那县城海拔高度4200米，时值隆冬，四周的山头与原野，均为厚厚的白雪覆盖，显得格外肃穆。唯县治所属的数十户人家，被温泉冒出的浓浓蒸汽笼罩。徐徐上升的白色气团，仿佛为初来的远客驱赶寒冬的严酷，撒播春天的温暖。

下午约5时许，我们到达错那县城。错那如西藏其他边境城市一样，所谓县城，除了必要的行政机构外，仅有数十户人家，还不如内地的一个村落。我们的吉普车穿过一段凹凸不平的石头小道后，便到达县政府行政办公室。县统战部长边巴接待我们，我们便把两本铅印的门巴族社会历史文化资料送给他，请他审阅。他接过后，稍一翻阅，脸上露出灿烂的微笑。他对我们在新年临近时离妻别子，到此遥远的边境出差，感到惊讶，因为这里的机关工作人员，早已放假回家享受天伦之乐了。接着县委办公室主任王富喜安排我们住进县招待所。

县招待所不大，仅有五六间平房，自成院落。镀锌的铁皮瓦檐上，密密地坠着一尺多长的冰凌，在落日余晖的照耀下，好像一幅幅美丽的七色冰帘，虽则奇寒，却很好看。整个招待所里，仅有我和芳贤两人，空荡荡的，又增添一片宁静的气氛，这对我们这些饱受高山反应折磨的人来说，实属难得的休养之地。我们在接待员的引领下，刚一打开房门，一股温暖的气流就向门口扑来，真使我们感到意外。试想在西藏多数地域，人们都在寒冷中生，寒冷中长，燃料奇缺，牛粪都成为烧火做饭的宝贝，这里怎么能有像北京那样的暖气？接待员见我们神情疑惑，便说，此处房间的地下都有一股温泉流过，故甚暖和。接着她揭开地面的一块石板，指着沟里说，这里就是干净的温泉水，可以取来漱口、洗脸洗脚。我们听了她的诉说，甚感新奇。她接着说，这里的住户几乎都引入温泉水取暖，室外严寒无比，室内温暖如春。因此家家户户都养有盆栽的花木，如倒挂金钟和杜鹃之类，十分好看。村里有些泉眼出水甚热，可用来杀猪、去鸡毛。我们听了，更感新奇。她把我们安排好后就离去。

晚饭时，县机关食堂为我们清炖了大碗鲜牦牛肉，极为鲜美。但我们一点食欲也没有，只吃了一些酸菜罐头和一碗米粥，便疲惫地倒在床上。多亏汨汨的泉流奏出轻轻的催眠曲，使我们很快进入梦乡。第二天我们起床时，太阳高挂，强烈的光线透进窗户，窗台上摆放的数盆花卉显得生机勃勃，室内春意盎然。尤其是那两盆倒挂金钟，布满了大红和粉红的艳丽花朵，娇翠欲滴，招人喜爱。看来哪里像严冬？

我们早有所闻，错那的温泉久负盛名，尤其对人的皮肤病有神奇疗效。我们到这里后还听说，牛羊喝了温泉的水，吃了温泉滋养的草，长膘快，发情早。远近的牧民都渴望在温泉周围草地放牧一段时间才迁往他处，因而温泉被称为圣泉。我们尽管来去匆匆，但也被这种传闻所吸引，故在扎木、泽当逗留时，早已了解到这里有一个温泉浴室，设备颇好，洗澡深感舒适。故吃完早饭后，就按图索骥奔向那里。

这是一个部队开设的温泉浴室，不算大，长约6米，宽约5米，旁边房内设木板床铺，供人休息。浴池长约3米，宽约2米，深约1米，四周全用水磨石打造。在其时的西藏，用水磨石代替黑黑的水泥，既平滑又光亮，那是相当高级了。时值上午，不是沐浴时间，浴室空无一人。领我们到达这里的服务员小谢，调好冷热管水龙头后说，水温约摄氏40度，大概可以了，请我们试一试。并强调说，温泉热水可达60度，会烫伤皮肤，要多加注意。我们用手试了水温后，点头表示满意。我们在浴室一待就是两个半钟头，洗澡又洗衣，把我们数月积存的不洁之物洗个精光，顿然感到自己真的成为一个无垢之人，心里有说不出的兴奋。

西藏边境自然环境严酷，对部队的体能要求特别高，因而各级领导干部的年龄都比较年轻，营、团级干部相当于我们的小兄弟。故在普通战士心目中，我们这些接近40岁的人，可能是职位不低的人物，故受到他们的尊重。小谢也不例外，他领我们进入旁边的房间后立即请我们喝热茶，建议休息十几二十分钟后再离开，以免感冒。小谢是贵州大方苗族人，当他得知我们来错那调查门巴族的风土人情时，便说道，他们家乡的人有喜欢喝酒的风俗。大凡姑娘出嫁，要请酒量大的人陪同。夫家迎亲的人，到距夫家1里地处举行迎接仪式，迎亲的人要敬送亲者每人12杯米酒，每杯大约半两；到半里地处，要敬24杯米酒；到家门口要敬36杯米酒。送亲者喝了这些酒，方可将姑娘送进夫家。小谢说，能饮3—4斤米酒的人，才有资格入选送亲者行列。小谢讲的迎亲故事，引起我们的兴趣，时下这里年关逼近，是观察门巴人如何过年的好时机。错那的温泉虽好，但不便久留。

1月16日上午，我们到县委办公室告别，王富喜主任说了几句深情的挽留话后告知，县供销社供应我们一条牛腿，价30元；一个羊腔，价10元，让我们好好过藏历年。在当时物资紧缺的年代，我们竟得到如此的厚爱，甚为感动。王富喜还说，县里派出热情、稳健的赶马人扎西顿旦和4匹马，把我们送到门巴人聚集地勒布沟区。错那不仅温泉热，人心也热，真令人留恋。我们想到年关已近，加上勒布沟区海拔较低，对我们的体能恢复甚为有利，我们也很想离开县招待所早日到那里。

1月17日上午9点左右，藏族青年扎西顿旦赶着4匹马，准时来到招待所门前。马是3人各骑一匹，余下一匹驮日用杂物。9时30分出发，沿途朝西南方向上坡踏雪前行。扎西顿旦在前赶马引路，我和芳贤在后跟随。约中午12点，来到海拔4100米的波拉山口时，虽然没有遇到风暴，但不少地方雪深过膝，马不前行。我们只好下马走路，在雪窝里驱马向前。一些路段虽然雪浅可以骑马，但又往往异常险峻，上坡时需要俯卧在马背上，方可免落马之危。但到下坡时又变为仰面朝天，紧贴在马背上，以求取身体平衡。我们就这样前俯后仰、跌跌撞撞向前。幸好扎西顿旦路途娴熟，何处险峻，何处坦途，心中有数。凡遇危险之处，先下马为我们拽拉缰绳，化险为夷。黄昏时分，总算平安抵达勒布区政府所在地麻玛。第二天一早，扎西顿旦领着4匹马踏雪回县。看着他远去的背影，我们感激之泪油然而生，唐代岑参的"山回路转不见君，雪上空留马行处"的诗句突涌心头。没有他助一臂之力，我们怎能顺利进入门巴之地！但愿他平安回县，与家人欢度新年。

二十一

在麻玛乡过新年

1. 酒与歌

到麻玛乡后,接待我们的是区妇女主任格桑拉姆。她一家住在区府大院内,与招待所是近邻。她为人热情,见我们送走扎西顿旦后,就来到我们的住处。出于妇女爱家的本性,她见到我们后,劈头第一句话就问:"新年快到了,你们还出差到这里,真不

从波拉山口远眺门隅地区的原始森林(1981年刘芳贤摄于波拉山口)

想家吗?"她关切的话语,确实勾起我们想念妻儿的柔情,为免心酸,我们很快转移话题,礼貌地感谢她的盛情接待,便闲聊起来。她讲到,曾在咸阳公学学习过。在勒布这样边远的山沟,居然能遇到用普通话与我们交流的人,深感意外。

格桑拉姆走后,我们顿然感到,数日来紧锁的眉头,有了舒展的希望。记得我们在县里时,曾向王富喜主任提出找门巴语翻译的要求。但他一再说,年关在即,许多工作人员都回家了,若要他们回来陪我们工作,不同家人一起过年,未免不近人情。待

错那门巴族老人的衣饰(1981年刘芳贤摄于麻玛)

门巴族妇女的衣饰（1981年刘芳贤摄于麻玛）

新年过后，定派得力的人员协助我们工作。王富喜的几句在理的话，说得我们哑口无言，我们只得点头称"是"，但也给我们亲历门巴人过春节的美好愿望罩上阴影。没有翻译，怎能和当地的门巴人交流？怎能了解到他们的风土人情？格桑拉姆既是本地人，门巴语自不待言，汉语又不错，加之住在区政府大院，近在眼前，她不就是很好的翻译吗，何不请她帮忙？

吃过午饭后，我们见她在家，前去拜访。她的丈夫和唯一的小女儿也在家里。丈夫是日喀则军分区的一位参谋，名叫多吉，正回家度假过年。女儿六七岁，长得乖巧伶俐，十分可爱，人称"春姑娘"。格桑拉姆待我们坐定后，就夸奖起她女儿，讲述"春姑娘"这一爱称的来历。原来这位小姑娘对人很好,尤其关心爸爸,不让他饮酒过量。这里的门巴人有个习惯,每隔一段时间,乡邻、朋友,尤其是男子,就要在一起,饮酒唱歌,以娱身心。她的爸爸有个短处,每到微醉时,不易掌控自己,唱歌往往出错,常常受罚喝酒,如不饮罚酒,朋友就上前揪耳朵硬灌。每当此时,小姑娘就坐在爸爸的膝上,阻止其他人前来灌酒,若有人把她拉开,她就哭闹,人们见状,只好放过她爸爸。爸爸就靠这位小姑娘,躲过了一次又一次的"酒劫"。人们觉得,这位姑娘年纪这么小,就懂得关心家里人,长大以后,一定会成为人人喜爱的"春姑娘",因而给她这一爱称。俗语说,有其父必有其子,有其母必有其女。这个女孩关心人,必定继承了她母亲的天性,格桑拉姆一定有热心助人的精神,说不定她也愿意帮助我们,做个翻译。

我们听了格桑拉姆女儿的故事后,由衷地称赞起这位乖巧的小姑娘来。随后,格桑拉姆又同我们闲聊起了喝酒的话题,她的丈夫也很随和,加入我们的行列。他们说道,这里的门巴人十分友善好客,凡有外来人到来,均以敬酒为先,唱歌欢迎,热情款待。敬酒所唱的歌,门巴语称为"沙玛",意思就是"酒歌",其中一首是这样唱的:

> 我们的手指啊,
> 像五座神山;
> 在此转一圈啊,
> 敬酒一杯。

> 我们的手心啊,
> 像转经的圣地拉萨;
> 在此转一圈啊,
> 敬酒一杯。

我们的胳膊啊，
像宝塔一样；
在此转一圈啊，
敬酒一杯。

我们的身体啊，
像自在的圣体；
在此转一圈啊，
敬酒一杯。

  两夫妇就这样说着、唱着、比画着。他们还说道，敬酒的人一般是家庭主妇，她站在客人面前，右手拿着一大铜勺酒，随时准备把客人的酒杯注满，并领着家人和邻里一起唱上述酒歌，直到客人喝上几大口为止。我们从这一首酒歌的内容看到，门巴人把敬酒、喝酒视为像转经、朝佛那样的善行，不失为一种利己利

唱萨玛酒歌（2006年罗洪忠摄于勒布）

他的做法，与那些把敬酒、喝酒作为比试海量的挑战行为，有所不同。在这种带有宗教信仰的氛围下，如酒量不大，是很容易喝醉的。但醉了又何妨？不但不会丢面子，反而受到赞赏，这从多吉唱给我们听的民歌中可以看出：

> 喝醉的人，
> 不能说没有本事；
> 那踉跄不倒的步态，
> 就是真正的本事。

我们在格桑拉姆家里的初次走访，想不到就那么顺利。我们离开时，向她提出请她担任翻译的要求。她爽快地说，只要区长阿旺南杰批准，她乐意做。这一表态解除了我们找不到翻译的担忧。

2. 听来的年俗

群美多吉是麻玛村最有名望的老人，年事既高，身体又好，对村里的往事了解甚多，说起来如数家珍。当我们向格桑拉姆提出了解这里的过年习俗时，她首推访问群美多吉，并主动把我们带到他家里。群美多吉住在一所三层石砌楼房里，同他外孙女一家共同生活，颇为安适。他见我们到村后首先访问他，觉得是对他老人家格外敬重，于是上前拉着我们的手，引到火塘旁依窗迎门的位置上，请我们坐，座上铺了厚厚的垫子。我们了解到，门巴人一般是围着火塘，席地而坐，不用椅凳之类。我们在墨脱地区访问时就知道，依窗迎门是让尊贵客人坐的位置，门巴人称这个位置为"章"。按照过去的习俗，在这一位置上摆放厚厚的坐垫，只有像活佛、喇嘛这样为人祈福消灾的人，方可得到这样的

麻玛的门巴人传统建筑（罗洪忠提供）

礼遇。我们既不是活佛，也不是喇嘛，又不会为人祈福消灾，却受到这样的厚待，这大概是因为我们来自北京吧！

错那麻玛门巴族母子俩（1981年刘芳贤摄于麻玛）

群美多吉叫外孙女给我们端上酥油茶后，就讲起门巴人的年俗来。他说，门巴人和藏族人一样，习惯过藏历年。年前要进行室内外大扫除，男女均要洗头洗脚，带有除旧迎新之意。殷实之家要买一头宰好的全羊，把羊头割下，刮洗干净，抹上五色酥油，放在窗台上。还要在羊头前面，放上3个糌粑坨，各插3根麦穗，以表示酬谢神明赐予全年六畜兴旺，五谷丰登。

除夕之夜，全家要吃"九米粥"，即用青稞、豌豆、小麦、荞麦、鸡爪谷、蚕豆、大米、黄豆、绿豆9种粮食熬成的稀饭，象征今年富裕、来年丰收。晚饭之后，各家各户在大门、梁柱和墙上的有关部位，画成众多如鸡蛋大小的白色圈点，组成各种各样的图案。这些图案，门巴话称为"嘎达"，其用意与汉族地区贴春联、挂门神相类似。也许是受到佛教的影响，门巴人以白色象征吉祥，不像汉族那样使用红色。

大年初一，各家主妇在鸡啼头遍后，争相赶早背水。他们认为，此次背回的不是水，而是住在雪山顶上的母狮流出的奶汁，谁早背谁就能及早富裕幸福。在取水的山泉、溪流的岸上，还要撒糌粑粉抹酥油，供奉各种油炸食品，燃点柏树枝等，以示感谢神灵的赐福。初一整天不串门、不外出、不许在地上泼水，否则雨水过多，庄稼长不好。

初二以后，亲戚、朋友和乡邻互相走访道贺。在拜访的行列中，必须有位妇女走在前面，并先入室。他们认为，来访女客先入室，意味着家中猪牛羊将会多产母畜，畜牧兴旺。在年节期间，全体村民要在宽敞的地方唱歌、跳舞、演戏，以示欢乐。随后，娱乐人群还列队到村中长老家门前庆贺，长老家人也向前来庆贺的人散发食品，以示感谢。

正月15日，村中各家各户在房顶上挂五色彩旗，随后带上各种美味食品，男女老幼相聚在一起，相互品尝食品，唱歌跳舞，至此新年才算结束，随后投入农业备耕活动。

勒布区新年演门巴戏《洛桑王子》（2006年罗洪忠摄于勒布）

记得我们在墨脱访问时，也谈及过年之事。一位翻译跟我们开玩笑说："你们是女的就好了，新年期间准受门巴人的欢迎。"当时听了觉得有些蹊跷。由于时值八九月，不是新年，没有引起我们的关注。这次访问群美多吉时，他又向我们提及类似问题。很显然，这是门巴人过年时通行的习俗，必须遵守，可我们不是女的，怎么办呢？我们在采访回来的路上谈及这一问题时，格桑拉姆笑着说："那是老规矩，现在许多人都不计较了。"我们提出，搞我们这一行的人，必须遵守当地的风俗习惯，即使人家不计较，也不能大意。她见我们这样认真，便风趣地说："到新年时，我陪你们访问，走在前面，不就成了吗？"她的话逗得我们哈哈大笑起来。真想不到，这一难题就这样解决了。

3. 不知何处是他乡

新年期间，格桑拉姆果然几次陪我们走访拜年，充当我们的先锋，帮了很大的忙。2月11日是藏历年的正月初七，这里的门巴人正处在新年的欢乐之中。晚饭后，多吉参谋约我们一起到普巴家里喝酒。普巴是麻玛公社主任，50多岁。我们当然愿意前往，不假思索就答应了。但过后不久，听说今晚有电影队到这里放电影《李双双》。这又是个难得的娱乐机会，不宜放过，怎么办呢？不过我们知道，这里的人喝酒欢聚往往通宵达旦，新年更不用说了。我们看完电影后才到普巴家，也不算晚。电影结束，我们一上普巴家门口的台阶，就看到里面已围坐着好几位前来贺年的村里人，其中除多吉外，还有一位是刚认识不久的供销社售货员。这位售货员为支持我们的工作，经常在烟、酒和电池等短缺物资供应上给予方便，其中像江津白酒和大前门烟之类的抢手货，均能及时供应。我们则以为他照相作回报，所以彼此很快就混熟了。

我们在该坐的位置上落座后，女主人端上满盘的油炸食品"沙囊"，请我们品尝。沙囊是新年待客之物，花样颇多，香酥可口。我们知道门巴人好客，客人吃得越多越开心，主人就越高兴，于是就落落大方地吃起来。

吃沙囊仅是门巴人新年招待客人的序曲，敬酒才是重头戏。我不善饮，刘芳贤更是滴酒不进，饮酒真把我俩难住了。当女主人见我们品尝了一阵沙囊后，便端着一大铜勺青稞酒，站到我们面前。我们早知这些酒虽然度数不高，但那是一斤的分量，真把我们镇住了。这怎么应付得了？正在迟疑之际，主妇把铜勺里的少许酒倒在自己的左手心上喝了起来。她的这一举动，使我们深感不安。我们在墨脱就听到这样的传闻，即门巴族地区有在酒里放毒的陋习。对于这类传闻，无从证实。但有些外来者，总是不敢在墨脱地区随意饮酒。我们不知道门隅地区是否亦有此类传闻，但主妇的这一举动，无疑向我们表示，她所敬的酒是无毒的、安全的，可以饮用。可我们的迟疑并不是出于怕酒中有毒，而是慑于自身并无海量。很显然，这是一种误解。我们深知，作为民族工作者，若不与考察地区的民族建立相互信任的关系，是不会获得成功的。唯其如此，不如接过斟满的酒碗，一口气喝下半碗。

他们见我们痛快地接受敬酒，室内的空气重新活跃起来。在主妇的率领下，一种称为"沙玛"的酒歌蓦地而起，歌词的头一句是"额拉门巴嘎哇啦，额朗门巴基巴拉……"其大意为"我们门巴很高兴，我们门巴很幸福，我们门巴唱歌又跳舞！"他们就这样围着我们，且歌且舞，主妇举着酒碗，一献再献。多吉参谋说，按照这里的习俗，如不把这碗酒喝完，大伙儿是要揪着你们的耳朵硬灌的，即使对外来的客人也是这样。入乡随俗，我只好把这余下的半碗酒喝完。随后，他们也用这只碗依次各饮一碗。

门巴人是个喜欢饮酒的民族，饭可以少吃，酒非饮不可。在墨脱的时候，我们就经常见到上了年纪的人，早晚两餐几乎全饮酒，上地劳动时亦只带酒，就像我们带茶水一样。当我们禁不住主人那"沙玛"酒歌的敬献，把余下的半碗喝完后，脸色已经通红。主人的儿子是在外地工作的干部，深知从内地来的人酒量有限，在他帮助说情后，我们取得了一半"豁免权"，即在下次轮到我们饮酒时，不必一饮而尽，只饮一口即可。

麻玛的门巴人饮酒还有另外一种方式，即在主妇的主持下，一碗灌得满满的酒，在坐满一圈的人面前轮着传送，当主妇唱着歌发出特别信号时，酒在某人的手上突然停住，其余的人随即唱起传统的酒歌。当酒歌唱到某一音节时，主妇就让端着酒碗的人开始喝酒，当唱到歌曲末尾处齐喊"拉索"时，喝酒的人就必须正好把酒喝完。如端酒的人在整个唱歌过程中该喝时不喝，该停时不停，该喝完时不喝完，与整个歌曲的节拍不协调，就要再罚一碗。有些人即使及时地把酒喝完，若有酒洒在地上，也要再罚酒。为什么要这样？据说是酒洒在地上会减少饮者的寿缘，只有接受处罚，予以补救，才能尽享天年。我们从这些说法看到，门巴人敬酒所含的文化意蕴，除娱乐身心外，还有对人的关怀。

在这次新年酒会上，那位供销社的售货员是酒量大的滑稽人物。当其他人都喝得差不多，想休息片刻时，他却主动端起碗来，自喝自嘲，引吭高歌。歌词大意是："我喝酒时没有舞步，我喝酒时没有歌声，哪里有一点欢乐气氛，倒像是毛驴在饮水！"他的滑稽神情，逗得我们哈哈大笑起来。

人们就这样欢唱着、痛饮着，一直到深夜，当大多数人到醉意朦胧时，兴尽方散。这次新年做客，不仅使我们懂得了门巴人许多过年习俗，还让我们了解到门巴人热情好客的美好心灵！

4．动物王国的天堂

2月15日上午，我们访问回来，刚踏入区政府大院内，一只浑身上下披着宝石蓝羽毛的奇异大鸟，神态自若地突现在眼前，使我们兴奋不已。过去我们读过描述《图画》的诗句："春去花还在，人来鸟不惊"，总认为那只是画中的景物，不可能在现实世界中存在，现在这只大鸟在我们这些陌生人面前，悠然自得地觅食，并不时地抬起头看一下，向我们发出友善的信息。此情此景，不就是现实世界中的一幅美丽图画吗？这只大鸟约有40公分高，50公分长，眼眶和鼻子的表皮为肉色，尾巴弯曲下垂，尽管它没有孔雀的长长尾翎和美丽的头翎，但它满身闪烁着宝石蓝般的羽翎，可与母孔雀媲美，门巴话称之为"玑"，我们的朋友扎西译为"假孔雀"。真正的孔雀全国各地都有，但这种"玑"据说只存在于勒布等门巴族地区。

这只不怕人的玑是从哪里来的？据区长阿旺南杰说，那是一年前村里的人在山上发现这只羽毛还没长齐的小玑，怪可怜的，便把它带回家。可家里的狗不容纳这个外来客，经常向它发出威吓的吠声，试图把它赶走。主人见到小玑不受狗的欢迎，便把它

神鹰（1981年李坚尚摄于麻玛）

送到没有养狗的区政府大院，让区上的工作人员关照。没想到区上的人见到这个不会飞的小家伙，浑身上下一色宝石蓝的羽毛，十分喜爱，这个人给它一点大米，那个人给它一些青稞，尤其是区上的炊事员，对这个小客人多方照顾，还用破木板给它搭个窝，疼爱有加。没想到这只小玑也安下心来，乐不思蜀，再也不愿回到它父母的身边了。天长日久，小玑从不足5寸长到一尺多高，无力的翅膀也变得能在大院内随意飞翔了。有一次，小玑不辞而别，失踪了3天，大家以为它回到自己的自由天地，"成家立业"，不再回来了。也许外部的世界尽管精彩，但总不及区政府大院的富足，然而小玑在外转了一圈后，又飞回来了。这出乎人们的意料，也燃起大家更大的希望：说不定小玑还会招来一个"上门"女婿呢！

小玑的境遇，仅是这里动物世界的小插曲，门隅地区海拔高度在2000—4000米，加之山脉的南北纵深走向，便成了西藏高原的寒冷干燥和印度洋温暖潮润季风的交汇处，形成了这里多样性的气候，动植物资源的异常丰富。据老乡说，在勒布山沟，有一种奇异的大型动物称为"四不像"，门巴人称为"加"，即角像鹿，眼像麂子，鼻像黄羊，嘴像驴，听觉异常灵敏，人们难以目睹其真容。此前我曾听说，我国东北的鄂伦春族所养的驯鹿，也被称为四不像。我对动物王国的情况知之不多，不知道此"四不像"是否就是彼"四不像"，不过一个在寒冷的我国东北，一个却在气候温润的我国西南，它们相隔数千里，境遇不同，似此分布，也许是动物王国的一个特殊品种吧。除四不像外，这里还有小熊猫、黄羊、野鸡等。

门巴人不仅喜欢动物，对动物的习性也有深入的观察，形成了人与动物和谐相处的景象。如外出穿越林区时，要注意猴子在高处扔下的果子，以免被砸伤；当你看到黄羊在陡峭的崖壁上站立时，不用担心它会落崖受伤，因为黄羊会在仅容一个蹄印的山崖上奔走如飞；中午獐子和草鹿在岩洞里休息，人们不要前去打扰；野牛喜欢在竹丛里吃竹叶，一旦听到竹丛有响声，它会逃到更为安全的地方；春天到了，千万不要随意接近狗熊，因为冬眠初醒的狗熊特别饥饿，有可能袭击过路的行人，造成不应有的伤害……

门巴人对动物的深厚感情，主要出于他们的善良本性，而他们对佛教的虔诚，也是原因之一。据有关人士调查，门巴人基本不杀生，认为杀生的是"底巴"，意为"野蛮人"。尤其勒布至邦金一带的门巴人，既不养猪，也不吃猪肉、黄羊肉、犏牛肉、鸡肉、狗肉、马肉、驴肉，认为吃了这些肉，菩萨不高兴，要发怒，致使人罹患疾病，甚至发疯。家养的牛，任其老死，若有些需要宰杀，就请邻近的其他民族代劳，随后将肉晒成肉条，用以交换，自己不吃。在日常生活中，他们除吃奶制品、鸡蛋外，什么肉食也不吃。唯一例外的是每逢新年，一些殷实的人家，从藏区买进一腔羊，羊头放在厅堂的窗口，以示对神的祭祀，羊肉则作为新年的美食。但一些老人，宁愿吃他们自制的臭奶渣过年，连羊肉也不吃，以减少杀害生灵的负罪感。勒布地区的门巴人就是这样珍爱动物的善良民族。

二十二

别是一番滋味

1. 娘江曲是大哥

2月17日，即藏历正月十三日，县里派来的翻译扎西到来了，真使我们感到意外，也给我们带来惊喜。我们知道，这里的政府工作人员及各地百姓，都以藏历正月十五日为过大年的最后日子，十六日正式上班。扎西放弃与亲朋好友的天伦之乐，提前3天到来，表现出他对我们工作的热情支持。做过民族调查的人都有深切体会，获得一名热心工作的翻译，是这项工作取得成功的基本保证。扎西提前到来，怎不令我们高兴呢？

扎西是日喀则藏族，四十来岁，与我们年龄相仿，曾在咸阳西藏公学进修两年，藏语、汉语和门巴语都说得好，为人乐天幽默，善于合作，并长期在门巴族地区工作，与一门巴族女子结婚。我们相识不久，他就向我们讲述当年在咸阳公学时，同班同学到拉萨实习引发的种种笑话，逗得我们大笑起来。他说道，当年做学生时，在老师带领下，到拉萨郊区一家农户做翻译实习。当轮到一位女同学时，老师用藏语问主人家养了几只鸡，公鸡多少，母鸡多少。待主人用藏语回答后，老师请这位女同学翻译成汉语。由于初次实习，心情紧张，她竟忘记汉语公鸡、母鸡怎么说，就指着男老师说，像你这样的鸡有5只，随后又指着自己说，像我这样的鸡有10只，逗得在场的同学笑个前仰后合。此外，与这相类似，不知道汉语"猪圈""牛棚"怎么说，而翻译成"猪宿舍""牛宿舍"之类的笑话也不少。不用几天，我们就成为推心置腹的好朋友。

扎西长期在勒布区工作，对这里的社情、民情都十分了解。按照他的话来说，谁家的大门朝东，谁家的大门朝西，他全都知道，即使是有关本地区的传闻和掌故，他也十知八九。有一次，他指着流经村旁的娘江曲说，门隅地区有3条河，即娘江曲、章玛曲和波龙曲。娘江曲是大哥，章玛曲是二哥，波龙曲是三弟。

我们听了他的这些话，觉得有点蹊跷，便问：河流都有兄弟之分，为什么？他说，在门隅地区流传着这样的传说：在门隅有3条河，有一天，这3条河约定，谁先到达塔西岗宗的堆松，谁就是大哥。娘江曲从乃巴康嘎波雪山出发，觉得好玩儿，一路慢慢腾腾、曲曲折折地前行，不把原先的约定放在心里。当他到达这里的舍木村时，一个女妖对他说："你怎么才到这里？那两条河3天前就到达堆松了。"娘江曲听了，十分焦急，便奔腾向前，一直冲到堆松。到了那里，才发现自己到得最早。他等了一天一夜，章玛曲才到，随后是波龙曲。它们按照原先的约定，拜娘江曲为大哥，章玛曲为二哥，波龙曲为三弟。由于娘江曲是大哥，所以在门巴人中，该河流域的勒布区门巴人格外受到其他门巴人的敬重。娘江曲从舍木村起，河水也异常湍急奔腾，那是当年急忙赶路的结果。

扎西讲述的这个传说，既引起我们的思索，也引起勒布区门巴人的伤感。他们知道，门隅地区共分三十二个"措"，"措"为西藏的行政单位，比乡大，比县小，门巴人又称为"定"。早在数百年前的五世达赖罗桑加措（1617—1682年）时期，门隅地区已归西藏地方政府管辖，门巴人、藏族人也有密切的交往。藏区的食盐、氆氇，已成为门巴人须臾不可或缺的生活用品；门隅所产的大米和染料，亦成为藏区佛教信众之必须。自从英国殖民主义势力占领印度后，不断向北扩张，蚕食西藏地域。1947年印度独立后，其政府仍执行英国殖民主义者的侵略政策，门隅广大地区除勒布四"措"仍在祖国怀抱外，其余二十八"措"全被印度殖民主义者占领。过去曾经通行无阻的广大门隅地域，现在商贸活动全部停止，甚至连亲朋好友之间的走访也不可能了，这怎不令门巴人伤感？怎不令我们顿生国难之痛呢？

2. 兄弟何时能团聚

本来达旺的全部地域，均属西藏所有，可现在大部分都被印军占领了，这确实是令人有切肤之痛的。记得我们在北京时，曾在图书馆里借阅陈乃文同志编写的门隅地区的历史资料集，确切了解到早在唐代的吐蕃王朝时期，门隅已归吐蕃王朝管辖。在吐蕃王松赞干布绘制的、状似仰卧罗刹女的吐蕃地图中，门隅正处在罗刹女的左手掌心上，由此可知门隅的归属，同时也说明门隅在吐蕃王国占有的重要位置。这种重要位置，在此后的长期岁月中，被一些著作家披上一层神秘的色彩。如在《白玛宁巴囊达尔》

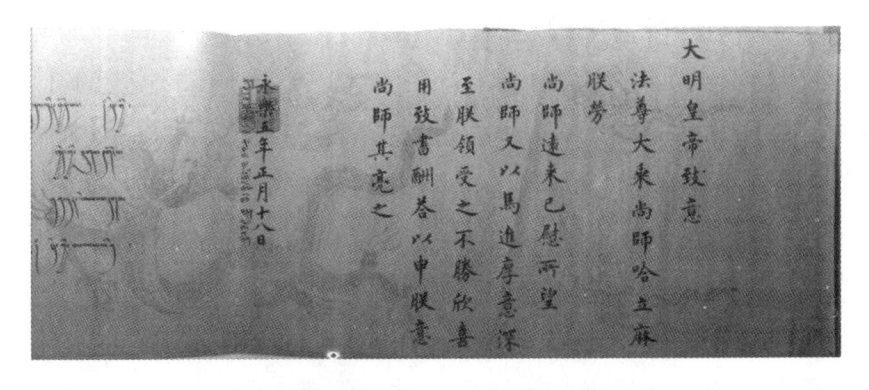

永乐皇帝给西天佛子的信（西藏历史档案馆提供）

这部西藏高僧传记中，门隅被称为"培域吉莫穹"，意为"隐蔽的世外福地"。

也许出于对这块洞天福地的遐想，门隅地方流传着这样的传说：从9世纪至13世纪，门隅地区建立了噶隆旺布王朝，噶隆旺布国王有个妃子，名叫卓娃桑姆。她本是下凡的仙女，心地善良，漂亮无比。但王后是个嫉妒心强、心肠狠毒、吸吮鲜血的恶魔。因而在国王、王后和王妃之间，展开了扣人心弦的斗争。这个传说随后被藏族戏剧家所喜爱，编成了深为群众喜闻乐见的藏戏《卓娃桑姆》。该戏有段这样的唱词："门隅下方和印度交界处，有座云雾缭绕的白色小屋，这就是卓娃桑姆的仙居。"相传这座仙居的原址，就在现今打隆宗境内的加拉加寺，故人们又称该寺为"卓娃桑姆宫"。这个故事表明了藏族人对达旺地区的认同。

到了清代，西藏地方政府进一步加强对门隅地方的管理。1653年，顺治皇帝册封五世达赖喇嘛，使他成为西藏地方的政教领袖。五世达赖喇嘛为了加强对门隅地方的管理，派出在哲蚌寺学经的活佛梅惹喇嘛，回原籍管理达旺寺，弘扬黄教，并任命官员，收取赋税。为保障寺内有固定的僧人来源，梅惹喇嘛在门隅创设僧差制度，规定只有两子的家庭，长子留家，继承父业，次子入寺为僧。经梅惹喇嘛治理后，达旺寺归西藏最大的寺庙哲蚌寺直接管理，并在达旺寺设立专门机构，管理门隅地区的江卡、申隔、德让和达隆四宗，任命宗本、措本。在此后的两百多年间，虽然情况有所变化，但基本上仍保持了这样的管理格局。

西藏地方政府对门隅地区的有效管理，一直维持到被印军占领之前。2月20日，我们为弄清这一问题，在麻玛区政府召开座谈会，与会者是群美多吉等3位老人。他们谈到，就他们的亲身经历所及，门隅地区确实受错那宗政府管理，每年11月至第二年5月，错那气候严寒，宗本就下移到江卡办公，处理达旺地区的行政事务。但到6月至10月，江卡地区气候炎热，就回到错那避

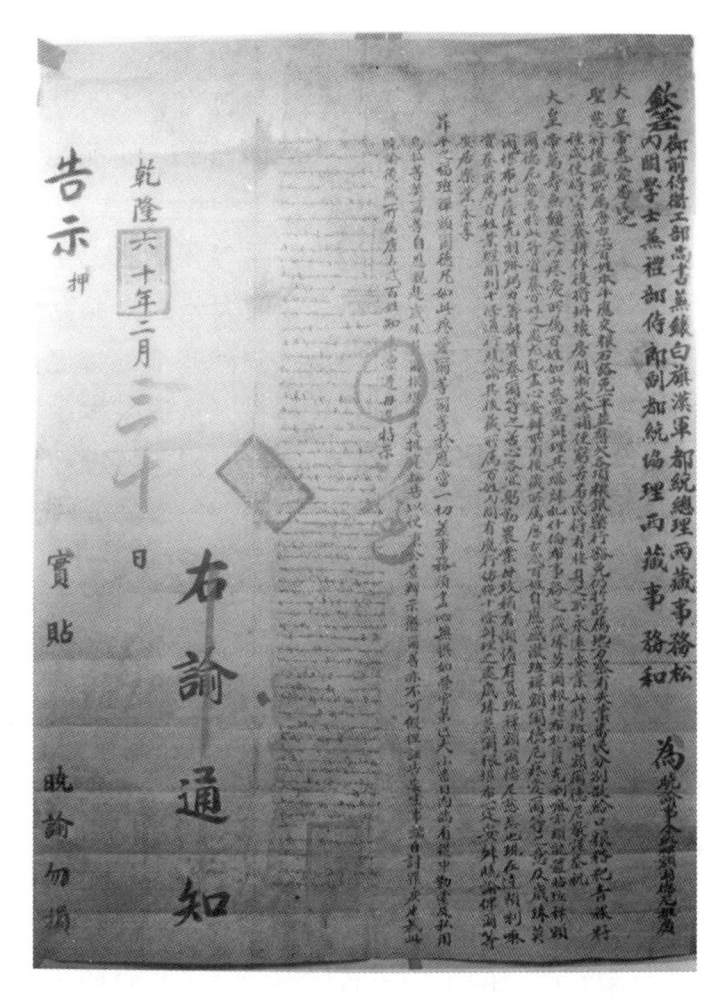

乾隆皇帝时期在西藏张贴的告示（西藏历史档案馆提供）

署，并处理错那地区的行政事务。

错那宗本离开江卡前，任命代理人"宗恰普"，代其处理达旺地区的行政事务。充任"宗恰普"，一般为宗本的得力随员或有名望的当地富人。宗恰普一旦任命，要向噶厦政府备案，任期3年。1946—1948年，达旺地区的宗恰普为洛桑南杰，他的父亲为山南乃东人，母亲为康巴人。达旺地区行政官员，除宗恰普外，还有作而根，即区长，其由宗恰普任命。如有人想任此职，可向宗恰普送礼，求得任命。其任务是协助宗恰普工作，收取区内差税，摊派乌拉等。作而根下面，还有卓列，为村负责人。其职能是传达作而根的命令，故又称通讯员，一般由差巴户轮流担任，半年一换。如本村有支乌拉任务，卓列就按户分摊，保证支应。

达旺地区的土地，属错那宗和相关的寺庙所有，错那宗本把土地分为若干差岗，交差巴户种植。一般大差岗为5克（克大约相当于亩）地，小差岗为2.5克地。凡领种差地的差巴户，每年要缴纳一定的现金、粮食和支付乌拉差役。错那宗本主要收取现金。所收粮食，除大米外，玉米、鸡爪谷用作达旺寺和相关寺庙的喇嘛口粮，江卡等地的差巴户，一个大差岗要缴40个白章嘎，不缴实物，小差岗减半。

上述是麻玛乡老人向我们提供的情况。

懂得中印边界争端始末的人都知道，印军占领门隅、珞渝和察隅的军事行动，实际上是英国殖民主义势力侵略中国战略的一部分。门隅、珞渝和察隅是中国的西南门户。19世纪初期，英国在印度的殖民主义势力获得空前的发展，向外扩张是他们的急切愿望。因此，他们把我国门隅、珞渝和察隅视作从印度阿萨姆侵入我国西藏腹地乃至青海、云南、四川等地的捷径，妄图经这一路线把中国西南、西北的土特产品掠夺后，运往它的殖民地，再将英国廉价的产品倾销回来，谋取惊人的利润。因此，他们处心积虑地试图染指我国这一边境。早在1844年即鸦片战争后4年，英国殖民主义当局以威胁利诱的手段，胁迫门巴族的一些地方头人，同意出租吉惹巴惹地区，每年仅支付5000卢比租金。随后又进一步向北扩展，妄图在色拉山口以南的达隆宗、德让宗制造分裂事件。为此清政府令驻藏大臣派出军队500多人前去平息，使英国殖民主义者的阴谋破产。1865年，门隅的爱国人士目睹英国殖民主义者的侵略，义愤填膺，挥笔向西藏噶厦政府写信，表达他们"绝不抛弃祖宗世代的诺言，效忠噶厦政府"，以表达他们爱国的一片热情。

1873年，即英国取得了对吉惹巴惹租借权不到30年，又妄图获得门隅地方头人的同意，把他们的侵略魔爪再向我国领土伸展11英里。但这些地方的头人申明，没有西藏上级机关的批准，他们无权这样做。此后不久，英国殖民当局又派出英印三角测量队到达旺一带进行秘密的测量，再次侵犯我国的主权。1914年，还在西姆拉会议上，提出了所谓"麦克马洪线"问题，妄图修改传统边界线，把我国西藏东南部的门隅、珞渝和察隅9万多平方公里的领土，划入英印版图之内。由于这一阴谋遭到我国各族人民的强烈反对，英国殖民主义者的阴谋没有得逞。

英印当局妄图通过会议攫取我国领土的阴谋失败后，又沿用蚕食的方法，逐步强占。1944年，英印政府派出500多名军人，进入达旺，激起了门隅人民的激烈反对。但他们在退出达旺地区时，采取以退为进的策略，借机控制了达旺以南的德让宗、达隆宗大片领土。

1947年，印度摆脱了英国殖民主义的枷锁，获得了独立。但在对待我国西藏边境的问题上，却沿袭了英国政府的殖民政策。1951年2月，印度军队越过色拉山口，进占达旺，随后还向北推进至棒山口、竹贡桑巴一线，并在各山口建立哨所和检查站，至此除北端的勒布地区外，印度军队非法占领了我国门隅地区的绝大部分领土。

印度和中国均是英国殖民主义侵略势力的受害者，但当印度摆脱英国殖民主义者的枷锁后，却拿着英国殖民主义者的大棒欺负中国，这不是太不正当、太不讲理吗？

3. 神话里的历史真实

2月下旬的错那，到处冰天雪地，一片茫茫。唯勒布沟已传来春姑娘的轻盈脚步声，和煦的阳光不时到来，偶尔还捎来阵阵蒙蒙细雨，山坡上的杜鹃花也星星点点地开着，仿佛在含羞地窥视过往的行人。尤其欢快的是家家豢养的猪，都不约而同地冲出栅栏，啃吃地里嫩绿的草根，享受春天送来的礼物，把地里拱得坑坑洼洼，好像在替人春耕翻地似的。

2月22日早饭后，扎西冲冲地问我，想听神话故事吗？我知道神话在民族学研究的意义，便痛快地说很想听。他听完后便把我领到群美多吉家里。无巧不成书，他的一位亲戚乌金群增老人也到他家串门，也是个会讲故事的人，家住基巴村。群美多吉是我们的老朋友了，他知道我们的来意后，便和乌金群增你一言、我一语地讲起《马桑尔辛格勒学法除妖》的故事来。

很久很久以前，今勒布区一带被称为"白隅"，意为"隐藏的圣地"。当时这里有个称为白隅色色岭的地方，即今天的基巴村，出现一个吃人的女妖，经常在晚上窜到村民的家里，勒索财物。并扬言谁敢不给，就吃掉谁，弄得大家心急如焚，不得安宁。为此村中头人悄悄召集百姓开会，商量对策。大家觉得，只有祈求村里的山神帕多云增巴的指点，才会找到制伏女妖的法子。他们祭祀山神后，山神告诉说，只有派人去洞嘎荣村多辛请喇嘛到来，才能制伏女妖。村民听了山神的劝告，便派人去请喇嘛。喇嘛告诉他们说，只有派你们村里的青年人马桑尔辛格勒到我这里学法3年，才能消灭女妖。村民代表听了这位喇嘛的话后，十分吃惊，心想：他从来都没到过我们那里，怎么会知道村里有这位青年？可见他是个先知，法术很高。于是赶忙回去，把这位青年送到喇嘛跟前，让他潜心学法。

经3年学习后正逢猴年，马桑尔辛格勒学法成功，准备回家消灭女妖。他辞别恩师，穿上门巴族服装，身佩弓箭，腰系大刀，上路回家。当他翻过波拉山口，行至昂佩达热即今色目村附近时，看到女妖变成野猪，躺在娘江曲河对岸的"当哇"，等他靠近时，来个突然袭击。马桑尔辛格勒看得真切,便蹲下来,准备好弓箭,磨好大刀,随即潜伏到江边,准备过河,消灭那个变成野猪的女妖。就在这时,他突然发现刀鞘还留在磨刀的地点,忘记带上,情不自禁地"啊"了一声,自此村民就叫这个地方为"阿桑"。由于阿桑是当年马桑尔辛格勒选定的过河地点,最为吉利,故现在村民把这里作为架桥的地址,以保平安渡江。

当马桑尔辛格勒过了河,来到当哇时,发现躺在那里的那头由女妖变成的野猪不见了,这时夜幕降临,他决定当晚就地露宿,迎战女妖。女妖知道他法术高强,难以抵挡,一夜不敢轻举妄动。第二天一早,马桑尔辛格勒走到加让卡时,女妖再次现形,变成一头凶猛的野猪,向他袭来。马桑尔辛格勒一边念经,一边张弓迎战,这头野猪立即变成成千上万的猪群,把他包围起来。他沉着应战,经过一番斗智斗勇,马桑尔辛格勒终于把女妖射死,为白隅色色岭人除了祸害。

在为马桑尔辛格勒庆功的酒会上,大家觉得,他之所以能消灭女妖,为民除害,全靠洞嘎喇嘛教会的法术。为保障一方平安,应迎请洞嘎喇嘛到白隅色色岭来,收徒授法,全体村民决定,派人迎请。来人的赤诚之心感动了洞嘎喇嘛,他答应启程到白隅色色岭。当他来到让村时,看到半山腰上的扎格滚巴寺甚好,决定在那里修持3年。随行人员告诉说,这里没有水,生活十分不便,不应在此修行。洞嘎喇嘛说,没什么关系,不必担忧,随即用自带的拐杖向身边的石崖上一捅,一股清泉哗哗流出。这一清泉到现在仍然流淌,足够该寺僧人食用。自洞嘎喇嘛来到勒布地区后,人们生活安定,一心侍佛,再也没有女妖为害,勒布地区信奉佛教的人就日见增多,现在村村都建有寺庙,供人祭拜。

群美多吉讲述的神话,尽管充满宗教色彩,但也能说明门隅地区的佛教信仰,是从错那的藏区洞嘎传入并从此兴盛起来的。门巴人从事农耕,已有漫长的历史。农业是他们得以生存的依靠,

扎格滚巴寺（1981年刘芳贤摄于勒布）

在门隅地区的自然环境中，野猪对农业的危害是严重的。正是这种危害，才导致女妖变成野猪戕害百姓的故事产生。勒布的门巴人一般说来不杀生，但发现野猪，还是要杀的。

4. 用棍子赶来的小媳妇

婚姻是事关民族繁衍生息的大事。在社情、民俗中占有重要的地位。收集有关婚姻家庭的资料，是民族调查的重要内容之一。记得我们在米林县调查时，了解到珞巴族有"结娃娃亲"的习俗。所谓"结娃娃亲"，就是两户有儿有女的、年纪又相近的人家，各将自己的女儿送给对方做儿媳。若双方女儿年纪相仿，彼此不收彩礼；若差别较大，小的一方用猪、牛或实物补足。这样既可以免除成年时的沉重婚礼负担，又可解除鳏夫绝嗣之忧。由于此类婚姻都在小女孩 2—3 岁时举行，多数"新娘子"都被背到"夫家"。

有一天，我们在访问回来的路上，向扎西提及这些事，扎西颇为风趣地说，背小新娘出嫁的事没有听说，用棍子把小媳妇赶到家的事倒有。说完指着距我们住处甚近的一户人家笑了起来。我们问："这不就是区长阿旺南杰家吗？"我们以为他开玩笑，便说："堂堂的区长知道婚姻法，怎能作出用棍子把小媳妇赶到家的荒唐事？"他见我们疑惑，便解释说，区长妻子次仁央珍小时候，确确实实是被棍子赶着到"夫"家的，村里人人都知道这件事。

勒布地区背水的门巴族妇女（张江华提供）

次仁央珍现年 40 岁，民主改革时与现在的区长阿旺南杰结婚，生儿育女，现在家务农。2 月 24 日上午，我们前去访问她。但当走到她家门口时，又有点犯难。因为结婚本是人生喜事，我们却问她被赶到夫家的详细经历，恐怕会使她感到有些难为情。扎西知道我们这一顾虑后解释说，次仁央珍是个思想开通的人，讲她过去这一经历，不仅不会难堪，相反还很高兴。她认为自己是个敢于反抗包办婚姻的人，深感自豪。不出扎西所料，当我们请她讲述这段颇为新奇的婚姻经历时，她果真侃侃而谈。

她说道，自己家是麻玛村的老住户，父亲名叫加洛德基，母亲叫阿旺曲珍。过去，门巴人都有早婚的习惯，只要家里有些钱，就要及早办完儿子的婚事。当她12岁时，贡日村的培白看中次仁央珍的长相和家境较好，便请媒人，领着儿子加玛，背着一桶酒和几条哈达，到她家为儿子求婚。次仁央珍说："我的父亲了解到对方的家境也好，仅牛就有15头，房子也大，他儿子的年龄与我相仿，就答应对方的要求，把我许配给他的儿子加玛。"

"第二年，男方准备了给我的衣饰及礼金后，便请喇嘛择定吉日，前来接我。按照惯例，迎亲的人在我家住3天。那时候我只有13岁，对结婚是怎么一回事还不很懂，只觉得穿新衣服又有那么多人一起喝酒、唱歌十分好玩儿。到了第三天，当知道自己必须离开家，离开村里的朋友，独自到加玛家居住，再也不能同父母在一起，再也不能同村里的朋友们唱歌、跳舞、玩耍时，不禁伤心痛哭起来。"她越哭越伤心，无论父母怎样劝说，就是不听。如若她小几岁，不听话，大人可以把她背走。如果大几岁，心中也想找婆家，不用多劝说，也会上路。"可我那时已长大到父母背不动，加上脾气很倔，不屈不挠，使父母十分难堪。急得没有办法的父母，只好拿着棍子逼我上路，不走就打。我在父母棍子的驱赶下，哭着到了丈夫家。结婚期间应该举行的仪式如敬酒、行礼之类，都从简或由父母代为执行了。到了晚上也不愿意同加玛一起睡。加玛的年纪也不大，只好任由我的性子。到了第三天送亲的家人回去后，加玛的父亲把我关在房子里好几天，不准外出，生怕我跑掉。过了大半年，我趁加玛家人看管不严的时候，偷偷地逃回自己家。加玛家见我逃走后，也几次派人来接我回去，我坚决不走，自此不了了之，我也成了附近村子有名的人物。"

次仁央珍讲述的这段人生经历，虽然起伏跌宕，但口气却十分轻松，随后还哼起勒布门巴人随时随地都唱的民歌，民歌的意思我们不懂。扎西翻译说："东方的山最高，也挡不住太阳；父母的权力最大，也阻不断儿女的姻缘。"我们想，次仁央珍的吟唱，就是对她这段不寻常的生活经历作注解吧！

5. 访做木碗的老人

门巴族制作的竹木器具颇负盛名，尤其是木碗中的佼佼者"扎木扎雅"，更被染上一层神秘的色彩。无论是藏族人还是门巴族人，都坚称扎木扎雅不仅纹饰美丽，细如茸毛，而且还能防毒。若碗内装上有毒的食物，就会立马冒烟开裂。鉴于这一属性，西藏的权贵往往用扎木扎雅碗用餐，确保人身安全，因而奉之为护身法宝，价格昂贵。据有关文献记载，西藏的大德高僧或权贵要人，常把这类珍贵之物送给驻藏大臣，有些特别上乘的碗，还作为贡品，敬奉大清皇帝，以示赤诚之心。由此可知扎木扎雅之价值所在。

记得有一次我们访问次仁央珍，无意中提及扎木扎雅时，坐在她身边的丈夫阿旺南杰插嘴说，他也有这种碗，不仅有，而且有两个。他的插话使我们感到意外，心里顿生一睹为快之感。扎西尤为急切。他说，请拿出来观赏观赏，开开眼界。阿旺南杰并不保密，便从里屋拿出来让我们细看。他指着那个大一点的扎木扎雅说："这碗可值两头大牦牛。"接着又指着那个小一点的说："那个值一头大牦牛。"西藏的大牦牛体重千斤，一个木碗值两头大牦牛，这不就是天价吗？说到这里，阿旺南杰还不无夸耀地说："勒布有百多户人家，只有3户人家有这类宝贝，除我家外，1户有个小碗，1户有个酒杯。"阿旺南杰生怕我们不相信他的话似的，又补充说："做这类木碗的老师傅就在村里，他最了解，你们不妨去问问他。"

我们早就知道，扎木扎雅这类珍贵木碗，只产在门隅，其使用的原材料，据说是长在桦木根部或树干上的木瘤，数量甚少，极难找到。生活在这段地域的门巴人，偶然间发现这种树瘤，取回家中，再请师傅加工成器，实属可能。阿旺南杰的话我们确信无疑，无须核实。但想到制作木碗是门巴人特有的民间技艺，也是我们必须调查的项目，既然制作木碗的师傅近在咫尺，我们定当走访。

脚踏转轮制作木碗（1981年刘芳贤摄于勒布）

做木碗的师傅名叫嘎尔拜白马。2月25日上午，我们前去他家。其时适逢天气晴朗，春意融融，阳光洒在身上，特别惬意。

嘎尔拜白马和他的妻子、孙女及两位助手正在场院制作木碗。他见我们进来，就放下手里的活计，迎了上来。他脸色白里透红，满头齐刷刷的银发，显得特别健旺。当他伸出有力的右手与我们相拉时，扎西笑着对我说，你猜猜他有多大年纪？我凝视了一会儿，认真地说：大约65岁。扎西说，再往上猜。我先说70岁，随后升到75岁。扎西笑着赞叹说："近90岁了！"嘎尔拜白马大概猜到我们说他的年龄，就用手指示意"88岁"，我们听了，深感惊讶，想不到这里有这样长寿的老人。

我们选了合适的位置，就在场地上采访。嘎尔拜白马说，现在他们一家做木碗，也做木盒和其他小器具。老伴负责染色，孙女年轻有气力，脚踏转轮，他使用刀具，在旋转的木坯上精制木碗、另外两个上门学艺的年轻人上山砍木，制作木坯。他简单介绍制作木碗的工艺后，带着几分情感地说，他出生在达旺地区的降嘎村门巴族家庭，父亲名叫米玛，母亲台吉卓玛，哥哥曲琼白马，弟弟次仁。他做木碗的手艺是从哥哥那里学来的。他哥哥做的扎木扎雅碗特别好看。到他这一代时，已传承四代了。由于世代传承，技艺精湛，所做木碗远近闻名。嘎尔拜白马年过五十后，才同现在的妻子金宗结婚。金宗原为日喀则藏族，早年随父母在达旺一带给人家捻毛线为生，哪里有活干就到哪里，到处流浪。他们结婚后，看到嘎尔拜白马所做的木碗多数经勒布销往藏区的错那、泽当等广大地区，价格较高；且勒布一带的木材如白青㭎、柳、桦、杜鹃等都有，可没有做木碗的人，故迁到这里。他用手指算了一下，说迁到麻玛定居已有近40年了。他说道，自印度军队占领门隅绝大部分地区后，他们只能在勒布这个狭小的地域找木头，不能越过勒村，更不能到他的家乡降嘎。尽管他能做各种规格的木碗，装糌粑的木盒、鼻烟壶和纺锤之类，但找不到好的木料，作出的木器有些质量比不上以前。至于能作扎木扎雅的桦木疙瘩，更是十年来都没找到。他尽管有好手艺，巧媳妇难为无

米之炊。说到这里，他情不自禁地叹了一口气。

嘎尔拜白马在检查制作的木碗（1981年李坚尚摄于勒布）

错那门巴族制作的各种木碗（1981年李坚尚摄于勒布）

当然，我们也知道，嘎尔拜白马的家乡距麻玛不算太远，那里还有他的亲人和众多的乡亲近邻。但 20 多年来，印度大兵的枪炮，把通道封锁得严严实实的，不仅无法回故乡，甚至连家的信息也无从知道。他是思念骨肉同胞还是想饮家乡的水？是想摸摸家乡的树木还是想叶落归根？嘎尔拜白马老人都难以启齿述说。我想这种滋味，真是才下眉头，又上心头吧！

二十三

仓央嘉措的传闻

1. 遥望活佛的故乡

达赖五世（1617—1682年）圆寂后，仓央嘉措（1683—1706年）被认定为达赖六世，登上西藏最高宗教领袖的宝座。这位出生于门隅的西藏顶尖人物，门巴人当然以此为豪。他的故居栢嘎成为门巴人、藏族人渴望朝拜的圣地。勒布区朝拜过这一圣地的人有多少，我们没有统计，但仅麻玛乡二十来户人家，就有2户计3口人到过仓央嘉措的故居栢嘎，一个是区长阿旺南杰，一个是68岁的藏族老阿妈金宗及其丈夫嘎尔拜白马。阿旺南杰原是达旺门巴人，11岁时就被派送到藏区的加查县达布寺当小喇嘛，后来还俗结婚。1962年中印边界武装冲突爆发，他随边防部队前往达旺，朝拜过栢嘎。金宗在年轻时，曾到过栢嘎，替仓央嘉措故居的主人捻毛线，在那里住过数天。嘎尔拜白马本来就是达旺人，家距栢嘎甚近。他们3人都对栢嘎很了解。

2月26日到28日，我们对上述3人先后进行了采访。阿旺南杰说，1962年，他随西藏工委工作组到达旺。工作组组长是张宝树，副组长是平措。他们带了食盐、氆氇和香烟，拜访了仓央嘉措故居的主人。该故居用石头建造，表层涂上白色，顶层一周为棕红色，像西藏其他格鲁派的寺庙一样，但上盖瓦板，借以挡雨，上下3层。底层为仓库，堆放杂物，中层人居，顶层为经堂。当他们敲门时，一位70多岁的老太太半开门站着。她穿一身门巴人的妇女服饰，把着门口，不让他们进去。阿旺南杰用门巴话对她说，他是达旺降嘎村人，很小的时候被派到加查县达布寺当小喇嘛，现在回来朝拜栢嘎。老太太听了这些话还不信。接着，阿旺南杰为解除她的疑惑，讲出自己父母的名字、亲戚和邻居的名字。降嘎距栢嘎甚近，彼此都了解。老太太见阿旺南杰讲的人名都符合事实，便打开大门，让他们进去。进到屋里后，见两位小青年站着，一位约20岁，一位约18岁，估计是两兄弟。他们直上二楼，但见该楼东侧墙边，有一尊真人大小的仓央嘉措塑像，面部朝西端坐着，佛前燃着5盏供灯。在佛像一侧铺有一张床，上面放着仓央嘉措穿过的黄色绸缎袈裟，并设有一个四方的木座，上放门巴人称为"舒卓木"的垫子，旁边是有经板压着的3寸厚的佛经及铃铛、手鼓。据说这是当年仓央嘉措修行时使用的圣物。在床附近，还有一木箱，上面贴有噶厦政府的封条，据说里面有珍宝。

阿旺南杰还说道，在达赖六世故居前，种有柑橘和香蕉等果木，背后有个小山包，树木葱茏，山包东侧有条小河。栢嘎四周是大片稻田，均属栢嘎主人所有。据说藏政府颁发过文件，准其世代免交差税。

金宗是在20多岁到达栢嘎的。她说道，每年农忙季节，栢嘎主人都要雇许多人干活，尤其是收获稻子的时候。他家的人，对雇工宽宏大量，一天给吃4顿饭，还有大量的酒，工钱约给12斤稻谷。这里的人都乐意到他家干活。金宗说，二楼上有真人大小的佛像3尊，他们是仓央嘉措及其母亲才旺卓玛和叔父。

金宗的说法，虽然和阿旺南杰的说法不一致，前者说只有一尊佛像，后者说3尊；阿旺南杰和金宗都说仓央嘉措的老家在栢嘎，但在一些文献里，却说是乌吉林，乌吉林在栢嘎以北约两个钟头的行程。这到底是怎么一回事？仓央嘉措为格鲁派大活佛，不能娶妻生子，没有后裔，柏嘎的主人与仓央嘉措到底是什么关系？当我们在麻玛调查时，所有这些问题总像一团乱麻，疑云重重，真想到那里弄个水落石出。但这些地方，都被印度殖民主义者占领了，目前是无法前去调查的。我们别无他法，只能无奈地遥望那柏嘎天空的浮云，把希望寄托在未来吧！

2. 圣者的奇迹

在西藏，活佛受到无比的尊崇，尤其是格鲁派的活佛，更是如此。虔诚的信徒认为，活佛能创造种种奇迹。即使是他掉下的头发，甚至是他踩过的泥土，也有神奇的功效。记得在一次饭后闲聊时，翻译扎西绘声绘色地说道门隅地区虔诚的信徒，若能得到活佛的数根头发，定会珍藏起来，放在称为"嘎乌"的金属小盒内，挂在胸前，趋吉避凶。一旦有人患牙痛之类的口腔疾病，他便把嘎乌摘下，毕恭毕敬地用左手拿着，靠近患者的嘴边，右手掌徐徐扇风，让气流穿过嘎乌里珍藏的活佛头发，进入患者的口腔，不经片刻，据称病痛全消，无须药物。扎西讲述的这一治病妙法，仅是活佛创造的无数奇迹之一。仓央嘉措作为数百年前出现的活佛，是否也创造过种种奇迹，这种奇迹是否也在他的家乡流传，这是我们甚感兴趣的话题。

3月2日，我们访问做木碗的老人嘎尔拜白玛。当我们谈及仓央嘉措的一些传闻时，坐在他旁边的妻子金宗放下染木碗的活计插嘴说，她当年在达旺跟人干活时，曾多次喝过仓央嘉措活佛在石上挖出的甘泉。当地门巴人说，仓央嘉措很小的时候，父亲就死了，他们家的生活十分困难，七八岁就同人家放牛，挣口饭吃。有一天，他在柏嘎附近的色业草场放牧，时值正午，烈日当空，口渴难忍，可小伙伴带来的水全喝光了。仓央嘉措见大家难受的神情，便蹲下身子，用手朝脚下的大石一挖，便出现一个凹坑，涌出一股甘泉。同伴们见了，个个都被他创造的这一奇迹惊呆了，争相痛饮，心情格外舒畅。自此以后，在村中儿童心目中，他成了创造奇迹的了不起人物。自他被定为活佛后，这股清泉成为远近闻名的药泉。路过这里的人，不论寒暑，都要洗手洗脸，饮上几口，求得赐福，祛邪消灾。

达旺地区的两个小男孩（1958年维·埃尔温摄于达旺地区）

仁增是一位60多岁的门巴族老人，他生在麻玛，长在麻玛，对这里流传的仓央嘉措的传闻甚为熟悉。3月3日，我们前去拜访。他讲到，仓央嘉措很小的时候，就显现出他有先知先觉的天分。他家里穷，没有进过学校，但他在牧场的石壁上，用手指写了"我到卫藏地方去"的藏文，预示他会成为西藏最高的宗教领袖，住在布达拉宫里。这些藏文，虽经长期风雨侵蚀，但仍清晰可见。记得那时，一些好心人还在上方盖上石板，遮风挡雨，加以维护。喜欢转经的门巴人，常到这里煨桑、焚香，求取这位先世活佛赐福。

在门巴人的心目中，仓央嘉措的预言是无处不在、言必应验的。据说当拉萨派人寻找五世达赖的转世灵童时，为了保证找到的灵童确实无误，十分保密。他们往往不以僧人的面貌出现，以免露出蛛丝马迹，即使这样，也被仓央嘉措预先知道。仁增讲到，一天早晨，仓央嘉措外出放牛时，就吩咐母亲："妈妈，请你今日在家门前钉上几个拴马的木桩子吧！"母亲听了觉得十分奇怪，便问："我们家里没有马，也没有骑马的亲戚，钉马桩子干什么？"仓央嘉措回答说："会有用处的。"他的母亲尽管想不到会有什么用处，为使儿子喜欢，立即在空地上钉上几个木桩子。日未到午，寻找灵童的人骑马而来，并向他母亲询问："家里有没有男孩子？"他母亲回答说："有！"问："叫什么名字？"答："仓央嘉措！"其时，在村外很远地方放牛的仓央嘉措，居然能听到母亲叫他的名字，便答应了一声："啊！"随即在一块大石头上，用手指写了一个藏文字母"啊"字，这个字母至今还保留在那里。接着仓央嘉措迅速回家，到了家门口，见到门前的马桩上拴满牲口，知道接他去拉萨的人来了，马上进屋。寻找灵童的人见仓央嘉措聪明漂亮，富有灵气，经过一定的程序测试后，确定是达赖五世的转世灵童，就把他接走了。

据传说，仓央嘉措离开家乡时，心情比较沉重。当他路过邦岗定地方时，依依不舍地停留下来，回头遥望自己的家乡。自此以后，在他站立的石上，留下一双脚印。这双脚印，成了充满神奇的圣迹，在其周围，挂满了五颜六色的经幡，供人祭拜。

3. 活佛也浪漫

在门巴人的心目中，仓央嘉措不仅有灵验的预言，有热爱家乡的情怀。在他的灵魂深处，还有对佛、法、僧三宝的赤诚之心。勒布区民间传说讲到，在他离开家乡时，尽管年纪甚小，仅十多岁，就能对家乡的山山水水作出深情的诠释，显现出他是一位心中有佛的释门弟子。我们在麻玛多次听说，当仓央嘉措被认定为达赖五世的转世灵童，离开老家，启程到拉萨时，他路过曲戈塘草坝子，就诵经似的唱道："曲戈塘像个金盘子！"

仓央嘉措及其护卫人员继续前行，到达贺阳岗台地，仓央嘉措又充满敬意地说："贺阳岗像个喇嘛的宝座！"

他们走了不远，迎面而来的是额莫捷三个小湖，湖水平静如镜，清澈见底，仓央嘉措又满怀喜悦地唱道："额莫捷的湖水啊，像供奉在佛前的三碗圣水！"

当他们一行虔诚地路过姜波山时，看到此山下端滚圆，山顶略尖，稍为倾斜，仓央嘉措又充满敬意地赞颂到："姜波山啊，你是圣洁的白海螺！"

众所周知，金盘子是盛放供奉佛爷祭品的器皿；海螺是陈列在佛殿里的八宝之一；圣水是向佛爷敬献诚心的象征之物；喇嘛的坐垫又使人联想到佛殿中的诵经和修行。我们从这些言谈举止中看到，在年纪尚小的仓央嘉措的心目中，家乡的山山水水，都与寺庙和佛爷联系在一起。从这个意义来说，这位少年是个一心向佛的人，是个当之无愧的圣者，也是个令人崇拜的活佛。

宗教是有教规的。作为达赖六世的仓央嘉措，他所崇信的藏传佛教的格鲁派，教规更为严格。其中不近女色、严禁娶妻生子是重要的教规之一。然而据我们在麻玛收集到的种种传闻，作为活佛的仓央嘉措，对此类的教规并不遵从，如他离开家乡在贡巴则寺暂住时，常到温泉附近的雪下村串门，那里是屠户居住的地方。据称他和该村帕卓家的姑娘常有往来，帕卓家至今还珍藏着他曾坐过的一个垫子，并视之为圣物，世代相传。在勒布一带，至今还流传着一首民歌："仁增仓央嘉措，哪管骨头高低。骨头高级何用？不能熬粥充饥。我爱漂亮少女，雪下帕卓家里。"有人认为，那是仓央嘉措写的一首情歌。在民主改革以前，西藏的屠户被视为骨头下贱的低等级，不能与高等级的人通婚，故诗中有骨头高低之说。有关仓央嘉措不遵守教规的具体行为，传闻无多，主要表现在据称是他创作的诗歌里。

仓央嘉措到底创作了多少情歌，由于时代较远，众说纷纭，今天已成为难解之谜。有人说57首，有人说60首，又有人说74首，甚至100多首、300多首。我们这次在勒布区调查，收集了109首。据吟唱者称，几乎全是仓央嘉措的。其中有一些还是初次发现。实际上，门巴族的男女青年，往往以唱仓央嘉措的情歌为乐、为荣，即使唱别的情歌，也往往乐于冠上他的名号。因而有关他的情歌数目，随着时代的推移，更无法弄确切。据我们多方了解，其中11首是流传最广，又普遍得到公认的。这些情歌，也多少体现出仓央嘉措情感世界里的浪漫天性。

> 在那东山顶上，
> 升起了皎洁的月亮；
> 未嫁少女的脸庞，
> 显现在我的心上。

据有关人士研究，这是仓央嘉措用比喻的手法写成的情歌。诗人以淡淡的笔调，描述自己与美丽少女邂逅相遇后萌生的爱慕之情。这种爱情，活像晚间蓝天上的月亮那样美好，使人难以忘怀。可月亮在茫茫的夜空，又使人感到遥不可及。很显然，这表现出作者对初恋情人那种春心萌动、若即若离的心理。这种心理，既是淡淡的思念，又是甜蜜的回忆。很可能这是仓央嘉措在情窦初开时，与一位姑娘约会后，夜里见月思人的真实写照。

> 桑耶的白公鸡，
> 不要叫早宁愿叫迟；
> 我和心爱的人儿，
> 还未谈得惬意。

如果说前一首情歌，是表现仓央嘉措初恋时萌生的淡淡情意的话，这首情歌却体现出作者对那股浓烈爱情的依恋和渴求了。毫无疑问，情爱是人人都应享有的，尤其在门巴族少男少女享有较多的婚前自由的社会生活中，更是如此。如果撇开仓央嘉措的活佛身份不谈，那是正常的行为，别人毋庸置疑。正如作者在另一首情歌中所说的那样："仁增仓央嘉措，去会情人如何？如人需要那样，我也同样需要。"但问题就出在他的藏传佛教格鲁派的活佛身份上。正是这种身份，使他在享受人生情爱时，变成了"破戒"，变成了"违规"。他是多么渴望身边的人能替他严守秘密，不要戳破那灯笼上的薄薄纸片啊。为了表达他的这种心情，他写了下述这一情歌：

> 满脸胡须的老狗，
> 比人还要机灵；
> 我上半夜出去不要叫，
> 下半夜回来你不要作声。

这首情歌中提及的"老狗"，不一定是指看门守户的狗，也可能是指替他保密的经师或护卫人员。当然，我们也不是说，仓央嘉措在寻求情爱的浪漫生活中，是无所顾忌的。恰恰相反，他是彷徨甚至是恐惧的。这在下述的情歌中就有所表现：

> 入夜去会情人，

破晓走时无声；
怎奈无法保密，
雪上留下脚印。

随着年龄的增长，渴望情爱的心情也日见浓烈。仓央嘉措对活佛的修持生活也日见厌倦，以致产生脱下袈裟还俗的愿望。据说是他写下的下述情歌，对这种心情作了适当的描写：

此生难当喇嘛，
无缘再念经书；
脱下袈裟换酒，
女店主家暂住。

仓央嘉措这种无视戒律的行为，定会招致西藏政教势力的不满，也为他人废黜其活佛名号提供了口实。1708年，大清康熙皇帝接到有关人士报告说，仓央嘉措行为不端，随即下达诏书，令将他解押北京。据称在解押途中，在青海贡嘎罗地方病逝，时年23岁。

仓央嘉措消失了，但他写下的大量诗歌却广为流传，被世人从不同的角度加以欣赏和诠释。有些人说，仓央嘉措的情歌实际上不是写爱情，而是写他与藏传佛教的复杂情感，应称之为圣诗。这一诠释，使我进一步体会到仓央嘉措诗歌中的深邃意境。唐诗名句"妆罢低声问夫婿，画眉深浅入时无"，不是也有人说，其实质并非写夫妻情感，而是写作者初入仕途时的那种忐忑心情。我想，如此异曲同工的述评，定会使更多的人乐于品味仓央嘉措的优美诗篇。

二十四

距印军哨所最近的村子

1. 没有了却的心愿

在麻玛村考察结束时,已是3月中旬,依照工作计划,我们很快就要开赴勒村,即距印军哨所最近的村子进行考察。可以这么说,无论是新兵还是我们这些胡子拉碴的"老兵",都渴望到这类特殊的地域进行探访,尤其是能到瞭望哨观看印度兵,更为期盼,内心都会产生一股莫名的冲动,渴望能尽快到那里。更何况这些地方保有的门巴族传统文化更多,更能满足我们专业的要求呢。

3月17日,我们在扎西的协助下,得到麻玛区领导的支持,为我们准备了3匹马,计划第二天把我们送到勒村。可就在当天晚上,两位年轻的战士小曾和小鄢,来到我们的住处,说是帮我们赶马,愿意把我们送到驻勒村的边防部队。小曾和小鄢是山南军分区错那雷达连派驻麻玛生产班的两位战士。该生产班子共5人,一位杨班长,四川乐山人,4名战士。他们利用麻玛海拔较低的地理条件,种植了数亩蔬菜,供应驻在海拔4000多米的连队食用。由于生产班子伙食供应比较好,加之彼此为邻,我们也常到这个班子驻地蹭饭吃,打打牙祭,相处很熟,想到小曾还是广东湛江人,与我们是老乡,更加熟悉。因此对这两位小战士的一点儿要求,我们也乐意帮助。

雷达连的生产班子和驻勒村的边防连队，彼此在业务上没有什么来往。小曾和小鄢尽管在麻玛已近两年，但总是没有机会去勒村浏览边境风光。我们能去勒村，多亏了驻勒村连队的指导员胡松涛，他曾在生产班子的驻地与我们意外相会。他为人热情，早已知道我们的行踪，不待我们开口，就请我们到他的连队考察，并提供食宿。这些消息，全被生产班子的小曾和小鄢记在心里。当我们确定去勒村时，他们随即前来拜访，请求我们帮助，满足他们的心愿，并希望到勒村瞭望哨，观看印度兵的前沿哨所。对于这些帮助过我们的年轻人，我们怎能不投桃报李？

原始森林（1981年李坚尚摄于勒布）

3月18日上午8点多，我们准时出发，沿途风景十分秀丽，除了密密麻麻的原始森林外，红色的杜鹃花、粉紫色的"舒古"

花、白色的"汉宫"花到处都有，真是处处鸟语花香。"汉宫"花实属乔木。有三四米高，花朵甚大，我们不知道它的学名，觉得同北京 4 月盛开的白玉兰相似，扎西称之为"三月雪"，大概是因为这里姹紫嫣红的百花中，颇为难得的一片纯白吧！我们约行半个多钟头，到达茶场，海拔已降到 2700 米。扎西说，这里种有从福建引进的茶叶和毛竹，长势茂盛，有职工二三十人。再行一个钟头，见到部队的战士和村民一起修桥。我们在修桥人员的帮助下，好不容易把马赶上用木板搭起的临时桥面。马匹踏过，桥面颤颤巍巍，幸好马匹老实，总算平安无事。过桥不远，便是贤村。该村也有近 20 户人家，和勒村大小相当。过去也有把两村合二为一，称为"贤勒"的。我们不便在此逗留，继续前行，行半个多钟头，到达勒村，见村民和部队住处相距甚近，我们径直进入连队。值班的战士见到小曾和小鄢全副军人穿戴，以为是我们的警卫，没有多问。我们对他们说，是找胡指导员的，就让我们进去，直奔连队办公室。胡见我们到来，十分客气地出来迎接。但当他看到我们身后的小曾和小鄢时，大概知道他俩没有介绍信，纯是出于好奇心，前来观光的，面部表情有点不悦。我立即意识到，他对这两位小战士不满了。吃过午饭后，他悄悄地对我说，勒村是国防最前哨，距印军哨所甚近。若有紧急情况，不用半个钟头就可冲到那里。这里的地形、地貌和设施，都是保密的，外人不能随意进入。他还说道，以前军分区文工团的一个演出小队，也没有让他们到瞭望哨观看印度哨所，言外之意是让小曾和小鄢两位赶紧返回麻玛。随后，胡松涛还怕我们抹不开面子，派来一位有关人员直接对小曾说，不予逗留过夜。我们觉得，边防有边防的规定，部队有部队的纪律，小曾和小鄢尽管有恩于我们，我们也不宜说情，只好让这两位小战士吃完午饭后，失望地离开了。但随后心想，若当时出面向胡指导员说说情，也许能把这两位小战士留下来，毕竟自 20 世纪 60 年代中印边界冲突后，边境宁静快 20 年了，或许胡指导员会松口的。想到这些，有时也未免感到自责。

2. 边境的军与民

吃过晚饭后，连队放映露天电影《巴山夜雨》，在这遥远的边疆要地能看上电影，是极为难得的娱乐。正如墨脱一样，勒布的部队放电影，当地的门巴族老乡，也受到特别的优待，坐在正中的位置。我们则拿着接待室的小马扎去凑热闹。看完电影后，胡松涛指导员到我们的住处拜访。他的到来，自然地成为我们了解勒村社情的大好机会。他谈到，自 1962 年自卫反击战后，这里的边境近二十年来平安无事。但由于勒布地区是沟通藏区与达旺地区的重要通道，在军事上十分重要。当年中印边界自卫反击战中，我军就是从这里进入被印军占领的达旺地区的。在距这里不远的地方，我军还打响了有名的克节朗战役，消灭了大量的侵略者，随即越过印军占领的兼则马尼和仲昆桥。在我军的追击下，印军南逃西山口，退至达旺。袭击西山口的战斗中，差些抓到印军的高级指挥官……

我早已了解到，兼则马尼、仲昆桥和克节朗距这里相当近，胡指导员短短的几句话，使我领悟到勒布地区的军事价值，与此同时，心中也萌生几分自豪感。凭我了解，在我的众多学术前贤中，还没有人到过这样的喜马拉雅山中边远的战略要地，鄙人即使不是唯一，亦不低于前三名吧。

胡指导员继续讲到，由于勒布地区的重要军事地位，所以他们十分重视军民的鱼水之情。这里村民的春播夏锄、秋收冬藏的农事，他们连队的战士经常前往帮忙。一有天灾危难，边防战士总是一马当先，实施救助。1969 年 4 月，勒村附近的山林发生大火灾，熊熊的烈焰正无情地吞没大片的山林和箭竹，严重危害门巴人的生命和财产的安全。怎能让人民的生命财产遭受损失？我们的连队战士闻讯后，立即前去扑救。时遇大风骤至，方向飘忽不定，火势迅速蔓延，使救火的战士难以躲避。排长曹忠荣在率领战士撤退时，因浓烟过大，看不清道路，不幸跌落山崖，被烈火吞没，壮烈牺牲。军民齐心合力，终于扑灭大火。

1970年7月，勒布沟北端的一个高山湖泊决口，巨大的山洪沿娘江曲咆哮而下，把岸边无数树木连根卷走，势不可当。当洪峰冲至麻玛一带狭窄的河道时，随洪水涌来的大批树木把河道堵住，顷刻之间形成一个大湖，将会淹没沿岸十数户人家。幸亏附近驻防的解放军工兵连及时赶到。村民在军队的帮助下，走上高处的山地，安全脱险。但堵塞的河道水位越来越高，淹没农田，摧毁庄稼，必须迅速疏浚，不然积水太多，造成山崩，会把下游的村落冲毁，后果是严重的。为了炸毁阻塞河道的树木，必须派人过对岸去实施爆破，开通河道。工兵连的排长赖国模带领几位战士，沿着临时架起的索道，先后渡河。到赖国模渡河时，由于负载过重，不料索道中断，掉进激流。他虽然系有安全带，足可脱险，无奈被那随激流而来的树木撞击头部，伤势严重，医治无效，为保卫门巴族人的生命财产献出了宝贵生命。在后继战士的努力下，河道终于疏通，下游的百姓平安脱险。

胡指导员讲述的曹忠荣和赖国模的献身事迹，使我感到惭愧：我到这里仅作短暂的考察，因一得之功就沾沾自喜，这比起这些长期戍边甚至是献身的指战员来，算得了什么呢？胡指导员还讲到，我们的战士帮助了门巴人，门巴人也不断帮助我们。去冬今春，驻肖站边防连队的两位战士，有要事向驻贡日村的营部汇报，在他们行进途中，突然下起漫天大雪，一片茫茫，迷失了方向。由于战士对沿途的地形不甚熟悉，无从脱险。战士失踪的消息，很快被附近村落的治保主任知道了，他立即组织民兵40多人沿途寻找，终于找到。但其中一位来自四川广汉的战士脚已冻伤，幸亏及早救治，才没有致残。胡指导员就这样深情地谈着，直到深夜。

3. 望远镜里的印军哨所

3月25日，春光明媚，这是勒村难得的好天气。吃完早饭后，连队的何医生来到我们的房间，喜滋滋地说，胡指导员和萧连长都同意我们上瞭望台，并派瞭望班的5名战士陪同。我知道，何医生是个老兵，他的资历比萧连长还老，当年萧连长入伍时还是他接的新兵。资格老的人总有某些优势，颇能办事。据他说，早饭后见天气晴朗，他跟上述两位领导提出到瞭望哨去，他们二话没说，就答应了。何医生曾对我说过，可能很快就转业回老家，希望在瞭望哨照张相作个纪念，以后就无机会到此了。我体会到何医生的用意。他这样热情帮助，我怎能拒绝给他照相呢？

何医生把我们领到营房大门口，见那里有5位战士一字儿站着，等我们到来。何医生指着一位战士背着的家伙说，这就是供瞭望班使用的远距离望远镜。他随即叫战士打开包装盒子，让我观看。见这望远镜近2尺长，外露的镜头口径有饭碗大小，连同附属支架和包装盒子，重10多斤。据何医生说能放大40倍，可作远距离观察。我从来没有见过这样的东西，只能好奇地在旁愣愣地看着。

大约上午10时，我们走出营房，朝南面的山坡逶迤上爬。何医生长期在这里工作，对此处自然环境十分了解，一会儿说这是什么树，那是什么花；一会儿又说这是野猪拱起的新鲜土壤，那是小熊猫留下的干粪便；接着又说野鸡曾在这里刨地觅食，可能听到我们的说话声后才飞走。何医生就这样在沿途热情地讲述着，使我获益匪浅。我们爬了20多分钟，便到达高山瞭望哨所。该所建在称为"邦旦普"的山头上，东面和南面都有高大的石壁挡着，显得甚为隐蔽，西面和北面颇为平整，并构成一个约 40 平方米的平台。除石壁旁建有约 20 平方米的木结构房子供战士歇息外，其余地域都是大小不一的松林。在南面石壁的西侧，是个陡峭的山沟，从这里向南望去，显得格外开阔，此处就是兼则马尼和仲昆桥。印军的哨所就建在桥头的北端，把守着该桥，可攻可守。若没有望远镜，这些设施是无法看到的。何医生说，从这里到仲昆桥的直线距离仅 2300 米。由于这里的地势为山高谷深，道路曲折，实际路程就远多了。但无论如何，若有紧急情况，从营房到仲昆桥，不用半个小时急行军，即可到达。何医生这么一说，使我真切地感到，自己确实是进了国防最前线了。虽然边境多年平静，但心里还是有些紧张。

用望远镜远眺印军哨所（1981 年瞭望班战士摄于勒村）

瞭望班的战士在一处既隐蔽自己，又能远观印军活动的地点，架起了望远镜。并按照一定的程序进行观察后，大概是一切如常，平安无事吧，随即为我调好焦距，请我前去观察。我看了手表，时间为上午11点半，其时阳光充足，正是瞭望的最佳时间。待我坐好位置后，战士手把手教我如何使用望远镜，不经片刻，我就学会操作了。我从望远镜里看到，印军的营房和碉堡，大概轮廓都看得清楚，但看人却有些模糊，是男是女能辨认出来，但衣服的大致式样、颜色及人的面部表情，就无法看得清了。出于好奇和方便，我继续观看着。过了一会儿，见一个瘦高个的穿着军服的人拿着斧子，在营房边停下来，举斧劈柴，动作缓慢，从他那慢条斯理的样子看，倒像是一位四十来岁的厨师。我联想到，其时印度实行雇佣军制度，一些人以当兵为职业，对战士年龄要求不严格，军队里有些四五十岁的老兵是正常现象。又过了一会儿，一个士兵抱着毯子从营房里走出来，到露天木杆晒衣架旁，抓着毯子的两角用力抖起来，然后挂在晒衣架上。看来是觉得天气晴朗，让铺盖通风除湿。

时近正午12点，风和日丽，空气透明，望远镜里显现的印军营房更为清晰。我认真观察，发现印军的3座营房中，房顶均为镀锌的白色铁片，其中一座为木板作墙，较为严密，估计是厨房兼排级领导的食宿和办公地点，其余两座为班、排士兵的住房。从这个布局看，守护仲昆桥头的印军可能有一个排。而在这两座竹编的营房中间，见3个印度士兵穿着毛衣之类的紧身衣服，盘腿而坐，轮流举起右手，接着向下猛扣，其动作好像在玩骰子。我不知道印度人是否有这样的游戏，可门巴人是有的。但这些士兵比较高瘦，不像门巴人、珞巴人的体型。也许是印度兵从当地门、珞群众那里学来的消遣游戏吧。

过了一会吃中饭，这是瞭望班的战士现场做的。午饭后照相，当我给他们拍合影照时，一位四川小伙子捧着一束杜鹃花。有位战士说，我们都没有拿花合照，唯你拿着，不大协调。这位小伙子却风趣地说，小伙子就是爱花，有什么不协调？大家立即理解到，他所爱的"花"，不是此花，而是彼花。他的话里有话，逗得大家哈哈大笑起来。我想，我为他们拍的这张合影，说不定有一天会被一位姑娘珍藏在手提包里呢。

4. 我的尴尬

3月27日上午，扎西向我建议，采访76岁的南杰拉木。南杰拉木是勒村甚有声望的老人，了解旧社会的情况多，记忆力又好。据说他在年轻时，宗本（县长）的管家说勒村的差巴（支差的人）不老实，偷背运的大米。他忍受不了这样莫须有的指责，便带领支差的村民冲到基巴村，把那管家揍了一顿，让大家出了一口怨气。我过去总认为，门巴人善良、亲和，有忍耐力，不会有激烈的言行。扎西的几句话，使我茅塞顿开，门巴人也有动怒的时候。我想这显然是逼出来的，不然他们不会这样。扎西的提议很好，我当然乐意拜访。

南杰拉木的家距营房不远，是座普通门巴人的三层石砌楼房。底层关牲口，中间住人，顶层一般设一间佛堂并有房间放杂物。我们从一层外的石阶拾级而上，进入居室，正好老人在家。也许他和扎西早有交情，也许我们在勒村首选访问他使他感到受尊重，他见我们进来，十分客气，立即在火塘旁的待客位置，放上崭新的垫子，请我们坐。随即让主妇清洗茶碗。我们发现，这位主妇清洗茶碗的认真程度，为我入藏以来所未见。她先把自己的手洗净后，在两个茶碗里放些灼热的火塘灰，注入少量的水，用洁白的"树挂"即一种寄生在松柏上的絮状物，在茶碗内外反复拭擦后，接着用热水冲洗干净，再在火塘里的火苗上把碗烤干。在她这样清洗、消毒后，南杰拉木亲手注入酥油茶，端到我的面前，恭谨地说："本波拉，查胁！""本波拉"的意思我知道，即"尊敬的长官"，"查胁"的意思我不懂，扎西在旁翻译说，"请喝茶！"站在我面前的这位长者，年龄相当于我的两倍，他亲手捧茶，态度又那么恭谦，作为后生晚辈，我怎消受得了这样的礼遇？不知接还是不接。作为主人向客人敬茶，未尝不可，但作为老人向后生敬茶，我感到十分不妥。联想到自己在单位一贯都是被领导者，纯是一介布衣，无"官"可言，怎么一下子成了"尊敬的长官"？

扎西见我脸带尴尬，便解释说，这是门巴人过去接待上层人物的恭谦之词，现在的年轻人都不用了。唯有一些老年人改不过来，故有此言行。记得我在半年前于墨脱格林村访问时，亦遇到老人称我为"本波拉"这类的困窘。我想到扎西的这一解释，也许是对的，但又觉得，或许还有原因。饮完酥油茶后，我们开始访问，南杰拉木说，在民主改革前的勒布山沟，唯勒村的差民负担最重，生活最苦。这里种植政府土地的，不交实物租，只出劳役租，看似负担较轻。但政府、寺庙从达旺地区收取的实物或贩卖的货物，一旦到了勒村，这里的差民要迅速背运到下一个地点基巴村，单边行程达30多里。由于地方政府官员假公济私，他们亦从事贩运活动，把自己的货物以政府的名义要差民背送，不用支付任何代价，这就大大加重了差民的负担。因而，勒村的差民是负担最重，生活最苦的。

差税是门巴族社会结构的重要组成部分，为了弄清勒村差税的详情，我们在南杰拉木家里召开了有4个知情人的调查会。他们都说，向基巴村背运的物资，每年计有下列各项：（1）错那宗本每年5月从江卡回错那，把在那里收来的物资和大米之类，分3批运回，计约1500包（每包60—70斤，下同）；（2）藏医用的草药分两批运送，约200包；（3）每年藏历年前，要运供应噶厦政府的水果，约120包；（4）每年为桑鸢寺、贡巴则寺、觉拉寺、洞嘎宗从达旺地区收来的大米之类的实物 405 包；（5）为宗本委任的税官做生意购来的大米 324 包，上述 5 项合计为 2549 包。勒村有差巴 15 户，每户平均 166 包，每人每次背一包，需要 5 个半月才能背完。门巴人男子婚后一般都另立门户，多数家庭仅有一对夫妇，其差役负担之重可想而知。

经过两三次访问后，我们和南杰拉木已经比较熟悉，我向他建议，不要称我"本波拉"，改称"洛屯"，即"同志"，他颇为认真地说，民主改革不久，有些旧领主还要我们背东西。我们说，地是毛主席给的，不是噶厦给的。我们这么一说，他们就不敢要我们背东西了。毛主席的权力比噶厦政府大得多。你们来自北京，是毛主席身边的人，权力也不小，我们怎能不称"本波拉"？看来老人有老人的定见，不是几句话就说得清楚的。别无他法，我还是忍耐着，再尴尬一段时日吧！

5. 仿佛回到童年时

3 月末的一个下午，天气晴朗，在阳光的映衬下，勒村到处是"风暖鸟声碎，日高花影重"的景色，真是美极了。尽管扎西长期在勒布工作，春花秋月早已熟悉，但也抵挡不住春光的妩媚，建议说，我们该看看村里村外的大好春光了。我想，到这里工作近 10 天了，终日忙于调查访问，无论是悦耳的鸟语还是迷人的花香，都无暇顾及，这不辜负祖国边陲这片美景吗？扎西的提议是好的，我们放下手头的笔记本，到村子内外走走。

行了不足 50 米，在村里的一幢民居前，见六七个小孩排着整齐的队伍，手里拿着带绿叶的竹枝，绕圈跑了一阵后，就迅速停了下来。接着由领队的大男孩嘀咕了几句，大家左手拿着竹枝的粗端，用右脚跨过去，不偏不斜，把竹枝正放置在胯下，随后右手举着较粗的一段竹棍，双脚蹦跳着前进。看那阵势，那位发话男孩像指挥官，指挥着一队威武的骑兵，冲锋陷阵。我想到，这不就是我在童年时玩的"骑竹马"吗？扎西见我对这些儿童玩耍那么入神，便把儿童唱歌的内容翻译过来："我们小骑兵，骑马快向前；右手挥鞭子，玩得真高兴！"由于他们不是奔跑就是双脚蹦跳前行，体力消耗多，这些6岁至7岁的儿童不经片刻，就累得气喘吁吁的，坐在旁边的石头上休息。我看他们满脸的稚气，不禁回忆起自己童年时和小朋友玩骑竹马的欢乐情景。

骑竹马是一种古老的儿童游戏。在我国不知始于何时。据有关人士研究，早在两千年前的东汉时期，已出现儿童骑竹马迎接政府官员的礼仪。从儿童游戏演变到社交礼仪，必定还有一个较长的发展过程。

到了唐代，这种游戏已流行于广大地域了。李白有名的诗句"妾发初覆额，折花门前剧。郎骑竹马来，绕床弄青梅"，以及白居易的"笑看儿童骑竹马，醉携宾客上仙舟"，都是生动的例子。至宋代，骑竹马又从儿童游戏扩展为成人的民间娱乐活动，流传至今。现在有些地方在年节演出的民间花会上，还可见到"竹马"。这次走访，又在喜马拉雅群山中的门巴孩童那里发现。可以说，骑竹马是中华各族共有的文化习俗。我不禁要问，在这块古老的大地上，此种文化习俗最早是出现在腹地中原还是遥远的边疆？是四季青翠的南方还是寒冷干旱的北方？若对此加以探究，不啻为饶有兴趣又有意义的课题。

在随后的调查中，我还发现门巴人的其他一些习惯说法，也与我家乡的有相同之处，如：喜鹊在门前叫有喜事降临；"火笑"即燃烧木柴发出呼呼声，意味着客人到；竹子开花为不祥之兆等。记得在墨脱考察时，门巴人告诉我，大约在1978年，当地竹子开花，人们纷纷议论，将有灾难发生。事有凑巧，当年玉米普遍黄熟时，不少村庄不知从哪里冒出无数耗子，成群结队地到处觅食，把大片玉米地毁灭殆尽，家中也群鼠为患，咬坏衣服杂物，损失惨重。

珞巴人也有竹子开花是凶兆的说法。据传，在博嘎尔部落的几代人之前，曾发生几年竹子开花的事，致使该部落未婚女子大量死亡。出现了男子在部落内找不到妻子的不幸事件。该部落雅莫氏族的先辈只好打破不准与外部落通婚的禁例，娶了德根部落的女子为妻。有关竹子开花不吉招致不幸的事件，恐怕这是最典型的例子吧！

上述诸种习惯说法，是耶非耶，难以论定。但当我听到时，立即意识到，我与门巴人、珞巴人也有共同的心声。我与他们的距离，一下子就拉近了。

6. 喜马拉雅山中的黄道婆

我们在勒村多次听说，这里有位不同寻常的人物，她年高七十，却仍带领一群同乡发家致富。她不是珞巴族，却致力于珞巴族竹编技艺的推广。她的父母是地道的藏族，她却认为自己是门巴族。这位可敬的人名叫宗基，是错那县的知名人士。她编出的各类珞巴族竹器，在山南地区甚为抢手。我们到勒村后，很想采访她，可多次落空。正当我们准备离开勒村时，她回来了，这是颇为难得的机会，我们决定乘夜拜访。勒村借部队水力发电的光，家家户户都安上电灯，夜间采访十分方便。3月28日晚，我们吃过晚饭，匆忙赶到宗基家时，她已干完家务，坐着等待我们了。

她对我们说，她的家乡远在康区洛隆宗。由于自幼丧父，生活困难，6岁时随母亲离开家乡，到处流浪，行乞度日，若遇农忙季节，就给人打短工，混口饭吃。家乡的情景，除了忍饥挨饿的苦滋味外，其他都忘却了。她对我们说："在流浪的苦日子里，我母亲听说在隆子宗有个神山，人们到了那里，可以得到神灵的保佑，生活会好起来。经过三四年的流浪，我们到达准巴。那是个四面高山环绕,中有平地,能够放牧,又能种粮的地方。由于地处边远,人烟稀少,到那里后,我们投靠到申宗曲扎家里。申宗曲扎是个富裕户,家里有牦牛90多头。母亲当仆役,我当放牛娃。主人给吃给住,每年还替母亲向领主交一个白章嘎的人头税,这算一年的工资了。

"按照西藏领主的规定,农奴的子女人身,属于父母各自的领主,一般是生子随父,生女随母。我长到18岁后,人身属母亲的领主索朗列供,他是拉萨的贵族,我每年要向他交一个白章嘎的人头税。母亲去世后,我顶替母亲的位置,充当申宗曲扎家的奴仆。做家庭奴仆十分辛苦,天不亮就起床做家务或纺纱织布,到半夜才能睡觉。在准巴,我同一个流浪的康巴人结婚,生下女儿顿珠卓玛后,丈夫外出流浪不回,我们母女仍投靠申宗曲扎家继

珞巴人编竹器(李坚尚摄于米林)

续当奴仆。在准巴期间，我从珞巴人那里学会竹编手艺，并利用空余时间编成各种竹器出卖，改善生活。

"女儿长到7岁后，就给主人放羊了，不然就不给饭吃。由于生活环境恶劣，她浑身长满虱子。看到女儿可怜的样子，我心里十分难受，为了使她摆脱将来当奴仆的命运，我决心悄悄逃离申宗曲扎家。当我听说勒布沟气候温暖，柴火又多，不会挨冻时，就向那里奔去。但到勒布沟，要走很远的路程，可女儿连较为结实的鞋也没有，怎能走远路？我们只好捡些羊皮用尖刀扎几个洞，穿上用牦牛毛编成的绳子，绑在脚板上当鞋子，晚上住荒山野岭。为免饿狼把我们吃掉，只好整夜燃起篝火，使狼不敢接近。经3天行程，逃到三安曲林后，估计主人找不到我们了，我们才敢一边行乞，一边走路，走了几个月，才到达勒布沟。记得那年，我已40多岁，女儿也10岁。勒村的白马坚赞见我们母女可怜，收留了我们。自此以后，我们的衣食有了依靠。我的女儿长大后，同白马坚赞结婚。白马坚赞对我们母女都很好，他是门巴族，我们也自报门巴族。

"1970年，勒布区政府为了搞多种经营，知道我懂得珞巴族的竹编技艺，便叫我出来，组织竹木器生产合作社，负责竹器的生产。勒布沟有丰富的竹资源，但懂得竹编技艺的只有我。我带了4个学徒，推广我早年从准巴那里学会的珞巴族竹编技艺，很快就生产出式样不一、用途各异的竹编器具。这些产品除满足勒布沟的需要外，还远销泽当等藏族地区。由于销路很好，第一年每人每天收入就达1.8元。在当时，一般农村的收入每人每天只有几角钱，1.8元是个不小的数字。自此以后的十来年，竹编组扩大到7人，成为错那县收益最高的生产组织之一。由于我带领村民脱贫致富，区政府十分关心我，前年，动员大家为我修房子，不用我背一筐沙石，我就住上新房了。"

门巴妇女在织布（1981年刘芳贤摄于勒布）

宗基的一席话，使我对她萌生一股敬仰之情，并联想到我国元代的一位伟大女性黄道婆。从前，我们大多数先民都穿麻布衣，冬天不怎么保暖，夏天不怎么舒服。黄道婆只身到海南岛，从黎族人那里学会种植棉花和纺纱织布。回到江苏松江即今上海后，教会大家种植棉花和纺织棉布，从此松江一带成为我国闻名遐迩的纺织基地，使我国广大百姓穿上柔软舒适的棉布服饰。我想，眼前的这位老人，为各族友好交往，传播竹编工艺做出了贡献，可说是当代的黄道婆。

二十五

神灵与凡人

1. 白马兄弟除魔记

　　3月29日，按照原来的设想，我们应从勒村回到麻玛区政府，再从那里探访勒布区其他地方。但我们的朋友南杰拉木说，贤村有位老人仁钦策旺是个声誉很好的喇嘛，对勒布沟的社情民俗很了解，他跟我们讲述的白马兄弟除魔的故事，就是从这位老人那里听来的，建议我们访问他。扎西也在旁插嘴说，他知道贤村还有当年白马兄弟与恶魔斗争留下的遗迹呢。扎西的话，勾起了我的兴趣，有关恶魔的事，本来就虚无缥缈，无从琢磨，怎么还有遗迹呢？到那里去看个究竟，也是一件有趣的事。况贤村距此很近，到那里去待上几天，或许有意外的收获。扎西见我愿意去，还说仁钦策旺家房子宽，可以住在那里，方便采访。

　　仁钦策旺不愧是个虔诚的喇嘛，在他房子的三层设有经堂，里面除佛像外，还放着佛香、经书、鼓、镲之类的作法道具。我在大学时学过一点儿藏文，认得些许藏文字母，便将目光投向摆在那里的经书。仁钦策旺指着一叠称为"哈索木"的经书说，这是求菩萨保佑、为人治病时念的经书。此外还有全村10月举行压鬼活动时念的"多尔加"经书，每月10日祈求家庭人口平安、六畜兴旺和农业丰收时念的"羊固"经书等。由于我是佛经的门外汉，听了仁钦策旺的介绍，觉得勒布沟门巴人视他为有学问的人，是有道理的。

第二天上午，仁钦策旺接受我们采访，讲述了门隅地区广泛流传的驱魔故事：从前，门隅地区有个魔鬼叫"色"，到处为非作歹，伤害人畜，弄得鸡犬不宁，娘江曲两岸百姓受害更深。门隅有一户人家，生有9个儿子，5个女儿，大哥名叫白马。他们见到广大乡亲深受恶魔的荼毒，十分痛心，便决定为民除害。在大哥白马的带领下，兄弟姐妹齐聚贤村，准备与恶魔决一死战。

魔鬼色听到有人敢与它作对，十分恼怒，就急忙赶到贤村，妄图把白马兄弟姐妹一口吃掉。恶魔突然从天而降，在白马兄弟姐妹面前露出狰狞的面目，想把他们吓倒。为了战胜敌人，白马兄弟姐妹急忙躲在江边一块巨石旁，抢占有利地形，用弓箭沉着应战。说也奇怪，白马当年手扶巨石留下的指印，至今依然存在。白马兄弟姐妹英勇善战，谋划周全，使魔鬼色无隙可乘，技穷力尽，无法应付。它自知久战不利，便摇身一变，变成一只大鸟，站在河边，企图逃之夭夭。白马看得真切，知道河边大鸟便是恶魔。等鸟起飞时，张弓搭箭，把大鸟射中，跌落在石壁上。如今江边的石壁上还可见当年大鸟留下的爪子印。

色魔见此计不成，又变成一个乞丐，样子十分可怜，妄想遮人耳目，脱身逃跑，结果又被白马等识破，差些把它抓住。至今江边的巨石上，还留有那个乞丐的脚印。色魔见计又落空，就将自己的头去掉，仅留下身躯，制造恐怖气氛，吓唬白马兄弟姐妹。白马见无头的魔鬼，心生恐惧，不知如何对付，便把手上的弓箭插在地上，与兄弟姐妹商量对策。至今在河边的大石上，还可看到他插弓入地的3个窟窿。

白马兄弟姐妹经过商量后，决定让5位姐妹在无头色魔的面前跳起优美的舞蹈，吸引它的注意力，兄弟9人潜伏到它的背后，一起用弓箭向魔鬼的后心猛射。由于兄弟9人箭法娴熟，9箭射中它的心脏，终于把恶魔射死，为门隅门巴人除害。

为了防止魔鬼色复活，牢记白马兄弟姐妹的功绩，每隔12年，娘江曲流域的门巴人都齐集贤村，举行盛大的镇魔仪式，保护门隅地区的安宁和幸福。这种镇魔仪式，直到印军占领大片门隅地域前还举行。

2. 神灵一二三

3月31日，仁钦策旺请我们吃了一顿典型的门巴族午餐，饭是在石板上烙出的苦荞饼子"库古"，菜是由葱、萝卜、肉干和臭奶渣合煮的"图苏"，扎西对臭奶渣颇为喜好，吃个肚皮尽饱，口有余香。我不怎么习惯奶酪发酵后的那股气味，只能勉强陪着吃。吃完午饭后，仁钦策旺见春暖融融，便兴致勃勃地领我们到河边，参观传说中的白马大哥留下的手指印和白马兄弟插弓入地的窟窿等多处遗迹，随后指着北边高大的石崖说，那是贤村的保护神"多吉赞"，我依据他指的方向细看，那巨大的石壁真像人的脸，也许是长期的雨水侵蚀和自然风化，多处石崖的崩落，形成了酷似人的额头、眼窝、鼻子和嘴的样子。仁钦策旺说，这是威武的男神，护佑村中男女老少平安。村里每户每月10日，要向它焚香祭拜，以示感谢，不然它就不提供保护，妖魔定会出现，残害百姓。仁钦策旺这番话，使我仿佛感到，贤村人寻求神灵帮助，也是要交费的。我想，这也许是神灵和凡人的一个共同点吧。

各村落有自己的保护神，我在麻玛和勒村都没了解到，在墨脱门巴族的村落调查也没听说。看来这或许是自己工作的疏忽。贤村人崇拜多吉赞，属自然崇拜范畴。学术界认为，崇拜日月星辰、山川河流是古代人普遍存在的社会现象，内涵非常丰富，这种信仰，在今天的一些民族中，还以或多或少的残余形式存在着。贤村人把附近的山崖视作是自己村落的保护神，不一定是绝无仅有的事例，也许还有其他的例子。我们回到仁钦策旺家后，经一再查询，他果然满足了我们的心愿。仁钦策旺讲到，门巴人信奉这类神灵，大致分三大类。一是上天的神灵，二是人间的神灵，三是地下的神灵。上天的神灵，统称为"拉"，在拉神中，又有进一步的区分，如天有东、南、西、北四个方位。这四个方位的神灵，分别为主管东方护佑的夏角洛齐沙格波神；主管南方护佑的洛角新基格波神；主管西方护佑的努角洛旺格波神；主管北方护佑的羌角纳新格波神。在人间的神灵中，亦有统称为"赞"的众多神灵，贤村的多吉赞仅是其中的一位。此外，舍木村还有贡噶拉赞，波拉山口北面的大山有加拉东赞等，像这类的赞神，在勒布沟的各村落中，都或多或少地存在着。

门巴人祭祀土地神（1956年冀文正摄于错那）

作为地下的神灵"鲁"，其存在更为普遍，水、树、石头这些与地相关联的自然物，往往被视为鲁神，如勒村的旺扎家里，藏有一块大石，巫师认为，这块石头有鲁神，保护他家六畜兴旺，因而旺扎视为神灵，定期祭祀。基巴村附近有块荒地，人们认为，地里藏有鲁神，长期不敢开荒种植，否则会招致可怕的麻风病。此外，人们乱砍树木、弄脏山泉、移动山石，都可能激怒藏在那里的鲁神，导致疾病。

仁钦策旺继续讲到，除了上述自然神外，还有其他一些专门害人的妖魔鬼怪，如"色""吕""捷"等，后两类鬼怪，与人的活动有密切的联系，如晚上梦到漂亮的女人进家，就认为"吕"要害人，使人患病；如梦到马、驴进家，就是"捷"鬼来了。在捷鬼中有一类称为"酸捷"的，又以女人的面貌出现，人们又称她为"活鬼"，如贤村的一位妇女仁增曲珍，村民认为她就是。至于活鬼是怎样被认定的？据说某人外出串门，恰遇人家酿酒，其时酿出的酒，变酸变坏，人喝了肚子痛，若这样的事出现多次，人们就在背地里窃窃私语，说这女人是"活鬼"。这个人就不明不白地被扣上这顶可怕的帽子，备受歧视。

对待活鬼，人们也有简便的办法，即在酿酒时，遇到她来了，就在她走后，扔些糌粑或辣椒到火塘里烧，意思是送东西给她吃，使她满意，这样做了，酒就不会变酸变坏了。活鬼并不害人，也不世代相传，仅是使酒变酸变坏，故人们也敢与她结婚、生育后代。

仁钦策旺就这样侃侃而谈，把门巴族众多的神灵妖怪给我们作了扼要的介绍，满足了我们的好奇心。这个下午的访问，一直到他的妻子叫我们吃晚餐为止。也许是仁钦策旺和扎西的交情甚笃，晚上两人玩一种称为"索"的游戏，索尤似内地的骰子，为1厘米左右的骨制立方体，上有多少不一的圆点，双方依据所晃动骰子后得点数的多少决定胜负。但门巴人的玩法更为复杂，更为愉悦身心，因为他们的筹码是贝壳、石子和铜钱之类，不是现行的货币，胜负仅是精神层面的收获，下次玩时筹码仍是相同的贝壳、石子和铜钱之类。扎西和仁钦策旺两人就一边把骰子投入木碗用手捂着碗口摇晃，一边"得夏普""阿巴拉""阿妈拉"

"普拉"高声嚷叫着，一直玩到深夜。

3. 凡间的不平事

在勒布门巴族旧有的社会生活中，除了以土地为基础的等级划分，即把人分为领主、农奴和南木东诸等级外，还有以血统为基础的另一种等级划分，这种划分，在人口不到百人的贤村中亦存在着。仁钦策旺讲到，在贤村，亦同其他勒布区的村落那样，人分为三个等级，即逊莫巴、若莫巴和升莫巴。所谓"逊莫巴"，就是"高等的骨头"，又称"白骨头"和"好骨头"。据传说，这种骨头的人，其祖先是从狮子的嘴里生出来的，他们可以当喇嘛、当僧官和俗官。若莫巴的意思是"中等的骨头"，据传他们的祖先是来自秃头鹰，这种出身的人，可以当寺庙的"札巴"，即一般的僧人，地位略低，但能同逊莫巴的人结婚。升莫巴为"下等的骨头"，又称"黑骨头"和"坏骨头"，据传说，他们的祖先是由青蛙变成的。这种人社会地位最低，备受歧视，只能当屠户、铁匠和背尸人之类的工作。

一个人的骨头高低，取决于父母的身份。其原则是儿子的骨头随父，女儿的骨头随母。如一个高等骨头的男子同中等骨头的女子结婚，他们所生的子女即儿子随父，为高等骨头，女儿随母，为中等骨头。这种骨头的高低，不能变化，即使是财富差别甚大，低骨头的人远较中等骨头或高等骨头的人富有，他仍属低骨头。在村中，谁的骨头高低，彼此心知肚明，仅以户主为例，在勒村和贤村，高等骨头有仁钦策旺等三户；中等骨头有白马坚赞等六户；下等骨头有江措等二户。

低骨头的人受到歧视，其表现是多方面的。如到高骨头的人家里，只能坐低矮的小凳，不能坐户主那样高的凳子，在一个室内，高骨头的人坐里面，低骨头的人只能坐靠门的地方。吃饭不能使用同类型的碗，低骨头的人用过的碗，高骨头的人认为已经弄脏，家人不能再用。如用了，就意味着把自己弄脏。为此只能把该碗放在一旁，待下次低骨头的人来时再用。有些甚至把这只碗打烂以免家人误用。低骨头的人建房子时，也只能建在村边，不能建在村子中心位置。借以保留一定的距离，以免把那些高骨头、中等骨头的人户弄脏。

高等骨头和中等骨头的子女，是不能与低骨头的人交异性朋友的，如发生这样的情况，父母不管，村里的其他人也要出面干涉，以免生米煮成熟饭，生下黑骨头的儿女。仁钦策旺说到这里，随即把话题一转，说这些等级划分的事，自民主改革后，已有很大的改变。他笑着说，自己尽管是个喇嘛，等级高，但不反对女儿与低骨头的人结婚。原来在1975年前后，仁钦策旺的女儿班登措姆与村里的小学教师多吉交往。多吉低骨头出身，尽管当上了教师，但身份没有变，仍是低骨头。当他们交往甚深，并准备结婚的消息传出后，不仅村里的人，甚至村外的亲戚朋友都纷纷反对。如距贤村数十里地的基巴村桑结多吉就赶到仁钦策旺家劝阻说，我们都是高骨头的人，你的女儿也是高骨头，死后骨头烧成灰，可以做香，可以做成珠子，用来敬佛，多么光彩。若她同低骨头的人结婚了，骨头弄脏，就不成了，怎能让她这样做呢？你这个做父亲的人，发疯了吗？仁钦策旺不以为然。对自己不干涉女儿的决断，感到自豪。

据我们调查获得的资料判断，门巴族这种等级划分，可能受到藏族文化的影响，因为在藏族地区，亦有这样类似的骨头高低的区分，加之在勒布地区有些所谓黑骨头的人，原本就来自藏区，只是因居住日久，才变成门巴族的。如贤村的低骨头江措早年来自藏区洛扎县，小学教师多吉，是从错那洞嘎区调来的，他的父亲是低骨头，故他本人也是低骨头。我们从这两个例子看到，门巴族的这一习俗，很可能是从藏族地区传入的。当然我们在墨脱地东村考察时,那里的门巴人亦有骨头好坏的区分,他们称好骨头为"康日宁布",中等骨头为"康日巴策",坏骨头为"康日独宾",为什么产生骨头高低不同,地东村的门巴人解释说,他们的祖先从天上下到人间时,分别沿着金绳子、银绳子和棕绳子下来的,那些沿金绳子下来的人便是好骨头,从银绳子下来的人为中等骨头,从棕绳子下来的为坏骨头。这类解释与勒布门巴人的说法迥然有别,为什么会这样?这是需要进一步探索的。

4. 创奇迹的喇嘛

3月底,我们在勒布的考察已接近尾声,只要对余下的部分村庄作走马灯式的探访,就可离开这里,前往隆子县,考察珞巴族了。仁钦策旺知道我们这一计划,意识到我们即将离开贤村,回到麻玛时,便主动提出送我们前往。我们觉得,他是个年已七旬的老人,我们怎敢让他费心费力?没有答应。无奈他执意坚持,我们想到这里的七八十岁老人,多数还能荷锄耕种,他身板健壮,沿途还可听他讲述这里的风土人情,便答应了。

4月4日早饭后,仁钦策旺牵着一匹马,在门口等着。马是供驮载行囊的,老马识途,不用人牵缰绳,在前引路。仁钦策旺知道我们回麻玛后,将赴基巴村,便说道基巴村有两位名人,一个叫乌金群增,很会讲社会民情风俗;一个叫格桑多吉,很会唱民歌,到了那里,你们一定要访问他们。也许勒布沟的地域不大,也许仁钦策旺本身是个喇嘛,社交甚广,对基巴村的掌故了解甚多,沿途就讲起基巴村神奇喇嘛的故事来。

相传很多代人以前,萨迦寺的喇嘛秀白生来到基巴村,建立了扎嘎寺,并在那里收徒传教。秀白生有个女儿,名叫却吉桑姆,也从小随父学习经书。她长大成人后,有一天,就跟父亲说:我不愿意整天待在你的身旁,很想到门隅下边的达旺一带看看。父亲同意了她的提议后，就出发了。当她走到贤村附近的贤木日拉山口时，迎面碰到一个从达旺上来的喇嘛，名叫波芒冬德。由于路很窄小，仅容一人，只有一个人站在又陡又窄的道旁，对方才能通过。到底谁让谁，两人甚为尴尬，彼此只好默默地站着，希望对方让路。却吉桑姆心里想：我是个有地位的人，不能给这个喇嘛让路。波芒冬德也想，我是个有地位的喇嘛，不能给这个尼姑让路。当这两个人面面相对时，心里同时产生斗法术、比高低的念头，借以逼使对方让步。于是却吉桑姆将自己的脸转向东方，昏暗的天际突然消失，太阳立即显现，发出万道光芒，顷刻之间，贤木日拉山口遍地阳光。

却吉桑姆创造了这一奇迹后，就把自己穿着的袈裟脱下，挂在太阳的下边，等待对方的反应。喇嘛波芒冬德见到，也顺手把自己身配的弓箭摘下，挂到太阳底下的相同位置，意思是说，对方使用的这套法术，他也操弄得一丝不差。接着却吉桑姆又取出学习经书的竹笔插到旁边的山崖上，山崖随即流出哗哗的山泉，波芒冬德喇嘛也用拐杖插入石崖，石崖也当即清泉直冒。他们造成的这两个崖石清泉，至今还流淌着。这对喇嘛和尼姑都彼此佩服对方的法术，波芒冬德便向对方示爱说："我们俩法术高超，不相上下，能结婚吗？"却吉桑姆见对方说出了自己的心事，便慨然应允说："能！"波芒冬德接着说，你把帽子摘下放入娘江曲，水冲到哪里，哪里就归你管辖。

"你说话可要算数。"却吉桑姆立即把自己头上的帽子摘下，投入娘江曲。江水一直把帽子冲到与不丹交界处的康当多略，就不走了。却吉桑姆看见波芒冬德戴的帽子上插有老鹰的羽毛，于是也说：你把帽子上的老鹰羽毛摘下，羽毛飘到哪里，那里就归你管辖。"你说话可要算数！"波芒冬德说，随即把老鹰羽毛从帽子上拔下，向天空一扔，羽毛随风向北飘去，一直飘到了乃坝康嘎鲁布的地方落下，这里就归波芒冬德管辖。乃坝康嘎鲁布在今错那县洞嘎区古元村附近。那里有个白辛湖，又称乃木错，是娘江曲的源头。门巴人认为它是神湖，常去朝拜。从乃坝康嘎鲁布至康当多略这广大地域，从此以后归却吉桑姆和波芒冬德夫妇管辖，他们成了这里的领主。波芒冬德逝世后，却吉桑姆每三年去一趟康当多略，向当地的人户收取微薄的赋税，每人收鸡爪谷一升，由当地根保收齐后，派人送给她，以显示她是当地的领主。说到这里，仁钦策旺有些气愤，指责印度军人非法占领门隅核心地域达旺地区的罪行。仁钦策旺就这样一边走路，一边侃侃而谈。到中午时分，到达麻玛区政府，我们请他吃了午饭后，付清工钱，彼此握手告别。

5. 凡间也有伏妖法

回到麻玛区政府后，为了加快调查工作的进度，我们向区长阿旺南杰提出增加翻译的要求。阿旺南杰不假思索就说，丹增旺姆能担当此重任，可随我们同往。4月6日上午11点，扎西、丹增旺姆、芳贤、我和两个赶马人、5匹马离开麻玛区政府，向北迤逦而行，前往基巴村。队伍颇为浩荡。和煦的阳光洒到身上，格外暖和，漫山遍野的支支花、乌乌花盛开着，与高处的雪峰相映成趣，我们仿佛行进在锦缎铺地、雪山凌空的神奇世界里。我们约行一个钟头，不远处的雪峰，突然冒起一团滚滚的雪雾，像一个巨大的蒸汽火车头，顺着山沟直冲而下，随之而来的阵阵闷雷声，响彻山沟。不经片刻，山沟下方堆起了一座雪的堤坝。此情此景，真把我们这些外来人镇住了。可我们同行的门巴族老乡坦然地说，这是雪崩，每年春末，经常遇到，雪崩冲下的积雪有限，若不是直接袭到我们的头上，不会有太大的危险。无怪乎他们看到这情景，个个都镇定自若，马也不惊。不过这对我们来说，其轰然而下的磅礴气势，尤像万钧之力，撞击着我们的心弦，真是终身难忘。随行的人说，雪崩之处，常伴有毙命的黄羊、獐子之类，若不是赶行程，我们到那里一游，也许有所收获。

我们前行不远，便是贡日村。下午两点，到达基巴村。基巴村不大，也是20多户，但居住集中，彼此为邻。春来雨雪较频繁，牦牛又多，故道路泥泞，散发出浓烈的牛粪味。我们三人住在生产队的空置库房里，丹增旺姆住在群众家。第二天一早，前往访问仁钦策旺推荐的老人乌金群增。一个多月前，我们在麻玛初次见面，他和群美多吉向我们讲述《马桑尔辛格学法除妖》的故事，给我们留下深刻的印象，我们一到他家，他就上前拉着我的手，像老朋友见面一般。扎西向他说明来意后，他向我们讲述《舍木村民镇妖》的故事。

相传远古的勒布山沟富饶美丽。后来出现了洪水泛滥，整个山谷形成了一个像香蕉那样的纳嘎湖，许多耕地都被洪水淹没了，人们只能逃到山顶上居住，没地耕种，难以为生，受尽洪水之苦。这时来了一个女神，名叫丘基桑姆。她为了拯救百姓，用木棍尖挑开了东面塌下的乌坚削山，向南挑出一条深沟，湖水顺沟而下，形成了今天的娘江曲。纳嘎湖消失了，大地有了生机，人们又开始过上了幸福安康的日子。可是好景不长，一天，一个名叫"旱珠顿格"的女妖看中了这块好地方，留下不走。她仰卧其间，兴妖作孽，加害生活在这里的百姓。

女妖在勒布沟戕害百姓，大家既愁又急。俗语说，急中生智，彼此纷纷献策，决心铲除这个为非作歹的女妖。一天，沟里的人齐集舍木村，认为要除妖，非建寺庙不可，于是有的人上山伐木，有的人下河搬运石头，个个操劳不辍，几天的工夫，就在躺着不动的女妖脑门位置上建起了一座名叫"白日"的庙宇，由于有了庙里的神灵，女妖被压得无法动弹了，接着在寺庙的前面，树起了一根数丈高的大旗杆，正好插中女妖的心脏，把女妖镇服。女妖再也不能兴风作浪戕害百姓了。人们又过上了幸福安康的生活，从此人们又把舍木称为"汤旦笼巴"，意思为"大伙同心协力镇妖的村庄"。每年村里的人由喇嘛择定日子后，到白日寺举行祭祀活动，确保平安。

我听了乌金群增老人讲述的故事，联想到业已收集到的几个神话，仿佛发现了解开这些离奇神话的钥匙。故事里讲的所谓"妖""女妖"，实际上就是门巴人在生产、生活中遇到的灾难、挫折、困难；要去除这些障碍物、拦路虎，只有靠人们的勇气，靠人们的团结。神、佛只不过是激励人们奋进的隆隆鼓声……

6. 真正的"小"学

4月10日上午，我们计划访问格桑多吉，刚走出门口，就听到几位背着尖底筐送粪的妇女唱着优美的民歌。我好奇地问扎西，听得懂吗？扎西随即翻译说："卫地流出的水，原是纯净透明；他处河水注入，变得混浊不清。"我听了扎西的回答，觉得这是一首寓意颇深、富有韵味的情歌。扎西见我甚感兴趣，便说，格桑多吉是这里颇有名望的民歌手，我们仍可访问他。经过连续两天的访问，我们一口气收集了数十首流行在勒布沟的民歌，收获颇丰。第三天晌午，正当我们走出格桑多吉家门口时，见到两位小学生，手里各自拿着一块一尺多长，五六寸宽的木板，肩上背着书包向我们走来。我好奇地问扎西，为什么这里的学生都带着一块木板？扎西说，这是学习用具。我听了仍感疑惑。扎西在内地学习过，知道学生不带板子，与这里的学生不同，他感到，简单几句话是说不明白的，便说：到学校一看就知道了。

4月12日下午，我们按事先约定，前往学校，拜访普布老师。学校不大，仅是一幢长房，计两个教室，一个房间。房间既是老师宿舍，又能备课办公，兼作烹煮三餐要地，真是一房多用。普布老师更不简单，他既是校长，又是教工、勤杂，揽数职于一身。

他自我介绍说，他原是僧人，在寺庙学过藏文。民主改革后，错那县政府要发展教育事业，规定每乡都要建小学，可教师甚缺。他决定当教师、教藏文，因而被派到这里，一干就是十多年。他尽管事务繁杂，但甚感宽慰。他说道，在勒布山沟，他的这个学校，还是学生较多，现在已经发展到14人，计3个班级。邻乡的舍木小学，只有6个学生，4女2男，不及基巴乡小学的一半。我听了普布老师的介绍，心里顿时感到，这里的"小学"，恐怕是最"名实"相符的"小学"了。但又转念一想，民主改革前，西藏广大农牧区都没有小学，若想学习，只能入寺为僧。现在勒布沟有了小学，尽管甚"小"，但已迈出历史性的一步。随着人口的增加，学校定将发展，现在虽小，其破天荒的属性，意义是深远的。

为解答学生带木板上学的疑问，普布老师说，这是初学藏文必备的文具，这类木板，藏话、门巴话都称"康星"，由一块平整的木板锯成约一尺三寸长、六七寸宽的面板，在比较平滑的一面涂黑，待晾干后，上一层薄薄的酥油，撒上灶灰，随后用一个"梯嘎"，即简单的弹线器弹出相应距离的4条横线，"康星"就算做成，学生可以在上面练习书写藏文了。藏文为拼音文字，有30个辅音字母，4个元音符号，人们依据藏文语法的规则，用不同的元音符号和辅音字母的组合，拼成藏文。书写藏文时，有草书体和楷书体，学会书写和拼读藏文，要花两年时间。普布老师唯恐我听不明白，随即端出讲课时使用的"康星"，拿起竹笔，写起藏文来。立刻在"康星"的横线内，现出龙飞凤舞的黑色秀丽字体，老师的示范，使我明白了学生所带的木板确是文具的说法。记得我读小学的时候，老师讲到文房四宝为纸、笔、墨、砚，学生必备。可这里的学生仅用"三宝"，即木板、竹笔和灶灰，就可学习，不用纸张，怪有趣的。当然西藏也出产藏纸，但多用来印刷佛教经典，成本颇高。若用来练习书写藏文，费用高昂，使用"康星"，尤像内地使用黑板那样，字写满了，把"康星"上的灶灰刷掉，再撒上一层灶灰，又可重复使用练字了。据说过去的西藏贵族子弟不用灶灰，使用国外贵夫人的香粉，这种做法，那可真是有些像"红袖添香"学藏文，别有一番情趣了。

访问普布结束，准备回到住处做晚餐。路上扎西见我好提问，便反问我，这里叫"普布"名字的人不少，为什么会这样？我过去听说门巴人也有请喇嘛起吉祥名字的习惯，便说，那是喇嘛起的吉祥名字，故重名多。扎西知道我对这里的起名习俗不甚了了，又问，"普布"的意思为"鼻子"，没有吉祥的意味，这怎样理解？我无言以对，有些尴尬。随后他说，这里的门巴人、藏族人，都有用"沙科尔"给孩子起名的习俗，沙科尔即以头上的七个部位轮流标注日期的办法。以七天为一周，周而复始，类似现代流行的"星期"，其次序为额头，藏语"尼玛"即太阳；头顶"达娃"，即月亮；以下分别为"米玛"，眼睛；"拉巴"，耳朵；"普布"，鼻子；"巴桑"，嘴；"边巴"，下巴，依次相当于星期一、二、三、四、五、六、日。以前，一些老百姓生了孩子，如不请喇嘛起名字，父母就依据孩子出生在哪一天，就以这一天命名。故此这里的人叫上述七个名字的人特多。扎西的讲述，使我想起古老的汉族先人也有"七曜"的说法，只不过是没有用来为孩子命名罢了。即一个星期有七天，七天的排序为日、月、火、水、木、金、土。因此，星期几也叫"什么曜日"，如"月曜日"是星期一；"土曜日"是星期六之类。我感到，门巴族、藏族和汉族为什么会有这些相类似的文化现象？若我们对这些相类似的文化现象加以比较研究，那不就是探索中华民族共同体形成的一个极有意义的课题吗？

二十六

被奴役的部落

1. 他们的祖先来自天上

4月13日上午11点,我们离开基巴村,步行两个多钟头,到达驻贡日乡部队的营部,副营长欧阳和接待我们。他知道我们是考察门巴族和珞巴族社会文化的,便对我们说,最近县里派来一位干部阿宾,到这里做群众工作,住在邻近的乡政府里。他是珞巴族苏龙部落人,很健谈,也能说流利的汉语,建议我们采访他。

"阿宾!"欧阳和副营长一提到这个名字,使我立即兴奋起来,他不就是我们的朋友阿岗的亲哥哥吗?他是苏龙部落人,了解自己部落的社会情况,是我们渴望访问的难得人物,想不到就这样意外地来到我们的眼前,真是巧极了。"苏龙"是个外界知之甚少的喜马拉雅山地部落,人们很难进入他们的住地进行采访,当年费孝通、吴文藻等老一辈民族学家研究中印边界的民族时,搜尽国内外有关文献,还是所获无多,情况不详,处于空白状态。1976年,我们的同事吴从众、刘芳贤两人,曾到隆子县珞巴族居住地进行调查,因时间短促,加之没有找到来自该部落的访问对象,除了进一步知道"苏龙"是"放在山上的奴隶"这一特殊情况外,其余众多的社会文化现象还是不甚了了。"阿宾"!这是我们渴望见到来自苏龙部落的访问对象啊!

吃过晚饭后,我们在欧阳和副营长的带领下,来到贡日乡政府办公室，阿宾见我们到来，并不感到意外。他说道，他的弟弟阿岗早已告诉他，有北京的朋友前来探访，请他向我们介绍苏龙部落的社会文化情况。看来阿宾对我们的访问早有准备，随即向我们讲述部落名称的问题。他说道，他们的部落有自己的名称"布瑞"，意思不详。"苏龙"是其他部落人对他们的称呼，意思为"森林里腐烂的人"，由于外部落都称他们为"苏龙"，不用"布瑞"，故这样就叫开了。苏龙部落大约有3000人，分布在西巴霞曲两岸支流古龙河的上游和热德崩上游的广大山区。这些地方至今全被印军占领。在拉萨、泽当、隆子和错那等地仅有4户10人，属苏龙部落，其中包括阿宾兄弟俩。

关于苏龙人的来源，阿宾说，按照有关传说，他们的始祖母多尼亚依乃最初带着众多孩子住在天上。有一天，她同孩子们商量，继续住在天上还是移居到地上，经过商议，大家决定到地上去。为此多尼亚依乃对玛乃布达额鸟说，你身体轻盈，飞得快，先去地上看看，如果那里能够生活，你就不要回来了。这个可爱的玛乃布达额鸟带着母亲的使命，闪电般地穿过云层，再也没有回来。三天三夜过去后，母亲见玛乃布达额鸟没有回来，知道地上可以生活，便揭开苍天，放下牛、绵羊、山羊、老虎、豹子和各种粮食种子到地上，随后又放下纳、崩如、崩尼、巴依、玛雅、达能、苏龙和斯能角利（松鼠）众兄弟。当放到达能、苏龙和斯能角利时，母亲十分难过，因为他们是三个最小的孩子，恐怕长大后认不出来，为此，母亲在苏龙和达能的脸上打上绿色的记号，这就是今天苏龙人和阿巴达能人文脸的来历。斯能角利是母亲最小的也是最疼爱的儿子，母亲在他的前额打上白色的记号，这就是今天的松鼠。多尼亚依乃告诉所有的孩子，到地上后，谁都不能欺负他，否则会遭到母亲的惩罚。所有的孩子到地上后，开始了各自的生活，最初苏龙住在增热哇，由于年纪小，不会过日子，把母亲分给他的牛、羊和种子都吃光了。自此生活异常困难，只好向兄长崩尼、崩如借债，最后还不清沦为奴隶。以上是流传于苏龙、崩尼、纳等部落的传说。

在崩如部落中，亦有内容大致相似的传说：崩如、巴依、玛雅、纳、达足和布瑞人的女始祖列德罗登和一些动物原住在天上，但天上不长东西，大家为此发愁，怎么办呢？列德罗登就叫小鸟马佑列布到地上去，看看是否生长东西。马佑列布到地上后，看到长有许多树木，就是没有青草。正当马佑列布准备上天向列德罗登汇报地上的见闻时，无意中拉了一泡屎。列德罗登听了马佑列布的报告后，觉得地上只长树木，不长青草，十分奇怪，又派一匹名叫基波布能的公马，再次到地上察看。基波布能一到地上，便看到马佑列布拉的屎上长满青草，便立即回去向列德罗登汇报。列德罗登知道地上有青草后，就带着马、牛、羊到地上。

列德罗登到地上后，发现地上只有阿巴达尼是人，其余都是鬼，只能同阿巴达尼结婚。他们结婚后，生下六个儿子，即崩如、巴依、玛雅、纳、达足和苏龙。儿子长大后，父母亲把牛、猪、羊和粮食都分给他们。苏龙是最小的儿子，父母特别疼爱，分的牛、羊、猪及粮食也多，可其他兄弟分到东西后，把牲畜放到山上，让其吃草，把粮食种到地里，使其开花结子。他们的牲畜和粮食越来越多。可苏龙觉得自己分到的牛羊最好，不能放在山上遭受雨淋日晒，关在家里。过了不久，他又觉得天天喂牛、羊，实在太麻烦了，因此把牛、羊杀了吃掉；分的粮食种子也舍不得种在地里，一粒一粒地吃掉了。苏龙最终没有牛、羊，没有粮食，生活困难，只好向大哥崩如借。崩如从父母那里分到一块达谢林，当苏龙向他要东西吃时，就对他说，你就为哥哥看守这块达谢林，饿时砍来吃吧！苏龙得到达谢林，生活有了依靠。他心想，我没有可以依靠的主人，生活难以维持，于是他砍下一根达谢的大叶子，削去阔叶，只留叶柄，交给哥哥崩如说，我以后做你的奴隶吧，我不听你的话，你就用这条棍子打我。自此这六个兄弟的后

崩尼部落男子（1981年斗玉乡边防站提供）

裔就发展成六个部落。而苏龙这部分人，世世代代为崩如等部落的奴隶。

阿宾讲述的这两个传说，有着丰富的内涵，如何对其进行深入的探讨，是颇为棘手的。但下述两点，即毋庸置疑：一是现今存在于隆子县的珞巴族崩如、巴依、玛雅、达足、苏龙和纳诸部落，自认为是一母所生的兄弟，这说明他们之间有共同的民族认同心理；二是在漫长的历史岁月中，畜牧业是他们赖以生存的重要经济领域。

2. 颇具特色的奴隶制

在以往的印象中，历史上出现的奴隶制度是极其残酷、毫无人性的，奴隶一无所有，被称为会说话的工具。记得在大学时，教授讲述古罗马帝国时期，贵族、奴隶主令奴隶手拿短剑、盾牌，与狮虎猛兽进行血腥的搏杀，借以取乐。教授讲述的惨烈情景震撼了我们年轻的心灵。珞巴族在民主改革前也有奴隶制度，他们的社会也像古罗马那样对奴隶残酷无情吗？

为了弄清这一问题，4月14日上午，我们继续访问阿宾。阿宾讲到，苏龙部落人尽管全是奴隶，但他们不是一无所有。以他的家庭为例，他的父亲名叫嘎朗，属苏龙部落觉拉氏族，是崩如部落比夏氏族多加的奴隶。

他父亲从祖上继承了6块达谢林地，约20亩；5块树皮纤维地，计10多亩。其名称和面积如下：

达谢林（1980年刘芳贤摄于墨脱）

6块达谢林地：克隆西耶，约5亩；古雅，约3亩；朱威，约4亩；果勒，约3亩；香西，约2.5亩；古育南，约2.5亩。达谢相当于棕类植物，经加工后可制成淀粉，供人食用，是崩如、崩尼和苏龙等部落主要食物来源。

3块猎场：郭林堆，距住处约3天行程；香西和古育多洼，距住处约半天路程；猎场面积较大，小的也有半个山坡，是安放暗套、围栏、地弩和陷阱的地区，也是苏龙人肉食和送主人猎物的重要来源地。

5块树皮纤维地，其中3块在香西地区，2块在齐飞扬，合计有10多亩。树皮纤维相当于野蔴，是苏龙部落人纺纱织布的重要原料。

阿宾讲完家里的情况后，继续谈到，在同氏族人中，他们家占有土地的面积属中等水平，有些家庭占达谢林地10多块。当然也有无土地的苏龙户。他们衣食的主要来源，是经营、管理主人的达谢林和猎场，但要定期向主人缴纳一定数量的达谢和猎物。数量多少，没有明确的规定，由双方协商解决，一般是根据奴隶的家庭人口、距主人远近等情况而定。也有主人贪婪者多要、宽容者少要的情况。只要定期交齐所定的数量，主人对奴隶砍伐达谢林的数量和收获猎物的多少是不关心的。奴隶用不完的达谢和猎物，可以送给朋友和拿去交换其他日用品。说到这里，阿宾又举出崩如部落比夏氏族奴隶主达拉尔4户苏龙每月送达谢和兽肉干的大致情况：

嘎雪：一家2口，嘎雪已老，其妻每月送一次达谢，约70斤；

亚菲：一家3口，夫妇已老，由不足20岁的儿子每月送一次达谢，约80斤；

嘎地：一家5口，子女年幼，妻子照料小孩，只嘎地一人送达谢，每月两次，一次约100斤；

达加：一家3口，住地较远，单程要走3天，因此不送达谢，每隔2—3月，送一次兽肉干，每次约50斤。

达拉尔家有10人，除夫妇外，有子女6人，侄子、侄媳各一人，每月从苏龙那里收取达谢350斤，约为全家食粮的一半，另有干兽肉20斤。

阿宾继续说，主人对第二代的老苏龙户颇有人情味。如苏龙长大成人，没能力娶妻生子，有财力的主人还为他配婚，成立家庭。这些第二代的苏龙户，对主人的称呼也有改变，不再称"阿都"即主人，而称为"阿崩布如"即兄弟，带有一种血缘的色彩。主人有时打开新谷仓，用上层的稻谷碾米造酒，用以宴请同族男子。每当这时，老苏龙户的成年男性也被邀请入席，使主奴间更具亲近感。在冬天各户过"隆洛德"节时，主人还请苏龙户回来，与大家欢聚一堂，唱歌宴饮。节日结束，主人还送给他们米酒和盐巴带回家。此类节日，若苏龙户不来，主人不悦，觉得在同族人面前丢失面子。一些有专门技能的苏龙户，如铁匠、铜匠、猎手、巫师等，他们的收入归自己，主人不能侵占，若侵占了，在同族人面前有损声誉，人们会从旁议论说，这人连自己苏龙的财物都要，太不讲情面了。

阿宾在讲述主人对苏龙户宽容的同时，也联想到自己家庭的不幸，不禁两眼渗出泪花。他说到，由于他家是苏龙户，势孤力单，在珞巴族这个没有行政组织的社会里，弱小的个人是没有办法抵御主人强力侵犯的。阿宾讲到，他姐姐阿登12岁时，能帮助父母从事一些劳动，主人多加就把她拉走，要她从事家务劳动和田间操作，不久将她婚配他人，收取一头牛的聘礼，只给阿宾父母一把铁刀。阿宾自己长到10多岁时，也被主人拉去当家奴。过了不久，主人多加的女儿出嫁，阿宾的弟弟阿岗又被主人拉走，充当其女儿的陪嫁奴。他们三姐弟就这样离开了家。如果阿宾兄弟二人不逃到藏区，也会像前辈那样，长大成人后，定期向主人缴纳食品。一旦有了子女，在他们未成年时，也会被主人拉去充当家奴，从事与年龄不相称的繁重劳役，重复着父辈的奴隶生活。

3. 他帮助主子抢妻

在西藏民主改革前，珞巴族流行结娃娃亲的习俗，即孩子年纪甚小时，父母就为他们订婚。订婚的女孩，有些由父母背到"夫家"，有些留在家里，到成年后再举行结婚仪式。结娃娃亲，对富人和穷人的家庭，都有一定的好处。就富人家庭而言，一旦联姻，若遇外侮，双方就能联合起来，相互支持，这对械斗频繁的珞巴族生活来说，是图存的不二法门。至于穷苦人家，订娃娃亲可以减轻婚嫁的经济重负，不致因无钱娶妻孤身而终。故而这一风俗历久不衰。不过结娃娃亲，是在男女双方不知结婚为何物的情况下，全由父母包办而成，不可避免地会出现"不愿嫁"或"不愿娶"的乱象。这为"劫掠婚"的出现提供了温床。据我们了解，珞巴族的劫掠婚具体表现为男子以劫掠的手段，达到与某一女子结婚的目的。就被劫的女子而言，又分为自愿被劫与非自愿被劫两种，阿宾参与的劫掠属于前者。

阿宾讲到，他的主人是崩如部落比夏氏族的多加。多加有个儿子，名叫耶拉。耶拉与崩尼部落加英村的姑娘亚丽认识，亚丽是巴更氏族达公的女儿。亚丽也和耶拉一样，都不喜欢父母为他们所订的娃娃亲。亚丽和耶拉认识后，彼此交往日深。但他们知道，如听从父母的安排，他们无法达到结婚的目的。因而商定，由耶拉组织一伙人，潜伏到亚丽家附近，亚丽随机出逃，并在耶拉随从人员的保护下，直奔耶拉家，举行婚礼。他们经过周密策划后，决定择机而动。

阿宾说到这里，为使我们对珞巴族的娃娃亲有较多的了解，把耶拉的娃娃亲做了扼要的介绍。他说道，耶拉所订的娃娃亲，是同一部落米里氏族蒙法的女儿法波。蒙法是米里氏族颇有名望的富裕户，但法波为人木讷，不招人喜爱。耶拉的父亲多加之所以用 10 头巴麦牛订这门娃娃亲，是希望万一遭到有人欺负时，可以得到蒙法的帮助。他因此对这门亲事十分重视，并期盼他们一旦成婚，还可收到丰厚的嫁妆。当多加得知自己的儿子与亚丽有交往时，便一再警告儿子不要胡来，但耶拉就是不听。

在一个月明之夜，耶拉神秘地召集阿宾和华如达德等 4 位苏龙一起，吩咐大家带上弓箭、大刀，前往加英村，帮助他把亚丽抢回来做妻子。按照惯例，去抢妻前，要请巫师杀鸡看肝问卜，在确定吉卦后，方能行动。但耶拉知道，这样做可能走漏风声，让亚丽的父母把女儿藏起来，使他们行劫落空。为此，耶拉决定自己动手杀鸡问卜，果得吉卦，决定立刻行动。

耶拉一行 5 人，带着干粮，昼伏夜行，在第三天的黄昏，顺利地潜伏在亚丽村子附近。事有凑巧，亚丽的堂兄弟有事走出村外，耶拉一行便把他抓起来，要他给亚丽捎个口信，约定晚上到指定的地点会见耶拉。只要他答应这样做，耶拉就给他一把好长刀，一个铜铃，价值约两头巴麦牛。由于耶拉与亚丽这个堂兄过去有所交往，当这个堂兄看到能白得相当于两头巴麦牛的财物时，自然满口答应。珞巴人十分信守承诺，大家见他答应，就放他回去。到了半夜，当耶拉一行到达约定地点时，亚丽果然在那里等着。她随身还带来两个铜手镯，价值 2 头巴麦牛；5 串海螺串珠，相当于 2 头巴麦牛；还有一包衣物。耶拉随即领着她，走在前面，阿宾等人压后，一旦有人赶来，挥刀阻挡，让亚丽和耶拉先行逃脱。

为防止亚丽的父母追赶，耶拉等人经一天一夜急行，在第二天晚上终于赶到耶拉家。耶拉的父亲见到儿子已经生米煮成熟饭，没有办法，只好当晚杀猪请酒，举行婚礼，并与村中能说会道的调解人商量，当女方亲人追上来时如何应付。接着召集全家族的人寻求支持。最后大家决定,由多加出3头巴麦牛,耶拉自己出1头,已嫁的耶拉姐姐德萨出2头,总共6头巴麦牛,作为聘礼,送给前来"问罪"的女方父母。另外还杀5头猪,准备招待女方随同前来的人。

过了一天,亚丽的父母、叔伯和堂兄弟等一行15人赶来。亚丽的母亲亚捷先进家,一进门就同耶拉的父亲争吵,责备他为什么把她的姑娘抢走。大家见女方的人来了,原先准备好的调解人就前来劝说,主要内容是讲耶拉、亚丽双方愿意在一起,男方也准备好较多的聘礼,彼此和好就算了。今后双方都是亲戚,大家还要互相支持呢。如果继续闹下去,没有什么好处。经过调解人劝说,双方终于达成和解协议。女方一行人在多加一共吃喝5天后,牵着男方补交的6头巴麦牛回去了。

一场抢亲的事件就这样结束。但阿宾讲到,与他同去的3个苏龙各得到耶拉酬谢的一挂串珠。阿宾是耶拉家的苏龙,按照规定,帮助主人劫掠、械斗是应尽的职责,故什么东西也没得到。

4. 奔向光明

藏族人的大铜锅、铜手镯、法铃、铜镲、宝剑、食盐、氆氇等物品,是珞巴人希冀得到的货物,尤其是纹饰美丽的法铃,更被视为可遇而不可求的宝贝。一旦获得,认为可保家庭富裕,人口平安。家里有法铃的人,一般都密藏在神山里,以防被人劫掠。珞巴族出产的茜草、辣椒、毛皮和麝香,又为藏族人民所必需,故长期以来,藏、珞之间的物物交换一直不断。这种交换的实现,多是由珞巴人背着货物进入藏区。因此,珞巴人尽管住在深山峡谷,与外界联系极少,但对藏区的社会亦多有了解。阿宾讲到,他过去也曾背着主人的货物到过藏区。藏区的民主改革和农奴解放之事,给他留下深刻的印象,并不时萌生逃往藏区的念头,盼着有一天自己也能解放，成为自由人。

背着货物的贸易者（1981年李坚尚收集于隆子县边防站）

1967年7月，主人多加打算要阿宾背东西到藏区交换，阿宾想，若到了藏区，一定要找机会逃出主人的魔爪，不再回来。他了解到，过去有些苏龙人，就是这样逃出虎口的。他们一旦逃跑成功，就能获得藏区政府赠送的铜铃和手镯，有些人甚至还能到拉萨参观，拉萨的布达拉宫，在珞巴人的心目中，无疑就是天堂。可惜的是，这次交换没有成行，随后阿宾回家看望母亲。他的弟弟阿岗也利用主人叫他上山找寻散放的小猪，回家与阿宾见面。他们兄弟俩商定，找机会逃到藏区去，不再回主人家了。为了隐藏逃走的秘密，他们连母亲也不敢告诉。他们兄弟俩深知，一旦离开家就没有东西吃。为此需事先到森林里找达谢、采蘑菇和竹笋、打猎物，既填饱肚子，又为逃走做准备。但逃到藏区不是一件容易的事情。从自己的家乡觉拉起行,经米里、歌隆河、歌隆歌米亚山、多穆拉、朱穆河、朱穆拉、工拥和加玉等地,顺利的话,计10天行程,只有他们兄弟两人,是不安全的。因此他们准备约请更多的同龄人前往。但约请伙伴时,又怕被主人发现,逃走不成。因为没有约到可靠的朋友,直到11月天气渐冷,他们不得不结束在山上的流浪生活,回到家中。

大铜锅(1981年李坚尚摄于隆子斗玉)

阿宾说:"由于好几个月没到主人多加那里去了,多加曾数次到我们家里寻找,均扑空了,这次他来正好遇到我们兄弟俩。多加十分愤怒,他责怪我母亲没有告知儿子回家的消息,并把我们家的锅碗瓢盆砸烂,把竹笋、达谢倒到地上弄脏,使我们无法食用。随即挥着刀,勒令我到他家干活,也要我弟弟到他家,不必再回格兵那里,因为格兵还欠他一头牛的债,以此抵补。如果我们不去,他就收走我父亲留下的林地。我们兄弟知道主人家的势力大,难以抗衡,只好忍气吞声离开家,再次回到主人那里。

"我到主人家后,心里还是想着到藏区的事,设法寻找愿意到藏区的朋友。经多方询问,找到了我们家的远房兄弟阿琼、阿江。

他们的年龄与我们相仿,也渴望摆脱主人的奴役,逃往藏区。当我悄悄离开主人家做逃跑准备时,我的弟弟阿岗随主人上山打猎去了。我估计近几天要回来,便告诉家里人,弟弟回家时,叫他来找我。不出所料,阿岗果然找到我们,大家终于出发了。但逃往藏区不是一件容易的事。一要防备主人追捕,若被主人抓回去,必定遭受毒打;二要偷偷越过印军的封锁线。为此我们只好昼伏夜出,爬越雪山,没走几天,我们身上带的粮食吃完了,只好寻找蘑菇、竹笋和野菜充饥。当我们顺利地通过姑龙河上的藤网桥后,为防止主人的追捕,将藤网桥砍断,心想,这下可安全了。

"过桥不久,我们发现了一窝野蜂,这对我们这些饥肠辘辘的人来说,真是天赐佳肴。于是用烟火把野蜂驱走,取出蜂蜜饱吃一顿。不幸的是我们中毒了,到了晚上,大家又吐又泻。我们就这样拖着饥饿有病的身体,爬越德木拉雪山、久木拉雪山,再经3天半行程,进入共荣牧场,受到藏族同胞的热情接待。随后我们来到加玉区委所在地,受到当地党政部门的欢迎,从此我们甩掉了奴隶的枷锁。同年秋天,我们兄弟俩被派到拉萨师范学校学习文化,毕业后当上干部,成为国家的主人。"

以上仅是阿宾兄弟的简历,但在我们的心头,仿佛读到了一部长长的奴隶制度兴衰史。

二十七

磨炼耐性的时日

1. 战士送我们白拂尘

访问阿宾使我们了解到奴隶社会的许多真实情况,这些情况是前所未闻的,也是书本上读不到的。但阿宾讲到,他这次到贡日,主要任务是贯彻中央的有关指示精神,促进农村个体户的经济发展。他讲到,去年错那洞嘎区做了试点,该区有4000多人,国家拨款9.7万元,其中买牛285头,羊7000只,无偿地发给没有自留畜的农户,收效甚好。今年也准备在勒布区推广这一经验。我知道,阿宾仅是贡日工作组的普通工作人员,自有他的本分工作。想到我们的访问已占用了他好几天的时间,也该知足了。若有什么问题需要进一步了解,待以后再找机会吧。4月22日,我们怀着感恩的心情,告别了阿宾,也告别了相处几个月的翻译扎西,重新回到错那县城,为前往隆子县做准备。在此后的日子里,只要想到勒布沟的往事,扎西和阿宾的友好形象,总是浮现在我们的面前。

错那和隆子辖地相接,彼此为邻,但要从错那到我们计划调查的隆子县珞巴族居住地,因交通所困,大有咫尺天涯之感。22日下午,我们到达错那县委办公室,立即找到办公室主任王富喜同志,请他帮助解决到隆子县的交通问题。他听了我们的请求后,不无歉意地说,县里仅有一辆大卡车,一辆吉普车。大卡车到噶尔木拉物资，小吉普给下乡落实政策的领导用了，估计五一节后才能回来。我们听了，心里凉了半截。看来，五一节前到隆子是不可能了。没有办法，只好耐着性子等，熬过这漫长的八九天。

4月25日晚饭后，杨班长和4位战士突然来到我们的住处，令人深感意外。杨班长是四川人，4个战士分别是四川人小鄢，广东人小曾和小余，陕西人小陈。他们是错那雷达连派驻麻玛乡生产班子的战士，在那里种植各种蔬菜，供雷达连食用。我们在麻玛乡调查时，经常到那里用餐，既不用自己动手做饭，又能吃到这里难得的蔬菜和肉食，收费还低廉，彼此相处甚欢。对于这些年轻人的热情照顾，我们也投桃报李，除了给他们照相外，临别时还给他们每人送了1张床单、2条枕巾和2块香皂，以作纪念。杨班长是个极讲交情的人，在我们离别的当天晚上，他们就商定给我和芳贤各送一个白牦牛尾拂尘，以作永久性纪念。近日拂尘制作完毕，他们特意送过来。据杨班长说，拂尘的木柄是门巴族作木碗的老人噶尔拜白马做的，白牦牛尾是从老乡那里购来

刘芳贤与战士合影（1981年李坚尚摄于错那）

的，拂尘是他们合力编成的。我们听了这些饱含深情的话，觉得这拂尘既意味民族团结，又象征军民一家，实在太有意义了。进而想到门巴人崇尚白色，白色的牦牛尾又是稀罕之物，加之木柄工艺甚佳，编制的技术也好，值得珍藏，我们就欣然接受了。

杨班长和随同的年轻战士，是一群乐天和求知欲强的人。我们收下他们的礼物后，也像在麻玛乡相聚时那样，天南地北地神聊起来。我们不时地向他们讲述门巴族、珞巴族和藏族的民情风俗，他们也告诉我们流传在部队的种种奇闻逸事。如四川人吃肉蛆，说一些小孩食欲不振、消瘦，就买些肉放在家里，等着肉长蛆，让小孩吃油炸蛆，不久小孩就会变得肤色红润、健康可爱；又如广东人吃猴脑，说在餐桌中间挖个圆洞，当桌子下方的活猴把头伸出来时，他们就用小锤在猴头上猛然一击，猴脑壳立即打开，露出脑子，人们争相用勺子舀来吃；至于陕西则有五大怪，即房屋半边盖，擀的面条像腰带，烤的饼子像锅盖，城里的姑娘不对外，乡下的姑娘高价卖。诸如此类带有戏谑性的传闻，大家说着、笑着、调侃着，并不探求其真实性，直到深夜，为沉静的山村平添几分富有朝气的笑声。

2．啼笑皆非的供销

20世纪80年代初，全国上下的物资供应仍十分紧缺，吃饭穿衣依然是个急待解决的难题。其时在穿衣上，人们都遵循"新三年，旧三年，缝缝补补又三年"的治家之道。一些初为人父母者把破衣烂衫视为小宝宝尿布的重要材料，把上述治家之道进一步补充为"再次剪裁成屁帘，万国旗呀挂门前"。但西藏的情况有所不同。中央政府在那里采取了一系列优惠政策，群众的衣食颇为丰足，但也不是十全十美，当地需要的有些东西没有，不需要的东西又太多。

4月29日，错那县党委副书记噶玛到我们住处，请我们为他冲印胶卷。他是西藏山南地区人，比我们略大几岁。他为使我们的调查工作顺利进行，给予了多方面的支持。既为我们派遣翻译人员，又提供马匹护送，更给予丰富的年货牛羊肉供应。我们当然十分情愿为他做点事，既增进了友好交往，又报答了人家的恩惠。他在等待我们为他冲胶卷时，随意攀谈起来。他说，20世纪50年代末，他曾在咸阳西藏公学学习，对当时内地物资供应紧缺深有体会。记得那时，朋友外出用餐，花钱多少不在话下，但用起粮票来却十分认真，是"两两计较"而不是"斤斤计较"。可在西藏，情况就好多了，老百姓粮食和布匹不用票证，供应充足，但也有不尽如人意之处。比如棉花，内地十分紧缺，每年供应的几两棉花，多数不是原棉，而是所谓再生棉。而在错那，尽管供销社也没有棉花供应，但却积压了大量用原棉加工的、打上网套的新棉被。为了满足藏胞对棉花的需求，供销社不惜把这些棉被套拆开来卖棉花。又如这里也积压了大量绒衣绒裤卖不出去，而热水瓶却销路很好。供销社就采取了搭售的办法，规定顾客买一个热水瓶，就得买一套绒衣裤。错那还积压了大量劳动布，但做小孩鞋子和缝制衣服的粗线却没有。老百姓只好多买劳动布，把布拆成线用。类似的情况还有一些，像没有制作鼻烟的烟叶卖，藏胞只好买"大前门"卷烟，拆出烟丝做鼻烟，另外像没有梳理羊毛的梳子等，不一而足。

噶玛书记所谈的供销尴尬事，使我突然意识到普及藏族风俗习惯知识的必要性。在西藏某些负责调拨物资的官员看来，他们给错那调拨大量棉被套、绒衣裤、劳动布之类的物资，已经是够照顾的了，殊不知藏胞习惯使用的是用绵羊毛编制的藏被，这种藏被既暖和、轻便、耐用，又容易携带和清洗，这是棉被难以企及的，绒衣裤也是如此。还有，藏族人一般不吸烟卷，习惯吸食鼻烟。鼻烟由烟叶和其他原料一起研磨而成，每日用量不多，一次仅需指甲盖那么一点点，只要负责物资供应的官员对藏族人吸食鼻烟的习俗有所了解，所需的烟叶是不难满足供应的。羊毛梳子的紧缺，也与没有考虑到藏族人习惯使用羊毛织品的习俗有关。

3. 广东客：新西藏人

5月4日早饭后，招待所门外响起了吉普车的轰鸣声，我们立刻意识到，县办公室主任王富喜同志的承诺如期兑现，送我们到隆子的汽车来了，真使我们高兴。司机名叫明久，30岁左右，是当地人，看来是位让人放心的司机。我立即收拾行李，芳贤向招待所交费办离去手续。上午9点30分，我们出发北行，路经乌山口，羊错那山口，随后东向，进入隆子县的日当区，在那里明久找到一位朋友家里，让我们饱喝了酥油茶。约12点半，到达隆子县城。也许是海拔较低，一到隆子，顿觉心胸开阔。这里是东西狭长约100公里的平原，到处阳光明媚，杨柳吐绿，遍地的马兰花开出紫蓝色花朵，把大地装扮得十分娇媚，赏心悦目，仿佛春光比错那早来了一个月。明久把我们安全送到隆子县政府办公室后，就回错那了。

当天晚上8点半，我们到驻隆子的部队看电影《她在雾中来》。事有凑巧，坐在我们身边的年轻人梁俊也是广东老乡，他是从湛江气象学校毕业后分配到隆子气象站的。梁已婚，妻子在家乡工作。如同其他进藏人员一样，他两年或三年回家探亲一次，过着一种被称为"牛郎织女"的家庭生活。气象站给他一间房子，作办公室，也作起居室。我们猜想，他在隆子工作多年，必定对这里的风俗人情有所了解。我们初次来隆子，他或许能对我们有所帮助。于是，我和芳贤看完电影后，决定到他住处看看，认认门，随时走访。俗语说，"老乡见老乡，两眼泪汪汪"。彼此都是广东人，我们前来走访，使他格外高兴。我们在他住处坐了一个小时后才告辞。老梁谈兴很浓，约定明天晚饭后，再请一位老乡来聊天。

5月5日晚8点，我们带了两听水果罐头到梁俊住处，见一位青年正用粤语同他闲谈。梁俊见我们到来，便主动介绍说：这是黄克光老乡，今在隆子县中学任教，随后大家用广东话亲切攀谈。黄克光是广东五华人，华南师范学院数学系毕业，志愿到西藏工作，1975年在三安曲林区斗玉乡任文书，随后调到中学任教导主任。五华是广东华侨之乡，生活比较富裕，家里人都希望他毕业后回到家乡工作，不要远走高飞。但黄克光认为，家乡的教育事业比较完善，边疆的教育工作有待开发，大有用武之地，应当前去。正在这时，广东省教育部门向华南师范学院招聘到西藏工作的教师，黄报名获准，于是他来到了西藏。西藏尽管已解放多年，经济也有一定程度的好转，但在当年一般广东人眼中，那里是贫穷的遥远边疆。梁俊和黄克光自愿到隆子工作，体现出年轻人克服困难和报效祖国的雄心壮志。

梁俊比黄克光年长，但言谈中不时流露出对黄的敬意和钦佩。他说，黄老师对教育工作尽职尽责，年年都获得优秀教师称号，在他的办公室兼宿舍的墙壁上，贴着爱迪生、居里夫人、爱因斯坦等名人的肖像和名言以激励自己。最近，他还把一帧条幅送给老梁，上书"埋骨何须桑梓地，人生处处是青山"，表达自己献身西藏教育事业的决心，也与他的广东老乡共勉。他的付出得到隆子县藏族群众的认可，当选为县人大代表。老梁也为他感到自豪，说他为广东人争了面子。

黄克光不仅事业在西藏，他把家也安在这里，同藏族同胞结了婚。但他内心对家乡有深深的眷恋。有一次，我们在闲聊时，提到他家乡五华县的木偶戏，他兴奋得两眼放光，说五华木偶戏是提线的，人物形象生动逼真，唱腔优美，享誉广东，在东南亚华人中也很有影响。说到这里，他黯然神伤，说可惜到西藏后就看不到了，思乡之情溢于言表。

在西藏，像他俩这样献身于西藏建设事业的人，全国各地、各民族的同胞不计其数，何止广东人？他们是光荣的，我觉得应称之为"新西藏人"。

4. 柳暗花明

从5月5日到10日，由于交通和翻译两个问题无法解决，我们只好在隆子县城无聊地等着，希望县办公室主任格央能帮助我们。最初两天，我们白天找人了解三安曲林斗玉乡的情况，晚上看电影如《佐罗》和《瞧这一家子》等，日子过得还算快。但三四天后，发现这里了解珞巴族情况的人如凤毛麟角，真令人失望。5月10日上午，格央更明确地对我们说，翻译也无从解决，建议我们到当地派出所看看，但他不敢担保有合适人员。至于专车，也无法派出，只能搭便车前往，便车什么时候有，现在还没消息。格央的话简直给我们当头泼了一盆冷水。看来，到斗玉不易，在那里开展考察工作更难。"人行百步，九十而止"，我们也会沦落到这个地步吗？

晚饭后，我们找梁俊老乡聊天，看看他有没有办法。当他知道我们到三安曲林区斗玉乡，是为了了解珞巴族的情况时，便说道他们气象站有位同事是珞巴族，名叫达公，是在湛江气象学校毕业后分配到气象站的，汉语、珞巴语和藏语都讲得好，当翻译毫无问题。不过当前气象站工作颇忙，人手较紧张。他答应我们找气象站的领导谈谈，派达公充当我们的翻译。梁俊为帮助我们，也宁愿辛苦点儿，尽力承担达公留下的工作。梁俊慷慨相助，使我们如释重负。

5月11日上午，我们拜访气象站潘站长。潘为广西人，1967年湛江气象学校毕业后到这里工作。当我们提出请达公做翻译、到斗玉乡工作一段时间时，他问我们要用多长时间。我们回答3个月后，他也许觉得时间太长了，没有马上答应，推说研究后再答复。我们离开潘站长后，梁俊接着走进他的办公室，向他表示愿意承担达公离去后留下的部分工作。晚饭后我们见到梁俊，他笑着说：借调达公一事，估计潘站长会同意，请我们放心。

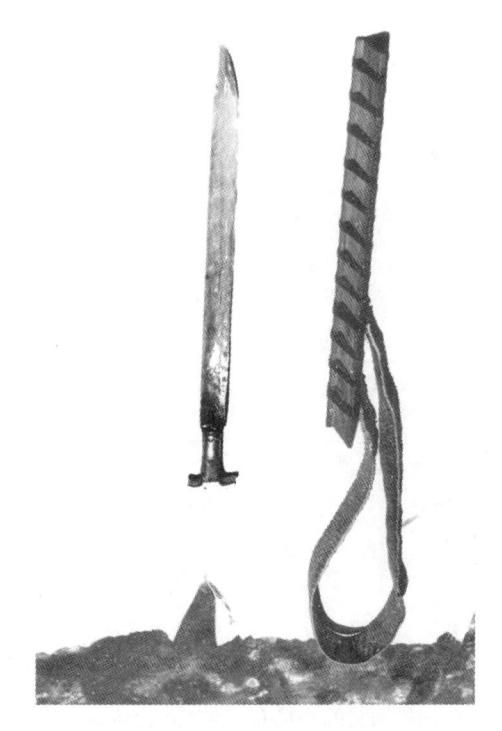

珞巴人喜欢佩戴的长刀（1988年张江华摄于墨脱）

达公是珞巴族崩尼部落人，家住印占区的下珞渝巴布村，距斗玉乡7天行程。父亲早逝，1967年13岁时，母亲也去世了，只剩他独自一人，生活异常艰苦，心情也不好。达公有位堂哥，几年前曾背着野牛皮、水獭皮、大米悄悄到斗玉乡交换，受到我方派出所人员的热情接待，不仅有好的烟酒，走时还送长刀、铜铃、铜镲这些珞巴人喜爱的物品。达公想到堂哥到斗玉乡受到的接待，又觉得那里还有他的姨母可以依靠，所以当得知堂哥又准备到斗玉乡，就下定决心跟随前往。他到斗玉乡在姨母家住了10多天后，堂哥见他安顿下来，可以放心了，就同其他人回了老家。达公当时正值学习年龄，派出所派他到青训班学习文化，后又送他到湛江气象学校学技术毕业后分配到隆子气象站工作。

下珞渝巴布村的崩尼人（斗玉乡边防站提供）

5月13日，潘站长通知达公，请他做翻译，陪同我们到斗玉乡工作。达公在斗玉乡有房子，妻子和女儿有时候也住在那里，这件事自然令他高兴。16日，三安曲林区书记高峰要回区政府，我们搭乘送他的吉普车到区里，然后再设法前往斗玉乡。我们上午9点离开隆子县城北行，一小时后到达学布鲁，从这里再向东北行10多分钟，到达隆子县的另一个行政区学布夏。此时，见一群藏族妇女用四棱尖底柳条筐背土盖房子，她们用短把铲子随意把土向背上的筐一抛，土不偏不斜，全进入筐内，动作迅速准确，宛如杂技团玩耍流星锤一般，煞是好看，司机小扎西也不得不停车观看。车继续向东北方向朝山上爬行，约20分钟到达雪齐拉山口，过山口后地势急转直下，植被也随海拔高度的下降不断变化，从稀疏的荆棘、大片的草地、低矮的柏树，到高大的落叶乔木如杨树、核桃树等，像一幅幅美丽的边陲风景画，在我们眼前流动，使人心旷神怡。不过，陡降的山势也给我们的行车带来风险。也许是为了引起司机的注意，高峰书记说，这一地段年年都有翻车跌入深沟的事件发生。我们在西藏没少遇到乘车的险情，初见此情此景心里也坦然，但听了高峰书记的话，也难免眉头紧锁。下午两点半，我们终于平安到达三安曲林区。晚上，高峰书记尽地主之谊，请我们吃了一顿独具当地特色的晚餐。

5．"小布达拉"废墟

三安曲林是藏南谷地最美的地方之一，历来以山水秀丽和宗教文化特色享誉全藏。记得在拉萨时，一些朋友知道我们要到那里考察，都不约而同地说，那里有个"小布达拉"，应该好好参观啊。朋友的建议，我们当然牢记心头，因而在同高峰书记首次用餐时，自然问及"小布达拉"一名的由来。

据高峰书记说，过去在三安曲林，藏传佛教甚为盛行，周围山上建有4座佛寺，即吉布寺、桑占寺、安尼寺和扎措寺，其中扎措寺规模最大，又称三安曲林寺，建在北侧的山上，其依山而建，层层叠加，巍峨壮观，与拉萨的布达拉相仿，故有"小布达拉"之称。该寺不属格鲁派、即我们通常所说的"黄教"，而属噶举派即"白教"。据说过去有位住持，称为"朱钦喇嘛"，来自不丹。兴盛时全寺有僧人100多名，朝佛季节，大批不丹人来此朝拜，带来大量香烛、酥油、铜碗、铜佛像等宗教用品。可惜的是该寺在"文化大革命"时被破坏了。近期政府有关部门拟拨款重建，但群众意见不一，现正在听取多方意见，最后才作决定。

高峰书记的一席话，震撼了我们的心灵，好端端的一座"小布达拉"，经历多少年的建设，才成为闻名遐迩的名胜，怎么就这样毁于一旦？现在尽管有关部门准备拨款重建，但能再现昔日的风光吗？出于对这一名胜古迹的关切，我们决定前去探访。5月14日上午，风和日丽，我们按照高峰书记的指点，向北爬山半个多小时，便到达古迹原址。但见那里数米高的断壁残垣，斑驳错落地散布在山坡上，满地土砖石块，无法插足。为避免发生意外，我们不敢强行，只好站着观望，希望有所发现。不一会儿，我在3米开外的地方，见到散落着大小不一的青花瓷碎片，其中一块不大的碗底上写着"大清康熙年制"的娟秀字样，看来是宝贵的清代官窑青花瓷碗，大概是皇帝御赐之物，弥足珍贵。砸成碎片，太可惜了。

三安曲林的寺庙是破败了，但这里的自然景观秀美如前，其中最值得观赏的是眼前这条河流及其两岸的风光。河名为色尔曲，意为黄金河，顺峡谷东流。目前虽是春天少雨季节，河水仍然丰沛，哗哗流淌。近岸观察，见几十米长的河段两侧，均为一丈多高的青石，平整如壁，上刻数个大佛像和六字真言，色彩鲜艳如新，可能是近期重新彩绘过。佛像下方，碧清的河水里，一尺多长的无鳞鱼自由游动，充满活力。河岸北侧，一条公路穿过布满核桃树的田野，向东延伸。在田野北端的台地上，有一些较大的石砌多层藏式建筑，参差错落，辅以回廊、柳树、古柏，古朴雅致，可与拉萨近郊的庄园相媲美。沿河下行不远，北岸是数十米高的峭壁，南岸是高峻的崩塌台地。我们从崩塌处层层叠叠的砂石层纵剖面判断，这是古远年代两侧高山崩塌，形成堰塞湖，随后湖岸再次崩塌而留下的痕迹。面对此情此景，不难想象，当时堰塞湖决堤时那种摧枯拉朽的气势，令人不寒而栗。

5月19日晚饭后，我们在区政府大院碰到高峰书记。大概他感到我们焦灼等待的目光吧，他开口就说，再过两天，一定要附近的生产队雇马把我们送走。5月21日上午，眼看高峰书记所说的期限已到，但仍然没有生产队的人马到来，达公也焦急，亲自找生产队长，请他派人派马。生产队长告诉达公，公社已实行包产到户政策，当前是农忙季节，各户忙着种地，派马容易，派人困难。达公知道我们心急如焚，略为思索，便同意生产队长的条件，只派马，不派人，到斗玉后，我们再请人把马送回。当日下午，我们到军队情报站，找到袁上士，购大米50斤，清油4.5斤，盐巴2斤，总计11.2元，准备明天用马驮到斗玉乡工作地点。

5月22日早上8时左右，4匹马如期而至。在赶马人的帮助下，我们用1匹马驮运大米等物资，其余3匹马供乘坐。我们和达公都没有赶马的经验，不了解马的性情，还缺乏捆绑马驮技巧。我们在崎岖小路行走1个钟头后，马的欺生本性大发，不听指挥，它们不是彼此争先抢路，就是驻足不前，马驮也松动摇摆。我们不得不时而下马捆绑行囊，时而步行驱马，仅有半天的路程，却花了整整7个多钟头。将近到斗玉乡时，我的小腿迎面骨又被马踢伤，不时流着血水，疼痛难忍，一瘸一拐地进入村子，创下了考察生活"光荣负伤"的纪录，至今难忘。

二十八

长者达伐

1. 仁慈的老人

　　5月22日，夕阳西照。我们一行进村后，达公把我们领到一幢二层的藏式小楼前说：我们就住在这里。我们登上楼梯，推门进去，发现那是一个近30平方米的厅堂，地面用"阿嘎土"铺成，异常平整光洁。从颇大的窗口折射进来的亮光，把厅堂照得一清二楚：供坐卧用的卡垫、地毯，书写用的桌椅，烹煮三餐的电炉、炊具，均摆放得井井有条。这厅堂的宽敞、整洁和明亮，是我们在米林、墨脱和错那乡间所未遇到过的。达公说，这是他们乡里的接待室，供来此工作的外来人居住。

　　达公是村里外出当干部的名人，村里人见他领着陌生人回来，有些好奇，没等我们收拾停当，就纷纷前来观看。人群中有位年近70的老人，也不甘落后，随身还带来一只野鸡，送给我们。说是刚从山上猎获的，十分新鲜，请我们品尝，领受珞巴人好客的一片真心。这位老人的举动使我们深感意外。达公向我们介绍说，这是村里一位善于狩猎的老者，名叫达伐，属巴依部落人，为人慷慨、真诚，对待村里人和外来人，如同对待自己的家里人一样，乐于把猎物与他人分享。我记起在隆子县气象局时达公说过，达伐还是一位通晓珞巴族社会民情的老人，是我们预先设定的访问对象。想不到这位重量级的访问对象就这样见到了。当晚，我们烹煮野鸡肉，请这位老人留下来与我们共进晚餐，并商定第二天访问他。为表示我们的诚意，在他离开时，回赠了5斤大米，他也痛快地收下。

达伐老人走后，我端详着长长的、五色斑斓的野鸡尾寻思：我们在这次进藏考察过程中，尽管处处都受到热情的接待和亲切的关怀，但在初次见面时就收到这样稀罕的礼物，这还是第一次。我意识到，这或许是送给达公的吧？因为达公是村里人，又有一定的威信，把猎物送给他，是顺理成章的事。我们作为陌生人，只不过是爱屋及乌的受益者而已。当我把这些意思向达公述及时，达公却坚持说，把好的食物送给刚进村的客人，是珞巴族的社会风尚，这只野鸡确实是送给我们的。达公还说道，自古至今，珞巴族都有这样的习俗：不论是谁，凡外出时，不管多长时间，只带一顿午餐就够了。晚上借住在谁家，把随身带来的酒筒往火灶旁的墙上一挂，主人便知道客人的用意。当晚不仅受到热情的接待，明天早上客人离开时，主人还主动把客人的酒筒灌满酒，用芭蕉叶子包上米饭，供客人路上吃。如主人家里有鱼有肉，还赠送一些供客人午餐享用。由于某种原因，客人要在主人家住较长时间，主人不会嫌弃或厌恶，客人只要在主人家参加田间劳动即可。我听了达公的一席话，联想到在米林访问博嘎尔部落达布老人时，他也说道，30年前，他因故带领全家老少逃到珞巴族民荣地区时，民荣部落的人不仅给他送来大米、餐具，而且还为他盖房子，使他们安稳地住了四五年。想到这些，我意识到达公的说法是对的，达伐老人的野鸡是真诚地送给我们的。我顿时觉得，自己沐浴在珞巴族传统习俗的温馨气氛中。

5月23日上午，我们如约访问达伐。一到家门口，就发现他正忙于给妻子治疗脚疾。达伐见我们进来，便放下手中拿着的一只不足5寸长的牛角（或野羊角？），顺手把两个垫有獐子皮的小凳递过来，让我们坐。他自己坐在火塘旁的地板上，准备接受我们的采访。达公指着那只圆锥状的牛角说,这是我们珞巴人拔除毒血的常用医疗工具,几乎家家都有。我听了甚感疑惑,细看这个中空的牛角,一头粗如鸡蛋,一头尖尖的带有小孔,似这等简单的形状,怎能拔除毒血?但想到了解传统医学也是民俗学的一项基本内容,在墨脱、米林和错那调查时被我们忽略了,现在正是补充调查的好机会,于是请达伐继续为妻子治疗脚疾。

达伐的妻子50多岁,我们到来时正坐在门口。但见她左脚面距拇趾不足一寸的地方又红又肿,说是被毒蚊子或苍蝇叮咬后感染而成的。但见达伐用一片尖利的玻璃在红肿处划了两道痕迹,当出现两三个冒血点后,达伐把牛角粗的那头盖在划痕处。随后在牛角尖的那头,严严实实地卷上一片柔软而坚韧的树叶,仅留下小孔与树叶卷成的空间相通,尤像当年抽烟的人卷的旱烟一般。接着,达伐在卷起的树叶尖头用力吸气,把管状的树叶尖端折叠一下,使牛角处于真空状态。这时,红肿的脚面伤处慢慢渗出暗红色的浓血,经过两三分钟,牛角内吸出十数滴浓血,把浓血擦去后,再重复两三次上述动作,红肿很快消失。据说这种治疗方法十分有效,这也许是珞巴族传统医学的精华吧。

看完达伐为妻子治疗脚疾的前后过程,使我认识到珞巴族男子也有其阴柔的一面。在以往的调查中,珞巴族男子总有一股阳刚之气,他们对待妇女,尤其是妻子,可说是"用牛买来的妻,任我打来任我骑"。可达伐是个年近70岁的老人了,竟愿意屈身趴在妻子的脚前,吸气治病,还能在陌生人面前躬身诊治,不以长者自居,这种对待妻子的温情,是我过去未曾预料到的。

中午将至,我们的访问也该结束了。恰在此时,达伐的小儿子垂钓回来,带回四五斤鱼,达伐坚持给我们六七条鱼,一斤左右。我们看到这位老人的认真劲,难以拒收,只能留待以后投桃报李吧!

2. 转神山的向导

转扎日神山是西藏各民族的重要民俗活动。据有关人士研究，在公元 13 世纪前后，藏传佛教的帕木主巴教派执政时期，著名僧人结布益西多吉到扎日山时，认为那里是欢喜佛的宫殿，是座神山，并规定了顶转（帕哥）和中转（戎哥）两条转神山路线。因首次转神山始于藏历猴年，以后就沿袭下来。到藏传佛教格鲁派执掌政、教权力后，转扎日神山成为政府主持的一项盛大的宗教活动，迄今已有数百年的历史。

达伐（1981 年李坚尚摄于斗玉）

转扎日神山的活动不仅历史悠久，而且还有厚重的群众基础。据有关人士估计，转神山的人数，每次都在数千人以上，多时达数万人，涉及的民族有藏族、珞巴族、门巴族及境外的不丹人、锡金人等。在藏族中，除卫人、藏人外，还有来自颇为遥远地区的康巴人和安多人。像这样的大型民俗活动，其整个过程是怎样的，它给西藏各族的社会、文化带来什么影响？这是我们甚感兴趣的课题。可惜的是自1956年以后，印度先后侵占了转扎日神山经过的大片地域，使这一规模宏大的民俗活动无法进行了。

为了尽可能了解这一民俗活动的情况，我们在拉萨曾召开有关的高层人士座谈会，但他们都不是这一活动的亲历者，所知寥寥，且多来自古籍文献或他人讲述，令人大失所望。来到斗玉乡后，我们在一次与群众聊天时得知，我们所住的那幢二层小楼，就是当年领主用来接待来往官员的，其中藏政府派来主持转神山仪式的四品官员，就住在这里。我们还了解到，这里上了年纪的珞巴族人，也多参加过这一民俗活动，达伐老人就是其中之一。这些情况，真为我们了解转扎日神山提供了大好机会。我们研究后决定，先从访问达伐入手。5月26日，我们登门拜访。据达伐说，他在1956年经历过的转神山活动，大致情况如下：

转扎日神山活动，由西藏地方政府操办。所需物资，全由山南地区各宗征集。临近转神山的日子，藏政府就派出有关官员，通知珞巴族纳、巴依、玛雅等部落负责带路的成年男子，于陇站集中，在藏政府派出的四品官员的主持下，举行一种称为"雅甘德"的宣誓仪式。届时珞巴族上述部落的两个根保哈非沙德和捷德达洛，与准巴的两个藏族根保达娃、加波，代表珞、藏双方盟誓，保证双方群众在转神山时团结友好，不得争斗杀掠。接着共同砍杀加玉庄园的藏族领主捐献的一头牦牛，分吃牛心，以示决心在转山期间同心协力。如受到珞巴族其他部落的攻击，则共同协商解决。随即双方群众分吃牛肉，各方首领保留一只牛角，作为共同立誓的凭证。

第二天，从陇站出发，到斗玉庄园，庄园主人热情接待双方首领，也给随行群众献酒，下午北行到加麦，在那里过夜。第三天至青嘎，第四天至三安曲林，在那里休息一日，受到当地领主的接待。再经三天行程，到达米吉顿，受到西藏地方政府派出官员的热情接待。凡随行到此的珞巴族，2—8口的人家，每户发糌粑一袋，此后每隔5天再发一次。另外，珞巴族拉觉、拉奥、卡热、尼罗等地的珞巴人，也集中到这里，等待来此的各地朝圣者，并领取西藏地方政府发放的各类物资。凡负责带路的珞巴族各部落的成年男子，每人可分得2头牛，其家小孩和妇女共得1头牛，另外还有各类物资。达伐的妻子亚支，在1956年转神山的活动中，分得牛1头，铜铃1个，珠子5串，毛毯1床，氆氇3捆，长刀1把，斧头1把，帽子1顶，铜镲1副。由于达伐是带路人，他分到的东西更多。计牛2头，长刀1把，铜铃2个，铜镲2个，斧头5把，氆氇5捆，小铃铛5个，糌粑5袋，食盐5袋，羊毛2袋。另外，每村还分得1头供盟誓用的公牦牛。

凡领到上述物资的珞巴人，以村为单位，与从南边来的德根部落人立誓。这些德根人的住地，都是转神山时必经的地域。在他们共同举行的有关仪式上，把从藏政府那里领来的公牦牛宰杀、分食，以保证转神山的人能顺利通过他们的住区。接着，由转神山的组织者把来自各地的群众，按不同地域分成50—60人一队，每队由一位珞巴族男子带领，举行隆重的出发仪式。仪式由政府官员主持，两个高级喇嘛在搭起的高大木架上念颂佛经，有关人员杀牛献祭，并向德根部落的人散发牛肉、羊毛。仪式完毕，转山队伍出发。当年，达伐带领的人，是来自错那勒布区的门巴族，计48人。当天，他带领的那队人爬过拉古隆古山，走5天后到达奥久河，在那里休息5天，领队的珞巴人架设桥梁后，向每一个过桥者收取15个铜钱，以作过桥费。所得的钱由珞巴族各村均分。过桥后走一天，到达热京登，再行一天到达吉都。吉都的大草坝里有一眼药泉，转山者在此洗手洗脸，以期消灾。向下走一天，行至达都，再走5天到达塔克新。

到塔克新后，加玉宗的政府官员给每位转神山的人半瓢糌粑，一瓢青稞酒，转神山的活动到此结束。人们自愿到曲嘎塘一地进行货物交换。来自日喀则、错那、不丹等地的人交换货物后回去，其余的人回到朗县后分手。凡参加转山的人，都带些竹手杖、藤手镯回去。不少人还带药泉的水，回去后揉糌粑送亲友吃，以期福寿康宁。

3. 立石结盟的亲历者

达伐讲述转神山的许多细节，既具体，又生动，实属听所未听、闻所未闻，真令人高兴。我们进一步想，在米林、墨脱对珞巴族进行访问时，了解到他们有立石结盟的习俗。隆子的珞巴族虽然与上述地区的珞巴族被定为同一个民族，但在这一习俗上有什么异同，我们还是心中没数。眼前这位老人阅历这么丰富，记忆力这么好，兴许能够帮助我们解开这个疑团。

5月29日上午，我和达公访问达伐，有意提及米林博嘎尔部落立石结盟的情况，以期勾起这位老人对往事的回忆。当我提及在米林穷林丹嘎村见到两位博嘎尔人所立的一块石头时，达伐老人立即兴奋起来，说他在35岁时，曾代表巴依部落与崩尼部落的摩隆氏族人立石结盟。

达伐说，那时候，他所在的巴依部落人口少，仅60多人，住在拉巴宁拉。拉巴宁拉在珞渝北端，接近藏区，是广大珞巴人来藏区用大米、兽皮等物资交换盐巴和氆氇的重要通道。和巴依部落结盟的摩隆氏族，住地距这里5天行程，与藏区相距更远。他说，事情的经过是这样的：

"大约在30年前的一个夏天，摩隆氏族的达崩和达结两人来到我们巴依部落的住地拉巴宁拉，提出要和我们结盟通好。那时候，我年轻力壮，又是一个好猎手，部落的人协商，要我和达马出面接待。我们和达崩、达结见面后，他们说，你们巴依人口少，力量弱，很容易遭受别人的伤害。如果同我们摩隆人结盟，我们人多力量大，别人就不敢伤害你们了。万一有人敢伤害，我们支援你们，打败他们。我和达马听后说，你们摩隆村距离我们太远了，如果有人侵犯我们，也不能得到你们及时的援助。况我们巴依人从不欺负别人，别人也不会欺负我们。若有人敢欺负，我们也不害怕，是会坚决自卫的。"

说到这里，达伐和达马把达崩、达结带到村外的"尼拉克定"即挂敌人手掌的地方，请他们看看当年巴依人抵抗外敌入侵的战绩。按照珞巴族习俗，凡抵抗外人入侵杀死仇敌后，把其左手掌从腕处割下，挂在标枪尖上，凯旋而归，并举行相应的宗教仪式。随后用竹钉把敌手掌钉在村子附近特定的大树上，以示镇压其鬼魂，使之无法报复。巴依部落所住的拉巴宁拉村，有5处钉有敌手掌。达伐他们带领达崩和达结参观后，共同商定，还是结盟好，并约定10多天后达崩和达结带领摩隆人来巴依人住地立石结盟。

达崩和达结走后，按照传统习惯，在哪方立石结盟，那方的群众就要出资杀牛送酒，招待外方的立誓者。为此，达伐和达马跟村中长老商量，决定按各户人口均摊，出资购买一头大的公索波（藏族人称巴麦牛），作盟誓时杀牲祭祀神灵之用。还要购买两头猪，300多斤粮食，用以接待摩隆人。10多天后，达崩和达结带领80多名全副武装的男子，分列两排，到达巴依人的住地。巴依男子也分列两排迎接，全村妇女向摩隆人敬酒。

敬酒完毕，达伐、达马和达崩、达结代表双方，把一块约一米半高的扁石抬到选定的位置，4人用所佩的长刀在地上挖坑。坑挖好后，在巫师的带领下，将事先准备好的索波拉到坑边，随即由达伐和达马先起誓，接着由达崩和达结起誓，誓词的大意是"……如对方违反誓言，反对我们，石头有眼，一定会把他们吃掉!"起誓完毕,达马先挥刀砍牛脖子,依次为达伐、达崩和达结,牛受伤晕倒在地,双方的男子随即举刀呐喊"噢……"接着达伐、达马挥刀扎牛胸,取出牛心,放在坑内,4人合力把牛胸部的血用手捧出,抹在石头上,意思是我们的心永远不变,像石头那样永存千秋。待石头抹满牛血后,立誓4人共同把石头抬起,放在坑内,填土加固。在此过程中,双方男子有节奏地不断举刀呐喊,直到埋好立誓石为止。所杀公牛,双方各留下一只角,以作立石结盟的凭证。

立誓石安放好后,立誓所杀的牛和所酿的酒全交给摩隆人吃,巴依人也一起饮酒吃喝。摩隆人在拉巴宁拉住3天后回去,临行前,巴依人给前来的摩隆男子每人1.5尺氆氇和一些盐巴,自此以后,摩隆人和巴依人年年都有来往。摩隆人来时送来一种很白的大米"格宁安宾",巴依人回赠盐巴。后来达伐家迁到斗玉。1961年,达伐回老家拉巴宁拉看望达马。达马说,他家有一头母牛,是数年前摩隆人达崩送的。如将来生了公牛,养大后请全体巴依人吃,如生了母牛,让它繁殖,到了一定数量后每户分一头,以作为共同立誓和好的纪念。

达伐的讲述,活灵活现地为我们提供了立石结盟的整个过程。如此看来,无论米林的珞巴族还是隆子的珞巴族,都有立石结盟的习俗。但米林的珞巴族立石结盟,均在氏族成员个人之间进行,而隆子珞巴族的立石结盟,都以氏族、部落集体方式进行。他们为什么会出现这样的差别,是耐人寻味的。

4. 讲究个人尊严的人

在珞巴族固有的社会里,奴隶任由主人买卖以至杀害,毫无个人尊严可言,但作为一般的自由人,情况就不同了。他们十分看重个人尊严,为了维护尊严,可以赌气杀牲,甚至拼命。6月3

日，我请当地派出所的格桑顿珠做翻译，再次访问达伐老人，了解具体情况。他讲到，大约在1944年他们住在陇站时，到甲角凹村的朋友米西家里喝酒，总共有五六人。大家正谈笑时，来了一个玛雅部落的多哈。他坐在达伐身边，两人在交谈时发生争执。多哈自认为在体力上占优势，就向达伐挑衅说："你敢跟我比比高低吗？"接着抽出别在腰间的长刀，意思是双方用刀比拼一下。达伐听了，觉得在朋友家里，不能这样无礼，没有回应。无奈多哈连说三声："你敢与我比拼吗？"达伐只好说："在朋友家里，彼此不应争执，但你这样盛气凌人，我还是敢同你拼杀的！"说到这里，达伐也在腰间拔出刀，但在朋友的劝说下，双方都把刀收起。

跳刀舞的达伐（1981年李坚尚摄于斗玉）

过了一会儿，多哈以为达伐在朋友家里，不在老家，借不到牛，无法跟他比拼，便说："我们拼杀牛，你敢吗？"达伐想到自己的姐姐就嫁在这个村里，她家里有头怀孕的母牛，可以比拼一下。便回答说"比拼就比拼！"第二天一早，达伐来到姐姐亚波的家，提出杀牛比拼的事。姐姐觉得，弟弟拿不出牛比拼，太丢脸了，别人会看不起。自己尽管只有一头怀孕的母牛，也应借给弟弟比拼。当天上午，达伐把这头牛杀了，所得的肉，分给全村人吃，按照习惯，他片肉不留。说道这里，达伐解释，这种"斗气杀牛"的做法，巴依人称为"雅隆边巴"，崩尼人称"里米色白"。

多哈见达伐杀了牛，意味着他也要杀牛响应，否则达伐把他杀了也不用赔命。为此，他在甲角凹村到处借牛，但借不到。过了3天都没见他杀牛响应。由于过藏历猴年新年的日子将到，达伐要赶回家，为转神山带路，不得不离开。过了两个月，多哈病死。多哈有个妻子，是阿比出身，很穷，拿不出财物补偿达伐所杀的牛。达伐从姐姐那里借来的牛，算是白白杀掉了。后来达伐给姐姐6个麝香，作为当年杀牛的补偿。

在隆子以南的珞巴族各部落中，"里米色白"的习俗广为流传。据达伐讲述，同样在1944年，纳部落的人带领转神山的人回来后，一些人集中在塔克新捷德氏族米西家里喝酒，达加在聚会上对大家说，米西收到藏政府交来的各种实物后，分得不公平。米西听了，生气地说："你说分得不公平，我多拿了什么？你见到了吗？"达加听了，讲不出实例，无言以对，憋了一肚子气。为了撒气，他把米西在火塘旁的一条狗杀掉，血洒满地，气冲冲地离开了。

米西见自己的狗被杀，为了报复，也跑到达加的家里，把一条大小相当的狗在火塘旁杀掉了。达加见米西一走，就拉出自己家里的一头犏奶牛在门口杀掉，将肉分给同氏族的人吃，并请人把牛尾巴送给米西，以示向米西挑战。米西见状，便跑到自己的牧场上，杀了一头牦牛，回到家里，又杀了一口大猪。他还托人向达加捎了个口信："光杀猪、牛没意思。我们双方不拿刀、箭，把脚捆起，用木棍比比高低。"达加见米西多杀了一口猪，自己也立即再杀一口。氏族首领和双方亲朋见状都前来劝说，要他们相互谅解，乱杀牲口不好。达加不听，准备拿刀杀米西，米西也拿起火药枪应对，没有打中。双方经人再三劝说，接受了调解。他们在氏族首领和老人主持下，彼此交换引起纠纷的杀狗刀。接着达加背着米酒，在调解人的带领下，到米西家走访，表示和解，并共同饮酒对歌。随后米西又同调解人一起，背着米酒，回访达加。由于双方宰杀的牲口一样多，条件相等，不必相互补偿。调解结束，复好如初。

达伐讲述的这两则事例表明，在珞巴族社会中，学会尊重他人是十分重要的。不然，即使积累了一定的财富，也会因纠纷白白耗费掉。我感觉到，珞巴族尽管人数不多，却能长期活跃于喜马拉雅群山之中，原因很多，但彼此之间必须相互尊重，也是原因之一。

二十九

不寻常的亚松

1. 逃婚者

6月1日早饭后,我们仍想访问达伐,达伐却说,他已好几天没上山看套索,恐怕猎获的野物发臭了。问我们能否暂停访问一两天。我们考虑到,达伐提供的口头资料已经不少,他说的这番话,使我们再也不好意思继续访问下去。他见我们点头答应,为免我们失望,建议访问他的女邻居亚松。他说,亚松为崩如部落夏波氏族人,现已40余岁,是1968年从氏族住地逃婚到准巴,然后迁到斗玉的。逃婚是珞巴族旧有婚姻制度的产物,而我们对崩如部落的旧婚姻制度知之无多,亚松若能把她逃婚的经历提供出来,对我们了解珞巴族民俗无疑是有价值的。

我们离开达伐家来到亚松家门口,碰巧她低声哼着珞巴族民歌干家务。她见我们到来,立即出来同我们打招呼,并请进屋里让我们坐下。亚松性情爽快,身材高挑,从神情看是个有毅力的人。她弄清我们的来意后,侃侃而谈,说要了解她当年逃婚的前因后果,还须从她姐姐逃婚的经历说起。她说:

"我姐姐名叫亚美,许配给崩尼部落实加氏族的兵加为妻,男方给了5头牛的婚价。当时由于年纪小,没有马上过门。数年后,姐姐长大,与一位青年相好了,并以被劫的方式进入男方家。兵加的父母得知我姐姐已经被人劫走,便派出调解人到我家,索要

亚松（1981年李坚尚摄于斗玉）

原先支付的5头牛婚价，不交的话，绝不善罢甘休。由于我家力量薄弱，且自知理亏，只好说等我姐夫家补交了婚价后再还给他们。对方怕夜长梦多，提出要我顶替姐姐，成为兵加的妻子。尽管我那时不足10岁，不知道结婚为何物，但父母出于无奈，只好答应对方的要求。经过多次协商，选定结婚吉日，举行结婚仪式。

"结婚那天，男方派人到我家迎娶。送我到男方家里的人有父母、叔伯、舅舅等亲属10多人。到男方家门口时，男方的成年男子列队迎候。在巫师的主持下，男方有人杀猪，并把猪血洒在门口，让我踏血进入屋内，以示我是属于男方家的人，不能反悔。进入新房时，又举行一种称为'巴菲'的仪式，即先由巫师念经，接着让我把鸡嘴掰开，新郎随即用随身携带的刀割鸡嘴，并取出鲜血祭神，其用意是祝福夫妻永结同心，家庭和睦。当时我年纪尚小，不敢掰开鸡嘴，男方的人早已料到，一个妇女立即上前代劳。仪式完毕，宾客饮宴庆祝，我父母及随行的人在男家吃喝3天后回去。

"举行结婚仪式后，我尽管不知道男女之间的事，但总算是兵加的妻子了。过了10多年，兵加患病死亡。按照珞巴族的兄终弟及民俗，我被兵加的弟弟达格尔收纳，成为他的妻子。达格尔很不机灵，有些木讷甚至痴呆。我不愿同这样的人生活，我的父母也很同情我。但我们家力量弱小，不敢与婆家公开对抗，更不能直接逃回家，否则我会被抓回去。有一次，我带了好几天的干粮，逃到山上，昼伏夜行，寻找可食之物。婆家的人以为我逃回娘家，一帮人冲到那里，扑了个空。我最终还是在山上的岩洞里被抓回去，关在一间小房子里，双脚带上木枷，一关就是数十天。

"戴木枷被关，虽然对我来说是个灾难，但同时也给婆家的人增添许多麻烦，因为一日三餐以及大小便都得要他们关照。我看到他们有厌烦情绪，便提出只枷一只脚的要求，他们为了软化我，很快就答应了。只枷一只脚，在室内可自由走动，还可做些家务，他们何乐而不为？但我提出这个要求是为了逃跑。因为木枷是木头做的，尽管很硬，只要有把小刀，就可以把枷脚的木眼挖大一点，直到那只被枷的脚能抽出为止。因此当家人不在家时，我就用小刀挖大木眼，刮下的木屑放在灶里烧掉。就这样挖了10多天，婆家的人没有发觉，我把脚抽出木枷，逃到山上。

"逃到山上，生活异常艰难，白天怕被人发觉，只好栖身在人迹罕至的石崖底下，晚上怕毒蛇和野兽伤害，只能生火求取安全。有一次，我晚上逃回家里，母亲和哥哥都说：逃到山上过这样艰难险阻的生活，不是办法，不如逃到藏区的准巴，那里有珞巴族纳部落的人，过去咱们到那里交换货物时，认识一些朋友，可去那里投靠他们。家人的建议，是个摆脱牢笼的办法。但从我们家乡到准巴，要走10天的路程。家人为我准备了干粮，我只身前往。苦难的山野生活磨炼了我，最终平安逃到准巴。在那里，我与纳部落的哈切结婚。过了不足一年，哈切行猎落崖身亡，他弟弟崩衣成了我的丈夫，直到现在。"

我们听了亚松的讲述，内心对她顿生敬佩之情。一个20多岁的女子，为了摆脱不幸的婚姻，敢于只身逃婚，敢于在深山野岭生活，敢于逃到遥远的地方，这是何等的勇气，何等的毅力啊！

2. 婚价的诠释人

民主改革前，珞巴族各部落盛行买卖婚，尤其以下珞渝的崩尼、崩如部落为甚。可崩尼、崩如部落的住地，已被印军占领，我们无法前往。要了解这两个部落的买卖婚情况，只能询问移居到斗玉乡的少数几个人，其中亚松是难得的人选。

6月3日，继续访问亚松。当她得知我们要了解崩尼、崩如两部落买卖婚时，就提出让我们先听她唱一首歌，随后才回答我们的问题。也许亚松在藏区已住了10多年，深受藏族妇女能歌善舞的影响，不等我们点头，就用崩如话唱了起来，歌词的大意是这样的：

> 如果你出高等的婚价，
> 我们杀鸡举到头上定下来；
> 如果你出中等的婚价，
> 我们杀鸡放在胸前定下来；
> 如果你出下等的婚价，
> 我们杀鸡放至脚上定下来。

亚松唱完这首歌后向我们解释，这是一首女方家长向求婚者唱的歌，意思是如果你能出高等婚价，我们就痛痛快快地答应；

如果你出中等婚价，我们就琢磨琢磨；如果你出下等婚价，我们就不必费心了。很显然，这是女方父母希望求婚者尽力把婚价提高，以显示姑娘身份的高贵。若男方听了，觉得自己财力有限，但又很想谈成这桩婚事，就往往以这样的歌词回答：

> 腿短的麂子跳不过宽阔的河沟，
> 请你们拉一下吧，
> 我们就能跳过！
>
> 手短的猴子爬不上高大的树，
> 请你们推一下吧，
> 我们就能爬上！

亚松解释上述短歌说，这是一首求婚一方请求女方父母降低条件，成全这门婚事的歌。事实上，在珞巴族社会生活中，女方的父母是十分重视女儿的婚价的。女方的身价越高，意味着女子的身份越高贵。因为身价的高低，除出身的等级差别外，女子自身的年龄、容貌、智愚、处事能力和陪嫁物的多少，也都是因素之一。就以自由人的女方身价而言，一般是上等的婚价10—25头牛，中等的婚价5—10头牛，下等的婚价3—5头牛。上述这些数字，究竟是依据什么因素定下来的？对此亚松有个详细的解释：姑娘自身的部分为1—2头牛，送给女方父亲的部分为1—2头牛，送给女方母亲的部分为1头牛，送给女方兄弟（包括堂兄弟）的部分为1—5头牛，送给女方伯、叔父的部分为1头牛，以上各部分组成婚价，总计约10头牛。一些殷实的人家，为炫耀家庭的富有和婚礼的隆重，还要向女方送4次礼。第一次为订婚礼"巴嘎索白"，一般为1头牛；第二次为"嘎厄"，一般为2头牛、2头猪；但女方要回赠铜铃、铜镲和白色串珠各一件；第三次为"列扎",意为"送血",男方宰杀大量的牛、猪送给女方,送肉的多达一二十人;第四次为"巴兵",意为"最后一次送礼",要杀十多头牛,此外还有大量的兽肉和干鱼。

但与此同时,女方收受礼物后,也要有相应的回礼。按照崩尼、崩如人的规矩,凡领了一等身价的女方,必定要在出嫁那天,带礼物到夫家,其中有5个铜铃、5副铜镲、5把长刀、5个手镯、5副串珠、5条腰带。另外还有一把长刀,专门送给男方父亲,该礼物叫"色发愣日",意为"割断拴牛绳的刀",以称赞男方送牛之多,要用专门的刀子来割断拴牛绳。另外还需送男方母亲一副大串珠、一个铜铃和一副铜镲。上述礼物中的铜铃、铜镲和长刀,必须是藏区制造的优质产品。

结婚那天,富有的男方派出三四十人迎亲队伍,赶着数头活牛,浩浩荡荡地前往女方家。在到达女方门前时,立刻把带来的牛杀掉,供女方招待宾客。新郎则有两位男傧相陪同,以示隆重。男傧相头戴饰有各色羽毛的帽子,手举长刀,身佩铜铃、铜镲,不时在新郎左右挥刀跳舞,身上发出金属碰击的叮当声,显得十分威武。迎亲的人到了女方家后,受到热情款待。随后,在女方父母、叔伯、舅舅、姨母等陪同下,与迎亲的人一道,前往夫家。当新娘将进门口时,那里早就有男方的近亲男子侍立两旁,举手拿刀呐喊,同时杀一口猪,把猪血洒在门口,让新娘踏血进入。其用意是新娘永远属于男方所有,不得改悔。新婚夫妇在举行"巴菲"等一系列仪式后,来客在男方家吃喝娱乐3—6天后回家,婚礼才算结束。

记得在米林考察时,听有关人士说珞巴人实行买卖婚,麦德女子身价为6—10头牛,麦让和伍布的女子身价为3—5头牛,涅巴女子的身价为2头牛。至于这样的身价是怎样定下来的,我们没有做进一步的了解。亚松的讲述,又为我们认识珞巴族的买卖婚洞开了一扇窗。就一般情况而言,买卖婚似乎是两个个体家庭之间的行为，与他人没有什么关系。然而实际上，在珞巴族旧有的社会里，嫁娶与家族、氏族有着密切的关系。我们从亚松的讲述中看到，姑娘的身价中包括了给堂兄弟、叔伯等的部分，且分量也不轻，就是明证。看来这是父系氏族社会留下的印记。这种印记对研究人类婚姻发展史的人来说，也许是一种启迪。

3. 农耕民俗的讲述者

6月3日访问亚松后，我们原打算第二天继续进行。但翻译格桑顿珠说，他单位明日派他到县里开会，估计三四天回来。我们想到，时近6月、7月，到了开山季节，印占区的珞巴人常来斗玉、准巴等地进行货物交换。这一期间，为保持过境人员的安全，政府有关部门都要向下属人员宣讲相关政策，格桑顿珠到县里开会，当与此有关。他一走，访问工作只好停顿下来，我便利用这一空挡时间，做一些整理调查记录工作。在整理过程中，我发现有关崩如、崩尼两部落的节庆习俗的资料无多，这显然是个漏洞。因为上述两个部落都属农耕部落，一般来说，农耕部落的节庆习俗是比较多的，且这些习俗与农事活动紧密相关。

6月8日，格桑顿珠回来，次日，我们继续访问亚松。据亚松说，崩尼、崩如等珞巴人，也和藏族人一样，有过新年的习俗。然而不同的是，藏族人看历书，知道哪一天开始过藏历年，所有藏族人在相同的日子一起过。但珞巴族没有历书，看到山上野桃树含苞待放时，认为过新年的日子到来了，就约定几个村子，各方派出巫师，共同杀鸡选出吉日，定出过新年的时间。因此，藏、珞两族尽管都过新年，但日期和方式并不相同，而且珞巴族部落与部落之间、村与村之间过新年的日期也不一定相同。崩如、崩尼两部落称"过新年"为"隆洛德"，节期历时25天，其间不准杀牲流血，以免激起相关"乌佑"的不满，给人带来灾难。故而在节前把猪、牛杀好，做成肉干，供节日期间食用。隆洛德为地域性节日，由几个村子联合庆祝。在节日期间，各村村民之间相互走访，客人到来，均以酒肉招待。占有苏龙的主人，也要请苏龙全家回来过年，共度节庆。节日期间，在传统的场地各村联合举行抱石头、射箭、跳高等比赛，获胜者得到奖励。过完隆洛德节后，接着是"尼乌节"。"尼乌"是崩尼、崩如语言，意为"开始播种"，可译为"播种节"。各户根据自己的备耕情况自行择定日期，在选定过此节日的当天早上，户主先在播种的地块上，象征性地种一小片旱稻，随后回家酿一些酒，以示种下的旱稻获得丰收。下午正式播种各类作物。晚上邀同村的近亲到家里饮酒唱歌，祝福春播顺利进行。播种完毕后，要过"尼雅节"，"尼雅"就是播种完毕的意思。"尼雅节"各户独自度过，以示春播顺利完成。

亚松讲完两个有关播种的节日后，说是家里的事情较多，提出这次访问到此为止，明天还可以继续访问。那时尽管时辰尚早，还可访问一两个钟头，但考虑到她今天讲述的内容已不少，在这次斗玉乡的调查中，今天的收获还是比较多的。6月9日上午，我们再次来到亚松家。她还是按照昨天的思路，继续讲述有关农事活动的节庆，这是我们所期盼的。她说道，在她的老家，在"尼乌""尼雅"两个节日后，约经过5个月，就要过"尼波布"了。"尼波布"意为"盖田间小房"，大约在6月举行。届时，早播的旱稻日渐成熟，为保证庄稼不遭受鸟兽糟蹋和雨水侵害，缩短收割时间，崩尼、崩如人都在庄稼地边临时搭盖一间房子，既看守庄稼，驱赶鸟兽，又可作为库房，把收下的旱稻及时存放起来，到收割完成后，才分批运回家里。此房搭盖在山坡上，敞口朝阳。劳动力少的家庭，请邻居、亲戚帮忙，务必在一天内搭盖完毕。盖房的当天晚上，同家族的人，不管有没有参加盖房工作，都前来饮酒欢歌，期盼丰收。

夏收是珞巴族食粮的主要来源。夏粮丰收意味着一年衣食无忧。因此珞巴人对夏收十分重视。夏收完成了，要过"安地若木节"。"安地若木"意思是"祝贺收完早稻"。凡收完早稻的人家，都用鸡肝卜选定日期，庆祝一天。由于此节带有庆丰收的色彩，各户人家都尽量多备野兽肉干、鱼干和酒，请村里人到家里饮宴欢歌。因庆祝日期是各户用鸡肝卜确定的，彼此并不一致，故此期间，村里人往往有十数天的节庆活动，相互走访。

亚松讲完上述农事节庆后，又向我们简单介绍了兴味盎然的"笼德节"。该节是崩如部落祈福消灾的大型社会活动，在氏族范围内举行，3年一次，具体日期由巫师卜卦决定，一般在4月举行，历时5天。该活动的第一天，氏族各户不分男女，只留一人在家看护火塘，其余的人每人手里拿着一条长约2尺的木棍，上饰野花，集体列队到山上。到达传统地点后，各人把拿来的木棍插在地上，形成一片五颜六色的花丛。在花丛的前方，用砍来的荆棘条搭成一道一两丈宽的篱笆墙，巫师随即念经咒，全体氏族成员一齐动手，把采来的野花插在篱笆墙上。仪式完毕，大家把带来的酒肉拿出，一起享用，共唱欢歌，一直玩到黄昏方回。回家时各人边走边采野花带回家，插在住房、仓库、猪圈四周。随后4天，各家相互走访道贺，唱歌跳舞，举行抱石头、射箭等比赛。也许是多年没有过这个绚丽多彩的节日了，亚松向我们讲述这一节庆活动时，眼睛里浸润出激动的泪花。我们也感到，春天的珞渝实在太美了。

4. 草根歌者

亚松讲完笼德节的前后经过，日已沉西。我们想到多日来的访问，已压下她手头的大量农活，当下又是农忙季节，应该让她腾出手来，干干家里的农活，便向她提议，停止访问两三天。亚松听了我们的话,自然喜欢。我们想到初次见面时她唱歌的情景,估计她会唱不少的崩如民歌,便建议下次访问时,请多谈谈珞巴族的民歌。

6月13日,我们再次访问亚松。一踏入她家门口,便见到在她身旁站着一位端庄的中年妇女。亚松介绍说,她叫马丁,也是崩如部落人,有副四邻公认的好嗓子。亚松一说道"马丁"这个名字,我立即意识到,她就是那个早年被劫掠成婚的女子。不久前我听达公说,10多年前,她背着辣椒、大米等货物,跟随哥哥从住地到斗玉布如村交换,被该村纳部落人劫持成婚了。由于她哥哥一行人势单力薄,离家乡又远,只能忍气吞声。随后劫持的一方派出调解人,向马丁的父母补足了身价后,才结束这场纠纷。自此马丁安下心来,在这里生儿育女。我从她和颜悦色的神情判断,她对自己现在的家庭生活是满意的。

马丁(1981年李坚尚摄于斗玉)

也许是她们喜欢家乡的民歌，也许出于对少女生活的怀念，亚松待我们坐定喝酥油茶时，便说她们分别代表青年男女，对唱一种称为"嘎尤嘎"的民歌。其歌词大意是这样的：

男唱：看你温柔善良，
　　　定能相处百年；
　　　看你很会织布，
　　　两布也能缝住；
　　　铁片裂了能焊，
　　　两单能变一双。
女唱：父母为我定亲，
　　　收下夫婿金银；
　　　井口虽不显眼，
　　　却已储水千斤；
　　　劝君勿再考虑，
　　　谨防费心伤神。

她们唱完后向我们解释说，该民歌的前半部分，是描述一位青年男子邂逅一位少女萌生爱意，希望彼此相拥相爱的感情流露。歌中的两块布能连在一起，两块铁能熔在一起，表达了青年男子爱慕少女的原因，同时反映出珞巴族青年男子的恋爱观，即处事能力比容貌更为重要。这首民歌对唱的后半部分，是女子对后来求婚者的回应。女子一旦收下对方的定情物，尽管定情物不多，是个不显眼的"井口"，但她是一诺千金，既已答应，绝不反悔，由此可以看出珞巴族女子对婚姻的忠贞。

亚松和马丁唱完"嘎尤嘎"后，接着又给我们对唱了"嘎尤嘎"曲调的第二首民歌，其内容为：

女唱：堂堂的男子可曾知道，
　　　我的兄弟多得无数；
　　　好像天上的星星，
　　　好像河里的鱼儿；
　　　你能给我亲兄弟每人一头牛？
　　　你能给我堂兄弟每人一口猪？
男唱：美丽的姑娘你可明白，
　　　要多少猪牛我也能给；
　　　我的兄弟也多似鱼儿、星星，
　　　他们的猪牛更是无数；
　　　你家的房子用多少根木头建造？
　　　我还能如数添加牛猪！

亚松、马丁对唱完后，翻译格桑顿珠笑着说，这是一首带有戏谑特点的民歌，其意境不易翻译，但意思一听就明了。亚松也向我们解释说，那是女子在听完男子的求婚表白后，内心产生好感，故以此歌表述自己的心声。当男子听到这样的回应时，就知道对方也与自己一样，情投意合，一见钟情了。歌词中的"鱼儿""星星""猪牛"，都是表述这一心境的委婉妙语，让人听后回味无穷。

珞巴族过去盛行买卖婚，婚价的高低是女子身份高低的标志，而女子陪嫁物多少，又影响着她在夫家的地位。她们自然企盼拥有较多的陪嫁物。故而女子出嫁时，十分关注自己父母所给予的嫁妆。如发现不似自己想象的那么多，她会用歌声表达自己的愿望：

　　　父母收了他们许多猪牛，
　　　怎能空手把我送走？

浑身上下没有一点装饰,
他们会说我是大水冲来的木头!

松鼠的耳朵上都有好看的白点,
野鸡的头上也有美丽的花纹;
嫁到山上的乌佑女还有树挂,
我嫁到男家怎能兀然一身?

亚松、马丁合唱完这首民歌后说,她们唱这首歌使用的曲调称为"多木德"。我们听了,觉得这首歌略带幽怨,与前面所唱的不尽相同。歌中使用松鼠、野鸡、乌佑女作比喻,借以申述姑娘对装饰品的渴望,十分贴切,觉得这是珞巴族较好的一首民歌。在此后3天的访问中,她们还唱了"尼马呷""巴利""达米达""海米达明"曲调的数十首民歌,我们做了录音。这次斗玉之行,在民歌搜集上,比过去在米林博嘎尔部落的调查收获更大。

5. 会讲民间故事的人

我们这次到西藏考察,使用的是砖头大小的磁带录音机。这在当时,算是先进的设备了。不过由于磁带有限,不敢随意使用。但听了亚松和马丁的对唱后,我们觉得她们音色甜美,颇具特色。我与芳贤研究后,决定录下来留作资料。6月18日上午,我们再次来到亚松家,请她与马丁把上次的对歌再唱一次。我们录完后回放,让她们听听。当她们听到录音机里传出自己的歌声时,既感到新奇,又无比兴奋,觉得这真是从来没有见过的奇事。这一奇事很快就在村里传开了,乡亲们纷纷涌到我们的住处,请求重放亚松、马丁的对歌,以满足他们的好奇心。当他们听完将要散去时,有人说亚松不仅会唱歌,还会讲故事。我们接过乡亲的话茬，请亚松讲述流行于崩尼、崩如两部落的民间故事，她满口答应。

6月19日上午，我们按约采访。亚松果然名不虚传，一连两天，共讲了10多个民间故事，特色鲜明，其中《阿巴达尼和如如布加》的系列故事更为风趣，摘录如下：

阿巴达尼有个愚蠢的弟弟，名叫如如布加。有一天，他见到阿巴达尼，问道："我家门口总有个'唧咕''唧咕'的叫声，不知是什么？"阿巴达尼听了，知道如如布加受了自己的骗，便进一步说："你千万要注意，不然家里会死人！"如如布加听了，十分焦急，问阿巴达尼怎么办。阿巴达尼说："不要紧，只要你杀一头猪，挂在二楼走廊下，家人就平安了。"如如布加信以为真，照嘱去做。阿巴达尼乘夜把宰好的猪偷走了。第二天，如如布加到阿巴达尼家串门，发现哥哥的妻子、儿女正在大快朵颐，碗里装着的正是他杀的那头猪的肉。他想，你会骗我，我也会骗你，便对阿巴达尼说："哥哥，你今晚会在家门前听到'唧咕''唧咕'的叫声，那是会死人的。只要你杀口猪挂在走廊下，就平安了。"阿巴达尼听了，心里明白，便笑着说："今晚我听到这种怪叫声就杀猪。"

如如布加听了阿巴达尼的话，暗自高兴。天刚黑了一会儿，他就在哥哥门口附近"唧咕""唧咕"叫了起来。阿巴达尼听了，便走出门口高声说："鬼怪""鬼怪"，不要再叫了，我很快把杀好的猪沿梯子滑下来。由于是在晚上，看不清是什么东西，如如布加以为阿巴达尼真的把宰好的猪送下来，就匆忙上前去抱住。结果抱到的是个烧得滚烫滚烫的石头，把自己的双手和胸口烫脱了一层皮。

又有一次，如如布加在夜里再次听到怪声，心里嘀咕，惴惴不安地问阿巴达尼："哥哥，我家里晚上听到'啊唷当嗨嗨'的叫声，这是为什么？"阿巴达尼回答说："不好，你家要死人了！"

如如布加听了，十分焦急，问阿巴达尼怎么办。阿巴达尼回答说："你赶快杀猪，把猪肉放在捕老鼠的'阿托'（即石压子）里，越大块越好，把老鼠压死。你家就平安无事了。"如如布加果然听信阿巴达尼的欺骗，回家杀猪，背着猪肉上山压老鼠。正当如如布加在前面把猪肉放在"阿托"里，阿巴达尼在后面悄悄把猪肉捡起放在自己的背筐里，全部带回家了。

第二天一早，如如布加上山捡老鼠，除抓到一只活老鼠外，死老鼠一只也没捡到，但猪肉全部不见了。他气得鼓鼓的，只好拿着这只活老鼠，准备回家烧熟吃。他把老鼠投到火塘，老鼠就跳到他妻子的头上。如如布加用木棍朝妻子头上打，"啪"的一声，把妻子打死了。老鼠接着又跳到儿子头上，他又是木棍一抡，把儿子也打死了。

妻子、儿子都死了，如如布加十分孤单，又到阿巴达尼家串门，见到哥哥的妻子儿女都在吃大块的猪肉。他意识到，那是他前几天上山压老鼠的肉啊。他越想越气愤，决心报复，便对阿巴达尼说："哥哥，你听到家门口前面有'啊唷当嗨嗨'的叫声吗？你家要死人了！"阿巴达尼假装听不懂，便问："你有什么办法吗？"如如布加把以前阿巴达尼骗他的话重复一遍，要他杀猪拿肉上山压老鼠。阿巴达尼果真杀了猪，猪肉的大部分留给老婆孩子吃，只拿了一些撒了毒药的放在压老鼠的"阿托"里。如如布加不知道，把这些猪肉捡来煮着吃，结果嘴肿得像猪嘴一样。如如布加没想到阿巴达尼这么坏，心里十分恼火，就变成一只老鼠，想害死阿巴达尼。阿巴达尼早就发觉了，抓着这只老鼠就往火塘里扔。如如布加见了，高声说："哥哥，不要往火塘里扔，这老鼠就是弟弟本人啊！"阿巴达尼听了，只好把他扔到门外放走了……

又有一则故事讲到，相传阿巴达尼和如如布加从藏区交换货物回来，快到家门口了。阿巴达尼说："老弟，你有分辨谁是人、谁是鬼的能力吗？"如如布加听了，说："我可没有这个能力，你能告诉我吗?"阿巴达尼说可以,说完就叉开双腿,低头弯腰,把头埋至裤裆下面,对如如布加说:"只要你这样做,看到头脚倒立的人,这就是鬼!即使他们把你叫做丈夫、父亲,你也不能信!"如如布加记住了阿巴达尼的话,十分高兴。一到家门口,他很想知道家里有没有鬼,叫一声"开门"后,就按阿巴达尼教的方法叉开腿,弯下腰,低下头,在裤裆下往家里瞧。他的妻子和孩子听有人敲门,赶快出来,见到如如布加,热情地叫他"爸爸""孩子他爹",如如布加认真瞧着,发现出来开门的人确实头脚倒置,他暗自吃惊。心想,这些鬼真厉害。如果不是哥哥教的这套方法,一定相信他们是自己的妻子、儿女了。想到这里,如如布加忽地站起来,拿起棍子乱打一气,把他的妻子、儿女一个个都打死了。从此如如布加只能单身过活。

当亚松讲完上述数则故事后,我们问她:"你喜欢阿巴达尼还是喜欢如如布加?"她笑着说:"当然喜欢阿巴达尼,他动脑筋、想办法,把老婆孩子养得好好的。我们珞巴族人人如此,不是很兴旺吗?"我们又问:"阿巴达尼骗自己的兄弟,使他蒙受损失,这到底不是一件好事吧!"亚松听了,哈哈大笑起来,说:珞巴人十分重视兄弟的情谊,先人编成这些故事,只不过是告诫人们,遇事应该动脑筋、想办法,才会有好的结果。不是这样,有可能把好事办坏。亚松的几句话,使我感受到,珞巴人能世代在恶劣的环境里繁衍生息,要靠阿巴达尼这样的智者;而如如布加愚不可及的言行会带来怎样的结果,是可想而知的。

三十

尾　　声

1. 差点被遗忘的大家庭

进入6月下旬，按照原定的计划，我们的考察工作行将结束。为防遗漏，我们翻阅调查前拟定的提纲，以便在离开斗玉前补上，不致留下遗憾。果不其然，我们发现有关珞巴族多妻制大家庭的实际例子没有收集到。为此我们向亚松探听，她是否知道这方面的情况。亚松说，她的邻居亚支就是来自这样的家庭，她的前夫有七八个妻子，你们可以访问她。

亚松一提到亚支，我们突然想起，她不就是以前达伐老人提及的中年妇女吗？她是崩如部落米里氏族人，与同氏族的男子达西结婚。按照当时部落的禁例，是要被同氏族的人处死的。他们为免这一灭顶之灾，双双逃离家乡，来到这里生儿育女。6月24日，我们约定访问她。亚支30多岁，大约在10岁时，被崩如部落比夏氏族的格基买去当妻子，实际是充当家内奴隶，从事各种劳役。格基家庭富裕，住利齐拉村。她说，1966年时，格基35岁，有8个妻子。各妻情况如下：

——嘎切，55岁，崩尼部落兵加氏族人。原为格基叔父里龙的妻子，叔父死，由格基收纳为妻。

——亚米，40岁，崩尼部落兵加氏族人，上述嘎切之妹，亦为里龙的妻子，叔父死，由格基收纳为妻。

三十 尾声 435

亚支（1981年李坚尚摄于斗玉）

——亚波，40岁，崩尼部落洛甘木氏族人，原为格基叔父崩衣之妻，叔父死，由格基继承为妻。

——亚京，32岁，崩尼部落捷洛氏族人，格基自娶的第一个妻子，崩尼部落兵加氏族人。

——亚如，25岁，崩尼部落达固氏族人，很小时由格基的父母出资购来，充当格基的妻子。

——亚梭，20岁，崩尼部落莫洛氏族人，格基自娶之妻。

——亚里，16岁，崩尼部落捷洛氏族人，很小时由格基的父母出资购来，成为格基的妻子。

——亚支，15岁，崩如部落米里氏族人，很小时由格基的父母出资购来，做格基的妻子，也是本资料的提供人。

格基的妻子儿女都住在一幢长约35米的大房子里，里设6个房间。一般来说，各房间有自己的火灶和仓库，构成一个个独立的伙食单位，具体情况如下：

东头第一个房间有火灶一个，供临时投宿的客人居住。

第二个房间为格基及其妻子嘎切、亚如、亚里和亚支的居室。

第三号房间住着亚京及她的4个孩子。

第四号房间由亚梭和她的一个小孩居住。

第五号房间是亚米和女奴西雅共同居住。

第六号房间为独身男奴隶达沙的居室。

应该进一步说明的是，达沙和亚京尽管各自拥有独立的房间，但他们吃饭时与格基同灶。其他各灶自己的劳动成果自己享用，各有自己的仓库"纳匈"，存放自己的食物。不过，各灶的东西，作为主人的格基都有权分享。各灶有酒肉，须请格基品尝，但格基不能拿走送给另一灶的人。凡有客人来，哪灶有好酒肉，必须拿出来招待。格基狩猎时，打到少量猎物，由嘎切煮熟后，每人一份，分赠各灶。如果打到猎物较多，则由嘎切按灶分成若干份生肉，各灶自行处理。

在格基家里，各妻之间没有长次之分，但由亚京当家。亚京之所以能当家，主要是她善于招待客人，会办事，也能处理各妻之间的关系。当家的妻子管理仓库，主管食物的分配。格基在外获得的东西也交给她保管。由于她保管仓库，她的亲戚到来时，会受到较好的接待。她生的小孩，也受到较好的照料。当然在大面上，她还是要平等对待的。

格基家有3户苏龙（奴隶户），全部属于格基个人所有，不分给各居室的妻子们。如果她们需要达谢（一种食物），可以叫苏龙送来。3户苏龙的名称和每月送达谢的情况大致如下：

1. 新雅，一家5口，其中4人能送达谢，即夫、妇和两个儿子。大人每次送80—100斤，儿子们未成年，每次送40—50斤，每月送两次。

2. 嘎地，一家6口，有4个年纪尚幼的小孩。只由夫妇二人送，每月送两次，每次送80—100斤。

3. 亚雅，一家两口，有个小孩，每次只一个人送，约80斤，每月送两次。

分家涉及财产的分配和继承问题，是研究婚姻和家庭的重要内容。由于亚支所在的家庭没有出现这一情况，她无从谈起，但一般性的规则她是了解的。她谈到，家里的财产属父亲所有，按照习惯，长子和幼子多分些。父亲健在时，家内的奴隶，包括阿比（独身男奴隶）和苏龙，由父亲掌管，其他如牛、刀、铜铃等物，可以先分，所有财产只有父亲临终时才彻底分清楚。一些生有笨拙女儿的人，唯恐女儿在夫家受歧视，也把一些财产分给女儿，有时还受到额外的照顾。随后，我们在访问亚松时还了解到，崩如部落夏波氏族的若衣临去世时，将其家产分配如下：

（1）长子多鲁，结婚3年后分出去单过，父死前夕，分到苏龙3户，即觉拉亚赫、觉拉亚热和华白达育；阿比2人，即布楞母子；巴麦牛5头，铜铃2个，串珠3副。

（2）次子尼马，结婚后已分出去。父亲临终前，他分得苏龙2户，即觉拉嘎地，华如格温；阿比一人，名叫达格；巴麦牛4头，铜铃一个，铜镲一副，串珠2副。

（3）三子路古，分得苏龙2户，即金都阿列、华如阿弄；阿比2人，即达地父子。

（4）四子格温，分得苏龙5户，阿比2人，巴麦牛10头。另外铜铃、铜镲和串珠较多，具体不详。母亲亦同他合住。

另外，他有3个女儿，虽已出嫁，因若衣较富有，也分到一些财产。长女亚东分到铜铃3个，铜镲3副，串珠3副；次女亚支所得财物也同姐姐一样；三女格比，因父母疼爱，分得东西较多，有铜铃2个，铜镲3副，串珠4副，巴麦牛1头，苏龙1户。

我们听了亚支、亚松的讲述后，深感珞巴族的这种制度，既无情又有情。一个男子拥有数个妻子，无论怎么说，对女性是不公正的。无怪乎亚支不顾生命危险，逃离格基的家庭。可格基收纳了3个叔父的遗妻，即嘎切、亚米和亚波，她们的年龄都比格基大，嘎切甚至大他15岁。这种收纳，与其说是收纳为妻，不如说是赡养婶婶。我这种见解，也许有些人不甚同意。看来，珞巴族的"大家庭"，有待人们深入探索。

2. 到边防诊所

7月3日，我意外收到发自北京的电报，心里为之一震，急忙拆开来看，原来是我弟弟发来的。电文为"尽快回京"。我纳闷，他在湖南湘西的三线厂工作，怎么会在北京给我发电报？在随后的来信中得知，他到北京出差，附带到我家看望叔父。叔父向他提及，在我家已住了一年多，超过约定的时间，更因语言不通，甚不习惯，生怕有三长两短，不能落叶归根，希望我回京后，送他回老家。我弟弟了解到他的心事后，就发电报给我。

我叔父时年70多岁，身体尚好。我去年决定到西藏进行民族考察时，想到妻子是个小学教师，工作繁忙，难以关照两个年幼的孩子，想请叔父来帮助看家，妻子完全同意。我叔父是个对历史很感兴趣的人，当他听到我们希望他到北京暂住一年时，想到既可帮助子侄办事，又能在北京看看故宫，看看皇帝宫殿，这是过去平头百姓连做梦也想不到的。他不假思索就满口答应。但在北京，毕竟人地生疏，习惯相异，难以适应，时间过长，自然生厌。况我这次出差，超过预期，叔父的不安心情我是理解的，我应该尽快回去了。

没过两天，芳贤知道家里有人催我回去的消息，心里也为我着急。想到收集到的门、珞两族资料颇丰，也提出结束斗玉的考察，迅速回京的想法。但他考虑到，从斗玉回京，海拔差异大、行程紧，我的心脏出现早搏已有数月，恐生意外，建议我在启程前，到部队的诊所检查一下。我想到，离我们最近的部队诊所设在陇站，从斗玉骑马到那里约6个小时的行程，来回要花两天时间，不想前往。但在芳贤的再三劝说下，终于成行。7月14日，我在达公陪同下，骑马到陇站，投奔部队接待站。沿途为简易马行道，崎岖难走，然而景色宜人，阵阵松涛响彻耳际，仿佛在鸣奏古琴，迎候远方来客，使人忘却跋涉的艰辛。下午4时，我们到达部队诊所。接待我们的是河南人李医生，在此服役已经四五年了。他询问了我的身体状况，用听诊器在我胸前背部反复检查后，说我心律不齐，没有什么大碍。来自内地的人，因不适应西藏的高山缺氧气候，常有这些现象，只要到海拔较低的地方住上一段时间，就会恢复如常，请我放心。离开诊所时，李医生说我脉搏跳动有力，与这里的年轻战士不相上下。这些话语也许是出于关心而给予的安慰，但对我说来则是一颗定心丸。

陇站是距印军占领区最近的边境前沿，设在南北约500米长、东西约300米宽的山窝窝里，驻有一个连队。北面的山体下端是巨大的峭壁，部队在此开凿出岩洞，用以存放战略物资和生活用品。洞前战士日夜把守，戒备森严。西边的山凹处，虽已7月中旬，还有大量积雪。偶有一朵白云飘过，像是把这里的一片白雪带向远方，神秘缥缈。南边是湍急的准巴河，构成了捍卫国土的一道天然屏障。此山河布局，道出我军在此设防的缘由。在营房空旷的土地上，战士开出一畦畦菜地，种有莴苣、牛皮菜、豌豆、蚕豆等，其中圆白菜长势尤旺，叶子直径约有一尺多，据说一棵能长到十数斤，可算菜中之王，给我们留下深刻印象。人们都说，驻陇站的部队一年四季都有青菜吃，无需吃内地运来的干菜。他们是驻藏部队中的宠儿，看来此话名不虚传。

正当我们欣赏着百菜杂陈的地块时，见一位当地百姓背着一大捆木柴向厨房走去。我顿生疑惑：这里漫山遍野松林密布，即使砍伐老死枯木，也足够连队百余名战士日常之用，何须老乡背柴到此？达公不愧是当地干部，熟悉社情民俗。他见我疑惑，便解释说，这里的部队有禁令，不许战士砍伐树木，包括老死枯木。部队所需柴薪，用现钱购买，每百斤时价1.5元。百姓对这一规定十分赞赏，由此军民关系更加密切，乡亲护林防火的积极性也更高了。

陇站尽管是边陲僻地，但有部队的水力发电，入夜灯火通明，连百姓的居室也如此。晚上，李医生上门聊天，他知道我们来此是考察少数民族文化的，便讲到距此3日行程的东南方山上，有一座保存很好的寺庙，内藏佛经甚多。但中印边境冲突发生后，喇嘛先后离开，现在只有一个藏族老阿妈在那里看管，我边防部队在定期巡边时才路过那里，建议我们前去考察，探个究竟。李医生的话撩动了我的心弦，我想花个十天半月的时间考察一下，也许很有意义。回到斗玉后，我把这一情况告诉芳贤。他觉得，这会涉及方方面面的事，短期内不易实现，还是回京后再做计划吧。由于种种原因，这一愿望终究落空，现在想起来，未免遗憾。

3. 来时难走亦难

回到斗玉后，一些结尾的手续如误工补贴费、使用牛马人力之类的雇佣费等已顺利结账，我们决定7月18日离开这里，随后经三安曲林到隆子，再经拉萨回京。但7月17日上午，达公赶来对我们说，巫师达塔近日上山时，不知什么原因，回来后小腿红肿，行动不便，他决定自己跳鬼治病。达塔是斗玉珞巴族的巫师，人们有病时都习惯请他跳鬼治病，据说颇为灵验。芳贤是负责调查珞巴族民间信仰的，到斗玉后多次找达塔了解情况，所收资料不少，但均是口头讲述记录，没有作法治病的现场观察过程。达公告诉的这一消息，自然引起他的浓厚兴趣。我们商定取消7月18日离开斗玉的行期，推迟数天，待达塔举行跳鬼仪式后才走。

三十 尾声 441

我们早已了解，举行跳鬼之类的神秘仪式，巫师一般是不让外人观看的。但芳贤曾多次访问他，彼此已经建立起友情，加之达公在当地有一定的威信，请他出面向达塔说情，说不定会答应我们到现场观看。不出所料，达塔痛快地回应了我们的请求。7月19日晚和20日白天，我们终于看到达塔跳鬼的实际场景。有关达塔和其他珞巴族巫师的活动情况，在我们的调查报告中已有详细的记录，在此不赘述。

7月23日上午9点半，我们告别了达伐、亚松、达塔等乡亲，离开斗玉，向生产队雇马5匹，其中一匹给亚校乘骑。亚校是珞巴族纳部落人，自治区政协代表，没有公职，是地道的农家妇女。她之所以当上政协代表，据说是民族团结做得好。斗玉是个藏、珞两族杂居的村落，亚校的丈夫就是藏族人。她这次去三安曲林，是探望她丈夫的母亲。在我们离开斗玉时，这里的小麦已一片金

自治区政协代表亚校（1981年李坚尚摄于斗玉）

黄，人们正忙着收割。但到三安曲林，尽管距离不远，因海拔较高，小麦仅青中泛黄。一些老乡绕着自己的麦田，甩着响鞭，驱赶前来啄食的野斑鸠。达公说，这里野斑鸠很多，如不及时驱赶，结籽的小麦将颗粒无收。看来在这里，鸟儿成了祸害。

到三安曲林后，我们拜会高峰书记，他把我们安排在区政府的招待所里。在那里，我们遇到中国农科院作物资源研究所的黄亨旅先生。黄是浙江人，1959年大学毕业后被分配到农科院工作。农科院与我们民族研究所是近邻，仅一门之隔，彼此相见，有他乡遇故知之感。晚饭后大家一起聊天，他说道，农科院与西藏农委会合作，成立了西藏高原种子考察队，到西藏从事种子考察工

刘芳贤与斗玉乡珞巴人合照（1981年李坚尚摄于隆子）

作，为期5年，今年是第一年。他们收集了不少标本，准备运回北京。据他们初步研究，藏族、珞巴族都把青稞称为"尼啊"，最早大概出现在西藏地区，随后向四周传播，接着他还向我们出示一些标本，并作解释。俗话说：隔行如隔山，他有些话我听不大懂，但总觉得他学问很深。他还说道，在我们这座招待所附近，有棵很大的核桃树，约有300多年的树龄，至今硕果累累，壳薄仁大，是优良品种。说到最后，他抱怨起这里交通不便，不知何时才能把收集到的标本运到县里。

对于西藏的交通困境，我们深有体会，眼下就与黄亨旅一样面临交通问题。7月24日上午，我们找到部队驻三安曲林的情报站副站长明玛，请他把我们送到团部。明玛和我们可算是老相识了。当初我们到三安曲林时，拿着山南军分区的介绍信给他看，请他帮助我们解决到斗玉的交通问题。由于情报站仅有军用吉普车，没有马匹，到斗玉只有马行道，没有通汽车的公路，他爱莫能助。尽管那次见面没有解决交通问题，但我们已成了老熟人。这次他见我们到来，说汽车倒有，但没有汽油票。关于汽油票，我在这里多说几句。那时候，西藏没有加油站的设施。有汽车的用户，均从有关部门购买军用汽油票或民用汽油票，到相关的供油单位加油。记得我们在山南军分区时，得到秘书长王星三的帮助，购买了一些军用汽油票。当听到明玛说没有汽油票时，我们问他要多少？他说10升，我们翻尽行囊，只有5升。他略为思索后说，5升就5升。但当我们把汽油票交给他后，他认真看了一下说，汽油票过期，不能加油了。看来似乎迎刃而解的交通问题，又一次成为一团乱麻，我们只好失望地回到住处。

7月25日上午，明玛派人告知，说上午有卡车到团部，我们可以搭乘。这意外的好消息，让我们漫卷行囊喜若狂。到情报站，见一辆满载货物的汽车停在那里。上车后，年轻的司机把我们送到驻军团部，见到了立有战功的魏团长。魏团长现年44岁，中等身材，在部队甚有名气。在1962年的自卫反击战中，他任排长，机智勇敢，打出我军军威。据说印度占领军都晓得这位名震一时的魏排长。我们怀着景仰的心情拜会了魏团长，他答应在3天内派专用吉普把我们送到隆子县城。晚饭后，我们在团部的庭院内散步，路过汽车排驻地，认识了杨排长。他告诉我们，第二天早上有货车到隆子。如果我们愿意，可以搭乘他们的汽车到那里。搭乘货车当然没有坐专用吉普车舒服，但我们还是不放过这样的大好机会。7月26日，辞别魏团长，经4个多钟头，到达隆子。达公回到他的工作单位隆子县气象站，我们亦作为陪伴，趁机拜会了潘站长和老乡梁俊，对他们给予的帮助表示感谢。

  7月27日，我们乘上前往拉萨的长途汽车。隆子，给我们大量民族资料的隆子，终于与你惜别。我们回到拉萨后，住进自治区第一招待所，在那里意外地遇到同事陈乃文和张国英，他们是在陈塘考察夏尔巴人后回来的。7月30日，我们离开拉萨，乘飞机回成都，结束了长达一年半的考察生活。其间艰辛而又充满情趣的往事，总是萦绕在心头，令人难忘，令人回味，令人向往，令人遐想。何日能再去？我只能抚摸着自己稀疏的白发感慨：看来，这个"何日"，是绵绵无绝期了。

后　　记

《喜马拉雅民族考察记》脱稿并将出版了，这是值得高兴的事。在此我首先感谢中国社会科学院离退休干部工作局、社科出版社，没有他们的大力支持，本书是难以问世的。

细说起来，《喜马拉雅民族考察记》成书，经历了漫长的过程。早在20年前的1995年，我的学长、时任中国社会科学院边疆史地研究中心主任的马大正教授，深切了解边疆研究的重要性，筹划出版一套"中国边疆探察丛书"，请我把到喜马拉雅丛山做民族考察的所见所闻，如祖国的壮丽河山、兄弟民族的婚姻家庭、宗教习俗、社会结构、道德规范、历史珍闻等众多领域，以轻松、流畅的文笔记述下来，令人读时如亲临其境，进而激发他们去"认识这遥远、研究这遥远"，"关注这片遥远的土地和生活在这片土地上的各族兄弟"。这位学长的眼光是深远的，我欣然接受了这一邀请。1999年，我写就的书稿《喜马拉雅寻觅》由山东画报出版社出版。可以这么说，如果不是马大正教授的精心策划，就不会有我这一拙作。

我的拙作出版后，反映颇好。由于当年出版社额定的篇幅有限，我仅记述了这次考察的一半行程，另一半行程只好待有机会时再述。近数十年来，西藏边境地区的社会飞速发展，我当年记述的许多社会文化现象已无法再现，如何能把这些尚未发表的资料公之于众，使之永存？我甚为焦急。所幸的是，2013年在中国社会科学院离退休干部工作局、我所在单位民族学与人类学研究所的支持下，得以续写此书，定名为《喜马拉雅民族考察记》，把先前的《喜马拉雅寻觅》作适当修改后，纳入其中。

在写作《喜马拉雅民族考察记》的过程中，李秀环同志给予许多帮助，从章节设计、查证资料、遣词造句到文字打印等诸多方面付出了大量心血；我的同事王玉平同志给我的书稿提过宝贵意见，使我进一步修改好此书；中国社会科学出版社编审张林同志在文本编排、文字审校上花费了大量精力，使本书版面精当、行文整洁；刘芳贤、张江华、庞涛、顾绥康等众多同志还献出了他们珍藏的照片，使拙作图文并茂。在此我谨向上述诸君及众多支持者致以深切的谢意。

李坚尚

2015年5月5日